For Namgyeong

킹 세종 더 그레이트 King Sejong the Great

2020년 10월 09일 초판 1쇄 발행
2020년 10월 20일 초판 6쇄 발행

지은이 조 메노스키(Joe Menosky)
출판기획 아트프레임스토리
편집 이선영, 이재일
번역 정윤희, 정다솜, Stella Cho 외
감수 배천호, 여상훈
디자인 윤혜령, 맹정환
일러스트 홍아름, 조경진
마케팅 아트프레임스토리(박선정, 박형준)
　　　　　사람 엔터테인먼트(이소영, 김소영)
도와주신 분 세종이야기미술관

발행처 핏북
발행인 정성원
출판등록 2015년 1월 27일 제2015-000021호
주소 서울특별시 용산구 한강대로54길 24, B01호
전화 070-7856-0100 **팩스** 0504-096-0078
전자우편 fitbookcom@naver.com, artframestory@artframestory.com

ISBN 979-11-971633-0-2 (책값은 뒤표지에 있습니다)

역사판타지 장편소설

킹 S 세 종
더 그레이트

King Sejong the Great

조 메노스키

킹 세종 더 그레이트

" 한글은 지구 상에서 가장 창조적으로
고안된 문자 체계이다.

시카고 대학교, 제임스 맥콜리(James McCawley), 언어학자

" 한글은 의심할 여지 없이 인류가 만들어 낸
가장 위대한 지적 산물 중 하나이다."

서식스 대학교, 제프리 샘슨(Geoffrey Sampson), 언어학자

I have been a follower of Korean film and television for twenty years, and have worked with Korean and Korean-American producers over that same amount of time, so I am not unfamiliar with Korean history and culture. But it was not until five years ago, when I visited Seoul for the first time and attempted to learn some language, that I first encountered Hangeul, the Korean alphabet. To say I was stunned is an understatement. Not only was I struck by the elegance and functionality of the writing system itself and the incredible tale of its creation by a genius king — I could not believe that this story was not universally known.

If a European ruler had invented an alphabet for his or her people, everybody in the world would have heard about it. That story would have been told and retold in novels, movies, and television series world wide. I tried

머릿말

저는 지난 20년 동안 한국 영화와 한국 TV 드라마의 팬이었고, 한국계 미국인 프로듀서들과도 일을 많이 해 왔습니다. 그래서인지 한국의 역사나 문화가 생소하지 않았습니다. 하지만 5년 전에야 처음으로 서울을 방문해서 한국어를 배우게 되었습니다. 한글을 처음 알았을 때, 충격을 받았다는 표현이 부족할 정도로 정말 놀라웠습니다. 한글 자체가 가진 기록 체계의 정밀함과 기능적인 우월함도 대단했지만, 이 모든 것이 천재적인 왕에 의해 창제되었다는 스토리는 믿기 어려울 정도로 충격적이었습니다. 게다가 더 충격적이었던 것은 이런 이야기가 전 세계에 알려지지 않았다는 것이었습니다.

만약 유럽의 어떤 지도자가 백성들을 위해서 글자를 만들었다면 전 세계는 이미 그 사실을 알았을 겁니다. 그랬다면 전 세계의 소설과 영화 TV 시리즈 등에서 유럽의 지도자의 이야기가 소재가 되고 재해석되었을 겁니다. 저는 한국 외 다른 국가들에게서 세종과 필적할 만한 상대가 있었다면 과연 누가 될 수 있을까 상상해 봤습니다. 레오나르도 다빈치가 피렌체의 통치자인 경우일

to imagine what the closest equivalent to King Sejong outside of Korea would have been: Leonardo da Vinci as ruler of Florence? Isaac Newton as the King of England? There seemed to be nothing comparable.

Sejong's creation became something of a compulsion for me, and my estimation of the king something like hero worship. I wanted to retell the story of his alphabet myself, in English, for anybody who had not heard it, which pretty much meant anybody outside of Korea.

Those events, which appear officially in the Annals of the Joseon dynasty, also leave much unrecorded. And so Sejong and his accomplishments have been portrayed on multiple occasions in Korean fiction by way of different genres: historical drama, soap opera, murder mystery, even romantic comedy.

So, I wanted to treat the King's invention of Hangeul in a way I had not seen before: not as the outcome of a group effort, where Sejong is akin to the manager of a "think-tank," but as the product primarily of one mind. Sejong as an artist — and the alphabet as his obsession.

Japan, and the tribes to the north — I thought it appropriate or at least allowable to tell the story of Hangeul as an "international thriller." In so doing, I've created several new characters, combined two or more historical

까? 아이작 뉴턴이 영국의 왕인 경우일까? 비교할만한 대상자체를 찾기가 힘듭니다.

세종대왕에 대한 저의 마음은 마치 영웅을 숭배하는 것과 같았기에, 한글의 이야기를 제 손으로 직접 쓰고 싶었습니다. 영어로 쓴 세종대왕의 이야기가 한글을 아직 알지 못하는 영어권의 사람들이 세종대왕을 알게 되는 계기가 되었으면 합니다.

조선왕조실록에도 한글과 관련한 세세한 기록이 남아 있지 않아서인지 상상할 수 있는 여지가 많아 한국에서도 세종대왕과 그의 업적에 관련된 소재를 활용한 역사 드라마나 멜로 드라마, 미스터리 살인극, 심지어 로맨틱 코미디까지도 만들어지고 있습니다.

저도 세종대왕의 한글 창제를 지금까지 다루지 않은 새로운 방식으로 만들고 싶었습니다.

앞에 언급했던 다양한 형태의 창작물에서 보지 못한 방식으로 만들고자 했습니다. 세종대왕이 운영했던 조선의 '싱크 탱크(집현전)'에서 탄생된 결과물이 아니라, 마치 예술가와 같았던 세종대왕 한 사람에 의해 창조된 집념의 산물로 한글을 그리고 싶었습니다.

한국은 역사적으로 인접한 중국과 일본 그리고 중국 대륙의 다양한 부족들을 상대해야 했기에 한글 이야기를 '국제적인 스릴러'로 하거나 최소한 그렇게 해도 문제없으리라 생각했습니다. 그러는 과정에서 새로운 인물도 창조했고, 서너 명의 역사적 인물들을 하나로 합치기도 했으며, 어떤 사건은 위치를 바꾸고, 시대를 변경하거나 축소시키기도 했습니다. 바라건대, 정사의 기록에 바탕

figures into one individual, moved some events around, and at times altered or collapsed the timeline. Hopefully, readers who are intimate with the actual records will accept this historical fantasy with suspension of disbelief intact. If not, my sincere apologies.

을 둔 이야기가 익숙한 분께서도 제가 새로 창작한 역사 판타지라는 점을 받아들여 주시기 바라며, 받아들이기 어려우신 분께는 진심으로 사과드립니다.

1 장

창제

싱그러운 초록 잎들이 가을바람에 흔들리듯 떨어진다. 하지만 흔히 볼 수 있는 가을 낙엽과 달리 생기 넘치고 선명한 푸른빛이다. 나뭇잎을 흔들어 날릴 정도로 강한 바람이 불지도 않는데 푸른 잎들은 부드럽게 공중으로 흩어진다. 나뭇잎 뒤로 쏟아져 내리는 밝은 햇살이 촉촉이 맺힌 물방울 사이로 반사되는 모양이 부드럽고 눈부시다. 하늘이 주신 선물 같은 천상의 것들이 신성한 기운을 받아 하늘 아래 세상으로 향한다.

꧁꧂꧁꧂꧁꧂

수려한 용모의 세종은 사십 대 후반에 접어들며 자애로움이 더해졌다. 잠시 눈을 감았던 그가 눈을 떴다. 낮잠을 잔 건지 몽상에 사로잡혀 있었던 건지 아니면 무언가 깊이 생각에 잠겼던 건지 기도를 한 건지 누구도 알지 못했다. 붉은 바탕에 황금빛 무늬가 영롱한 곤룡포를 입은 세종은 두꺼운 벽으로 둘러싸인 성곽 깊숙한 곳에 놓인 낮은 책상 앞 돌바닥에 앉았다. 주변을 환하게 밝혀 줄 호롱불과 붓, 벼루, 한지 한 뭉치를 준비한 세종은 무언가를 열심히 그리고 있었다. 낯선 형체와 모양 들.

꧁꧂꧁꧂꧁꧂

지구 반대편에 있는 왕국과 제국에서는 이름 모를 메시아가 이 땅에 온 날을 기준으로 달력을 만들었으니, 그에 따르면 이것은 기원후 1443년의 일이었다.

세종이 머물고 있는 성곽은 한성에서 걸어서 하루 정도 걸리는 곳이었다. 세종은 자신의 삶이 서서히 저물고 있다고 생각했다. 조선은 막강한 권력을 가진 쟁쟁한 나라들에게 둘러싸여 있었다. 서쪽에는 최강대국 중국이 버티고 동쪽에는 일본이 조선 해안을 자주 노략질했다. 게다가 북쪽에는 몽골족과 여진족이 끊임없이 한반도를 노리고 있었다. 이런 상황에서도 세종은 천재적인 외교술과 정책을 펼치며 백성들을 널리 잘살도록 만들었다.

동양 최고의 권력 국가였던 중국의 명 황조는 막강한 군사력을 바탕으로 주변국들을 자신의 문화권에 복속시켰다. 조선도 명나라의 요청에 따라 조공을 바치며 중국 황실의 권위와 보호를 인정하는 대신 어느 정도의 독립적인 지위를 인정받았다. 여기에는 중국이 조선을 침략하지 않겠다는 약조도 포함되어 있었다.

세종이 왕위에 있는 동안 조선은 평화로웠다. 다만 언제 무너질지 모르는 위태로움이 늘 도사리고 있었다. 만일 이 사건이 있기 전에 역사의 무대 뒤로 조용히 사라졌다면 세종은 공명정대하고 현명한 왕으로만 기록되었을 것이다. 다양한 분야에 흥미를 보였던 세종은 백성들에게 필요한 발명품을 고안한 선구자였으며, 각 분야마다 보여 준 천재성으로 인해 동양의 레오나르도 다빈치로 회자됐을지도 모르겠다. 세종의 천재성은 천문학과 기상학, 군사학에 이르기까지 다양한 범위를 망라했으며, 그에 따른 수많은 발명품을 창조하기도 했다. 하지만 세종은 여기에 만족하지 않았다.

나이가 들어 가며 세종의 몸은 점점 쇠약해졌지만, 조선을 지배하고 있던 명나라의 정치적 문화적 영향력에서 벗어나기 위해 그는 최후의 발명품을 개발하겠다고 결심했다. 세종의 최후이자 최고의 발명품이 아니었다면 그는 오늘날 우리가 알고 있는 세종대왕이란 이름으로 우리 역사 속에 기억되지 않았을 것이다.

◈◈◈◈◈

"전하."

고개를 든 세종은 지휘 본부에 들어온 두 명의 신하를 응시했다. 대장군과 영의정이었다. 두 사람 모두 전투용 갑옷을 입고 전투 준비를 마친 상태였다.

세종의 곁에는 고개를 조아리고 있는 세 명의 내관들이 그림자처럼 벽에 바짝 기대어 왕의 부름을 기다리고 있었다. 왕을 근거리에서 보좌하다 보면 권력에 대한 헛된 꿈을 꿀 법도 한데, 이들은 추호도 다른 마음을 품지 않았다. 조선의 왕실에서 이 셋만큼 자신의 군주를 완벽히 섬기는 자들도 없을 것이었다.

"적이 나타날 기미가 보이지 않습니다."

영의정이 보고를 이어 갔다. 세종은 방금까지 심사숙고하고 있던, 아니 깊이 심취해 있던 생각에서 깨어나 영의정의 말을 곱씹었다.

"그럴 수도 있겠구려."

세종은 특유의 자애로운 미소로 신하들과 소통하는 군주였다. 심지어 전쟁터에서도 그랬다.

"엉뚱한 곳에서 헤매고 있을지도 모를 터."

왕의 앞에 선 두 명의 신하들이 서로 시선을 주고받았다. 언제나 친절하고 기품 넘치는 태도를 보이는 세종이기에, 머릿속으로 어떤 생각을 하고 있는지 기분은 어떠한지 알아채기란 거의 불가능한 일이었다. 그의 친절함은 때로는 성곽의 두꺼운 벽처럼, 혹은 밀실의 어두운 장막처럼 그 자신의 깊은 속내를 완전히 감추었다. 세종은 다시 글을 쓰고 있던 자리로 돌아갔다.

"예, 전하. 그럴 듯도 합니다."

영의정은 왕이 무엇을 그토록 열심히 적고 있는지 호기심 어린 눈빛으로 고개를 슬쩍 내밀었다. 이어 대장군을 돌아보더니 함께 공손히 고개를 조아리고 다시 밖으로 물러갔다.

세종은 붓을 먹물에 적셔 영의정이 궁금해했던 불규칙하고 이상한 모양, 선, 곡선의 형태에 또 다른 표시들을 더해 나갔다. 명확하게 연결되지 않은 형체와 상징처럼 보이지만 문자의 일부였다. 어쩌면 아이나 혹은 미친 사람이 휘갈겨 쓴 낙서처럼 보이기도 했다.

영의정과 대장군은 왕의 앞에서 물러 나와 성곽 너머에 펼쳐진 풍경을 바라보았다. 남쪽 성문 앞으로 보이는 황량하기 짝이 없는 전장, 그 너머로 끝없이 줄지어 선 나무들 그리고 저 멀리 달빛 아래 보일 듯 말 듯 희미한 남쪽의 망루.

망루를 지키고 있던 두 명의 초병은 성곽 너머를 응시하는 영의정과 대장군의 시선을 연장하는 듯 남쪽을 응시하고 있었다. 어느 순간 전혀 반갑지 않은 나무 화살 하나가 쉭, 하고 지나갔고 그들은 즉시 화살이 날아온 방향을 쳐다보았다. 그들은 즉시 반격 태세를 갖추더니 화살이 날아온 반대 방향을 돌아보았다.

또 다른 북쪽 망루의 초병들은 성곽 밑으로 펼쳐진 바위 지대를 감시하고 있었다. 그들도 남쪽의 초병들처럼 반대편에서 서서히 다가오는 위협을 알아차렸다. 바스락거리는 소리가 들리자 아래로 고개를 내밀었다. 저 아래에 창을 단단하게 잡은 채 위장을 한 병사 둘이 포착됐다.

북쪽 성곽을 지키고 있던 장수는 저 멀리 붉고 노랗게 반짝이는 불빛을 확인했다. 북쪽 망루에서 전달된 봉화 중 하나였다. 봉화에 담긴 경고의 의도를 상관에게 전달하기 위해 장수는 부리나케 달려갔고…… 그의 보고를 받은 대장군은 지휘 본부의 왕에게 곧장 소식을 전했다.

"그러면 남쪽, 서쪽, 동쪽은 어떠한가?"

세종의 목소리는 차분했고, 시선은 여전히 이상한 문자를 바라보고 있었다.

"아무런 움직임이 없사옵니다."

대장군이 답했다.

"신의 의견으로는 모든 포열을 북쪽으로 이동시키는 것이 어떨까 싶사옵니다. 적군의 포위망이 서서히 위로 올라오고 있는 듯하옵니다."

배석한 영의정이 말을 보탰다.

"옛말에……."

왕이 영의정의 말을 잘랐다.

"적을 알고 나를 알면 전투의 결과를 두려워할 필요 없다고 했다."

세종은 손에 들었던 붓을 아래로 내렸다.

"모두 부처님 손바닥 안이 아닌가."

붓을 책상에 놓고, 세종이 천천히 자리에서 일어났다.

"적의 공격은 남쪽에서 시작될 것이다."

왕이 팔을 뻗자 내관들이 바로 다가와 왕의 곤룡포를 벗기고 갑옷을 대령했다. 바느질 장인의 손으로 섬세하게 제작된 왕의 갑옷은 미적인 감각과 기능성을 겸비한 조선의 독특한 의상이었다. 왕의 행보에 대장군과 영의정이 매우 걱정스러운 눈빛을 교환했다.

그 무렵 망루 북쪽의 바위틈에 숨어 있던 적의 정찰병이 상대의 움직임을 포착했다. 마차처럼 보이는 기계 장치가 슬금슬금 굴러오더니 벽 가장자리에 자리를 잡았다. 이를 눈치 챈 정찰병은 즉시 몸을 돌려서 어둠 속으로 사라졌다. 그는 울퉁불퉁한 바위 지형을 가로질러 동쪽으로 줄지어 서 있는 나무 사이로 반원을 그리면서 적진이 위치한 곳까지 계속해서 달렸다. 적진은 성곽의 남쪽 저 너머에 자리 잡고 있었다. 수십 명의 적군들은 조용히 숨죽인 채로 정찰병이 도착할 때까지 자리를 지키고 있었다.

정찰병은 미처 숨을 돌릴 틈도 없이 장군과 군사(軍師)에게 본 바를 알렸다.

"적들이 북쪽 성벽으로 군사들을 이동시켰나이다."

군사는 만족스러운 미소를 지으며 중국의 병법을 습관적으로 인용했다.

"모든 전쟁은 속임수다."

그러면서 멀리 있는 적의 망루를 가리켰다.

"전하께서 미끼를 무셨으니 이제 삼키시도록 해야겠지."

적장은 부하 장수를 불러 전술을 실행하도록 지시했다.

"북쪽에서 적군을 교란시키기 위한 거짓 공격을 실시하고, 우린 남쪽에서 주공격 태세를 갖춘다."

세종은 전투용 갑옷을 입고 남쪽 망루에 섰다. 위험을 알리는 요란한 북소리가 전장의 고요를 깼다. 망루의 반대쪽에서 적들의 함성이 들렸다. 세종의 곁에 선 영의정은 '제가 북쪽에서 공격해 올 거라 말하지 않았습니까'라는 속마음을 드러내지 않은 채 왕을 향해 한마디를 전했다.

"전하, 적들이 북쪽에서 공격해 오고 있사옵니다."

자신의 생각이 빗나간 것일까? 세종은 잠시 생각에 잠겼다. 하지만 그는 자신의 생각에 확신이 있었다. 한 치의 흔들림도 없이 그가 명령했다.

"북문은 현장에 있는 화력만 사용하도록 하라."

왕의 지시를 들은 대장군은 신호병을 향해 고개를 끄덕였다. 신호병은 자신들만 알 수 있는 암호화된 북소리를 쳐 대기 시작했다.

북소리는 북문 밖의 적군에게도 들릴 정도였다. 적군들은 북문을 향해 진격해 왔다. 하지만 성문을 공략하기 위한 대규모 병력으로는 보이지 않았다. 적들의 교란 전술이 틀림없었다.

망루의 북쪽 성곽에 '신기전'이라는 이름의 이동식 다발포(多發砲)가 배치되었고, 그에 연결된 도화선에 일제히 불꽃이 일었다. 불꽃은 재빠르게 타들어 가면서 십여 발의 포를 연달아 쏘아 올렸다. 나무 관에 불화살들이 꽂힌 신기전은 보기만 해도 무시무시했다. 하지만 적에게 치명상을 입힐 수 있는 그 무기는 현재 이곳에 단 두 대뿐이었다. 나머지 수십 대는 가짜 발사대로 위장한 마차들이었다. 물론 적의 정찰병이 본 것도 수십 대의 가짜 발사대였다. 적군이 파악한 북쪽 성벽 위의 미심쩍은 움직임은 모두 전쟁의 전술이었다. 말하자면 적군의 위장 전술에 맞서는 위장 전술이라고 할까.

활활 타오르는 불화살들이 쉭쉭 소리를 내며 성곽 아래 모여든 적군을 향해 날아가기 시작했다. 남쪽에 주요 전력을 집결한 적군은 북쪽의 상황을 알지 못했다. 단지 북문에서 발사되는 불화살만 볼 뿐이었다. 적군의 군사는 자신의 교란 전술에 세종의 군대가 말려들었다고 확신했다.

"전하의 군대는 우리 손아귀에 있다."

장군은 부하 장수들에게 명령을 내렸다.

"원앙새 대형으로 진형을 갖추어라."

그 말이 떨어지자마자 순식간에 엄청난 수의 군대가 숲속에서 나타났다. 그들은 성벽에 오르기 위해 준비하고 있던 사다리 부대원들과 함께 남문을 향해 총진격을 펼쳤다.

세종은 장수들과 함께 성곽 위에서 적군이 다가오는 모습을 지켜보고 있었다. 그의 예상이 정확히 맞았다. 그의 양쪽 옆으로 수십 대의 신기전들이 줄지어 서 있었다. 왕은 남쪽에서 공격이 이루어질 것을 예상하고 미리 주력을 남쪽 성벽 위에 배치해 놓았던 것이다.

세종은 한 치의 망설임도 없이 명령을 이어 갔다.

"발사각을 높여서 적군의 근거리에 떨어지게 조준하라."

포병이 도화선에 불을 붙였다.

"준비, 발사."

도화선에 불이 붙자, 백호 부대와 홍작 부대를 투입하라는 명령이 이어졌다. 이를 들은 신호병은 요란하게 둥둥 소리를 내며 계속해서 북을 두드리기 시작했다. 멀리서 들려오는 북소리에 반응하듯, 적군의 현 공격 위치 뒤에 몰래 잠복하고 있던 왕의 군대 한 무리가 일제히 뛰어나오며 신속하게 우측으로 움직였다. 두 번째 무리도 포복을 마치고 자리에서 일어났다. 그들은 주변 상황을 예의 주시하는가 싶더니 재빨리 좌측으로 이동하기 시작했다.

그때 수천 발의 불화살이 슉슉거리며 날아올랐다.

세종은 성곽에서 쏘아 올린 불화살이 길고 높은 포물선을 그리며 어두운 밤하늘을 가르는 모습을 지켜보았다. 그리고 그중 하나의 움직임을 유독 집중해서 지켜보았다. 활활 타오르는 불화살의 궤적 하나가 검은색 종이 위에 흰 곡선을 그리는 붓으로 변했다. 그 단순하기 짝이 없는 형태에 무언가 깊은 의미가 있는 것처럼…….

잠시 딴생각에 빠졌던 세종이 현실로 돌아왔다. 신기전의 불화살이 목표물을 향해 메뚜기 떼처럼 쏟아져 내리고 있었다.

병사들을 이끌고 성곽을 향해 진격해 오던 적장은 발걸음을 멈추고 밤하늘에서 장대비처럼 쏟아져 내리는 불화살들을 멍하니 올려다보았다. 적군은 불화살이 그들 앞에 떨어져 바닥에 박히고, 도화선이 타들어 간 후 엄청난 폭발음과 함께 터지는 광경을 바라보았다. 조금 전 세종은 포병들에게 '적군의 근거리에 떨어지게 조준하라'고 명했었다. 하늘에서 떨어져 내리는 불화살은 적군에게 치명상을 입히는 것이 아니라 마치 경고성 사격처럼 보였다. 죽일 의도가 없는 화살이었다.

적의 군사는 땅이 꺼질 듯 한숨을 내쉬었다.

"이 정도면 화살을 맞아 죽은 거나 진배없구나."

적장은 병사들을 향해 즉시 퇴각하라고 명령했다. 적군은 퇴각 신호를 울리며 후퇴했다. 하지만 퇴로는 막혀 있었다. 그들의 후방에 세종의 군대가 매복 중이었다. 적군은 후퇴조차도 힘든 진퇴양난의 상황이었다.

퇴로를 뚫으려는 적군과 퇴로를 차단하려는 병사들은 창과 검, 화살로 치열하게 전투를 하는 것처럼 보였다. 하지만 어딘가 이상해 보였다. 창의 끝에는 천을 감아 살상하지 않도록 만들었고, 검은 날이 선 철검이 아니라 모두 목검이었다. 화살도 끝이 없는 명텅구리 화살이었다. 처음에는 저항하는 듯했던 가상의 적군은 그들의 가짜 무기를 내려놓으며 항복해 왔다. 오늘의 전투는 말하자면 모의 전투, 세종의 군인들은 모의 훈련 중이었다.

성곽에 있던 세종의 장수들은 전장에서 들리는 승리의 북소리를 들었다.

"저희가 이겼나이다."

보고하는 영의정의 목소리에 당황하는 기색이 묻어 나왔다.

세종은 아무 대답이 없었다. 그는 승전을 전하는 영의정의 목소리도, 승리의 북소리도 듣지 못한 듯 보였다. 집게손가락을 뻗은 세종은 신기전의 발사대에 묻어 있는 시커먼 재를 손가락에 묻힌 다음 포물선을 그리며 밤하늘로 날아갔던 불화살의 형태를 그리고 있었다. 영의정은 왕의 행동이 이상하다고 생각하며 함께 서 있던 대장군을 쳐다보았다.

"전하."

대장군이 다시 말했다.

"그래."

"저희가 승리했나이다."

"당연한 일이다."

목소리에 자만심은 느껴지지 않았지만 왕은 자신이 세운 전략에 한 치의 의심도 없었다. 항상 그랬던 것처럼.

"용맹과 지력을 뽐낸 양쪽 모두에게 상을 내리거라. 혹여 실수가 있었더라도 너그럽게 봐주도록. 모두에게 긴 하루가 아닌가."

영의정은 표정을 숨기지 못했다. 대체 이 군주는 현명하신 듯하다가도 한편으론 정신을 놓으신 듯 보이기도 하니, 도대체 무슨 생각을 하는 분인지 궁금증이 일었다. 영의정의 표정을 보았으나 세종은 모른 척 넘어가기로 했다.

양쪽 진영의 병사들이 전장을 정리하고 한성으로 복귀하기 위해 짐을 꾸리는 사이, 세종은 적군의 군사역할을 맡았던 최만리와 이야기를 나누었다. 그는 집현전의 수장이자 왕의 최측근 고문이며, 세종의 벗이었다.

"어찌 아셨습니까?"

최만리가 물었다.

"유교의 예법에 군주는 남쪽을 바라보고 신하들은 북쪽을 바라보라 했네. 그대처럼 뼛속 깊은 유학자는 비록 모의 전투라 하더라도 이 신성한 율법을 깨뜨리지 않을 거라 생각했을 뿐이네."

최만리는 미소를 지었다.

"이번 패인은 저의 지나친 신념 때문이군요."

왕이 말했다.

"전투에서는 졌을지 모르나 전쟁에서는 그대가 이겼네."

"무슨 말씀이시옵니까?"

"나에 대한 그대의 충정은 한 치의 모자람이 없네. 하지만 내가 그대의 그런 충정을 받을 만한 자격이 있는 군주인지 의심스럽군. 내가 옥좌에 있는 동안은 계속 그런 의심을 가지고 살아야 할 것 같네."

최만리는 왕의 말에 마음속 깊이 감동했다. 충심을 다해 군주를 섬기는 것은 유교의 도리 중 하나였다. 하지만 신하의 마음 한 구석에는 자신의 충성을 왕이 알아주기를 바라는 심정 또한 있었던 것이다. 최만리에게는 주군의 인정이 높은 벼슬이나 토지, 금은보화보다 더 가치 있었다.

그 무렵 식사 당번인 병사가 무거운 바구니를 흔들며 크게 소리를 질렀다. 굶주려 있는 병사들에게 떡을 나눠 주기 위해 사방을 헤집고 다니는 모양이었다. 세종이 무심결에 떡이 든 바구니 쪽으로 손을 뻗으려고 하자, 최만리는 그의 손이 닿기도 전에 바구니를 확 하고 밀쳤다.

"전하, 궁에 전하께서 드실 것이 마련되어 있나이다."

"……그렇겠지."

세종의 목소리는 조금 실망스러워하는 듯 들렸다. 아무리 왕이라 해도 거대한 성벽과 같은 유교적 예법으로 인해 떡 하나도 함부로 먹을 수 없는 세상이 바로 조선이었다.

양 한 마리가 궁궐의 복도를 홀로 걷고 있다. 깊은 밤, 달빛을 받은 궁궐은 아름다운 광채를 뿜어내고 있었다. 은은한 색의 나무 기둥과 판자, 기와로 쌓아 올린 전각의 지붕, 성벽, 벽돌로 만든 통로까지 모든 것이 사람의 눈높이에 맞을 정도로 낮은 듯했다. 궁궐에는 높은 층이 거의 없었다. 모든 것은 놀라우리만치 낮고 겸손했다. 족히 수백 명에 달하는 왕족들과 신하들이 생활하고 일하는 궁궐은 더할 나위 없이 인간적인 건축물이었다. 백성들을 압도하려는 것이 아니었다. 유교적인 겸손함과 올바름의 관점에서 시작해서 최대한으로 선한 조정의 모습을 제시하고자 하는 의도에서였다.

그래서일까, 눈앞에 보이는 양의 외로운 자태는 너무나 순수하고 어디 하나 흠잡을 데가 없었기에 더욱 기이했다. 이것은 꿈이었을까?

왕이 눈을 떴다. 침전은 아직 어둠이 내려 있었다. 하지만 오늘은 매우 중요한 날이었다. 물론 수없이 많은 중요한 날 중 하루였다. 왕으로 살아온 그의 인생은 단 하루도 그의 것이 아니었다. 그의 사계절은 온갖 행사들로 가득 채워졌고 국정에 매달려 하루하루를 소진했다.

동이 트기까지는 아직 몇 시간이 남아 있었지만, 세종을 시중드는 궁인들은 이미 잠에서 깨어 하루를 시작할 준비를 마쳤다. 왕실에서 일하는 재단사와 재봉사는 천장에서 바닥까지 길게 걸려 있는 왕의 비단 면복(冕服)을 둘러싼 채 옷에 묻은 먼지를 솔로 털어 냈다. 화려한 수가 놓인 소매 부분은 수평을 이루며 양쪽으로 뻗어 있었다. 소매 부분이 풍성하게 늘어진 그 옷은 마치 천상에서 내려온 날개옷처럼 보였다.

제사를 준비하는 방에는 흰옷을 입은 남자가 제사에 사용할 칼들이 가지런히 놓여 있는 작은 상자를 열었다. 내관 한 명이 양을 안고 방으로 들어왔다.

"전하께서는 어디 계신가?"

칼을 정리하던 남자가 물었다.

"궁을 둘러보러 가셨나이다."

내관이 돼지와 소 옆으로 양을 옮겨 놓으면서 말했다. 잘 벼려 놓은 칼들처럼, 양도 이번 제사에 사용될 운명이었다.

침전에서 기다리던 왕은 궁인들 사이로 제관이 다가오자 자리에 그대로 선 채 준비된 면복을 입기 위해 팔을 쭉 뻗었다. 드디어 제례를 행할 준비가 되었다. 옷이 그의 머리 아래로 내려오는 순간, 건너편 방에서는 날카로운 칼날이 양의 목을 관통했다. 양은 전혀 몸부림을 치지 않고 시퍼렇게 날이 선 칼을 빤히 쳐다보았다. 마치 무슨 일이 일어날지 전혀 모르는 순수한 영혼처럼, 혹은 자신의 운명을 완전히 받아들이는 것처럼.

칼날이 양의 살점을 파고드는 순간 왕의 머리에도 제례용 관이 씌워졌다. 이 순간, 그리고 이생에서 또 내생에서도, 양과 왕은 같은 운명이었다.

세종의 왕비 소헌왕후는 오늘의 제례를 위해 복장을 갖춰 입고 중궁전을 거닐고 있었다. 그녀의 뒤로 품계에 따라 각기 다른 옷을 입은 후궁들 몇 명이 따라왔는데, 거울처럼 맑은 물속을 헤엄치는 잉어 떼처럼 보였다.

밤의 궁궐은 어둡고 고요했다. 궁의 맞은편에는 집현전이라는 이름을 가진 특별한 건물이 우아한 자태를 뽐내며 서 있었다. 집현전에는 지난 모의 전투 때와 달리 깔끔하게 단장한 최만리가 있었다. 의례에 맞추어 단순하지만 위엄 있는 복식을 갖춘 최만리는 공자의 영정 앞으로 다가가 향을 피웠다.

유교가 전지전능한 신을 믿는 종교는 아니지만, 마치 천국에나 존재할 것 같은 윤리적인 사상임에는 분명했다. 유교는 사후 세계에 천국이라는 곳이 존재한다고 주장하지 않았다. 오히려 자연스럽고 창조적이며 질서를 갖춘 인간 세상이 곧 천국이라는 원리를 개념화시켰다. 엄격한 가르침을 중요하게 여겼고, 수행해야 하는 계명이 없는 대신 인간관계에 있어 반드시 지켜야 할 다섯 가지 덕목을 강조했다. 군주와 신하 사이, 부모와 자식 사이, 부부 사이, 형제 사이, 친구 사이의 덕목이었다. 유교의 모든 가르침은 엄격한 의례를 주춧돌로 삼고 있었다.

최만리는 궁궐에서 행하는 수많은 의례 중 오늘의 의례가 가장 중요하다고 생각했다. 오늘의 의례는 조정 전체가 참여하는 공식적인 제례로 고대의 제사 형식에 기원을 두고 있는데, 하늘과 땅의 바른 윤리가 궁에서도 이루어지기를 기원하는 의식이었다. 세상만사를 최대한 올바르게 만들겠다는 방편의 일종이랄까, 최만리는 온 마음으로 그렇게 믿었다. 비슷한 맥락에서, 그는 자신의 일생을 군신의 관계에 완벽하게 맞추었다. 공식적으로는 군주를 위해서 살았고, 왕에게 있어서는 고문이자 상담자이자 심지어는 양심으로서 존재했다.

향을 피우자 뿌연 연기가 피어오르더니 족자 속에 그려진 공자의 얼굴을 향해 움직였다. 몇 가닥의 연기가 감정에 복받쳐 눈물이 고인 최만리의 눈가를 스치고 지나갔다.

이윽고 궁궐의 남쪽 문이 열렸다.

동이 트기도 전부터 궐문 앞에 모여 수다를 나누던 백성들이 말을 멈추고 고개를 돌렸다. 횃불을 든 병사와 제복을 입은 내금위 위사, 문무 양반을 포함한 조정 대신과 행사에 참여하는 왕족이 색색의 의복을 갖추어 입고 궁궐 밖으로 나왔다. 크고 작은 가마에 몸을 실은 양반과 왕족은 제례에 참석하기 위해 갈 길을 서둘렀다. 그들 사이로 북과 징, 흥겨운 가락이 어우러진 거대한 어가 행렬이 한성의 큰길을 통과했다.

좌판과 시장, 나무와 짚과 흙을 반죽해 만든 민가 양옆으로 자연스러운 흙길이 나 있었고, 길마다 왕의 행차를 구경하려는 백성들이 가득했다. 아직은 주위가 어둡고 날은 추웠지만, 유교에서 그토록 강조하는 군주와 신하 사이에 지켜야 할 도리를 받들기 위하여 모든 이들이 새벽부터 서둘러 일어난 것 같았다.

화려하게 치장한 가마에 오른 세종은 오늘 거행할 제례에 최대한 충실한 태도를 보이려고 노력했다. 고개를 들어 얼굴은 앞을 향하고 눈은 살짝 밑으로 향한 채 점잖게 앉아 있었다. 하지만 그의 눈가에는 순진무구한 미소가 번지고 있었다. 오랜만에 궁궐 밖으로 나와 자신이 통치하는 백성들 사이를 누비게 된 기쁨을 좀처럼 숨기지 못하는 듯 보였다.

어가 행렬이 선대왕들을 모신 사당인 종묘에 이르자 그제야 저 멀리 붉은 태양이 떠오르기 시작했다. 사당 안을 가득 채운 참석자들은 중국으로부터 전해진 유교적 예법에 따라 배정된 각자의 자리를 지키고 있었다. 하늘을 향해 활짝 열린 지붕 아래, 별다른 장식 없는 단순한 모양의 탁자들이 줄지어 놓여 있었다. 그곳에는 가장 최근까지 살았던 세종의 조상들을 의미하는 신주들도 봉안되어 있었다.

정해진 의례 순서대로 일련의 동작들을 시행할 무렵, 참석자들의 머리 위로 첫 번째 광명이 내비쳤다. 오늘 제사를 위해 희생된 동물에서 잘라 낸 고깃덩이가 하늘로 떠난 혼을 위해 봉헌되었고, 제사상마다 고기 조각과 고인이 생전에 즐기던 몇 가지 음식도 함께 준비되었다. 세종은 다리가 셋 달린 청동 술잔에 곡주를 부어서 신주 앞에 올렸다. 모두들 오늘 이 자리에 조상의 영혼이 나타났다고 굳게 믿고 있었다. 조선 왕조를 세운 태조와 그 선대를 위한 제사는 그렇게 시작되었다.

최만리에게도 조상에게 술을 올리는 시간이 주어졌다. 오늘 제례에서 왕실이 아니라 신하의 선조에게 술을 올리는 영광스러운 순간이 최만리에게 주어진 것이었다. 그동안 집에서 차례와 제사를 지냈던 최만리는 당황하지 않고 간결하고도 정확한 동작으로 제례를 마쳤다.

종묘제례악이 연주되자 가무단은 우아한 몸짓으로 제사를 지내는 모양을 강조한 춤을 추었다. 수금과 피리, 넓적한 돌판을 달아 놓은 듯한 커다란 타악기에서 나오는 소리가 조화롭게 울려 퍼졌다. 그 타악기는 '편경'이라는 고대의 석조 악기로 매우 세심하게 다듬어졌는데, 언뜻 모양만 보면 아라비아숫자 '7'처럼 보였다.

제례의 절정은 축문을 적은 지방을 촛불로 태우는 의식이었다. 얇고 섬세한 한지는 불이 붙자마자 활활 타면서 공기 중으로 사라졌다. 마치 살아 있는 자들의 간절한 기원을 하늘에 전달하는 듯했다.

제례는 해가 저물 때까지 계속 이어졌다. 어가 행렬이 다시 궁으로 돌아갈 때까지 세종은 오늘의 의례가 공자를 흐뭇하게 만들었다는 확신을 최만리가 가질 수 있도록 계속 그와 눈을 마주쳤다. 그러다 보니 궁에 다다를 때쯤에는 심신이 지칠 대로 지쳤다. 어두운 밤, 침소에 놓인 베개에 머리를 눕힌 뒤에야 왕의 하루는 겨우 끝이 났다.

생명의 촛불이 사그라드는 왕에게 하루 종일 이어진 제례는 육신을 더욱 힘들게 했다. 세종은 자신의 죽음을 예견하고 있었다. 하지만 그 자신 외에는 누구도 알아차리지 못했다.

～～～～～

다시 하루가 시작되었지만 오늘은 또 다른 의례가 세종을 기다리고 있었다. 명나라에서 대규모 사신단이 육십 일의 여정을 거쳐 북경에서 한성까지 다다른 것이다. 사신단은 어제의 어가 행렬이 지난 길을 따라 행진하는 중이었다. 대규모 사신단을 지켜보는 백성들의 눈동자에 호기심이 가득했지만 어가 행렬을 바라볼 때 드러냈던 애정의 눈빛은 어디에도 없었다. 사신단의 악기 연주가 이어졌으나 그들의 귀에는 그저 이국적인 소음일 뿐이었다.

세종도 조정 대신들과 함께 궁궐 안 근정전에 모여 명나라 사신단을 기다렸다. 문을 활짝 연 근정전은 오늘과 같은 공식적인 행사를 위해 건축한 곳이었다. 대신들은 조복을 갖춰 입은 상태로 유교 행사를 치를 때처럼 각자 정해진 위치에 자리를 잡고 서 있었다. 조선이 명나라의 속국이니 명나라의 사신단은 최고의 접대를 받아야 했다. 마치 막냇동생이 형을 존경해야 하는 것처럼, 아들이 아버지를 존경해야 하는 것처럼 명나라를 섬겨야 하는 것이 조선의 처지였다.

기골이 장대하고 살집이 두툼하며 수염을 기른 명나라 사신이 붉은색 가마를 타고 나타났다. 바로 뒤에 말을 타고 따르는 이는 부사신이었는데, 앞에 있는 자보다 몸집이 작고 말랐지만 왠지 모르게 더 위협적으로 보였다.

궁궐을 가로지른 사신단은 근정전 바로 앞문에 이르러서야 가마를 세웠다. 부사신이 앞장서고 기골이 장대한 사신과 나머지 일행은 그 뒤를 따라 함께 걸었다. 그들은 도열한 세종과 조정 대신들을 지나쳐 근정전 한가운데 높은 곳에 마련해 놓은 자리를 향했다.

부사신은 돌돌 말아 밀랍으로 봉해진 두루마리를 매우 소중한 보물을 다루듯 조심스레 꺼냈다. 그런 다음 자리에 모인 조선의 왕과 신하들에게 중국말로 말했다.

"황제가 전하는 말씀을 받들어라! 중국의 황제이자 하늘의 아들, 위대한 명나라의 목소리시다!"

그 말이 떨어지자 세종과 조정 대신들은 그 두루마리가 명나라의 황제라도 되는 양 제자리에 무릎을 꿇고 엎드렸다. 두꺼운 밀랍으로 봉해진 두루마리는 사신단이 북경을 떠나기 전에 명나라 황제가 직접(아니면 최소한 문서를 작성하는 자리에는 참석하였을 것이다) 작성하고 복잡한 문양의 옥새를 찍어서 보낸 것이었다. 부사신은 밀랍을 떼고 두루마리를 펼쳤다. 그 모습이 극적인 효과를 더했다. 그는 그 자리에 모인 모든 사람들이 똑똑히 들을 수 있도록 쩌렁쩌렁 울리는 중국말로 서신을 읽어 내려갔다.

"조선의 왕에게 안부를 전하노라."

황제가 그 서신을 쓴 시점은 사신단이 조선의 왕궁에 도착하기 육십 일 전이었다. 앳되고 잘생긴 외모의 명나라 제6대 황제 정통제는 황금으로 온통 장식된 황제의 집무실 책상 앞에 앉아 있었다. 황제의 자리에 오르기에는 아직은 어린 소년이었다. 그는 머리부터 발끝까지 황제의 의복을 입고 있었는데, 워낙 몸집이 작아 옷이 지나치게 커 보일 지경이었다. 공작새를 연상케 하는 황제의 의복. 누가 봐도 엄청난 부를 축적한 것이 분명한 명나라 황실의 복식과 그로부터 천삼백 킬로미터나 떨어진 조선 왕실의 복식은 너무나 대조적이었다. 명나라 황제에 비하면 조선 왕의 의복은 지나칠 만큼 겸손해 보였다.

왕진이라는 이름을 가진 중년의 환관이 어린 황제의 뒤에서 목소리를 높이고 있었다. 그는 아첨꾼이자 황제의 스승이었고, 고문이자 숭배자였다. 게다가 어린 황제의 조종자이기도 했다.

환관은 성년이 되기 이전의 남자를 거세하여 궁인으로 삼음으로써 황제의 후세에 위협이 되지 않도록 한 직종이었다. 궁이란 황제의 변덕에 기대어 사는 수백 명의 여자들이 들끓는 곳이다 보니, 황후든 후궁이든 궁녀든 가릴 것 없이 남녀 간의 자연스러운 감정이 생기기를 기대하며 살 수밖에 없었다. 그런 공간에서 탈을 일으키지 않으려면 거세는 불가피하다는 것이 옛 황제들의 판단이었고, 그렇게 탄생한 특이한 직종이 바로 환관인 것이었다.

대부분의 환관은 황제들이 기대한 대로 맡은 바 의무를 다하며 살았지만, 모든 환관이 그랬던 것은 아니었다. 중국이 수천 년 동안 세계에서 가장 거대한 제국이었음을 고려할 때, 황제의 지척에 있는 환관이 세계에서 가장 강력한 권력을 가진 인간이었던 경우도 가끔은 있었다. 철없고 순진한 어린아이를 용상에 앉혀 두고 그 뒤에서 온갖 전횡을 일삼은 왕진은 그 대표적인 경우라고 할 터였다.

지금 황제는 조선으로 보낼 서신을 쓰는 중이었다. 그리고 왕진은 황제의 뒤에 서서 자신이 하는 말을 황제가 그대로 받아쓰도록 했다.

"짐은 조선의 왕과 신하들에게 인사를 전하는 바이다……."

황제는 환관의 말을 토씨 하나 틀리지 않고 그대로 받아 적었다. 이는 중국의 황제가 조선이라는 나라를 얼마나 중요하게 생각하는지 여실히 보여 주는 장면이었고, 명나라가 살아남기 위해서는 조공 체제가 얼마나 필수적인지를 보여 주는 장면이기도 했다.

"짐이 가장 아끼는 아들과 그의 모든 자녀들을 대하듯……."

어린 황제는 붓을 멈추더니 이 말을 반복했다.

"짐이 가장 아끼는 아들? 이거 약간 깔보는(patronizing) 느낌이 드는 것 아닌가?"

환관은 어린아이를 달래듯 웃으면서 말했다.

"폐하는 만세를 누리시는 황제로, 조선국의 수호자(patron)이십니다. 약간 깔보는 것(patronizing)은 부적절한 것이 아니옵니다."

하늘의 아들, 황제는 잠시 생각에 빠졌다. 그러고는 곧 고개를 끄덕이고 받아쓰기를 계속해 나갔다.

◎◎◎◎◎◎

어떤 상황에서 쓰였는지 전혀 알지 못한 채, 부사신은 황제가 보낸 서신을 계속 읽어 내려갔다.

"짐이 가장 아끼는 아들과 그의 모든 자녀들을 대하듯……."

조선의 왕실을 무시하는 표현이지만 부사신은 아랑곳하지 않았고, 세종과 신하들 또한 불편한 속내를 드러내지 않고 무표정한 얼굴을 유지했다. 황제의 서신은 계속되었다.

"이에 우리 황실에서는 조선의 교육과 안전에 대해 걱정하고 있다. 일전에 말했듯이 명나라 황실의 서고에서 준비한 조촐한 선물을 보내니……."

부사신이 고개를 끄덕하며 신호를 보내자 사신단 중 하나가 재빨리 커다란 나무 상자를 가져왔다. 상자를 열자 아름답게 포장된 책들과 족자들이 모습을 드러냈다.

"……혹여 여유가 생길 때마다 계속 학업에 열중할 수 있을 것이다.”

무례한 어조와 함께 더 무례한 답례품 요구가 이어졌다. 마치 강탈해 가듯 답례품 목록을 알리는 순간이 왔다.

“짐이 보낸 선물에 대해서 굳이 예를 갖추고 싶다면, 조선에서 가장 좋은 군마 만 필을 바치도록 하라.”

말 만 필. 아무렇지도 않게 뱉은 그 말이 세종과 신하들에게는 커다란 망치로 뒤통수를 맞은 것만큼이나 충격적이었다. 만약 명나라 황실의 요구에 순순히 응한다면 조선은 기병은 물론이거니와 물자를 운반하는 말과 마차까지 모두 포기할 수밖에 없었다. 더욱이 군마 만 필과 함께 사라지게 될 기병은 조선의 군사력을 저하시켜 주변국의 침략 대상으로 전락시키고 말 것이었다. 다시 말을 키우는 데는 족히 이 년은 걸릴 것이고, 그게 아니라면 이번 손해를 메우기 위해 평소 오랑캐라 여기던 여진족이나 몽골족과 거래를 하는 일이 생길지도 몰랐다.

이 모든 상황을 생각하자 신하들 가운데 서 있던 대장군의 얼굴이 하얗게 질려 버렸다. 대장군은 근심 어린 눈으로 왕과 영의정을 돌아보았는데, 뜻밖에도 그들의 표정에는 아무런 변화가 없었다.

“……만약 조선의 안전에 작은 위험이라도 발생한다면 명나라 황실은 어떤 대가를 치르더라도…….”

말은 번드르르하지만 조선의 안전은 결국 조선이 알아서 해결해야 한다는 점을 이 자리에 모인 모두가 알고 있었다. 그럼에도 세종의 표정은 변하지 않았다. 지금은 어떠한 반박도 적절치 않았다. 잠시 후 어두운 밤이 찾아오면 팔도에서 올라온 곡주가 명나라 사신단의 얼굴을 벌겋게 달아오르게 만들 것이었다. 그렇게 그들의 입이 자유로워지는 시간이 오면 진짜 이야기가 시작될 것이었다.

왕에게 오늘 하루는 유난히 더디게 흘러가는 것만 같았다.

〰〰〰〰〰

해가 저물고 마침내 저녁이 찾아왔다.

명나라 사신단을 환영하는 잔치는 세종이 궁궐 내에서 가장 좋아하는 장소인 경회루에서 열렸다.

인공 호수 위에 둥실둥실 떠 있는 듯 건축한 경회루는 색색의 나무와 돌로 장식된 개방적인 건물이었다. 저 멀리 저물어 가는 햇빛이 호수의 표면에 반사되면서 마치 지구에 잠시 내려앉은 무지개처럼 반짝거렸다.

명나라 사신단은 본인들의 신분과 상관없이 황제를 대신해 온 자들이기 때문에 황제와 같은 격식을 차려야 했다. 사신들은 조선에게 가장 귀하고 좋은 것을 대접받았다. 조선 최고의 가무단과 악단, 정성껏 만든 갖가지 음식과 술이 올랐다.

마지막 순서는 대장군 이천의 검무였다. 나이가 많은 노장군이지만 검무는 가히 조선 최고였다. 검무에는 어느 정도 정해진 안무가 있었지만 이천은 장검 두 자루로 즉흥적인 춤을 선보였다. 춤사위는 치명적일 정도로 아름다웠다. 모두의 시선이 검무를 추는 장군을 향했다.

세종과 신하들은 중국에서 온 사신과 부사신 앞에서 최대한 예의를 갖추며 앉아 있었다. 하지만 시간이 흐르고 음식과 술이 더해지면서 분위기는 서서히 누그러졌다. 이천이 검무를 마치고 예의를 갖추어 인사를 하자 중국 사신은 중국어가 아닌 조선말로 칭찬을 했는데, 의도적으로 조선말을 잘못 발음하며 무례함을 극대화시키는 듯했다.

"훌륭하군!"

사신이 감탄하며 손뼉을 쳤다.

"북경에 있는 어떤 광대도 이보다 더 멋진 공연을 선보이지는 못할 거요."

이천은 왜구나 여진족과의 싸움에서 단 한 번도 패배한 적이 없는 장수였다. 외교는 또 다른 전쟁이라고 한다지만 장군은 외교 쪽은 별로 좋아하지 않았다. 그는 사신이 던진 말에 모욕감을 느끼고 대번에 눈빛을 서늘하게 빛냈지만, 세종은 표정을 바꾸지 않고 담담하게 화답했다.

"조선에도 이보다 뛰어난 광대는 없소. 사실 광대 자체가 없지만."

왕의 말은 사실이었다. 사신은 어떻게 맞받아칠까 생각하다가 진짜 말하고 싶은 속내를 드러냈다.

"최근 전하께서 하신 모의 전투에서 대장군인지 광대인지 모를 저자와 다른 자들 모두 자기 역할을 잘 수행했는지요? 성 침략 훈련이라고 했나요?"

명나라에서 조선에 첩자를 심어 둔 것이 분명했다. 하지만 세종은 놀라거나 당황한 기색을 보이지 않았다.

"물론이오. 모두가 훌륭하게 자신의 임무를 수행했소."

"우리 명나라가 조선을 살피고 있습니다. 명나라 황실이 바로 조선의 요새가 아닙니까. 명나라 병사도 마찬가지입니다. 한데 조선에서 전쟁을 준비해야 할 필요가 있습니까?"

왕과 대신들 그리고 학자들과 장군들까지 중국 사신의 질문을 듣자 벼랑 끝에 선 것처럼 아슬아슬한 기분이 들었다. 세종은 사신의 질문에 즉답을 피했다.

"무릇 군주는 자신의 나라를 지켜야 할 책임이 있다고 했소. 게다가 황제께서 도움을 청하실 때를 대비해야 하지 않겠소? 만약 그런 상황이 온다면 말이오."

사신은 세종의 말을 잠시 곱씹어 보더니 말했다.

"물론 그 말씀도 옳지요. 하지만 소문으로는, 그저 소문이겠지요? 듣기로는 다소 불길한 구석이 있더군요. 어떠한 연유로 전쟁놀이에서 '적군'의 역할을 하는 측에서 우리 명나라의 책략가가 즐겨 사용하는 원앙새 대형을 구사한 것입니까? 마치 황제의 군대가 조선을 공격하기라도 할 것처럼 말입니다."

순간 호수 속을 유유히 헤엄치던 잉어가 물 위로 펄쩍 뛰어올랐다가 다시 물속으로 들어갔다. 세종은 텀벙대는 물소리가 잦아들 때까지 기다렸다.

"명나라가 워낙 위대하다 보니, 조선이 아니라 다른 나라에서도 그 대형을 흉내 냈을 것이오. 그 정도 책략이 아니라면 어떻게 적군을 겁에 질리게 만들 수 있겠소?"

세종은 언제나처럼 진실과 모순의 여지를 반씩 남기며 재치 있게 받아쳤다. 과연 세종이 한 말은 모두 진실이었을까? 그의 생각을 알아내기란 결코 쉬운 일이 아니었다. 특히 그의 진심은 도무지 알 길이 없었다.

"그건 맞는 말씀입니다."

이어 사신은 본론으로 들어갔다.

"그럼 군마는 어찌하시겠습니까?"

"전부 가지고 가시오."

세종은 한 치의 망설임도 없이 수락했다.

사신은 즉각적으로 명나라의 요구를 수용하는 모습에 놀라면서도 겉으로 드러내지 않으려고 애썼다. 세종은 사신이 말한 어처구니없는 요구 조건을 굳이 깎으려고 하거나 협상하려고 들지 않았다.

"만 필 전부를 말씀입니까?"

"가지고 가시오."

그러자 대장군 이천의 얼굴이 화가 난 듯 새빨갛게 달아올랐다. 영의정의 표정도 바로 굳었다. 하지만 명나라 사신은 기쁨을 숨기지 않았다. 그는 바로 술잔을 높이 들고 건배를 외쳤다.

"하오! 하오!"

뼛속 깊이 유학자인 최만리는 왕의 용단에 깊은 존경심을 느꼈다. 그는 세종과 잔을 들어 건배하면서 친근한 눈빛을 주고받았다.

협상은 그렇게 종결되었고 자리에 모인 모든 사람이 완벽한 중국어 발음으로 '하오! 하오!'를 외쳤다.

초록색 잎사귀들…….

보이지 않는 하늘에서 보이지 않는 땅을 향해…….

맑고 투명한 유리처럼 깨끗한 공기를 뚫고…….

잎사귀들이 떨어진다…….

세종은 눈을 떴다. 항상 그러하듯 등을 바닥에 댄 채로 얼굴은 위를 향해 있었다. 잠시였지만 초록색 잎사귀들이 떨어지는 꿈의 환영이 아직도 눈앞에 아른거렸다. 아주 오래된 꿈이었다. 세종이 충녕 대군으로 불릴 때로 거슬러 올라가 그때부터 줄곧 꾸던 꿈이었으니까.

충녕은 조선 왕조 세 번째 왕인 태종의 세 번째 아들이었다. 태종은 왕자의 난을 일으키며 아버지의 조정을 전복시켰고, 태종의 아버지인 태조는 고려를 전복시켜 나라의 통치권을 빼앗은 사람이었다. 태종은 첫째 아들과 둘째 아들보다 셋째 아들인 충녕의 비상한 두뇌와 침착함을 높이 샀다. 셋째 아들에게 왕위를 물려주기 위해 태종은 일반적인 후계 질서를 뛰어넘었다.

그 전략은 태종의 선견지명이 그대로 드러난 것으로, 기대 이상의 성과를 가져왔다. 조선의 통치권자인 세종은 내부적으로는 나라를 안정적으로 통치했으며 외부적으로는 일본 및 북쪽 국경에 맞닿은 부족들과 균형을 유지했고, 항상 불안정하기는 했으나 중국 명나라와도 역동적인 외교 관계를 유지했다. 아버지 태종처럼 피 한 방울 흘리지 않고서 말이다. 물론 대부분은 충분히 예측 가능한 것들이었다.

세종은 재위 기간 중에 다양한 발명품을 만들었고, 백성들이 교육받을 수 있도록 지원했으며, 백성들을 향한 진심 어린 애정을 보였다. 그는 다른 왕의 치하에서 죽어라 고생했을 가난한 자와 노인, 과부와 고아를 위한 애민 정책을 펼치기도 했다.

이 모든 과정을 이루는 데 도움을 준 사람은 최측근에서 세종을 보필한 내관 동우였다. 두 사람은 언제나 함께했다. 동우는 모의 전투를 나갈 때 세종에게 전투용 갑옷을 갈아입힌 사람이었고, 오늘 아침에도 집무를 보기 위한 의복을 준비한 사람이었다. 왕의 조찬과 차, 그날 입을 옷까지 모두 그의 손을 거쳤다. 대전내관 중에 품계가 가장 높은 동우는 젊은 내관들을 거느리고 있었고, 한 무리의 내관들이 함께 왕을 보필했다.

차 시중을 담당하는 젊은 내관이 찻주전자를 거두며 콧노래를 흥얼거리듯 말했다.

"전하, 오늘 날씨가 매우 화창하옵니다."

"그렇구나."

세종은 겨우 잠에서 깨어나 말했다.

"명나라 사신 접견을 성공적으로 마쳤기 때문에 그런 것 같사옵니다. 분명 명나라 황제도 소식을 듣고 기뻐할 것이옵나이다."

세종은 그 말에 동의하고 싶지 않았다.

"황제에 관한 한 아무도 장담할 수 없지."

젊은 내관이 무어라 답을 하려는데 동우가 나타나 그의 머리를 뒤에서 붙잡으며 세종에게 문안 인사를 올렸다.

"편히 주무셨사옵니까, 전하."

동우는 젊은 내관을 향해 얼굴을 찌푸렸다.

"무엄하구나, 썩 나가지 못할까."

상관의 명령에 젊은 내관은 도망치듯 몸을 피했다. 젊은 내관이 나가는 것을 확인한 동우가 옷상자를 가져왔다.

"저 아이가 전하를 모시려면 아직 한참 더 배워야 합니다."

동우가 상자에서 왕의 옷을 꺼내며 말했다.

"우리에게 시간이 충분히 남았다면, 그렇겠지."

세종은 은은한 미소를 지어 보였지만, 목소리에는 왠지 모를 쏩쓸함이 묻어 있었다. 밤낮으로 이어지는 의례 때문인지 온몸의 관절 마디마디가 욱신거렸다. 세종은 본인이 할 수 있는 최선을 다하는 중이었다. 그러면서도 겉으로는 병약한 기색은 물론이고 불편한 기미도 전혀 비치지 않아, 동우는 계속 잔소리를 늘어놓을 수밖에 없었다.

공무를 수행할 때 입는 옷, 평소에 입는 옷, 잘 때 입는 옷, 왕이 입는 옷은 속옷 하나까지 궁중의 법도에 따라야 했다. 그런데 지금 동우가 입히는 옷은 일국의 왕이 입을 법한 옷이 아니었다. 왕의 품위는 전혀 찾아볼 수 없이 품이 늘어지고 소매 끝도 닳아 있었다. 누가 봐도 평민들, 그것도 시장을 오가는 상인들이나 입을 법한 옷이었다.

물론 이것은 정확히 세종이 기대했던 옷이었다. 동우는 빛바랜 목도리 하나를 꺼냈다.

"봄이 시작되는 첫 순(旬)이옵니다. 해는 따뜻하지만, 혹시라도 바람이 불면 한기를 느끼실 수 있사옵니다. 미리 대비하시는 것이 최선입니다."

세종은 그 낡아 빠진 옷을 마치 자신이 매일 입었던 옷처럼 익숙하게 걸치고 침전을 나섰다.

🐚🐚🐚🐚🐚

소헌왕후와 네 무리의 상궁들이 탁 트인 중궁전의 산책로를 따라서 유유히 이동하고 있었다. 우아한 왕후와 그 뒤를 따르는 상궁들의 옷차림도 기품이 넘쳤다. 온몸에서 환한 빛이 뿜어 나오는 것 같았고, 치맛단 아래 두 발은 바닥에 거의 닿지 않는 듯 민첩하게 움직였다.

세종은 낡은 옷을 가리기 위해 그 위에다 곤룡포를 슬쩍 둘렀다. 그리고 평상시의 기품 있는 느린 걸음과는 달리 빠른 걸음으로 궁궐 밖을 향해 움직이고 있었다. 아직 왕의 이동을 눈치 챈 사람은 없는 듯했다. 다른 사람들의 시선을 피하려는 의도인지, 세종은 한 무리의 내관들 틈에 몸을 숨기고 있었다.

소헌왕후를 수행하던 상궁 중 하나가 그 모습을 보고 놀라서 외쳤다.

"저기 전하가 아니옵니까?"

두 번째 상궁이 받아쳤다.

"용안은 여전하십니다!"

세 번째 상궁이 매섭게 되물었다.

"여전하시다?"

하지만 소헌왕후는 등 뒤에서 상궁들이 옥신각신하는 것을 전혀 눈치 채지 못한 듯 행동했다.

그러자 첫 번째 상궁이 급히 왕후에게 말했다.

"마마, 전하가 지척에 계시옵니다."

소헌왕후는 그저 온화한 표정으로 발길을 돌렸다.

"어서 물러가도록 하자. 혹여 전하께서 우리를 보시기 전에 말이다."

왕후가 걸음을 돌리자 뒤를 따르던 수행 상궁의 무리도 그에 맞추어 한 몸처럼 방향을 틀었다. 그사이에도 세종은 내관 무리에 둘러싸여 조용히 궁궐을 빠져나가고 있었다…….

바삐 움직이는 와중에도 세종은 근처 어딘가에서 작은 새가 지 저귀는 소리를 들을 수 있었다. 빙긋 미소를 지은 그는 잠시 걸음을 멈추더니 새소리가 들리는 쪽으로 고개를 돌렸다. 중궁전의 바로 바깥쪽, 조그만 벽으로 가려진 정원에서 들리는 소리였다.

그 정원에는 세종의 마지막 후궁인 황씨 부인이 있었는데, 이 십 대의 풋풋한 아름다움을 간직한 여인이었다. 황씨 부인은 나 무 사이에 서서 사뭇 진지한 표정을 짓고 있었다. 그리고 정원 바 닥을 폴짝폴짝 뛰어다니며 지저귀는 새 한 마리를 가만히 지켜보 고 있는 것이었다.

황씨 부인은 새소리를 따라 했고, 숨죽여 지나가던 왕의 걸음 을 멈추게 한 것도 바로 그 소리였다. 이번에도 아까처럼 음이 이 탈하고 말았다. 그 소리에 새는 귀찮아 죽겠다는 듯이 짹짹거리 며 울어 댔다.

순간 산들바람이 불어 나무의 잎사귀를 흔들었다. 황씨 부인은 입술을 옹송그리며 휙, 하고 바람 소리를 흉내 냈다.

저 멀리서 두루미의 울음소리가 들렸다. 황씨 부인은 고개를 돌려 두루미가 어디에 있는지 확인하지도 않고 곧바로 그 소리를 흉내 냈다. 하지만 그 시도는 실패한 것 같았다.

어린 수탉 한 마리가 홰를 치며 근처 지붕 위에 자리를 잡고 앉았다. 마치 이 다종다양한 소리들의 경연에 참가하기 위해 왔다는 듯이. 황씨 부인은 닭의 울음소리를 흉내 냈고, 평생 홰를 치던 수탉의 소리를 어설프게 따라 하는 것으로 어린 수탉을 깜짝 놀라게 했다.

이제는 정원 벽 너머 어딘가에서 개가 짖어 대기 시작했다. 황씨 부인은 또다시 입을 오므리면서 개가 짖는 소리를 따라 했다.

황씨 부인은 인상을 찌푸렸다. 아무리 연습을 해도 소리를 똑같이 흉내 내는 건 좀처럼 쉬운 일이 아니었다…….

마침내 세종은 왕실의 여인들을 뒤로한 채 궁궐을 빠져나왔다. 그는 저 멀리 흙벽으로 둘러싸인 읍내로 향하고 있었다. 표정은 자신감으로 가득 차 있었고, 여전히 내관 무리에 둘러싸여 있었지만, 누구도 그가 어디로 가는지 정확히 알지 못하는 것처럼 보였다.

왕의 일행은 구석에 모여 있다가 아무 일도 없는 양 사방으로 흩어졌다. 다시 일행이 모여들었을 때 세종은 어디론가 사라지고 없었다. 그런데도 내관들은 아무 일도 없었던 것처럼 계속해서 빠른 걸음으로 움직였다.

그 무렵, 맞은편 낮은 벽에 반쯤 드리운 덩굴 뒤에서는 내관 하나가 왕이 곤룡포를 벗는 것을 도와주고 있었다.

순돌이라는 이름을 가진 늙은 보초병 한 명이 근처를 지나가다가 덩굴 아래에서 옷을 갈아입는 왕의 모습을 발견했다. 순돌의 얼굴에는 희미하게 미소가 번졌는데, 애정과 존경 그리고 경외심이 어우러진 미소였다. 세종은 그가 섬기는 조선의 왕이었고, 궁궐 안의 많은 사람들이 그와 마찬가지로 몸과 마음을 바쳐 왕을 섬겼다. 다만 다른 사람들과 달리, 그는 세종이 평민으로 변장하는 과정을 알고 있었다. 그리고 왕의 변장에는 순돌의 도움이 꼭 필요했다. 아무것도 못 본 체하는 도움이.

늙은 보초병이 그대로 지나치자 덩굴 아래에서 세종이 불쑥 나타났다. 언뜻 봐도 아까와는 사뭇 달라진 모습이었다. 이제부터는 세종이 지나가더라도 누구도 그의 존재를 알아차리지 못할 터였다. 세종은 매일 수라간에 음식 재료를 배달하는 수레가 텅 빈 채 궁궐을 빠져나간다는 사실을 알고 그 위에 올라탔다. 수레를 끄는 이도 세종의 존재를 눈치채지 못했다. 아니, 어쩌면 눈치챘더라도 다른 이들처럼 못 본 척했을 것이다.

다만 저 멀리 궁궐 안에 있는 집현전 부제학 최만리와 영의정 황희만큼은 세종의 기행을 못 본 척하지 않았다.

"전하는 열두 살 때부터 남을 속이는 데는 재주가 있던 분이셨소."

황희가 말했다.

"그렇습니다. 전하께서도 익히 알고 계시겠지요."

최만리가 대답했다.

"이제 더는 전하의 과한 속임수를 간과하지 않을 것이오."

최만리는 황희의 이 말이 앞으로 다가올 폭풍의 서막에 불과하다는 것을 잘 알고 있었다.

"영상 대감, 속내를 말해 보십시오. 전하께 뭔가 단단히 화가 나신 게로군요."

"지나친 내정 간섭이 아니오! 군마를, 그것도 만 필이나 조공하라니! 그 일로 우리 군은 기병을 잃을 것이오. 조선은 자신을 지킬 힘을 잃을 것이오. 이러다가 침략이라도 받으면 어쩌란 말이오? 왜구가 쳐들어오기라도 하면? 북쪽의 오랑캐는 또 어떻게 하고?"

"그러면 명나라에서 우리를 도우러 올 겁니다. 우리가 보낸 군마 만 필을 타고요. 명나라 군대야말로 세계에서 가장 규모가 큰 강병이 아닙니까."

"대감께서는 명나라 황제를 지나치게 신뢰하고 계신 것 같소이다."

황희가 말을 이었다.

"하지만 황제를 조종하는 자는……."

최만리가 그 말을 재빨리 잘랐다.

"우리 조선은 명나라의 속국입니다. 황제께서 내리신 서신에 대해 왈가왈부해서는 안 되지요. 설령 누군가 그 서신에 손을 댔다고 하더라도 용의 봉인으로 밀봉한 것은 황제의 손으로 직접 쓰신 것이나 다름없으니 말입니다."

"그로 인해 우리 조선이 죽게 된다고 해도 말이오?"

"아비를 의심하는 자식도 있답니까?"

뼛속 깊은 유학자 최만리가 되물었다.

"명나라는 상전이고 우리는 종입니다. 이런 주종 관계가 이루어지려면 우리는 명나라를 섬겨야만 합니다. 그리하면 명나라는 신뢰로 보답할 것이고요."

하지만 황희는 군마를 만 필이나 바치라는 명나라의 요구에 이미 충격을 받은 상태였다. 마치 군마 만 마리가 머릿속에서 빙글빙글 뛰어다니는 것 같은 기분이었다.

"전하께서 이백오십 필 정도만 보내겠다고 끝까지 버텼어야하오. 그래야 오천 필 정도에서 합의를 봤을 게 아니겠소?"

"어떤 아들이 아비와 흥정을 한답니까? 감히 아비가 청하는 데말입니다. 공자께서 무덤에서 벌떡 일어나시겠습니다. 우리 조선이 유교 사회인 걸 잊으셨습니까? 조선이 안정을 유지하기 위해서는, 일단 주종 관계를 맺었다면 그에 따라 충성하는 게 옳습니다. 통치자와 피통치자, 아비와 아들, 남편과 아내, 형과 동생, 친구와 친구 사이에는 반드시 지켜야 할 도리가 있는 법입니다. 전하께서는 바로 그런 도리가 필요하다는 사실을 뼛속 깊이 이해하고 계신 겁니다."

"전하께서는 요즘 종이에 낙서나 하고 계신다오."

황희가 자신이 주의 깊게 관찰한 점을 말하자 곧바로 최만리가 관심을 보였다.

"방금 뭐라 하셨습니까?"

황희는 세종이 종이에 끼적이던 기묘한 기호들을 떠올렸다.

"모의 전투 중에 말이외다, 전략을 세우는 대신 먹물을 손에 묻히고서 뭔가 그림을 그리고 계셨소이다."

최만리는 어리둥절했다.

"뭔가 적고 계셨던 게 아니고요?"

"난생처음 보는 글자였소이다."

최만리는 믿지 않는 눈치였다.

"전하께서 글자 연구에 열을 올리신다는 건 누구나 아는 사실이잖습니까. 그것 역시 유학자인 주군이 배워야 할 교육의 일환이기도 한 듯합니다만……."

"그건 어린아이나 할 법한 낙서였소이다. 아니면 광기 어린 자의 글자이거나."

"영상 대감."

최만리가 차가운 목소리로 말했다.

"말을 가려 하십시오."

하지만 황희는 듣지 못한 듯 말을 이었다.

"그리고 성벽 위에서도 말이오, 최 대감 쪽 병사들에게 포를 쏘아 올리는 와중에도……."

황희는 다시 그 순간을 떠올렸다. 밤하늘에 포물선을 그리며 날아가는 불화살을 바라보던 세종의 모습.

"전하는 하늘로 날아가는 불화살을 보고 감탄하신 것 같았소. 마치 노망난 늙은이가 무지개나 하늘에서 떨어지는 눈송이를 보면서 즐거워하듯 말이오. 아니, 그보다는 눈앞에 보이는 것이 무엇인지 전혀 모르시는 것 같았단 말이외다."

최만리는 머리끝까지 화가 나서 말허리를 잘랐다.

"영상 대감, 말조심하라고 분명히 말씀드렸습니다."

"최 대감! 대감께서는 왕을 비판하는 위치에서 계신 분이 아니오? 지금 궁에는 대신들과 학자들이 가득하외다. 전하 앞에 수두룩하단 말이외다. 내가 미심쩍은 부분이 있어 이를 전한 것인데, 대체 누가 누구더러 감히 침묵하라는 거요?"

"제가 비판하는 위치에 선 것은 제 의무를 다하기 위함입니다. 유교의 땅인 우리 조선과 우리 왕이 더 나은 선택을 할 수 있도록 도우려는 것이지요."

최만리는 손을 들어 주위를 가리켰다.

"이른 새벽 신문고를 두드리는 자들과 그들의 불만을 귀담아 듣기 위해 온 궁의 사람들이 눈을 뜨게 하려고요! 또한 돌바닥에 찧은 이마가 찢어져 피를 흘리는 한이 있더라도 전하께서 그릇된 선택을 하지 않으시도록 막는 것이 내 의무란 말입니다! 하늘 앞에 한 치의 부끄러움이 없도록 말입니다! 그리고 모두가 하나의 목소리를 내도록 하려는 겁니다!"

최만리는 비장한 표정이었다. 바로 이것이 그가 살아가는 이유였다. 또한 인생의 막바지에 접어든 나이에도 계속 정진할 수 있는 원동력이기도 했다.

"바로 그것이 충성하면서 반대하는 이유입니다! 왕의 조언자! 그래야만 우리 조선의 왕실이 제대로 돌아갈 수 있단 말입니다!"

최만리는 고개를 저으며 회유하는 투로 말을 이었다.

"대감께서는 전하의 옥체가 상하셨거나 혹은 큰 문제가 생겼다고 오해하여 그리 말씀하시는 겁니다. 만약 정말 그렇다고 칩시다. 그렇게 옥체가 온전치 않은데 어찌 정사에 그리도 집중하실 수 있겠습니까? 모의 전투에서 누가 이겼는지 벌써 잊으신 겁니까? 만약 누군가의 주의를 돌리려고 일부러 그러신 거라면 어쩌시겠습니까?"

이 자리에 있지도 않은 왕을 향한 최만리의 눈빛은 충심을 넘어 애정까지 담고 있었다.

"전하께서는 지금까지 현존했던 왕 중에서 거의 완벽에 가까운 분이십니다. 그런 분께서 우리의 왕이란 말입니다. 조선에 그런 귀한 분이 계시다는 점에 대해서 더는 의구심을 품지 마십시오."

하지만 황희도 그대로 수그러들 기세가 아니었다.

"바라건대 최 대감, 전하께서 사소한 것들에 정신이 팔려 나라가 위태로워지거나 망국의 위기를 겪을 때는, 올바른 조정을 바라는 대감의 충정이 돌바닥에 이마를 찧어 흘리는 피 몇 방울로 끝나지 않기만을 바랄 뿐이오."

그의 말은 궁궐을 몰래 빠져나가 백성들 속으로 들어간 왕에 대한 경고처럼 들리기도 했다.

세종이 맨 처음 궁궐에서 탈출하고 싶다는 생각이 든 것은 막 소년을 벗어난 때였다. 곁에 있는 동우도 지금처럼 늙기 전이었다. 당시 세종은 열두 살에 접어든 왕자의 신분이었고, 그가 가는 곳 어디든 아버지의 지배 아래 있었다. 그러던 어느 날 불현듯 궁궐 밖으로 나가고 싶다는 생각이 들었다. 어머니의 고향에서 돌아오던 길에 보았던 광경 때문일까. 가마 안에서 내다본 아이들의 노래하는 모습과 금방 쓰러질 듯한 낡은 집, 입안에 음식을 문 채로 왕족이 탄 가마를 따라오면서 소리를 지르고 춤을 추던 이들의 모습.

가장 충격적인 사실은 그들이 왕의 아들인 왕자와 그 친족, 나아가 왕실을 완전히 무시한다는 것이었다. 거리의 아이들과 그 가족들은 궁궐 안에 있는 사람들에게서 아무것도 기대하지 않고 나름대로 살아가는 것처럼 보였다. 마치 궁궐과 그 안의 사람들이 내일 당장 거품처럼 사라져 버리기라도 하는 것처럼. 만약 불이 나거나 침략을 받거나 해묵은 원한을 품은 신에 의해서 궁궐이 파괴된다고 해도, 아마도 백성들은 그저 눈만 깜빡이고 있을 터였다. 그렇게 삶은 계속될 테고.

이런 생각에 잠겨 있는 사이, 왕자가 탄 가마는 시장 밖에서 안으로 들어갔고 좌측으로 돌아 다시 북쪽으로 향했다. 어린 세종은 가마 밖으로 고개를 내밀어 자신이 살고 있는 궁궐을 바라보았다. 만약 궁궐이 사라진다면 궁궐 안에 사는 이들이 무슨 의미가 있겠는가? 조선 왕조, 그러니까 그의 아비와 어미, 형제와 자매, 삼촌과 고모 그리고 사촌과 구촌 친척들이 궁에 존재해야 할 이유가 무엇이겠는가? 당시만 해도 왕위에 오를 가능성이 전혀 없었던 어린 왕자는 그런 생각을 하며 궐문을 나섰다. 어엿한 왕이 된지금, 세종은 처음 그런 생각을 했던 순간을 떠올리며 변복을 한채 궁궐을 나섰다. 마치 평범한 백성들 중 한 명처럼. 하지만 그백성들의 존재가 왕 자신의 존재보다 훨씬 중요하다는 마음으로.

어릴 적 그가 했던 생각은 왕위에 오른 후에 행한 정책의 기틀이 되었다. 백성을 위해 존재하는 왕, 세종은 오로지 그런 마음이었다. 그뿐이었다. 다른 이유는 없었다.

유교적인 철학은 세종의 그런 생각을 든든하게 뒷받침했다. 어느 정도 선까지는 그랬다. 만약 군주가 백성에 대한 책임을 다하지 않는다면 유교적 의무를 거스르는 것이기에 자칫했다가는 왕권을 잃을 수도 있었다. 하지만 공자조차도 왕이 남루한 옷을 걸치고 백성들이 있는 시장통에 고기 꼬치를 사러 가는 것에 대해서는 이렇다 할 언급을 한 적이 없었다.

"맛있군."

남자는 꼬치를 코에 바짝 댄 채 킁킁거리며 냄새를 맡았다.

"아직 입도 안 댔으면서!"

노점의 노파가 힐난조로 말했다.

"냄새만 맡아도 충분하지."

남자는 숨을 크게 들이쉬며 냄새를 한껏 맡았다. 그러고는 입도 안 댄 꼬치를 다시 돌려주려는 시늉을 했다.

"이거 안 먹어도 배가 부르군."

"아이고!"

노파는 장난스럽게 남자를 찰싹 때렸다. 남자가 후후 바람을 불어 꼬치를 식히는 듯하더니, 곧 쥐도 새도 모르게 입속으로 가져갔다. 노점의 노파는 자신이 철썩 때린 남자가 왕이라는 사실을 알고 있었을까?

처음에는 백성들에 대해 더 잘 알고 싶은 마음에서 시작한 일이었다. 궁궐의 높은 벽 너머에 살고 있을 백성들. 맨 처음 그리고 몇 년간은 바로 그것이 궁궐을 몰래 빠져나가는 주된 목적이었다. 아니, 최소한 스스로는 그렇게 생각하고 있었다. 아버지에게 궁궐을 빠져나간 사실을 들켰을 때에도 그렇게 고했었다. 하지만 사실 세종은 궁궐 밖에 나가는 것을 진심으로 좋아했다. 자신의 일거수일투족을 감시하거나 평가하는 눈이 없는 곳이니까. 세종은 자신이 처한 위치를 단 한 번도 당연시하지 않았다. 그래서 예전에 이곳을 찾았던 어린 왕자였을 시절에도, 그리고 이제 하루하루 죽어가는 왕이 된 후에도, 자신이 엄청난 특혜가 주어지는 곳에서 온 방문객일 뿐이라는 사실을 알고 있었다.

세종이 걸음을 옮기며 몽상에 잠겨 있는 사이, 갑자기 대로변이 들썩거리기 시작했다. 대여섯 명 정도 되어 보이는 포졸들이 번잡한 시장통에서 한바탕 소동을 벌이는 듯했다. 자신이 남들보다 매우 우월하다고 여기는 것이 분명해 보이는 심술맞은 표정의 포도대장이 앞장서서 누군가를 열심히 쫓고 있었다.

세종은 포졸 무리보다 먼저 그 사람을 찾아냈다. 가슴팍에 조그만 꾸러미를 끌어안은 채 포졸 무리가 지나가기를 바라면서 저만치 떨어져 서 있는 소년. 소년은 두려움을 애써 억누르고 있는 듯 보였다. 포졸들은 꾸러미를 든 소년을 알아보지 못했다. 그들이 옆길로 달려가자, 소년은 곧바로 반대 방향으로 도망쳤다. 호기심이 발동한 세종은 몰래 소년의 뒤를 따르기 시작했다.

대로를 두 번 가로지르고 네 개의 골목길을 지나자 오두막집이 나타났다. 대문 앞의 가림막을 젖히고 안으로 들어서자 자욱한 연기가 세종을 맞이했다. 집 안에는 얼굴을 잔뜩 일그러뜨린 남자가 있었다. 자세히 보니 그 얼굴은 진짜가 아니라 나무를 깎아 만든 가면이었다. 동그랗게 뜬 눈과 반쯤 벌린 입, 붉게 물든 뺨. 바로 무당의 얼굴이었다.

무당은 먼지가 수북이 쌓인 바닥을 원형으로 빙글빙글 돌면서 알 수 없는 주문을 외웠다. 어느새 세종의 시야도 흔들리는 불빛과 일렁이는 그림자에 익숙해졌다. 세종은 천장 사이로 비치는 햇빛과 이리저리 흔들리는 불빛에 의지한 채 집 안에서 벌어지고 있는 비밀스러운 의식을 지켜보았다.

오색 겉옷을 걸친 무당은 의식을 위해 준비한 삼지창과 칼을 이리저리 흔들었고, 탁자에는 동물의 사체와 채소, 술 등 제물이 놓여 있었다. 벽에는 신을 묘사한 그림이 걸려 있었는데, 마치 저승 세계의 가족들을 그려 놓은 초상화 같았다. 며칠 전 종묘에서 치른 제사와 비교하면 오늘의 제사는 그야말로 날것이며 세속적이기 짝이 없었다. 그러니까 유교와는 완전히 동떨어진 것이었다.

무속신앙은 가장 오래된 종교 형태였고, 유교를 숭배하는 조선에도 백성들 속에서 전승되어 온 무속신앙은 여전히 남아 있었다. 하지만 무속은 유교와 대척점에 있었고, 무속인은 박해받는 존재일 수밖에 없었다.

세종은 자신의 아버지와 할아버지에 의해 불법으로 규정된 무속신앙을 바로 코앞에서 지켜보고 있었다. 그가 뒤따라온 소년이 꾸러미에서 뭔가를 꺼내어 제단 위에 올리는 것이 보였다. 아마도 제물을 바치기 위해 도둑질을 한 모양이었다.

백성들 사이에서는 '굿'이라고 불리는 무당의 제사 의식이 무르익어 갔다. 요란한 소음과 알싸한 향냄새, 거기에 어지럽게 흔들리는 불빛이 어우러져 이루 말할 수 없이 몽환적인 분위기를 만들어 내고 있었다. 그런 가운데, 제단 너머 그림 속에서 무당이 섬기는 신이 세종을 빤히 쳐다보고 있었다. 무속신앙에 대해서도 조예가 깊은 세종은 그 그림이 의인화된 신이라는 것을 알고 있었다. 실제 생존했던 역사 속 인물들 중 하나를 신으로 숭배하는 경우도 많았다. 그것만 보면 유학자들이 공자 맹자를 숭배하는 것과 별반 다르지 않았다. 단지 유교에서는 살아 있는 사람들이 귀신이나 영혼에게 가지는 믿음을 가치 없는 것으로 간주했고, 현재의 삶을 적절히 살아가는 데 전혀 도움이 되지 않는다고 여겼다.

유학자들이 늘 하던 이야기가 세종의 머릿속에 떠올랐지만, 신들린 무당의 모습이 워낙 강렬한 탓에 금세 잊어버리고 말았다. 그러던 중, 갑자기 요란한 발소리가 울리더니 포졸들이 육모방망이를 휘두르며 현장에 들이닥쳤다.

"어명이다!"

포도대장이 외쳤다.

굿판은 순식간에 아수라장이 되었다. 사람들은 큰 소리로 비명을 질렀고, 제단과 초들이 바닥으로 쓰러졌으며, 도망을 치던 구경꾼들은 포졸들에게 붙잡혔다. 세종도 그중 하나였다.

세종은 포졸들이 무자비하게 휘두르는 육모방망이를 피하는 자신의 모습에서 커다란 역설을 느꼈다. 왕이 주는 녹봉을 받는 자의 매를 피하기 위해 이마에 주름이 잡힐 정도로 안간힘을 쓰는 왕이라니? 백주 대낮에 굿판을 구경하다가 포졸에게 얻어맞아 맨바닥에 내쳐지는 왕이라니?

세종은 무당집에서 가까스로 빠져나와 멀지 않은 곳에 있는 대장간으로 몸을 피했다. 왕과 동갑내기인 대장장이는 강철 같은 근육으로 뒤덮인 몸에 희끗희끗한 백발을 가진 사람이었다. 두 사람은 왕과 백성이 아니라 오랜 친구나 동업자 같은 분위기를 풍겼다.

대장장이는 아수라장 속에서 다친 세종의 이마를 꾹꾹 눌러 지혈해 주었다.

"정말 무섭더구나."

세종이 떨리는 목소리로 말했다. 왕후 앞에서도 결코 드러내지 않던 나약한 모습이었다.

"그러셨겠지요."

대장장이는 왕의 이마를 치료하고 다시 작업장으로 돌아가며 대답했다. 그는 평생 동안 쇠를 녹여 이전에 존재하지 않았던 여러 장치들을 만들며 살아온 사람이었다. 친구 하나 없이 외롭게 살아온 그 대장장이는 오래전부터 도교의 가르침에 깊이 빠져 있었다.

"도저히…… 포기할 수가 없구나."

세종이 말을 이었다.

"하지만 마지막 단추를 어떻게 끼워야 할지 알 수가 없어."

대장장이가 말했다.

"머릿속에 계속해서 떠오르는 생각을 누군들 제어할 수 있겠사옵니까. 가슴속에 한이 서려 뜨겁게 불타오르고 있는 것을요. 그저 백성들을 위해 가슴 아파하는 것만은 아니겠지요. 아니, 최소한 그 연유만은 아니겠지요. 하늘의 뜻이라고 해야 맞겠지요."

한(恨)이라 말해야 할까. 마치 뜨거운 불길이 활활 타오르는 듯한 기분. 잘못된 것을 바로잡을 수 없는 데서 기인한 감정, 절대로 체념할 수 없다는 욕망이자 도저히 희망이 보이지 않을 때 가슴속에 품게 되는 헛된 바람.

세종은 조선의 백성을 위해 무언가 해내고 싶은 소망이 있었다. 지금까지 누구도 바라거나 상상하거나 꿈꾸지 못했던 무언가를 이룩해, 그로 인해 백성들이 더 나은 삶을 살기를 바랐으니까. 바로 그것이 세종이 바라고 상상하고 꿈꾸는 일이었다. 그리고 세종은 마침내 그 소망을 시도하려는 참이었다.

"내 아픈 마음이 곧 하늘의 뜻이 아니겠느냐."

대장장이는 대답 대신 주물을 두드렸다. 달궈진 쇠가 식어 딱딱하게 굳으면 다시 두드리고 또 두드리면서, 장총의 몸통처럼 길고 둥근 관 모양을 만들어 나갔다.

"전하께서는 돌아가는 물레방아에 발을 들이셨습니다. 바퀴가 부러져야 물레방아가 멈추겠지요."

세종은 자신의 옆에서 돌아가고 있는 물레방아를 물끄러미 바라보았다.

"만약 저 바퀴가 하늘이 내린 것이라면 절대로 부러질 일은 없지 않겠느냐?"

"그럼 전하가 하시는 그 일이 어떻게 끝날지 전하께서도 잘 아시겠지요."

대장장이가 말을 이었다.

"하늘과 땅은 감정이란 게 없습니다. 모두에게 공평하기까지

하지요. 지푸라기로 만든 개들이나 진배없습죠.”

대장장이가 숯덩이를 삽으로 떠서 활활 타오르는 불구덩이 속으로 던지자 불꽃이 사방으로 튀며 주변을 환하게 밝혔다.

세종은 한낮의 태양처럼 이글이글 타오르는 숯덩이를 응시했다. 하나하나가 뜨겁게 타오르는 태양 같던 숯덩이의 열기는 두근거리는 심장 박동 속으로 이내 사라져 버렸다.

༺༺༺༺༺༺

날이 저물자, 궁궐의 서쪽 문 앞에 손수레가 등장했다. 궁궐에 필요한 과일을 운반하는 손수레였다. 손수레가 서쪽 문 앞에 다다르자, 왕이 변장을 하고 궁궐에서 빠져나갈 때 일부러 못 본 척했던 늙은 보초병 순돌이 다가왔다. 그는 손수레에 달린 노란색 천 조각을 발견하고는, 손수레를 끄는 행상의 얼굴을 외면한 채 통행증을 건넸다. 그런 다음 곧장 다음 대기자를 향해 고개를 돌렸다. 손수레에 누구도 관심을 갖지 않기를 바라는 듯, 바구니를 들고 있는 남자를 향해 걸어갔다.

“어이, 그 바구니 열어 봐.”

그러는 사이 손수레는 궁궐 안으로 완전히 들어갔다. 손수레를 끄는 행상은 세종이 즐겨 하는 변장이었다. 손수레에 달린 노란색 천 조각은 극소수의 보초병만 알고 있는 약속이었다. 순돌은 셀 수도 없을 만큼 여러 번 왕의 일을 눈감아 줬다. 아니, 사실은 횟수를 계속 세고 있었다. 삼십팔 년 동안 총 이백사십칠 번. 그는 매번 상황이 어땠는지도 기억하고 있었다. 늦은 밤 막사에 누워 뒤척거릴 때마다 양의 수를 헤아려 잠을 청하듯 왕이 궁궐 밖으로 나간 횟수를 헤아려 보았기 때문이다.

세종은 궁궐 안 후미진 곳에 있는 창고로 가서 손수레를 밀어 넣었다. 창고 안에는 동우가 기다리고 있었다. 사람들의 눈을 피해 어두운 창고 안에서 왕이 곤룡포로 환복하는 일을 돕던 동우는 왕의 머리에 감긴 붕대와 그 위에 난 핏자국을 보았다.

"세상에! 제가 이럴 줄 알았습니다!"

동우는 매우 화가 난 목소리로 말했다.

"전하, 제가 분명히 조심하라고 말씀드리지 않았습니까!"

"뭐라 했는지는 내 기억한다만……."

세종은 별일 아니라는 듯 대답했다.

"어차피 조심하라고 일러도 듣지 않을 것을 알면서 너야말로 왜 자꾸 잔소리를 하는 게냐?"

그 말에도 분명 일리가 있었다. 동우가 고개를 절레절레 흔들었다.

"전하, 이제 주막에서 술에 취해 주먹다짐하시기에는 옥체가 많이 노쇠하셨사옵니다."

"나 역시 그렇게 생각하고 있다."

이 또한 늙은 내관의 잔소리인 줄 알면서도 세종은 동의하지 않을 수 없었다.

〰〰〰〰

잠시 후 세종은 침전에 들어 잠을 청할 요량으로 옷을 갈아입고 있었고, 소헌왕후는 근심 어린 모습으로 왕의 이마에 생긴 상처를 살피고 있었다.

"그저 대가를 치른 것뿐이오."

왕은 나름대로 변명을 늘어놓았다.

"공자님께서 아시면 눈살을 찌푸릴 일이라며 백성들 사이에서 행해지는 종교적 관행을 어명으로 금한 결과가 바로 이거라오. 그것도 이천 년 전 중국에서나 싫어할 일이지, 지금은 다르지 않소."

소헌왕후는 왕비로서의 책무를 다하기 위해 묵묵히 노력할 따름이었다. 그사이 세종은 곰곰이 생각에 잠겼다.

"공자님께서는 '귀신과 영혼은 존중하되 되도록 멀리하라'라고 하지 않았소?"

소헌왕후가 되물었다.

"그 말씀이 육모방망이로 머리를 내리치라는 뜻이었사옵니까?"

"그러게 말이오."

빙긋 웃은 세종은 눈앞에 있는 소헌왕후에 대해 생각해 보았다. 아주 어릴 때 부부의 연을 맺은 두 사람은 오랜 시간 운명공동체로 살아왔다. 그래서일까, 형제나 자매보다 더, 여느 남편과 아내보다 더 가까웠다. 무언가 특별하고 끈끈한 방식으로 하나가 되었다고 할까. 두 사람은 함께 성장했다. 그리고 함께 나이 들고 함께 울고 웃었으며 난관을 극복할 때도 늘 함께였다. 같은 희망을 품었으며, 희망이 사라졌을 때는 함께 아파했다.

"만약 모든 백성의 눈앞에서 부처님을 말끔히 없애 버렸다면

그 무당이라는 여자가 커다란 삼지창을 휘두르며 괴물처럼 울부
짖었을 거라 생각하오?"

왕은 무당이 두 손을 정신없이 휘두르던 것을 흉내 내며 물
었다.

소헌왕후가 그 말을 듣고 무언가 떠오른 듯 말했다.

"아! 잠시 잊고 있었사옵니다. 전하와 저를 위한 선물이 도착
해 있사옵니다."

왕후는 소매 안쪽에 손을 집어넣더니 조그만 비단 주머니를 꺼
냈다. 비단 주머니 안에는 작고 오래돼 보이는 불상이 있었다. 금
박을 입힌 불상은 매우 귀하게 보였다. 세종은 불상의 아름다움과
독특함에 금세 매료되었다.

"이럴 수가!"

세종은 불상을 손바닥에 올리고 이리저리 뜯어보았다.

"희방사의 주지가 보낸 것이오?"

왕후는 그렇다는 의미로 고개를 끄덕였다.

"스님께서 말씀하시길, 이 불상은 옛 비단길을 지나 둔황과 북
경을 거쳐, 게다가 북경에서는 한 번도 아닌 두 번이나 도둑맞았
다가 다시 찾고, 그러다 결국 희방사에 며칠 전에야 도착하였다
하옵니다."

"주지께서 감사의 표시를 하신 거로구면."

왕이 자신의 생각을 밝혔다.

"불교를 한성 안에서만 금하게 한 데 대한 감사 말이오. 그게
아니었으면 그분의 절은 잿더미가 되었을 테고 그분은 산속 깊이
은둔하셨겠지. 아니면 서까래 밑에 목을 매셨든지."

세종은 작은 불상을 등잔 옆에 내려놓았다. 아내와 남편은 향에 불을 피워 불상 앞에 꽂았다.

세종의 조부인 태조 이성계와 아버지인 태종 이방원이 고려를 전복시키고 조선을 세웠을 당시, 조선은 불교를 억압하는 정책을 펼쳤다. 고려의 지배자들이 숭상하던 불교를 지난 몇 세기 동안 중국에서 새롭게 번창한 유교로 대체한 것이었다. 유교는 신비주의보다 이성을 중시하고, 환상 대신 현실의 세계를 강조했다. 따라서 유교는 종교라기보다 철학에 가까웠다. 유교로써 불교를 대체하는 것은 그리 어려워 보이지 않았다.

그런데도 세월이 흘러 노쇠하고 병들어 죽음의 징후가 나타나기 시작한 자들, 혹은 가까운 가족이나 친구를 저승으로 떠나보내기 시작한 자들 중에는 불교를 다시 찾는 이들이 늘어났다. 사후 세계와 환생이라는 개념을 구체화한 불교에 의지하려는 자들이 많아지기 시작한 것이었다. 사람들은 서로 쉬쉬하면서 불교를 찾았다. 하지만 국법으로는 여전히 금지된 종교였다. 지금 왕과 왕후가 하는 행동은 법의 잣대를 엄밀히 들이댄다면 벌금이나 태형에 처해질 정도로 위법한 일이었다.

하지만 두 사람은 주저하지 않고 서로의 손을 잡았다. 그리고 낮은 목소리로 관세음보살 기도문을 읊기 시작했다

"저 많은 중생들을 내가 고통에서 벗어나게 하리라. 저들의 마음에서 모든 욕망이 사라지게 하리라. 그 길이 아무리 힘들더라도 나는 그 길을 가리니……."

기도문 암송이 끝난 뒤, 깊은 고뇌와 침묵이 오래 이어졌다.

이윽고 왕후는 매일 잠자리에 들기 전 왕에게 반드시 여쭈어

야 할 질문을 던졌다.

"전하, 오늘 밤 침소에…… 누구를 들이시겠사옵니까?"

최소한 지난 십 년간은 그랬듯, 세종은 한숨을 푹 내쉬며 피로한 표정을 지어 보였다.

"상침 부인이 매우 낙심한 듯하옵니다."

소헌왕후가 더 조언했다.

"소용 부인은 마음을 비운 모양이고, 황씨 부인은 아직 한 번도 전하를…… 제대로 모신 적이 없사옵니다. 동물 소리를 흉내 내는 그 놀이만 했을 뿐이지요. 이제는 황씨 부인의 노고를 위로해 줄 때가 된 것이 아닌가 싶습니다. 황씨 부인은 전하가 무엇을 하고 계시는지조차 전혀 알지 못하옵니다."

"어쩌면 그 무지함이 황씨의 목숨을 붙어 있게 해 줄 유일한 방편일지도 모르지."

세종의 목소리가 무겁게 깔렸다.

"만일 내가 실패하는 날에는……."

소헌왕후는 세종이 여러 후궁들 중 하나와 밤을 보내게 하려고 지난 몇 년간 최선을 다했다. 하지만 남편의 관심은 전혀 다른 일에 쏠려 있었다. 왕이 오늘 밤에 후궁들 중 하나와 잠을 잘지, 잠을 잔다면 누구랑 잘지 등을 왕후가 논하는 이 순간에도 왕의 관심은 오로지 '그 일'에만 쏠려 있었다.

소헌왕후가 침착하게 말했다.

"전하께서는 실패하지 않으실 겁니다. 하늘이 보살펴 주실 것이옵니다. 하늘의 뜻이 어찌 실패할 수 있단 말입니까?"

세종은 왕후의 두 손을 잡았다. 궁궐로 돌아오기 전, 활활 타오르는 대장장이의 용광로 앞에서 솔직히 내보이던 두려운 빛은 이미 사라졌다. 아내의 굳은 믿음에 그의 눈가가 촉촉해졌다.

"부인의 뜻이 곧 하늘의 뜻이기도 하오. 하늘이 곧 부인이니. 그리고 나는 그 하늘 곁에서 덕을 볼 따름이고."

왕후는 인자한 미소를 짓고 자리에서 일어났다. 하지만 왕후가 곁을 떠나자마자 세종의 눈빛에는 다시금 두려움이 떠올랐다.

침소 밖으로 나온 소헌왕후는 왕의 부름을 기다리는 후궁들이 나란히 서 있는 모습을 보았다. 다들 혹여 왕의 부름을 받을까 곱게 화장을 한 채 잠자리에 들 채비를 갖춘 상태였다. 하나같이 우아하고 아름답지만 여전히 유교적 예법을 갖춘 격조 있는 매무새를 보이고 있었다. 유교의 철학은 부부의 침실 안조차 감시하기 때문이었다.

소헌왕후는 복도에 있던 황씨 부인을 향해 고개를 끄덕였다. 아까 정원에서 동물들의 울음소리를 흉내 내느라 진땀을 빼던 바로 그 여인이었다.

"왕후 마마!"

황씨 부인은 흥분을 겨우 감추면서 대답했다. 그리고 고개를 까딱 숙이더니 바쁜 걸음으로 왕의 침소를 향해 걸어가기 시작했다.

"천천히, 천천히 가거라."

마치 보이지 않는 끈으로 잡아당기듯, 소헌왕후는 황씨 부인의 손을 가만히 붙잡았다. 왕의 간택을 받은 여인으로서 체통을 지켜야 한다는 일종의 경고였다. 황씨 부인은 고개를 끄덕이고는 애써 흥분을 가라앉혔다.

황씨 부인이 복도 모퉁이를 돌아 사라지자 왕후는 뿌듯한 표정으로 남은 후궁들에게 고개를 돌렸다. 그러고는 고갯짓을 해서 후궁들을 물러가도록 했다. 그제야 후궁들은 잠자리에 들기 위해서 각자의 침소로 향했다.

왕의 간택을 받지 못했다고 해서 낙담하는 이는 아무도 없었다. 이 년이 지났건 이십 년이 지났건 삼십 년이 지났건 왕과 같은 궁궐에서 지내고 있으므로 오히려 왕과 잠자리를 함께 보낸다는 것이 커다란 부담으로 느껴졌기 때문이다. 왕의 여인들은 모두 그를 사랑했으나, 그 감정은 신하가 주군에게 느끼는 경외감에 가까웠다. 오직 소헌왕후만이 세종의 몸과 마음을 모두 가진 여인이었다. 그리고 누구도 황씨 부인의...... 무엇이 왕의 관심을 끌었는지 정확히 알지 못했다. 어떠한 이유로 낮이건 밤이건 황씨 부인을 가까이하는지도.

궁궐의 살림을 도맡아 하는 궁인들은 상황을 파악할 줄 아는 눈과 귀를 가진 자들이었다. 하지만 누구도 황씨 부인이 영특하다거나 미모가 뛰어나다고 생각하지 않았다. 게다가 왕후를 포함한 후궁들의 자식이 수십 명인 마당에 왕손을 잇기 위해서 후궁을 또 들였을 거라는 생각도 들지 않았다. 그래서인지 왕은 새로 들인 후궁에게서 육체적인 쾌락을 얻으려는 시도조차 하지 않는 것 같았다.

이러한 연유로 황씨 부인은 내궁의 온갖 추측과 기묘한 험담의 대상이 되었다. 대체 세종은 무엇을 보고 황씨 부인을 후궁으로 들인 것일까?

소헌왕후를 제외하고는 아무도 그 진실을 알 수 없었다. 왕은 무엇을 보고자 황씨 부인을 들인 것이 아니었다. 무엇을 듣고자 그녀를 들인 것이었다.

때문에 지금 이 시각, 왕의 침소에서 기이한 단어들이 이어지고 있었다.

⚜⚜⚜⚜⚜

"명금."

"바람."

"두루미."

세종이 단어를 말할 때마다, 황씨 부인은 아까 정원에서 열심히 흉내 내던 소리들을 되풀이했다. 아까처럼 귀에 거슬리는 소리들이 이어졌다. 황씨 부인이 수탉과 개의 울음을 흉내 내기 시작하자 세종은 터져 나오는 웃음을 참으려고 억지로 얼굴을 찌푸려야만 했다.

잠시 후 세종은 골똘히 생각에 잠겼다.

"모든 생명체가 자음과 모음으로 이루어진 소리를 내는 것 같지 않은가?"

그는 자신의 말을 다시 한 번 곱씹어 보았다.

"정말로 그러하구나. 심지어 바람 소리와 빗소리처럼 형체가 없는 것들까지도. 정말로 모든 것이 자음과 모음으로 이루어져 있구나."

황씨 부인은 어리둥절한 표정을 지었다.

"모음은 무엇이고 자음은 무엇이옵니까, 전하?"

세종은 머뭇거렸다. 조금 전 소헌왕후에게 말했던 것처럼, 어쩌면 황씨 부인의 '무지함'이 그녀의 목숨을 붙어 있게 해 줄 유일한 방편이 될 수도 있었다.

"전하, 말씀해 주시옵소서."

황씨 부인은 마치 경쟁자를 만난 새가 화가 나서 쏘아 대듯 카랑카랑한 새소리로 말했다.

세종은 조금 더 머뭇거리다가 어쩔 수 없이 대답해 주었다.

"모음이란 허파에서 목구멍과 혀를 지나 입 밖으로 공기가 나올 때 아무런 제약도 없이 물 흐르듯 전해지면서 나는 소리다."

황씨 부인은 별다른 생각도 하지 않고 세종이 말한 대로 따라 해 보았다.

"아, 우, 오……."

세종은 고개를 끄덕이며 다른 모음을 더해 나갔다.

"이, 에."

"그러하면 자음은 무엇입니까?"

황씨 부인이 다시 물었다.

"모음을 제외한 나머지 것들을 이른다."

황씨 부인은 얼굴을 찌푸렸다. 왕과 더불어 자신의 의무를 다하는 것은 포기했을지 몰라도 이런 말장난이나 하고 있을 기분도 아니기 때문이었다. 세종은 황씨 부인의 기분을 곧바로 알아차렸다.

"소리에 장애를 받는 것이다. 허파에서 나온 공기가 입천장, 혀, 이빨에 부분적으로 막히는 것이지."

황씨 부인은 잠시 생각에 잠겼다. 그러더니 갑자기 격음인 '크'

소리를 냈다. 세종은 '츠' 소리로 받아쳤다. 자음과 자음의 대결이었다. 장난기가 넘치는 대결이기도 했다.

황씨 부인이 더욱 가까이 다가왔다. 그리고 벌이 윙윙거리듯 '즈즈즈'라는 소리를 냈다. 왕은 '브브브'라는 소리를 내면서도 황씨 부인이 갑자기 적극적으로 나선 것에 놀라 눈을 휘둥그레 떴다.

황씨 부인은 세종의 옥체를 건드릴 수 있을 정도로 가까이 다가갔지만, 서로에게 손을 대지는 않았다. 황씨 부인은 '프프프' 소리를 냈다. 입술 사이로 공기가 빠져나오면서 파르르 떨렸고, 의도했던 대로 자극적인 분위기를 자아냈다.

세종은 그런 황씨 부인을 한참 바라보았다. 그러고 있자니 특별했던 오늘 하루의 막중함 탓인지 피곤이 몰려들었다. 세종은 곧바로 눈을 감고 깊은 잠에 빠져들었다.

황씨 부인은 왕에게 살며시 몸을 기댔다. 그의 귓가에 입술을 대고 지금까지 이어 오던 소리 놀이를 마무리하듯 '쉬……' 소리를 냈다.

황씨 부인은 곤히 잠든 왕의 모습을 바라보았다. 숨을 쉴 때마다 왕의 가슴이 오르락내리락하고 있었다. 위험하다 싶을 정도로 아주 천천히. 황씨 부인은 왕의 호흡에 맞추어 천천히 자신의 호흡을 가다듬었다. 숨을 한 번 내쉴 때마다 더욱 커다란 애정을 담아서.

높고 길게 쌓인 흙더미는 바로 옆에 흐르는 드넓은 강줄기와 똑 닮았고, 드넓은 강은 북에서 남으로 깊이 굽이치고 있었다. 강줄기는 중국 명나라와 한반도의 동쪽을 가르며 천천히 흘렀다.

두 명의 조선인 여행자는 집으로 돌아가는 걸음을 재촉했다. 만약 명나라의 동쪽 국경에 있는 관문을 무사히 통과한다면 곧바로 집으로 돌아갈 수 있을 것이었다. 동쪽에 있는 이 거대한 장벽은 위압적인 만리장성 중에서도 더욱 위압적으로 느껴지는 구역이었다. 만리장성의 다른 곳은 외부로부터 내부를 보호하는 기능을 하지만, 이곳 동쪽 장벽에는 그보다 더한 의미가 숨어 있었다.

두 여행자는 말수레를 끌고 관문 아래 거대한 통행로로 들어섰다. 양쪽에 달린 쇠창살, 군데군데 위치한 석궁 궁수들, 순식간에 끓는 기름을 부을 수 있도록 난간에 쌓아 놓은 기름통 등 겹겹이 쌓인 장치들을 넋을 잃고 바라보았다. 통로 양쪽에서 군사들이 몰려드는 모습을 상상하니 등골이 오싹해질 수밖에 없었다.

국경을 지키는 명나라 수비병이 조선인 여행자들로부터 건네받은 통행증을 유심히 살피다가 중국말로 물었다.

"조선으로 돌아가는 길인가?"

"위대한 황제님의 환대에 감사드립니다."

평화라는 이름을 가진 남자가 자신의 유창한 중국말 실력을 애써 감춘 채 짧게 대답했다. 중국말이 유창하다면 혹여 의심을 살수도 있기 때문이었다.

"흠?"

수비병이 뜨악한 표정을 지었다.

"언제 보았다고 황제 폐하가 환대를 하던가? 그래, 황제 폐하는 무탈하시던가?"

"아, 그냥 비유입니다."

평화가 최대한 공손하게 대답했다.

"중국분들의 환대에 대해 전반적으로 감사 인사를 드린 거지요. 황제 폐하의 자비로운 통치하에 계신 분들이니까요."

"평생의 좋은 벗입니다! 명나라와 조선!"

두 여행자 중 찌푸린 표정을 한 남자가 중국말로 덧붙였다. 그러더니 조선말로 또 덧붙였다.

"얼른 나가세."

조선말을 알아듣지 못하는 수비병은 자신이 맡은 임무를 수행했다. 수레를 덮고 있던 천을 걷어 내자 납작하게 말라붙은 해초 더미가 모습을 드러냈다. 수비병은 해초를 살짝 뜯어 입속에 넣고 오물거리더니 곧바로 퉤 뱉어 냈다. 이쯤이면 됐다 싶었던 건지 아니면 매일 하는 일에 진저리가 난 건지 얼른 통과하라는 손짓을 보냈다.

조선인 여행자들이 말수레를 끌고 관문을 나가자 수비병이 그들의 등 뒤에 대고 조롱조로 외쳤다.

"조선의 왕에게도 안부 전하게!"

늘 찌푸린 표정을 하고 다니는 남자에게는 매두라는 이름이 있었다. 매두가 뒤를 돌아보며 조선말로 크게 외쳤다.

"안부 전하겠소이다! 그보다 더한 건 못 할까, 이 나쁜 자식아!"

여행자들은 밝은 햇살과 드넓은 강과 그 너머로 굽이굽이 이어진 녹색 산줄기를 바라보며 걸음을 옮겼다. 그들의 걸음이 조선의 수도인 한성으로 향할 무렵, 그들을 명나라로 보낸 세종도 그들의 안부를 궁금해하고 있었다.

꽃꽃꽃꽃꽃꽃

두루미 떼가 하늘을 날아간다.

북서쪽으로 천 리를 날아간 두루미 떼가 북경 상공을 지나 산서성 대동의 요새를 넘어 만리장성을 등지고 날아갔다면, 아마도 지금쯤 몽골의 대초원 위에 이르렀을 것이다. 두루미들의 눈에는 땅 위의 모든 것들이 바다처럼 보일지도 모른다. 거센 바람이 끝도 없이 이어지는 초원 위를 가로지를 때마다 푸른 풀들이 물결처럼 출렁인다. 그 바다 같은 초원 위를 수많은 말들이 달린다. 두루미들이 자신들만의 방식으로 하늘을 날아가듯, 말들 또한 자신들만의 방식으로 초원을 달리는 것이다.

초원의 진정한 주인은 말이 아니었다.

촘촘히 박힌 섬들처럼 서로 유기적으로 연결된 수백 개의 원형 천막, 유르트들이 드넓은 초원 위에 자리하고 있었다. 유르트 주변을 말달리는 기수들은 비록 거칠고 허름한 차림을 하고 있지만, 백 년 전 그들의 조상은 중국 대륙을 통치한 바 있었다. 다시 말해 그들은 통치자의 후예들인 셈이었다.

수천 년 전에도 중국에는 중앙과 변방이 존재했다. 황제가 지배하는 중앙의 통제에서 벗어난 변방 세력을 대표하는 것이 바로 유목민족이었다. 그들은 약탈과 협상과 정복을 통해 중앙으로부터 무언가를 빼앗아 오곤 했다.

수천 년간 이어지던 중앙과 변방의 알력이 극에 달한 것은 칭기즈칸이 등장한 뒤였다. 칭기즈칸은 몽골의 여러 부족을 하나로 통합하여 인류 역사상 가장 큰 영토를 정복한 인물이었다. 중앙의 주인임을 자처하는 한족은 완강하게 저항했지만 칭기즈칸의 손자인 쿠빌라이 칸이 원나라를 건국하고 스스로 황제임을 선포하자 결국 몽골족의 지배 아래로 들어설 수밖에 없었다.

　하지만 원나라도 오래가지는 못했다. 중국을 거대한 용에 비유한다면, 원나라가 지배한 백 년 정도의 시간은 용의 배를 부풀어 오르게 만든 찰나의 순간에 불과할지도 모른다. 반란 세력에게 쫓겨 중앙에서 밀려난 몽골의 지배층은 화려한 궁궐과 온갖 귀금속, 시와 그림, 학문과 철학, 심지어는 경극마저 등진 채 변방에서의 삶을 다시 시작해야 했다. 말과 초원과 유르트가 있는 삶 말이다.

　어떤 문화가 다른 문화보다 더 우수하고 더 세련되었다고 판단하는 것은 어려운 일이다. 몽골족은 중국과는 다른 자기들 나름의 신화를 가진 민족이었고, 중국의 제국들이 수천 년 축적해온 것보다 빈약하기는 해도 자신들만의 문화를 가진 민족이었다.

　하지만 몽골을 통치하는 자들은 그들이 가진 유산이 중국에 비해 떨어진다고 생각했다. 그들의 선조들은 이미 세계를 정복했고, 세계의 가장 중심부에 있는 황궁의 용좌에 앉아 거대한 중국 대륙을 통치한 바 있었다. 그런 위대한 선조를 둔 자들에게는 말을 타고 초원을 달리는 것만으로는 충분하지 않았던 것이다.

　"칸."

　칸을 부른 족장의 이름은 에센이었다.

"전사들이 지루해 못 견뎌 하고 있습니다. 다시 한 번 중국을 정복해야 할 때가 온 것 아닐까요?"

가장 커다란 유르트 안에서, 에센은 서쪽 초원의 지배자인 타이순 칸과 마주하고 있었다. 타이순 칸은 화려한 의자에 앉아 에센이 하는 말을 매우 못마땅한 표정으로 듣고 있었다.

에센은 서쪽 초원에 사는 몽골 부족들 사이에서 '칸에 범접한 자'라는 뜻의 타이시(태자)로 불렸다. 칸에 범접한 자가 되기 위해서는 지도자로서의 자질을 갖추고 있어야 했고, 위대한 선조인 칭기즈칸의 피를 물려받아야 했다. 하지만 칸의 자리에 오르지 못한 타이시는 결국 칸에 범접한 자일 뿐. 그래서 에센은 타이시에 만족하지 않았다.

사실은 칸에도 만족하지 않았다.

초원 곳곳에 흩어져 있는 남자들은 유목민족 특유의 변발을 하고 있었다. 여자들은 머리카락에 구슬을 꿰어 정성껏 땋아 내렸다. 술을 마시거나 식사를 하는 등 각자 할 일을 하고 있었지만, 그들의 귀는 두 권력자 사이에 오가는 대화에 집중되어 있었다.

타이순 칸이 투덜거리며 말했다.

"초원과 말이 있는 곳에서 지루함을 느낀다면 죽을 때가 됐다는 뜻이지."

과장이 다소 섞이긴 했지만 유목민족에게는 틀린 말도 아니었다.

"몽골 왕조가 멸망한 뒤 우리는 과거의 관습으로 회귀했다. 서쪽은 서쪽이요, 동쪽은 동쪽이다. 본래부터 우리는 동쪽 초원의 몽골족들과 공통점이 없어서……."

에센이 타이순 칸의 말을 잘랐다.

"우리에겐 공동의 적이 있습니다. 명나라 말입니다."

타이순 칸은 유르트 근처에 있는 자들이 엿듣고 있다는 사실을 눈치 챘다. 사실 칸은 현재의 삶에 어느 정도 만족하고 있었다. 그는 본인의 한계를 잘 알고 있었으며, 전쟁을 일으키기 위해 무엇이 필요한지도 잘 알았다. 그리고 자신에게는 전쟁을 일으킬 능력이 부족하다는 것도 잘 알고 있었다. 만일 불가피하게 전쟁을 일으켜야 할 경우에는 젊고 용맹한 타이시에게 권력을 넘겨주어야 했다.

물론 칸은 그럴 의향이 전혀 없었다.

"먼저 서쪽과 동쪽을 연합해 보거라."

타이순 칸은 조건을 걸었다. 서쪽과 동쪽이 연합할 가능성이 희박하다는 것을 알기에 건 조건이었다.

"그렇게 된다면 한번 생각해 보겠다."

이 말을 끝으로 거대한 유르트 안에 침묵이 흘렀다. 두 사람의 대화를 엿듣던 이들도 각자 하던 일로 돌아갔다. 모두들 타이순 칸의 조건이 실현 불가능하다고 생각했다. 그 조건의 당사자인 에센 타이시만 제외하고.

에센의 두 눈이 선명하게 빛났다.

❦❦❦❦❦

변화의 조짐은 대륙 북쪽 초원에서만이 아니라 한반도 남쪽 바다 건너 일본에서도 일고 있었다.

일본 열도의 네 주도(主島)들 중 혼슈, 규슈, 시코쿠에 둘러싸인 세토 내해(內海).

동서로 긴 해협을 이룬 그 바다의 중앙에는 노시마, 인노시마, 쿠루시마라 불리는 세 개의 섬이 있는데, 해적질로 악명 높은 무라카미 가문의 본거지가 바로 그곳이었다. 흔히 삼도(三島)라 불리는 그 섬들 주변에는 작은 무인도와 암초가 많았다. 물길이 험할 뿐 아니라 물살 또한 빨라 외부인들로서는 접근할 엄두조차 내지 못하는 실정이었다.

둥! 둥! 둥! 둥! 둥!

삼도 중 한 섬에서 우렁찬 북소리가 울렸다. 그 섬 앞바다에는 해류와 해류가 얽혀 소용돌이치는 매우 위험한 해역이 있는데, 지금 그곳을 중심으로 노 젓기 대회가 시작되려 하고 있었다. 대회에 참가하는 조각배 세 척이 소용돌이 너머에서 대기 중이었고, 각각의 배 위에는 장대처럼 기다란 노를 쥔 노잡이가 서 있었다.

어느 순간 북소리가 그쳤다.

"시작!"

섬 쪽에서 누군가 외쳤다.

신호를 받은 첫 번째 노잡이가 위험천만한 소용돌이 건너 결승선을 향해 전속력으로 노를 저었다. 갑자기 거센 파도가 배를 덮쳤고, 노잡이는 배와 함께 바닷속으로 빨려들어 갔다.

해변에서 그 광경을 지켜보던 구경꾼들이 사람이 물에 빠졌다고 큰소리로 외쳤다. 그들 가운데 자리한 왕좌를 닮은 커다란 의자 위에는 이 섬의 주인이기도 한 '붉은 바다의 주군'이 앉아 있었다. 붉은 옷 위에 더 붉은 갑옷을 걸친 탓에 본토에 있는 쇼군보다 더욱 기세등등하고 소름 끼치는 모습이었다. 주변에 있는 부하들이 커다란 부채로 주군의 얼굴에 바람을 부쳐 주었지만 그는 굳은 얼굴을 펴지 않았다. 그는 웃는 법이 없었다. 부하들 앞에서는 더욱 그랬다.

첫 번째 참가자가 물 밖으로 겨우 빠져나올 무렵, 붉은 바다의 주군이 한마디를 조용히 뱉었다.

"다음."

주군의 부하들 중 하나가 뒤쪽에 대기 중인 북재비들이 들을 수 있도록 큰소리로 외쳤다.

"다음!"

다시 북소리가 시작되었다. 붉은 바다의 주군은 한쪽 손을 천천히 들어 올렸다가 아래로 내렸다. 북소리가 뚝 끊기고, 주변은 무섭도록 조용해졌다.

저 멀리서 두 번째 조각배가 해변을 향해 미친 듯이 달려왔다. 물살에 휩쓸려 앞뒤로 출렁이는 와중에도 노잡이는 바닷속에 찔러 넣은 노를 밀치면서 가까스로 해변 가까이 다가왔다. 구경꾼들은 환호성을 지르며 노잡이를 응원했다.

그 순간 두 개의 물살이 맞부딪치며 거대한 파도가 하늘로 솟구쳤다. 그 엄청난 기세에 노잡이의 얼굴이 하얗게 질렸다. 결국 두 번째 조각배는 두 동강이 나고, 첫 번째 조각배처럼 물속으로 빨려들고 말았다. 모두 침묵 속에서 노잡이의 모습이 보이기만을 기다렸다. 잠시 후 노잡이가 파도에 실려 해변으로 올라왔다. 주군의 발치까지 밀려온 노잡이는 더 이상 움직이지 않았다.

모두 아무 말이 없었다. 붉은 바다의 주군은 치솟는 감정을 억누르느라 턱을 굳게 다물고 있었다. 마치 그의 도전을 거부한 바다의 신이 노잡이의 시신을 이렇게 돌려보낸 것 같았다. 하지만 그는 겁을 먹기는커녕 맹수처럼 낮은 목울음을 그르렁거렸다.

도전이 이어졌다.

"다음."

부하가 주군의 말을 전달했다.

"다음!"

북재비들은 다시 북을 두드렸고, 주군은 한쪽 손을 들었다.

마지막으로 남은 조각배에는 긴 노를 든 남자가 서 있었다. 그는 앞선 참가자들과 달리 혼자가 아니었다. 열 살 남짓 되어 보이는 그의 아들이 흐리멍덩한 표정을 하고서 배 바닥에 앉아 있었다. 남자는 사메(상어)라고 불렸고, 아들은 코이누(강아지)라고 불렸다.

붉은 바다의 주군이 손을 내리자 북소리가 멈추었다. 사메는 노를 있는 힘껏 바닷속으로 꽂으며 바람처럼 배를 몰아 나갔다. 이번에는 해변 쪽이 아니라 비스듬한 방향으로 배를 움직였다. 사메가 노를 젓는 방식과 기술은 앞선 실패자들의 것과 사뭇 달라 보였다.

인간과 바다의 대결, 사메는 해류가 부딪치고 물살이 엉킬 때마다 일어나는 높은 파도를 이리저리 피해 가면서 안전한 물길을 찾는 데 성공했고, 그의 조각배는 해변 가까이로 다가갈 수 있었다.

철썩!

어느 순간 요란한 파도 소리와 함께 조각배가 팽그르르 맴돌았다. 금방이라도 뒤집힐 것 같은 조각배는, 그러나 절묘하게 균형을 되찾았다. 사메가 배를 모는 실력은 정말로 놀라웠다. 구경꾼들은 조각배가 들썩일 때마다 몸을 움찔거렸고, 다음 순간 큰 환호성을 터뜨렸다. 붉은 바다의 주군은 강철 같은 태도를 고수했지만 눈만큼은 놀라움을 금치 못하고 휘둥그레져 있었다.

코이누는 아무 말 없이 배 바닥에 앉아 있었다. 아비는 아들에게 굳이 말을 걸거나 관심을 기울이지 않았다. 하지만 아들은 거센 물살을 이기려고 필사적으로 버티는 대신 배 바닥에서 몸을 이리저리 움직여 아비가 배를 조종하는 데 도움을 주고 있었다. 그것으로 미루어 어린 나이임에도 불구하고 배를 조종하는 법을 아는 것 같았다. 다만 무슨 생각을 하는지 파악할 수 없는 흐리멍덩한 표정만큼은 변화를 보이지 않았다.

마침내 사메와 코이누가 탄 조각배가 해변의 결승점에 도착할 무렵, 두 사람의 눈앞으로 높다란 파도가 솟구쳤다. 만약 이 파도를 피하지 못한다면 배가 한쪽으로 넘어갈 터이고, 그렇게 되면 배가 뒤집히는 것을 피할 도리가 없을 터였다.

사메는 아무 말 없이 코이누를 붙들고 물속으로 뛰어내렸다. 동시에 노를 바닷속으로 던져 버렸다.

구경꾼들은 높다란 파도가 조각배를 덮치는 광경에 놀라 비명을 질렀고, 결국 조각배는 첨벙 소리를 내며 물속으로 가라앉고 말았다.

긴장된 시간이 흘렀다. 마치 바다의 신이 두 사람을 통째로 집어삼킨 것 같았다. 잠시 후 조각배가 사람들의 시야에 다시 들어왔다. 조각배는 파도에 실려 이리저리 흔들거렸다.

사메가 해변 앞 바다에 떠오르더니 코이누를 끌어올렸다. 두 사람은 물에 흠뻑 젖었지만, 덕분에 더러움이 말끔히 씻겨 나간 모습이었다. 조각배는 승리감에 휩싸인 듯 위풍당당하게 해변으로 밀려왔다. 구경꾼들은 열광적으로 환호했고, 북재비들은 신명 나게 북을 울렸다.

바닷속에 던져 버렸던 노도 파도에 떠밀려 왔다. 사메는 파도를 피해 가며 노를 집어 들었다. 아비와 아들은 그때까지도 아무 표정 없이 앉아 있던 붉은 바다의 주군을 향해 걸어가더니, 의자 앞에 멈추어 섰다. 사메가 고개를 조아렸다.

코이누는 여전히 흐리멍덩한 표정이었다. 고개를 조아리는 법조차 알지 못하는 듯했고, 주변 상황을 제대로 인지하지도 못하는 것 같았다. 사메는 코이누의 머리에 살짝 손을 얹어 주군에게 고개를 숙이도록 했고, 아들은 아비가 시키는 대로 순순히 따랐다.

붉은 바다의 주군은 사메와 코이누를 잠시 쳐다보았다. 그러고는 살짝 고개를 끄덕였다. 이는 부하 중 가장 충성스럽고 기술이 뛰어난 자에게 내리는 보상이기도 했다.

사메는 그것으로 충분히 만족할 수 있었다. 그는 물질적인 보상보다 그저 주군에게 인정받기를 원했다.

꽃향산의 석가탑이 서 있는 곳에 도착한 평화와 매두는 잠시 휴식을 취하기로 했다.

높이 구 미터에 지름이 이 미터 정도 되는 원통형 불탑은 상단

으로 갈수록 폭이 좁아졌고, 백 개가 넘는 청동 방울이 풍경으로
매달려 있었다. 매두는 그 청동 풍경을 올려다보며 생각에 잠겼
다. 그러더니 늘 그렇듯 찌푸린 표정으로 말했다.

"우리가 이 석탑 아래서 몇 번이나 쉬었지?"

"중국 명나라에 간 게 다섯 번이고……."

동료인 평화가 숫자를 헤아렸다.

"올 때랑 갈 때 이곳에 들러 쉬지 않았나. 계산하기 쉽잖아."

"열두 번이군."

"아니, 열 번!"

"그런데 한 번도 바람이 분 적이 없었어!"

매두가 눈살을 더욱 찌푸리며 말했다.

"열 번이나 왔는데 단 한 번도 풍경 소리를 들은 적이 없다니!"

평화도 그 말을 듣고 잠시 생각에 잠겼다.

"내 생각에도 들은 적이 없는 것 같아."

매두가 석탑을 더욱 자세히 살펴보았다.

"석탑에 달린 풍경이 족히 백 개는 되어 보이는데 말이야."

"백 개하고도 네 개일세."

"어찌 그리 정확히 아는가?"

"석가탑에 달린 풍경이 백네 개라는 말을 들었네."

"그래 봤자 소리도 안 나잖아!"

매두가 큰소리로 외친 다음, 평화에게 물었다.

"어쩌면 우리가 맡은 임무를 하늘이 탐탁지 않게 여기시는 게
아닐까? 혹시 자네도 그런 생각을 해 본 적이 있나?"

"하늘은 몰라도 전하께서는 흡족해하실 걸세. 내가 바라는 건

전하의 미소뿐이야."

평화의 대답에 매두는 몹시 짜증이 난 표정을 지었다.

"자네야 그렇게 생각하겠지. 하지만 전하의 그 미소 자체가 지나치게 과대평가된 걸 수도 있지 않나?"

평화는 타고난 성품대로 꼿꼿한 태도를 유지했다. 그의 목소리는 언제나 차분하고 유쾌했다.

"그런 말을 내뱉은 것만으로도 지옥 불에 떨어져 만 년 동안 고통을 당해야 할지 몰라. 그러고 나서 두꺼비로 환생하겠지."

"유학자들은 지옥도 환생도 믿지 않아. 다른 어떤 것도 믿지 않지."

"어떤 것도 믿지 않으니 어떤 것에 대해서든 객관적인 주장을 펼칠 수 있지. 이번 경우에는, 자네가 감히 절대적인 군주에게 반하는 언사를 했다는 것이 그 주장이라네."

반박하는 말인데도 불구하고 평화는 상냥한 말투를 유지했다. 다만 매두는 신경 쓰지 않는 것 같았다.

"전하께서도 어차피 인간이시라네. 다른 누구나처럼 말이야. 조정 대신들도 전하의 일거수일투족을 비판하는데 나는 왜 못 한다는 건가? 전하의 명이 있을 때마다 새 떼나 쫓아다니는 신세가 되었는데 말이야."

두 사람의 말을 들어 봐서는 조선과 명나라를 오가며 잡화를 팔아 생계를 이어 나가는 장사치는 아닌 것이 분명했다. 겉보기에는 별것 아닌 임무를 맡아 이렇게 떠돌아다니는 것처럼 보여도, 사실 두 사람은 세종이 중히 여기는 자들이었고, 왕의 특별한 명을 받은 역관들이었다. 매두는 그들이 기대앉은 석탑을 가리켰다.

"대체 전하께서 시키시는 일이 끝날 때까지 이곳을 몇 번이나 오가야 하는가? 열 번? 만 번?"

그러고는 자리에서 일어나 말했다.

"젠장, 갑자기 허기가 지는군."

매두는 수레가 있는 쪽으로 걸어갔다. 수레를 끄는 말은 고개를 숙이고 한창 풀을 뜯느라 역관이 수레에 실린 물건을 뒤적이고 있다는 사실조차 알아차리지 못하는 눈치였다.

평화는 계속해서 대화를 이어 나갔다.

"어쩌면 전하께서는 조정의 대신들보다 우리가 만 배는 더 가치 있는 일을 한다고 여기시고, 친히 두루미 떼를 추격하라고 명하신 것이 아닐까 싶네."

매두는 손길을 잠시 멈추었다. 매우 그럴싸한 생각이었다. 물론 지금은 그조차도 생각할 여력이 없었지만.

"배고프다니까."

매두는 마른 김을 꺼내어 밥과 장아찌와 함께 주먹밥을 만들어 먹을 참이었다.

막 주먹밥을 만들려는 찰나, 마른 김 사이로 한 무더기의 문서들이 숨겨져 있는 것이 눈에 들어왔다. 중국에서 몰래 가져온 문서들이었다.

"명나라의 국경 수비병들은 절대로 김 사이를 헤집어 보지 않으니까."

매두가 중얼거렸다. 청록색 덮개가 씌워진 문서 위에는 명나라와 조선에서 사용하는 한자와는 전혀 다른 형태의 이국적인 문자들이 가득 적혀 있었다. 그 옆에는 신기전과 유사하게 생긴 화차의 도면도 보였다. 중국 어딘가에서 구한 이 귀한 자료들도 세종이 추진하고 있는 비밀스러운 계획의 일부였을까?

매두는 열심히 주먹밥을 뭉치더니 동료에게 하나를 건넸다. 그리고 본인도 크게 한입 베어 물더니 풍경 소리를 내지 않는 석탑을 다시금 올려다보았다. 그는 마치 석탑이 자신의 말을 듣기라도 하는 것처럼 이렇게 소리쳤다.

"제발 풍경 소리 좀 내 보란 말이야! 이번이 우리에게 좋은 인상을 남길 마지막 기회가 될 테니까!"

평화가 안쓰럽다는 듯이 말했다.

"마지막이라니, 그건 아닌 것 같네. 전하께서는 분명히 우리를 다시 명나라로 보내실 테니까. 앞으로도 계속."

지적인 호기심이 좀처럼 충족되지 않았는지, 세종은 틈날 때마다 두 명의 역관을 고대의 지식 창고로 불리는 중국으로 파견했다. 그들에게 맡겨진 함의적이면서도 비밀한 임무의 진짜 의미는 왕만이 알고 있었다. 세종은 그 점을 다른 이들에게 알리고 싶어 하지 않았다. 그러므로 그들의 노고가 사서에 기록될 일은 없을 터였다. 매두는 바로 그 점을 불만으로 여기는 듯했다.

"더는 못 해 먹겠어."

평화가 물었다.

"전하의 관대하신 용안에 대고 그리 말할 텐가?"

매두가 꽥 소리를 질렀다.

"당연하지! 우리는 인간이 쇠고리를 흔들 때마다 뛰어넘어야 하는 원숭이가 아니란……."

평화가 매두의 말허리를 잘랐다.

"쇠고리를 뛰어넘는 건 개나 하는 짓이야. 제대로 훈련받은 원숭이는 인간을 흉내 내면서 악기를 연주하거나 춤을 춘다네."

"그렇다면 내가 쇠고리를 뛰어넘는 첫 번째 원숭이가 되겠네. 막아 볼 테면 막아 보라고."

끝없이 이어지는 매두의 푸념에 평화가 고개를 절레절레 저었다.

"자네, 대체 과거 시험에는 어떻게 통과한 건가?"

"내 원숭이 엉덩이를 딱 붙이고 공부했지. 다른 사람들처럼 말이야."

매두는 가장 낮은 데 걸린 풍경을 노려보다가 있는 힘껏 입바람을 불었다. 아무 소리도 들리지 않았다. 그는 최대한으로 인상을 썼다. 저만치 앉아 있는 동료와, 머리 위 어딘가를 날아다니고 있을지도 모르는 두루미 떼와, 자신을 굽어보며 얼굴을 찌푸리고 있을 부처님에게 자신이 얼마나 짜증이 났는지를 보여 주려는 듯이.

발사대가 쏘아 올린 불꽃들이 빛나는 태양 아래로 포물선을 그리며 날아갔다. 얼마 전 모의 전투에서 시험해 보았던 신기전이었다.

밝은 대낮에 보니 그 작동 과정을 더 상세히 파악할 수 있었다. 신기전을 움직이는 데는 두 사람이 필요했다. 두 개의 바퀴가 달린 수레 위에 수십 개의 원형 구멍이 뚫린 커다란 나무 궤짝이 놓여 있었고, 각 구멍마다에는 불화살이 꽂혀 있었다. 모든 화살이 장전된 상태에서 도화선으로 불꽃이 타들어 가자 신기전은 금방이라도 터질 것처럼 강하게 요동치기 시작했다.

우지끈, 훅, 소리를 내며 화살들이 불꽃을 일으켰고, 말 그대로 불길에 휩싸인 채로 하늘을 향해 날아갔다.

이 비밀 사격장은 한성에서 반나절을 말달려야만 도착할 수 있는 외곽 지역에 위치해 있었다. 모의 전투에서 아군이었던 장군과 적군이었던 장군, 왕을 호위하는 내금위장과 위사 몇 명 그리고 시험을 도와줄 병사들도 함께 있었다. 그들은 불화살이 구름에 닿을 정도로 높이 올라간 다음 아래로 곤두박질치더니 먼 곳에 세워 둔 과녁을 정확히 타격하는 광경을 지켜보았다. 물론 그 불화살은 단순한 불화살이 아니었고, 과녁은 폭음과 화염에 휩싸였다. 지켜보던 이들 모두 탄성을 터뜨렸다. 저것만으로도 완벽한 공격 무기처럼 보였다. 하지만 앞으로 등장할 무기에 비하면 맛보기에 불과했다.

병사들이 기다란 철제 원통을 가져왔다. 왕의 오랜 벗이기도 한 대장장이가 그토록 열심히 두드리던 바로 그 물건이었다. 병사들이 발사대의 구멍에 철제 원통을 끼우자 신기전은 마치 장전된 총처럼 보였다.

대장군 이천이 미심쩍어하는 표정을 지었다.

"쇠의 무게 때문에 화차에 가해지는 하중이 커질 것입니다."

"당연히 그렇겠지."

세종은 대장군의 말에 동의한 다음, 곧바로 부연했다.

"오히려 그래서 더 위력적인 무기가 될 것이오."

세종은 철제 원통에 화살을 장전하는 병사들을 가리키며 말을 이었다.

"나무는 나무와 달라붙게 마련이오. 같은 성질을 가졌으니까. 하지만 쇠는 나무를 이기는 법. 그래서 조그만 도끼가 커다란 나무를 쓰러뜨리는 것이 아니겠소? 나무는 쇠를 만나기만 해도 서둘러 도망치고 말 것이오."

나무로 만든 화살은 나무로 만들어진 원통보다 쇠로 만들어진 원통에서 더 신속하게 발사될 수 있다는 의미인데, 동양의 오행 이론을 사물 간 마찰에 적용한 이 말은 묘하게도 과학적으로 들렸다.

장전이 끝나자 왕의 생각도 끝났다. 세종이 고개를 끄덕이자 병사들이 도화선에 불을 붙였다.

"과인의 예상이 맞는다면……."

세종은 별 걱정 없는 투로 말을 이었다.

"화살이 날아가는 거리는 두 배가 넘을 것이오."

슉! 슉! 슉!

화살들이 불꽃을 뿜으며 날아가기 시작했다. 사람들의 시선이 그 궤적을 따라붙었다. 이전의 과녁보다 두 배 이상 먼 곳에 설치해 둔 또 다른 과녁에 명중한 화살들이 엄청난 이 차 폭발음을 터뜨렸다.

사격장에 모인 이들 모두가 크게 놀란 눈치였다. 내금위장이 미소를 지으며 세종에게 물었다.

"전하, 대체 전하의 말씀이 옳지 않을 때는 언제이옵니까?"

세종은 본래 아첨에 휘둘리지 않는 사람이었다. 그 점을 잘 아는 내금위장의 말이기에 아첨보다는 농담처럼 들렸다. 사실 틀린 말도 아니었다. 용상에 앉은 삼십여 년 동안 세종이 언제 틀린 예측을 하였던가?

조선의 군관, 학자, 조정의 대신 대부분은 두 명의 역관이 명나라에서 몰래 가져온 화차의 제작 도면을 한 번쯤 보았다. 그것을 본 사람들 대부분은 세종의 목표가 신기전의 사정거리를 확장하는 것이라고 결론 내린 상태였다. 하지만 그들은 알지 못했다. 신기전의 사정거리 따위는 세종이 비밀리에 추진해 온 또 다른 목표에 비하면 그리 대수롭지 않다는 사실을. 신기전의 성능 향상에 따른 전략적 가치는 높이 평가받아야 마땅하지만, 궁궐에서 반나절이나 걸리는 장소에서 실시된 이번 시험의 경우 사실은 모두의 주의를 분산시키기 위한 방편에 불과했다. 세종은 자신만의 비밀스러운 목표를 여전히 숨기고 있었던 것이다.

갑자기 내금위장이 사람들의 주의를 끌려는 듯 헛기침을 했다. 모두가 고개를 돌리자, 멀찍이 떨어진 곳에 나이 든 행상 하나가 서 있는 것이 눈에 들어왔다. 등에 멘 지게에는 약재와 잡동사니가 산더미처럼 쌓여 있었다. 죽을죄라도 지은 듯 놀란 표정을 보니 와서는 안 될 곳에 왔음을 본인도 알아차린 모양이었다. 사실 이번 시험 발사는 보안을 철저히 유지할 필요가 있었다. 행상은 재빨리 돌아서더니 죽어라 달아나기 시작했다.

대장군 이천이 놀랐다기보다는 흥미롭다는 표정을 지으며 말했다.

"혹시 첩자일까요?"

세종은 고개를 갸웃거렸다.

"글쎄, 과인이 보기엔 평범한 약재상 같은데……."

내금위장이 인상을 찌푸리며 말했다.

"곧 놈의 정체를 알아 오겠나이다."

세종은 태연하게 말했다.

"요즘 밤잠을 설치는데 혹 도움이 될 만한 약재가 있는지 물어보거라."

내금위장이 고개를 끄덕이자 내금위 위사들이 행상을 쫓아갔다. 세종은 그들의 뒤통수에 대고 계속 한가한 소리를 늘어놓았다.

"온몸이 쑤시니 그에 좋은 약재도 있는지 좀 물어보고. 아, 눈에 좋은 약재도 있으면 좋겠군."

옆에 있는 병조판서가 세종에게 말했다.

"전하께서는 그런 약재가 필요치 않사옵니다. 그야말로 인생의 황금기를 보내고 계시지 않사옵니까. 게다가 하늘이 품은 뜻까지도 모두 꿰뚫어 보고 계십니다."

세종은 다시 한 번 자신의 목표를 떠올리며 몸을 돌렸다. 절망적일 만큼 멀리 떨어진 그 목표는 너무도 흐릿하기만 했다. 세종은 하루하루 눈뜬장님이 되어 가는 듯한 기분을 느꼈다. 세종의 눈동자를 가까이서 관찰해 본 사람이 있다면 환한 햇빛 아래 맑게 반짝이는 눈빛을 볼 수 있을 것이었다. 하지만 누구도 그 눈동자 속에서 어떤 문제가 벌어지고 있는지 알지 못했다.

세종은 병조판서를 향해 고개를 끄덕였다.

"병판의 말이 옳은 듯하오."

병조판서의 말은 지금까지 세종이 쌓은 업적과 왕으로서의 덕목을 칭송하는 것에 지나지 않았다. 세종은 이런 종류의 말을 들을 때마다 빈말로 맞장구쳐 주곤 했는데, 이번만큼은 빈말이 아니라 새빨간 거짓말을 했다.

⊗⊗⊗⊗⊗⊗

에센 타이시는 광활한 초원을 달리고 있었다. 그의 아내도 말을 타고 그의 뒤를 따랐다. 두 사람이 말을 타는 모습은 마치 춤을 추는 듯했다. 그들은 근방에 있는 부족민들이 연주하는 곡조에 맞추어 때로는 유려하게, 때로는 역동적으로 말을 몰았다. 그들은 물론이거니와 그들을 지켜보는 모든 부족민들도 함께 즐거워하고 있었다.

초원 위에 흩어져 있는 크고 작은 유르트는 거대한 군영처럼 보였다. 그 안에는 사람보다 훨씬 많은 수의 말들이 살고 있었다. 두 사람의 흥겨운 춤은 남편과 아내가 말 등에서 뛰어내리는 것으로 끝났다. 부족민들 모두가 환호를 보냈다.

흥을 깨지 않으려는 듯 에센은 활과 화살을 높이 들어 올리며 소리쳤다.

"새로운 장난감을 하나 만들어 봤지."

부족의 전사들이 흥미로운 눈으로 에센을 쳐다보았다. 그들로서는 지루함을 달랠 수만 있다면 무엇이든 좋았다.

그들 중 특히 눈을 빛낸 남자가 한 명 있었다. 장차 '화살'이 될 남자이니, 화살을 뜻하는 몽골어인 '소르친'이라고 부르기로 하자.

소르친은 타이시가 특별한 동기 없이 일을 벌이는 사람이 아니라는 사실을 잘 알고 있었다. 그는 타이시에게 반드시 계산이 있을 것이라고 믿었다.

에셴은 화살 하나를 시위에 걸었다. 색색의 깃털로 화려하게 장식된 화살촉이 기이해 보였다.

"이게 바로 '노래하는 화살'이라는 거야."

에셴이 당긴 시위를 놓자 화살은 과녁을 향해 쏜살같이 날아올랐다. 유달리 날카로운 바람 소리를 내며 날아간 화살이 과녁 정중앙에 명중했다. 순간 전사들의 표정이 멍해졌다. 그들은 침묵 속에서 이런저런 생각에 잠겼다.

전사 하나가 에셴에게 물었다.

"화살에서 휘파람 소리가 납니다. 화살을 쏘며 적에게 미리 경고하는 이유가 뭡니까?"

화살이 발사되면서 내는 소리로 적군이 공격을 알아차리면 어떻게 하느냐는 의미였다.

에셴은 입술을 오므려 휘파람을 불었다. 그의 애마가 가까이 다가왔다. 에셴은 애정 어린 손길로 애마의 목덜미를 쓰다듬었다.

"경고가 아니라 놀이라니까. 적이 아니라 우리를 위한 놀이."

에셴은 앞쪽에 있는 또 다른 과녁을 가리켰다.

"다들 무장을 하도록."

십여 명의 전사들이 활과 화살을 들었다.

"내 화살 소리를 듣고, 내가 쏘는 것이 무엇이든 그리로 화살을 쏘라고."

전사들은 타이시가 왜 이런 일을 시키는지 알지 못했다. 하지만 그의 기행에 이제는 어느 정도 익숙해진 전사들이었다.

에셴은 '노래하는 화살'을 과녁을 향해 쏘았고, 화살은 휘파람을 불며 과녁에 정확히 꽂혔다. 다른 전사들도 눈 깜짝할 사이 화살을 쏴 에셴이 쏜 과녁에 화살을 꽂아 넣었다. 그중에서도 소르친이 쏜 화살이 가장 빠르고 가장 정확했다.

"놀이라고 했잖아."

에셴은 이렇게 말하며 애마의 옆구리를 후려갈겼다. 말은 깜짝 놀라 달음박질치기 시작했다. 에셴이 휘파람을 불자 말이 멈추어서더니 다시 주인 쪽으로 방향을 틀었다. 그때 에셴이 활을 들고 다시 한 번 '노래하는 화살'을 쏘았다. 휘파람을 불며 허공을 가른 화살이 말의 가슴에 명중했다.

너무도 충격적인 순간이었다. 하지만 소르친은 타이시를 따라 곧바로 화살을 쏘았고, 이에 정신을 차린 다른 전사들도 잇달아 화살을 쏘았다. 순식간에 화살 세례를 받은 불쌍한 말은 바닥으로 쓰러지고 말았다.

말이 바닥에 쓰러지자 전사들 중 두 명이 화살을 쏘지 않았다는 사실이 드러났다. 너무도 놀라 타이시의 지시를 망각한 것이었다. 그들은 화살이 걸린 활을 든 채 멍하니 서 있기만 했다.

에셴 타이시는 즉시 칼을 뽑아 두 사람에게로 다가갔다. 그러더니 한 치의 망설임도 없이 그들의 목을 베었다.

두 명의 전사가 피를 흘리며 바닥에 쓰러지자 남아 있는 전사들은 눈앞에서 벌어진 광경에 혼란스러워하면서 자신들의 족장을 돌아보았다. 하지만 에셴 타이시는 별일 아니라는 듯 어깨를 으쓱거리며 말했다.

"놀이라고 했잖아."

오직 소르친만이 놀란 기색을 드러내지 않았다. 표정만으로는 그 남자가 무슨 생각을 하는지 도저히 알 수 없었다.

༺༈༒༈༒༈༺

세종이 집현전에 친히 왕림하는 일은 젊은 학자들에게 언제나 흥분되는 사건이었다. 몇 번을 납시든 몇 시간 머물든 아무 상관이 없었다. 세종은 심지어 한밤중에도 불쑥 집현전을 찾았다. 어느 날엔가는 낮에 찾아와 하루 종일 집현전에서 보내고 밤에도 돌아가지 않은 채 책상 옆 바닥에 머리를 댄 채 잠을 자기도 했다.

세종의 아버지인 태종은 당시 조선에서 가장 뛰어난 인재들을 모아 두뇌 집단, 집현전을 만들었다. 집현전이 제대로 기능을 발휘한 것은 세종이 왕위에 오른 뒤였다. 세종은 집현전 학자들에게 정사를 돌보는 업무를 부여했고, 집현전 학자들은 놀라운 업적을 이루었다. 실용적인 발명품을 고안하는 것은 물론, 정책의 법적 정당성을 구축하고 궁중 의식에 대한 설명서도 제작했다. 왕이 어떤 문제를 내든 합리적인 해답을 도출해 내기 위해 집현전 학자들의 연구는 끝없이 이어졌다. 세종은 집현전 학자들을 잘 어르고 달래 가며 놀라운 성과를 끌어내는 데 일조했다.

지난 십여 년 간 세종은 젊고 자유분방한 학자들을 집현전에 데려다 앉혔다. 고대 문헌을 전문적으로 연구하는 학자, 온갖 기호와 상징을 수집하는 학자, 알려지지 않은 전승과 신화에 관심을 가진 학자까지. 학자들은 왕이 보내는 지대한 관심에 우쭐했다. 본인이 가진 능력을 제대로 인정받는다고 여겼고, 왕의 기대와 희망을 한 몸에 받고 있다고 뻐기며 한껏 잘난 척하기도 했다. 그런데, 세종이 그들에게서 진정으로 바란 것은 무엇이었을까?

학자들을 집현전에 불러 모은 지 일 년이 지나고 이 년이 지났다. 세종이 그들에게 부여하는 임무와 과제는 점점 더 엉뚱한 방향으로 흘러갔다. 학문적인 목표가 아니라 흥미를 위주로 한 분야에 집중하는 것 같은 느낌마저 들었다.

세종은 역관을 양성하는 사역원 출신까지 집현전으로 불러들였다. 모국어뿐만 아니라 중국어와 몽골어, 여진어와 일본어 등 다른 민족의 언어들을 완벽하게 구사하는 자들을 한데 불러 모았다. 언어에 특별한 재능을 가진 자들은 일반인들이 새로운 음식을 먹는 방법을 배우는 시간보다 더 빠르게 언어를 익혔다. 사역원 출신의 역관들은 과거에 급제하여 집현전에 들어오는 양반 자제들과는 태생부터가 다른 이들이었다. 역관은 대부분 중인 출신이었다. 때문에 집현전을 장악하고 있던 양반 자제들에게는 격이 떨어지는 중인들과 시간과 공간을 공유한다는 자체가 커다란 모욕이나 다름없을 것이었다.

그래서일 것이다. 세종을 향한 광적인 헌신에도 불구하고 집현전에 모인 젊은 학자들은 하루가 다르게 냉소적인 태도를 보이기 시작했다. 그들은 갈수록 괴팍해지는 것도 모자라 하찮은 자들에게 스스로 둘러싸인 통치자를 일깨워야 한다는 의무감에 사로잡혔다…….

세종은 평화와 매두가 명나라로부터 몰래 반입한 문서를 살피고 있었고, 매두는 무언가 꺼림칙한 표정을 짓고 있었다. 사실 중인 신분인 매두는 집현전의 일원이 된 후로 한시도 마음 편할 날이 없었다.

학자들은 평소 서고나 공부방으로 사용하는 집현전의 가장 큰 방에 모여 있었다.

"생각했던 것보다 훌륭하구나."

왕이 말했다. 역관인 평화는 겨우 자존심을 지키면서 왕의 치하를 받아들였다. 왕에 대한 말만 나오면 항상 삐딱해지는 매두의 기분도 잠시나마 누그러진 것 같았다.

세종은 많은 양의 문서를 하나씩 훑어보기 시작했다. 책에서 찢어 낸 일부분과 초본, 묘비의 탁본과 옥새의 문양 등이 하나씩 등장하자 집현전 학자들도 호기심을 참지 못하고 세종의 근처로 하나둘 모여들기 시작했다.

"그런데 왜 김 냄새 같은 게 나지?"

책을 몰래 반입하기 위해 마른 김으로 위장한 사실을 양반 출신의 학자들이 알 리 없었다. 게다가 방금 말한 자는 먹을거리가 없으면 쩔쩔매는 것으로 소문난 자였다.

매두가 말했다.

"아무리 배가 고파도 문서는 먹지 마시오."

다른 젊은 학자들도 방대한 자료에 깊은 인상을 받은 표정이었다.

"군수품, 약, 강우량의 기록지, 행성의 위치까지……."

최항이 자료를 세심히 살폈다. 그는 과거 시험에서 장원을 한

수재였지만 그의 목소리에는 의구심이 비치고 있었다.

"전하께서는 목표를…… 너무 방대하게 잡으신 것 같사옵니다."

최항의 의구심을 씻어 내려는 듯 신숙주라는 학자가 밝은 목소리로 덧붙였다.

"지난 세월 전하께서 쌓아 올리신 업적만큼이나 방대하옵니다."

세종이 말했다.

"과연 그러하도다. 이제 우리 조선의 지식 중 빈 부분을 메꿔야 할 때가 온 것 같구나. 후손들을 위해서 말이야."

집현전 학자들은 세종의 이 말을 다가올 죽음을 대비하라는 뜻으로 받아들였다. 그들 중 가장 젊고, 좀처럼 책에서 고개를 드는 법이 없다고 해서 별명이 '책벌레'인 이개가 말했다.

"전하께서는 앞으로도 셀 수 없이 많은 날이 남아 있지 않사옵니까. 후손들도 그 정도는 기다려 줄 것이라 생각하옵니다."

그 말에 다 함께 크게 웃었다. 단지 언어학자인 박팽년만은 늘 그랬듯 이런 종류의 말에 대해 무시하는 태도를 보였다. 훗날 세종이 자신의 관심 분야에 집중하기 시작할 때, 그가 가야 할 길을 명확하게 제시해 줄 인재가 바로 이 박팽년이었다.

"여기 일곱 권의 문서들을 챙겨 두었습니다. 티베트와 위구르, 몽골, 저것은 파스파 문자인 것으로 사료되며, 저 두 개는 고대의 옥새인 듯하나 마지막 하나는 저도 처음 보는 것이옵니다."

박팽년이 도형 닮은 문자가 찍힌 탁본을 가리키며 말했다. 세종은 밝은 목소리로 말했다.

"우리가 찾고자 하는 지식은 실로 다양한 방식으로 기록되어 있다."

박팽년과 눈이 마주친 세종은 젊은 언어학자가 무언가 감을 잡으려 한다는 사실을 눈치챘다. 하지만 세종은 자신이 추진하는 목표를 아직은 알리고 싶지 않았다.

"기록하는 방식에는 별 관심을 둘 필요가 없을 듯하니, 더는 논하지들 말라."

박팽년은 왕의 말을 그 주제를 더 깊이 파고들지 말라는 경고의 의미로 받아들였다. 그래서 충분히 이해했다는 뜻으로 고개를 끄덕였다. 하지만 왕은 이미 다음 단계로 넘어간 뒤였다. 세종이 집현전에 모인 학자들에게 물었다.

"여기 있는 자료들의 사본을 만들어 줄 수 있겠는가?"

학자들이 고개를 끄덕이며 순순히 응했다.

"네, 전하."

"물론이옵니다, 전하."

"당장 시작하겠나이다, 전하."

그 말을 들은 세종은 몸을 돌려 방을 나서면서 평화와 매두를 향해 손짓했다.

"과인은 그대들의 노고를 특별히 위로하고 싶구나."

평화와 매두는 즉시 세종을 따라나섰다.

그렇게 왕과 두 역관은 집현전을 벗어나 밖으로 이어지는 복도로 접어들었고, 그때서야 노고를 특별히 위로한다는 것이 사실은 사람들이 없는 곳에서 따로 이야기하기 위한 방편임이 드러났다.

세종은 곧바로 본론으로 들어갔다.

"북경에서 요동으로 유배된 어떤 학자가 몽골의 음운 사전을 가지고 있다는 소문을 들었다. 대단히 정교하고 완벽하게 만들어진 사전이라고 하더구나."

매두의 얼굴이 어두워졌다. 그는 이야기가 어떤 식으로 흘러갈지 아주 잘 알고 있었다. 그는 세종을 노려보는 대신 아무 말도 하지 않고 있는 자신의 동료를 노려보다가 더 이상 참지 못하고 입을 열었다.

"몽골족은 완전히 무장을 한 채로 말을 타고 중국을 뒤쫓고 있사옵니다. 이런 상황에서 몽골의 음운 사전이 무슨 필요가 있겠사옵니까? 전하, 부디 재고해 주시옵소서."

"과인의 마음은 안중에도 없는 것 같구나."

세종은 평소처럼 차분한 목소리였다.

그러자 평화가 거들고 나섰다.

"전하, 저희는 오랫동안 떠돌이에 가까운 생활을 했사옵니다. 그래서 저 친구는 자신이 어느 곳에 속해 있는지 알지 못하여 혼란스러워하고 있사옵니다."

매두가 끼어들었다.

"제가 있어야 할 곳은 노상인 것 같사옵니다."

세종은 그의 빈정거림을 있는 그대로 받아들이는 척했다.

"훌륭하구나. 이번 역시도 그대들에게 기댈 수 있을 줄 내 알고 있었다."

복도를 따라 계속 걸어 모퉁이를 돌 무렵이 되자 세종이 다시 한 번 입을 열었다.

"그런데 그 학자가 좀 괴짜라고 하더구나. 그 점만 잘 대응해 주면 좋은 결과를 얻게 될 것이다."

세종이 걸음을 멈추자 지칠 대로 지친 두 여행자도 왕을 따라 멈추어 섰다. 세종은 두 사람의 손을 잡으며 물었다.

"그래, 언제쯤 떠날 수 있겠는가?"

&&&&&&

초원에서 보내는 또 다른 하루, 또 다른 날이로군.

에센 타이시는 이렇게 생각했다. 그는 자신의 부족이 소유한 영토가 드넓은 중원이 아니라 겨우 눈으로 보이는 곳뿐이라는 사실에 분노했다. 그는 자신이 초원에 죄수처럼 갇혀 있다고 여겼다. 하지만 영원히 그러지는 않을 것이었다.

다른 전사들이 점심을 먹으며 술잔을 기울이고 있을 때, 에센 타이시는 장미꽃 한 송이를 손바닥 위에 올려놓고는 이상하리만치 빤히 들여다보았다. 바로 옆에서 타이시의 부인들이 환담을 나누면서 버터 차를 마시고 있었다.

"놀이나 한번 하지."

에센이 나지막이 말했다. 그 말에 소르친은 신속하게 준비에 들어갔다. 뒤이어 다른 전사들도 족장의 말을 알아차리고 식사를 멈추었다. 편안하던 점심 식사 자리에 말할 수 없는 불안감이 가득 찼다.

"금장미."

에센은 네 명의 부인 중 가장 사랑하는 여인을 불렀다. 여인은 에센에게 고개를 돌리며 미소를 지었다.

"춤을 추자."

여인이 자리에서 일어서자 에셴은 들고 있던 장미를 허공에 휙 던졌다. 여인은 그 꽃을 잡기 위해 달려갔다.

순간 소름 끼치는 휘파람 소리가 울리더니 에셴의 '노래하는 화살'이 여인의 가슴팍에 명중했다. 그리고 곧바로 두 번째 화살이 첫 번째 화살과 같은 지점에 꽂혔다. 두 번째 화살을 쏜 사람은 소르친이었다. 에셴은 여전히 손에 활을 쥐고 있었다.

그제야 무슨 일이 벌어졌는지를 깨달은 여인은 곧이어 온몸으로 퍼진 고통에 입을 딱 벌렸다. 하지만 입에서 비명이 새어 나오기도 전에 다른 전사들이 발사한 화살들이 그녀의 몸에 꽂혔다. 그중 몇은 시위를 놓으면서 북받치는 울음을 터뜨렸다.

에셴 타이시가 평소 가장 아끼던 부인은 싸늘한 주검이 되어 바닥에 쓰러졌다. 에셴은 몸을 돌려 공포에 질린 전사들과 그들의 손에 들린 활을 살펴보았다. 전사들 중 한 명의 활에는 화살이 여전히 걸려 있었다. 그는 도저히 금장미를 쏠 수 없었다. 타이시가 칼을 휘두르자 전사는 곧바로 바닥에 쓰러져 죽고 말았다.

"반역자."

에셴은 손에 든 칼을 땅바닥에 던져 버리고 어디론가 가 버렸다.

소르친의 무표정하던 얼굴에 비로소 기이한 표정이 떠올랐다. 갈수록 역겨워지는 이 '놀이'의 종착지가 어딘지 궁금해하는 눈치였다.

~~~
@@@@@@@
~~~

밤이 깊어지자 소헌왕후는 황씨 부인을 처소로 불렀다. 왕가에서 부를 때는 다 그럴 만한 이유가 있는 법이었다. 지위가 오른 사실을 알려 주거나 공적을 치하하는 경우가 다수이고, 반대로 엄청난 벌을 내릴 때도 있었다. 최악의 경우에는 잠자리에 들기 전에 사약을 삼켜야 하는 일도 있었다. 왕과 왕후의 처소에 갈 때는 언제든 그중 하나가 닥칠지 모른다고 생각하고 마음의 준비를 단단히 해야 했다. 그러나 황씨 부인은 낙천적인 성격을 타고난 덕에 별다른 생각 없이 왕후의 처소로 발걸음을 옮겼다.

"오늘은 전하가 청하는 대로 모두 따라야 할 것이야."

왕후가 잠시 뒤에 덧붙였다.

"몸을 바쳐서."

황씨 부인은 그 말에 다소 당황했지만 토를 달지는 않았다.

"알겠사옵니다, 중전마마."

"혹여…… 전하의 청이 이상하게 들릴지라도 말이다."

"네, 마마."

"절대 두려워하지 말거라."

"분부대로 하겠나이다, 마마!"

왕후는 육체적인 욕망을 간신히 억누르는 것처럼 보이는 이 젊고 열정적인 후궁에 대해 곰곰이 생각해 보았다. 모든 후궁이 왕의 후계자를 생산할 수 있다는 점에서 잠재적인 경쟁자이기도 했으나, 왕후의 생각은 조금 달랐다. 왕후는 황씨 부인을 다른 관점에서 보고 있었다.

소헌왕후는 황씨 부인의 손을 꼭 잡으며 격려와 애정을 아낌

없이 보냈다.

"자네만 믿겠네."

황씨 부인은 삼촌 덕분에 후궁으로 입궐할 수 있었다. 삼촌은 세종의 곁에서 조력해 온 조정의 대신이었다. 세종의 의중을 잘 알고 있던 삼촌은 조정 대신들에게 군주의 건강을 위해 정사에 할 애하는 시간을 줄여 달라고 청을 올렸고, 그의 의도는 받아들여 졌다. 군주는 정사에서 한 발 떨어져 지적 호기심을 추구할 수 있 는 시간을 얻었다.

황씨 부인은 젊기는 했으나 빼어나게 아름답지는 않았다. 그 렇다고 특별히 지적인 여성도 아니었으며 뚜렷한 매력도 없어 보 였다. 물론 품행이 특별히 방정하지도 않고 악기 연주 실력이 뛰 어나지도 않았다. 그럼에도 불구하고 황씨 부인의 무언가가 세종 의 관심을 사로잡았다는 사실만은 분명했다. 세종은 그녀와 단둘 이 보내는 시간이 많았고, 밤낮으로 황씨 부인을 침전에 불러들 이곤 했다.

이를 두고 조정에서는 수많은 억측이 쏟아졌다. 성적으로 특별 한 능력이 있다는 소문도 돌았고, 왕을 사로잡는 음탕한 술수를 부린다는 수군거림도 많았다.

하지만 진짜 이유는 왕과 소헌왕후만이 알고 있었다. 무엇 하 나 특별할 것 없는 이 젊은 여인의 특별한 능력은 무엇이든 시키 는 대로 하는 것이었다. 정말로 '무엇'이든 할 줄 알았다. 세종은 매우 소소한 것부터 말도 안 되는 터무니없는 요구까지 황씨 부 인에게 시켰다. 세종에게는 아무런 사심 없이 자신의 요구를 들 어줄 누군가가 필요했다. 그 누군가에 간택된 사람이 바로 황씨 부인이었다.

몇 시간 후, 황씨 부인은 왕의 침전에 앉아 있었고 세종은 반사경이 달린 조그만 등잔불을 손에 들고 있었다. 황씨 부인이 입을 크게 벌리자 왕은 등잔불을 들고 그녀의 입속을 자세히 관찰했다.

"아."

황씨 부인이 소리를 내자 세종은 입속을 살피고 다른 소리를 내 보았다.

"이."

황씨 부인이 따라 했다.

"이."

"입을 더 크게."

세종은 얼굴을 더 바짝 대고 황씨 부인의 입속을 자세히 들여다보았다.

"한 번 더, 이."

"이."

황씨 부인이 콜록대며 기침을 했다. 입을 벌린 채로 온갖 소리를 내다가 사레가 들리고 만 것이었다.

"나를 용서하라."

왕은 무척이나 초조해 보였다. 그러더니 황씨 부인을 등지고 돌아서서 생각에 잠겼다.

"소첩의 불찰이옵니다, 전하!"

여인이 소리쳤다.

"부디 한 번 더 해 보게 허락해 주시옵소서!"

"아니다. 오늘 밤은 이만하자꾸나."

황씨 부인은 그 말에 어찌할 바를 몰랐다.

"한 번 더 해 보겠사옵니다! 할 수 있습니다! 뭐든 시켜만 주시옵소서! 무슨 소리든 내 보겠사옵니다!"

"그만 잠자리에 들라."

세종이 부드럽게 말했다. 그 말에 황씨 부인은 귀가 쫑긋해졌다. 그리고 왕의 잠자리를 가리키며 물었다.

"이곳에서 말이옵니까?"

"원한다면."

황씨 부인은 신이 나서 왕을 향해 등을 돌리고는 두 사람이 누울 자리를 정돈했다.

"오늘 밤에는 아무 소리도 내지 않고 조용히 있겠다고 약속드리옵니다. 그러니 전하께옵서는……."

말을 하면서 고개를 돌렸을 때 세종의 모습은 어디에도 보이지 않았다. 황씨 부인이 이야기하는 사이 방을 나가 버린 것이었다.

"……편히 쉬소서."

여인이 겨우 말을 끝맺었다. 침전에는 황씨 부인만 남았다. 왕과 합방할 수 있다는 욕망이 좌절된 채로.

세종은 물시계가 있는 방으로 가기 위해 걸음을 옮겼다. 그 방에 원래부터 있었던 해시계는 몇 년 전 세종이 고안한 것으로 참으로 신기하고 가히 기적적인 발명품이었다. 최근 세종은 침전에서 복도 하나 건너에 있는 그 방에 물시계를 옮겨 놓으라고 지시했다. 궁인들은 왕이 지식을 다지고 정사를 돌보느라 바쁜 탓에 시간을 더 정밀히 계산하고자 그러는 거라고 짐작했다. 하지만 세종의 지시에는 그보다 더 깊은 의도가 숨어 있었다.

세종은 자기 키의 세 배가 넘는 물시계를 올려다보았다. 거의 천장에 닿을 정도의 높이였다. 점토로 만든 항아리와 청동으로 만든 원통, 나무로 만든 커다란 상자와 그 안에 감추어진 지렛대, 졸졸 흐르는 물과 주기적으로 굴러가는 금속 공들, 거기에 화려하게 색칠한 인형까지. 자세히 뜯어보면 세상에서 가장 진보한 시간 계측 장치임을 알 수 있을 터였다.

세종은 물시계를 마치 살아 있는 사람처럼 여겼다. 너무도 익숙한 옛 동료나 오랜 친구인 양 이름까지 붙여 주었다.

장영실은 왜 그렇게 서둘러 떠난 것인가?

물시계를 침전 근처로 옮겨 놓으라고 한 것은 장영실 때문이었다. 왕은 물시계를 발명한 사람을 그리워했다. 뛰어난 천재성으로 천민에서 조정의 고위직까지 올랐던 조선의 위대한 천재 장영실. 그는 조선 시대 최고의 과학자라 불릴 만한 인물이었다.

그뿐만이 아니었다. 집현전 부제학 최만리를 제외하면 세종의 인생에서 유일하게 진실한 친구이기도 했다. 하지만 허무하게도 이승을 떠난 사람. 가혹한 조선의 정치 세력은 장영실을 세종에게서 떼어 내어 감옥에 투옥시켰고, 역사의 기록에서 그의 이름을 영원히 지워 버리려고 했다.

하지만 남아 있는 물시계는 장영실의 기억을 되살렸다. 세종에게는 그 물시계가 자신의 소중한 친구였던 장영실의 분신처럼 느껴졌다.

왕은 물시계의 상부로 통하는 나무 계단으로 천천히 걸음을 옮겼다. 계단 위에 이르자 물줄기가 항아리에서부터 원통까지 졸졸 흘러가는 모습을 볼 수 있었다. 물이 떨어지면 바퀴가 자연스럽게 움직이고, 금속 공은 중력의 법칙에 따라 노래하듯 데구루루 소리를 내며 굴러간다.

"백구과극(白駒過隙: 흰 망아지가 빨리 달리는 것을 본다는 뜻으로 세월의 빠름을 비유한 사자성어)이라는 말이 있지. 인간의 삶이란 제대로 시작도 해 보기 전에 끝나는 것인지도 모르겠군."

세종은 또 다른 금속 공이 떨어질 무렵에야 가장 꼭대기에 도착했다. 그 공은 세종을 지나치며 데구루루 굴러서 기다란 통로 끝에 있는 구멍으로 떨어지고, 그 아래에서 소리를 내며 다시 떨어짐으로써 이 일시적이고 기계적인 무언극을 이어 가도록 만들었다.

"시간을 조금만…… 더 천천히 가도록 해 주면 안 되겠나?"

세종은 부드러운 목소리로 말했다. 마치 세상을 떠난 친구가 시간 그 자체인 것처럼.

곧이어 물시계에 장치된 세 개의 나무 인형이 움직이기 시작했다. 이것이 물시계가 작동하는 두 번째 단계였다. 한 인형은 북을 치고 다음 인형은 종을 치고 마지막 인형은 징을 쳤다.

"아주 조금이라도 말일세. 자네의 주군을 위해서, 자네의 친구를 위해서……."

인형은 계속해서 시간을 알렸다.

"조금만 더 내게 시간을 주게나. 그러지 않으면 결국 실패하고 말 테니까."

만약 장영실의 영혼이 지금 이 방 안에 정말로 있다면, 왕이 그토록 필사적으로 이루려고 하는 목표가 무엇인지 알고 있는 유일한 존재일 것이다. 물론 소헌왕후를 제외한 유일한 존재. 그것은 세종이 죽기 전에 반드시 이뤄 내야 하는 마지막 과업이었다.

하지만 물시계는 아무런 대답이 없었다. 세종은 물시계가 작동하는 과정의 절정, 즉 정확한 시간을 알릴 무렵이 되어서야 계단 아래로 내려왔다. 물시계 한쪽에 있는 조그만 문이 열리더니 시계가 그려진 표지판을 들고 있는 삼십 센티미터 높이의 나무 인형이 나타났다.

애초에 발명가였던 친구에게 물시계를 만들라는 기이한 제안을 한 것은 세종 자신이었는데, 시간이 흐를수록 그 시계가 우주의 조롱처럼 느껴졌다.

세종이 방을 나가자 거대한 장치가 잠잠해졌다. 모든 것들이 다음번 작동을 위해 재설정에 들어가는 것 같았다. 금속 공은 더 이상 떨어지지 않았고, 지렛대도 원래 상태로 돌아갔으며, 인형들도 휴식에 들어갔다.

왕의 눈을 피해 방구석 그늘에 몸을 숨기고 있던 젊은 내관이 밖으로 나왔다. 그는 맡은 책무를 소홀히 한 벌로 물시계 청소를 떠안게 되었고, 한밤중에도 걸레와 기름이 든 항아리를 들고 이 방에 들어와야 했다.

젊은 내관은 물시계의 받침대에 기름을 바르기 시작했다. 하지만 그의 머릿속에는 조선의 왕이 물시계와 나누던 대화가 맴돌고 있었다.

세종은 작은 연못에 비치는 은빛 달을 감상하고자 밖으로 나섰다. 그런데 수면에 비친 것은 환한 달빛이 아니라 좌절에 빠진 본인의 얼굴이었다. 마치 걸작을 완성하기까지 남은 마지막 한 걸음을 떼지 못하고 좌절해 버린 예술가의 얼굴처럼 보이기도 했다.

왕은 팔을 뻗어 물 위에 조그만 원을 그렸다. 수면에 떠 있던 그의 얼굴 위로 달과 별이 춤추듯 움직였다. 달과 별이 아주 어릴 적부터 꾸었던 어떤 꿈처럼 서서히 흩어진다.

부드럽게 나부끼는 초록빛 잎사귀들…….

"전하!"

동우는 연못 옆에서 의식을 잃고 쓰러져 있는 세종을 발견했다. 벌써 동이 틀 무렵이었다. 밤새 물시계는 몇 번이나 시간을 알리는 소리를 냈다. 하지만 왕은 한 번도 그 시계 소리에 반응하지 않았다.

"아…… 좋은 아침이로구나."

세종이 말했다. 그러나 동우의 머릿속에는 왕의 이런 모습이 궁인들의 눈에 띄면 안 된다는 생각뿐이었다.

어의가 환자의 손목을 잡고 맥을 살폈다. 이어 눈동자와 안색 그리고 호흡을 유심히 살폈다.

"전하의 옥체가 상하셨다는 소문은 아직 알려지지 않았사옵니다."

어의가 말했다.

세종은 자신의 손목을 내려다보았다.

"하지만 맥박은 거짓말을 하지 않지."

어의가 고개를 숙였다.

"그렇사옵니다, 전하. 맥박은 거짓말을 하지 않사옵니다."

"공자께서 세 가지만큼은 절대로 숨길 수 없다고 했다. 해와 달 그리고 진실."

세종은 자기도 모르게 긴 한숨을 내쉬었다.

"그 말이 틀렸다고 어찌 말할 수 있겠는가?"

〰〰〰〰〰

근정전에 모인 대신들은 왕의 특별한 공표를 기다리는 중이었다. 무신들은 붉은색 옷을, 문신들은 푸른색 옷을 입고 있었다. 세종은 금실로 섬세하게 짠 곤룡포를 입고 대신들 앞에 나섰다.

세종이 말을 하는 동안에는 대신들 모두가 최대한의 예의를 갖추고 있었다. 하지만 15세기에 조선의 왕이 된다는 것은 군주로서 일방적으로 군림하거나 독재하는 것과는 거리가 먼 이야기였다. 조선의 왕은 조선에서 육십 일 이상 이동해야 만나 볼 수 있는 명나라의 황제와는 완전히 달랐다.

세종의 권력은 모든 부분에서 견제를 받았다. 각 분야의 신하들, 고위직을 두루 차지한 강력한 세도가들, 심지어는 세종이 평소 높이 평가해 온 집현전 학자들까지도 조정의 업무 진행 방식에 대해 저마다 다른 견해를 내놓을 수 있었다. 왕의 업무에 대해서도 마찬가지였다. 왕의 업무에 대한 견해를 밝히는 것이야말로 조정 대신들에게 맡겨진 중요한 의무 중 하나였다. 때문에 그들은 이제부터 왕이 하려는 말을 순순히 받아들이지 않을 것이었다.

세종도 그 점을 당연히 알고 있었다.

"……노령에 접어들면서 과인의 몸이 병약해져, 현재로서는 조선을 위한 왕의 책무를 다할 수 없을 정도로 쇠약해진 상태요. 과인은 이제 그대들의 왕으로서 충분한 능력을 발휘할 수 없는 지경에 이르렀소."

세종의 말이 잠시 멈추었다. 근정전에는 깃발이 펄럭이는 소리와 대신들이 입은 조복이 바스락거리는 소리만이 들릴 뿐이었다. 모든 이의 얼굴은 엄청난 충격에 휩싸여 있었다. 누구보다 큰 충격을 받은 사람은 최만리였다. 그는 어리둥절한 표정을 짓고 있는 영의정 황희를 흘끗 돌아보았다. 두 사람은 이런 일이 벌어질 거라고는 전혀 예상치 못하고 있었다.

최만리의 심리적 타격은 심각했다. 어찌 자신이 섬기는 왕이 스스로 왕위를 포기하겠다고 선언할 수 있단 말인가? 세종의 아들과 딸을 직접 가르쳤던 스승이자 왕의 조언자, 심지어 친구였던 최만리에게까지도 이런 중대사를 언질조차 주지 않았단 말인가? 항시 자신에게 조언을 구하던 왕이 어쩌자고 이런 결정을 독단적으로 내릴 수 있단 말인가?

세종이 말을 이었다.

"오늘부터 세자가 과인을 대신하여 조정의 일을 처리할 것이오."

세종의 곁에 앉은 세자는 아버지처럼 자애로운 표정을 짓고 있었지만, 고작 이십 대밖에 되지 않은 데다 지금으로서는 나라를 다스리는 막중한 책무를 감당할 능력도 없는 상태였다. 최대한 아무렇지 않은 척 태연한 표정을 지어 보려고 노력했지만, 부왕의 말에 경악한 기색이 어쩔 수 없이 드러나고 말았다. 왕위를 이어받을 세자로서 부왕의 뜻에 호응하려면 자신감 있고 능력 있는 모습을 보여 줄 필요가 있었다. 하지만 세자의 속마음은 지금 겁에 질린 상태였다.

"과인은 이제 왕위에서 물러나겠소. 그저 세자의 뒤에서 조언을 하는 역할만 맡겠소. 물론 나를 필요로 하는 일이 생긴다면 최선을 다하여 도울 것이오. 다만, 이제는 왕위에서 물러나 앞으로 다가올 죽음을 맞이할 준비를 할 생각이오……."

세종은 예상했던 웅성거림을 감지하며 꼿꼿이 서 있다가 하던 말을 마무리 지었다.

"그동안 그대들의 왕이 될 수 있어서 행복했소."

"전하, 통촉하여 주시옵소서."

반대 의견을 낸 첫 번째 목소리는 바로 최만리의 것이었다. 조용한 목소리였으나 어딘지 모르게 힘이 느껴졌다. 그리고 세종이 퇴위하는 것을 원치 않는 자들을 향해 잔뜩 굳은 표정을 지어 보였다. 다들 왕의 말에 반대하고 싶었으나 너무 소심한 나머지 도저히 입이 떨어지지 않았던 것이다. 그런 탓에 고개도 돌리지 못하고 그저 눈동자만 굴려 최만리의 표정을 살피고 있었다.

그렇게 고요하고도 긴장된 순간이 지나갔다. 갑자기 모든 자들이 들고 일어났다.

한 신하가 외쳤다.

"전하께서는 아직 정정하시옵니다! 부디 통촉하여 주시옵소서!"

곧이어 다른 신하가 외쳤다.

"전하의 옥체가 온전하다는 것은 신들 모두가 알고 있사옵니다. 통촉하여 주시옵소서!"

집현전 학자가 바닥에 엎드리며 말했다.

"전하! 무릇 왕권이 분리되면 정사를 다루기 어렵고 문제가 생기기 쉽다 하였사옵니다. 우리 조선의 역사를 되짚어 보더라도 충분히……."

세종은 평소와 달리 불편한 심경을 밖으로 드러냈다.

"그렇다면 내가 지금 거짓이라도 말하고 있단 것이오? 어찌 이런 대사에 의견 차이가 발생한단 말이오?"

하지만 세종의 역정은 먹히지 않았다. 근정전 곳곳에서 대신들의 외침이 점점 커지더니 급기야 문관과 무관을 막론하고 반대 의견이 불처럼 일었고, 너 나 할 것 없이 바닥에 몸을 엎드리기 시작했다.

"통촉해 주시옵소서, 전하!"

"전하, 통촉하소서!"

"전하, 부디 통촉하여 주시옵소서!"

최만리는 매우 확신에 찬 목소리로 말했다.

"전하께서는 천세(千歲) 동안 조선을 다스리셔야 하옵니다!"

그러자 곁에 있던 자들이 '천세'라는 말을 반복하기 시작했다. 급기야 근정전에 모인 신하들 모두가 '천세'를 입 모아 외치기 시작했다. 심지어는 세자조차도 더는 참지 못하고 눈물을 흘리며 외침을 더했다.

"천세!"

모든 이들의 목소리가 울려 퍼지는 가운데, 세종은 망연하게 서 있었다. 결국 그는 조정과의 싸움에서 패했다. 하지만 그가 마음속으로 의도한 싸움은, 그게 어떤 종류의 싸움이든, 아직 끝나지 않았다.

어느 순간 세종과 최만리의 눈이 마주쳤다. 세종이 인정하는 최고의 유학자이자 왕에게 가장 큰 힘을 주었던 최만리와 그가 모시는 군주 사이의 갈등은 이제 막 시작되었다. 그리고 그 갈등은 오직 죽음으로만이 끝낼 수 있다는 사실을, 두 사람은 거의 동시에 깨달았다.

❦❦❦❦❦

동쪽 초원에 자리 잡은 거대한 유르트 군단은 마치 해류 속을 헤엄치는 물고기 떼처럼 푸른 초원을 가로질러 다른 부족과 만났다.

이런 경우, 유르트 군단의 주인인 동쪽의 칸이 다른 부족의 여인과 혼인함으로써 세력을 확장시켜 나가는 것이 일반적이었다. 초원을 떠돌며 살아가는 부족들 간에 분란이 일어날 소지는 얼마든지 있었다. 몽골족이 세계를 정복했던 영광은, 최소한 동쪽의 칸에게는 이미 과거지사였다. 다시 통합을 한답시고 부족 간에 싸움질이나 벌이는 것은 성가실 뿐만 아니라 지루하기 짝이 없는 일이 아닐 수 없었다.

그런데 요즘 들어 새로운 바람이 불기 시작했다. 거의 모든 족장들이 벌써 이백 년도 전에 세상을 떠난 칭기즈칸의 혈통이라고 주장하고 나선 것이었다. 물론 자신이 누릴 수 있는 최고의 지위를 이미 확보한 동쪽의 칸은 그런 혈통 놀이에는 전혀 관심이 없었다. 그에게는 일만 필의 말과 많은 수의 부인과 그녀들로부터 얻은 더 많은 수의 자식들이 있었다. 그리고 지금 또 한 명의 부인을 맞으려고 한다. 현실이 이러한데 왜 과거와 미래를 고민해야 하는가? 그는 생각했다. 대체 지금의 이 삶보다 나은 것이 어디 있다고?

떠들썩한 분위기가 초원을 가득 채웠다. 동쪽의 칸과 함께한 동쪽의 타이시는 아직 전쟁 경험이 없었지만, 그래도 그는 동쪽 초원의 이 인자였다. 축하를 위해 온 서쪽의 칸과 말 젖으로 만든 술을 나누어 마시고 있었다. 인간의 두개골로 만든 술잔에는 은장식이 정교하게 세공되어 있었다. 오래전에 패망한 족장의 두개골과 그 부족에게서 약탈한 은으로 만든 전리품으로, 몽골족 특유의 잔혹성에 예술성이 더해진 결과물이라 할 터였다.

하객들의 축하가 계속되는 동안 에센 타이시는 부족의 전사들과 술자리를 함께하고 있었다. 다만 소르친만큼은 한시도 긴장을 늦추지 않았다. 그는 에센이 술잔에 입술만 댈 뿐 실제로는 한 모금도 마시지 않았다는 사실을 눈치채고 있었다.

초원 저편에서 새신부가 탄 마차가 모습을 드러내자 사람들 사이에서 큰 환호성이 터졌다. 그리고 그 환호성이 잦아들 무렵, 또다른 소리 하나가 허공을 갈랐다. 에센 타이시의 '노래하는 화살'이 내는 무시무시한 휘파람 소리였다.

고개를 돌리자 그 화살이 동쪽의 칸의 가슴팍에서 마법처럼 튀어 오르는 광경이 보였다. 동쪽의 칸은 미친 듯이 절규하며 화살을 잡아 빼더니, 자신을 저격한 자객을 찾기 위해 몸을 틀었다. 그 순간 에센의 전사들이 한 치의 주저함도 없이 발사한 여덟 발의 화살이 그에게 명중했다. 에센의 '놀이'가 동쪽의 칸을 암살한 것이었다.

늙은 칸이 시체가 되어 쓰러지자 에센은 말 등에 뛰어올랐고, 곧바로 부족의 전사들에게 둘러싸여 무기를 꺼냈다. 에센의 전사들은 물밀듯 밀려오는 동쪽의 전사들에게 포위되었다. 이쯤 되면 탈출은 불가능했다. 하지만 에센은 애초에 탈출할 계획 자체를 세우지 않았다.

에센 타이시가 포효하듯 외쳤다.

"명나라를 쳐라! 대륙을 되찾자!"

그의 부하들이 뒤따라 목소리를 높였다.

"명나라를 해치우자! 황제를 죽여라!"

동쪽의 칸이 명나라 공격에 반대했다는 소문은 암암리에 모두에게 퍼져 있었다. 그들은 명나라 황조가 선조들의 땅을 빼앗은 데 대한 원한을 잊지 않고 있었다. 에센은 바로 그 점을 자극했다. 명나라에 대한 원한은 방금 세상을 떠난 지도자를 위해 복수하려는 마음을 잠재울 만큼 강력했다.

"동과 서! 우리는 무적이다! 대륙은 우리 것이다!"

잠시 침묵이 흐르는가 싶더니, 이내 군중들이 입을 모아 함성을 질렀다. 방금 살해당한 동쪽의 칸은 시류를 좇아 굳이 싸우려 들지 않았다. 그러나 에센은 달랐다. 그는 시류에 맞서기 위해 자신의 손에 직접 피를 묻힌 것이었다.

동쪽의 칸과 함께 있던 동쪽의 타이시는 이 인자에서 벗어나 이제 막 새로운 칸이 되었다. 그는 크게 환호하며 칼을 빼 허공을 찔렀다.

"온 세상이 우리의 것이다!"

그제야 새신부가 탄 마차가 도착했다. 새신부는 화려하게 색칠한 마차 밖으로 사뿐히 내려왔지만, 마차 밖에서 벌어진 상황을 목격하고는 곧바로 겁에 질리고 말았다.

마차로 다가간 에센은 손을 뻗어 새신부를 자신이 탄 말 등에 끌어 올렸다. 그런 다음 미친 듯이 환호하는 군중들을 헤치고 동쪽의 새로운 칸을 향해 달려갔다. 새신부는 말에 탄 채로 새신랑이 될 뻔한 자의 시체 위를 지나갔다. 에센은 새로운 칸에게 새신부를 넘겨주었다. 새로운 칸은 기쁨의 함성을 질렀다.

서쪽의 칸은 이 인자의 일 처리 방식이 마음에 들지 않았다. 하지만 자신에게는 새로운 흐름을 막을 방법이 없다는 점을 인정하지 않을 수 없었다. 미친 듯이 환호하는 저 군중들을 보고서도 어떻게 그럴 수 있겠는가.

서쪽의 칸은 불가능하리라 여겼던 조건을 에센에게 제시했지만, 에센은 보란 듯이 성공했다. 이로써 서쪽 초원과 동쪽 초원의 부족들이 다시 하나가 되었다. 명나라와 그 동맹국의 몰락이 뒤따를 것은 불 보듯 뻔했다.

코이누는 웅덩이 앞에 쭈그리고 앉아 방게 한 마리가 모래와 파도 사이로 뒤뚱거리며 기어가는 모습을 지켜보고 있었다.

코이누는 아비가 섬기는 붉은 바다의 주군의 영토 안에 있었지 만 정해진 거처는 없었다. 그리고 저 방게 또한 모래와 파도 사이 어디에도 마땅한 집이 없는 모양이었다. 코이누는 방게와 자신의 처지가 같다고 생각했는지도 모르겠다.

물에 빠진 코이누를 구해 준 것은 그가 신처럼 여기는 아비 였다. 하지만 코이누는 자기가 무슨 생각을 하고 있는지 아비 가 전혀 알지 못한다는 사실을 잘 알고 있었다. 그렇다면 생각 을…… 글로 쓴다면? 하지만 코이누에게는 글자에 대한 개념이 전혀 없었다.

그럼에도 따스한 햇볕이 얼굴에 내리쬐는 것을 느낄 때마다 마 음속 생각을 밖으로 드러내야 한다는 것을 절실히 느낄 수 있었 다. 코이누는 아비에게 자신의 마음을 전달하고 싶었다. 그것은 코이누가 가장 오랫동안 갈구해 온 소망이기도 했다. 소망이 무 엇인지를 맨 처음 이해했을 때부터, 그것이 바로 코이누가 바라 는 바였다.

통통한 맨발이 불쑥 나타나 모래를 걷어찼다. 뒤뚱거리며 기어 가던 방게가 그 바람에 뒤집혀 집게발을 버둥거렸다. 통통한 발의 주인은 코이누보다 덩치가 큰 소년이었다.

코이누는 태어날 때부터 귀가 먹은 탓에 근처에 누가 다가왔다 는 사실조차 눈치채지 못했다. 하지만 방게가 학대당하는 것을 보 고도 놀라지 않았고, 굳이 말리려 나서지도 않았다. 줄곧 그래 왔듯 아무 말도 하지 않고 가만히 있을 뿐이었다.

덩치 큰 소년은 사실 방게가 아니라 코이누를 괴롭히기 위해 온 것이었다. 덩치가 조금 작은 동생도 형이 코이누를 괴롭히는 것을 구경하기 위해 따라왔다.

덩치 큰 소년은 코이누를 내려다보며 마치 아무것도 그려지지 않은 종이 앞에 앉은 화가처럼 생각에 잠겼다…….

자그마한 소년이 모래 속에 목만 내놓고 파묻힐 만큼의 시간이 지난 뒤에야, 사메가 아들을 찾으러 나타났다. 새로운 노를 만들 생각이라 손에 기다란 판때기를 들고 있었는데, 그것 말고는 달리 무기라고 할 만한 것을 지니지 않았다.

사메는 곤경에 빠진 아들을 보고도 그리 놀라지 않았다. 널빤지를 삽으로 삼아 모래에 묻힌 코이누를 꺼내더니 온몸에 묻은 모래를 털어 주었다. 그런 다음, 근방에서 즐겁게 놀고 있는 두 명의 소년과 갯바위에 걸터앉아 방금 잡은 방게를 잘근잘근 씹고 있는 험상궂은 남자를 어떻게 처리해야 할지 생각했다.

사메가 남자 쪽으로 다가갔다. 그의 목소리는 낮고 침착했다.

"아이를 괴롭히는 걸 보고도 가만히 있었군."

이제야 사메를 발견한 소년들은 자기들의 아비가 당장이라도 자리를 박차고 일어나기만 기다리는 눈치였다. 남자는 아들들을 실망시키지 않았다. 그는 씹고 있던 방게 껍데기를 뱉고 못마땅한 혓소리를 내며 일어나더니 허리춤에서 긴 칼을 빼 들었다. 사메는 그 자리에서 꼼짝도 하지 않았다.

남자가 칼을 막 휘두르려는 순간, 사메는 들고 있던 기다란 널빤지로 상대를 가격했다. 사메의 반격은 빠르고 정확하면서도 강력했다. 조수가 만들어 낸 웅덩이 속으로 굴러간 남자는 이미 두 개골이 으스러진 뒤였다.

두 소년이 울면서 아비 곁으로 달려가려 했다.

"이리 와라."

사메가 말했다. 감히 거역하지 못할 만큼 힘 있는 목소리였다. 두 소년은 주저하다가 결국 복종했다. 사메의 앞으로 와서 선 그들은 어떤 처벌이 떨어질까 걱정하며 훌쩍이기 시작했다. 하지만 사메의 이어진 말에는 동정의 기운이 담겨 있었다.

"고아가 된다는 것은 쉬운 일이 아니다. 하지만 인간이 되기에 한참 부족한 아비 밑에서 자라는 것보다는 나을지도 모르지. 복수할 준비가 되면 나를 찾아와라."

사메는 소년들에게서 몸을 돌려 아들이 있는 쪽으로 갔다. 소년들이 급히 달려가 웅덩이에 쓰러진 아비를 부여잡고 목 놓아 울기 시작했지만, 그는 전혀 개의치 않았다. 사메는 코이누의 손을 잡고 자리를 떠났다.

코이누의 표정은 언제나처럼 멍한 상태였다. 사메는 아들이 방금 벌어진 일에 대해 어느 정도나 이해를 하는지 전혀 알지 못했다. 아들의 지각력에 대한 기대를 포기한 지 오래였기 때문이다. 두 사람 사이에는 언제나 침묵뿐이었다. 둘 중 누구에게든 죽음이 찾아오기 전까지는 계속 그러할 것이었다. 사메는 아들을 위해서라도 자신보다 아들이 먼저 죽기를 바랐다. 세상의 어떤 부모도 이런 바람을 품지 않으리라는 것을 잘 알면서도, 어쩔 도리가 없었다.

물시계가 설치된 그 방에는 네 명의 학자들이 각자의 지필묵을 지닌 채 모여 있었다.

❖ **배고픈 학자 효로**: 서른 개에 달하는 자음과 모음으로 된 티베트 문자가 새겨진 나무판을 가지고 있다. 문자들의 획이 칼로 벤 것처럼 아래쪽으로 향해 있다.

❖ **책벌레 이개**: 고대 투루판에서 수 세기 동안 사용했던 위구르족의 기호가 적힌 양피지 뭉치를 가지고 있다. 모음이 없는 문자 체계에서 자음을 표현하기 위해 작은 도끼 모양의 표식이 사용되었다.

❖ **언어학자 박팽년**: 티베트 승려 파스파가 쿠빌라이 칸의 지시를 받아 개발한 문자가 양각된 청동 판을 가지고 있다.

❖ **학자 신숙주**: 이른바 '간지'로 알려진 일본의 한자와 그 발음을 표현하는 히라가나와 가타카나를 적어 놓은 문서를 가지고 있다.

세종은 네 사람 사이에 서 있었고, 그의 머리 위로는 천장까지 닿을 만큼 커다란 물시계가 어렴풋이 보였다. 다들 무언가를 기다리는 눈치였다. 곧이어, 착, 착, 쿵, 콩, 소리가 들리면서 지렛대와 기계 장치가 만들어 내는 정교한 움직임에 맞추어 물이 흐르고 금속 공이 떨어져 통 안으로 데구루루 굴러 들어갔다. 그런 다음, 마침내 나무로 만들어진 인형들이 악기를 두드리며 시간을 알렸다.

"시작하도록."

왕이 말하자 네 명의 학자들은 붓을 움직이기 시작했다. 최대한 신속하고 부드러운 손길로. 세종은 학자들이 책상에 놓인 자료를 베끼는 모습을 지켜보며 뒷전에서 서성거렸다.

마치 붓글씨로 속기(速記)를 겨루는 경연장처럼 보였다. 비록 참가자들은 그 사실을 전혀 알지 못했다고 하더라도, 일종의 '속도를 겨루는 장'이 열린 것이었다.

서탁 사이를 천천히 오가던 세종은 가끔씩 한자리에 멈춰 서서 각각의 문자들을 필사하는 방식의 유사점과 차이점에 대해 생각해 보았다. 물론 학자들의 뛰어난 서예 솜씨에 다시 한 번 감탄을 금치 못했다. 하얀 종이 위에 생겨나는 글자들의 향연은 순수한 아름다움을 선보이고 있었다.

그로부터 두 시간이 지난 후에는 종이에 글자들이 더욱 늘어나 있었다. 물시계가 큰 소리로 정해진 시간이 지났음을 알렸다.

"그만 붓을 내려놓도록."

세종이 말했다. 네 명의 학자들은 왕의 분부대로 따랐다.

"이제 종이의 수를 세어 보아라."

모두 자신이 두 시간 동안 쓴 종이의 숫자를 세었다.

왕이 다시 말했다.

"각자 몇 장씩 썼는지 말해 보아라."

"다섯 장이옵니다."

신숙주는 자신이 필사한 일본어 문서를 헤아리고 나서 대답했다.

"넉 장이옵니다."

티베트어를 필사한 효로가 말했다.

"일곱 장이옵니다."

이개가 고대 위구르 문자를 가리켰다.

"파스파 문자는 열 장이옵니다."

언어학자 박팽년은 종이 수의 의미를 헤아리며 최대한 조심스럽게 말했다.

세종은 방금 들은 숫자들이 대단히 신비하고 중요한 정보라도 된다는 듯 숙고를 하며 천천히 발걸음을 옮겼다. 학자들은 왕이 무슨 생각을 하고 있는지 전혀 알 길이 없었다.

"오늘은 이 정도로 되었다. 다들 수고했다."

왕은 그 말을 남기고 방에서 나갔다. 방에 남겨진 학자들은 잠시 묵묵히 앉아 있다가 거의 동시에 앞다투어 말들을 쏟아 냈다.

"이게 대체 무슨 광기랍니까?"

책벌레 이개가 최근 들어 말도 안 되는 지시를 내리는 왕의 태도에 어리둥절해하며 말했다.

"굳이 말하자면, 하늘의 뜻을 받으신 군주만이 드러낼 수 있는 광기라고 할 수 있겠지요."

신숙주의 말에, 이개는 앳된 얼굴을 최대한 침울하게 찌푸렸다.

"그 하늘의 뜻이란 것은 철회될 수도 있습니다. 하늘도 한 군주가 살아 계신 동안 계속 도와주지는 않지요. 왕국도 마찬가지고요."

"어허, 위험한 발언 같습니다."

신숙주가 점잖게 질책했다.

"나는 사실을 말했을 뿐입니다."

책벌레 이개가 자리에서 일어나 방을 나갔다.

효로는 팽팽한 긴장감을 누그러뜨리려는 듯 신숙주에게 물었다.

"그런데 식사는 하셨소이까?"

신숙주는 말없이 그를 쳐다보기만 했다. 두 사람은 그대로 자리에서 일어나 방을 떠났다. 결국 언어학자 박팽년만이 방 안에 덩그러니 남게 되었다.

청년다운 호기심에 가득한 박팽년은 서탁 위에 놓인 네 덩이의 종이 뭉치와 머리 위로 드리운 웅장한 물시계를 번갈아 보다가 자신이 우승을 한 이번 경연의 의미에 대해 곱씹어 보았다. 자신들 말고도 또 다른 누군가가 이곳에서 꼬박 두 시간을 보내며 왕의 기이한 경연에 참가했을지도 몰랐다.

박팽년은 혼란스러워 보이는 혀의 움직임과 그 결과물을 기록하는 데 사용되었던 '문자'의 규칙과 질서를 연구해 온 학자였다. 그는 최근 들어 왕이 보이는 여러 행보로부터 일정한 규칙과 질서를 찾으려고 애쓰는 중이었다. 그 행보 안에 어떤 규칙과 질서가 숨어 있는 것 같았기 때문이다. 겉으로는 광기로밖에 보이지 않지만, 다른 사람도 아닌 세종의 광기라면 무언가 다른 의미를 지니고 있지 않겠는가? 어쩌면 속임수일까?

박팽년의 생각은 계속 이어졌다.

만일 속임수라면, 대체 누구를 속이려는 것일까? 모든 사람? 그렇다면 그 속임수의 진정한 목적은 무엇일까? 이건 도무지 짐작조차 할 수 없었다.

지난 몇 년간 왕이 그토록 찾아 헤매던 이국적이고 기묘한 지식의 조각들은 이제 백과사전 수준으로 불어나 있었다. 지금의 서가를 가득 채우고 남아 다른 서가를 새로 짜야 할 정도였으니. 왕이 보이는 관심의 폭은 너무도 방대했고, 고대 및 현대의 지식이 미치는 모든 영역으로 확장하는 것처럼 보였다.

세종은 강박적으로 온갖 것들을 파헤치고 다니는 듯 보였다. 새로운 무기를 통한 군사적 진보는 물론이고 천체의 움직임을 추적하고 예측하는 데 필요한 천문학적 자료, 거기에 백성들의 건강을 위한 약제학적인 지식까지. 하지만 그가 추구하는 과학적 진보는 이미 수십 년 전 세종 본인과 집현전 학자들이 함께 일구어 낸 바 있었다. 그렇다면 어떠한 이유로 다시 이런 분야들에 지대한 관심을 기울이고 있는 것일까?

오늘 아침에 벌어진 기이한 경연을 되짚어 보는 젊은 언어학자의 관심은 자신의 전문 분야인 언어 쪽으로 향할 수밖에 없었다. 보다 구체적으로 말하면, 쓰기와 그에 따른 사고에 대한 것이었다.

박팽년은 글을 쓰는 행위 자체가 사고하는 과정임을 알고 있었다. 그는, 머릿속에 떠오르는 생각이 반드시 글로써 표현되는 것은 아니지만 붓끝과 종이 사이의 공간에서 어느 정도는 구체화할 수 있다고 여겼다. 따라서 글을 쓰는 행위는 사고를 구체화하는 수단, 나아가 백성들 전체가 공유하는 문명을 형성하는 데 매우 중요한 역할을 한다고 볼 수 있었다.

만약 왕이 수집해 온 이 방대한 기록들이 그 안의 내용과는 무관하게 그저 기록하는 방식에만 집중하기 위한 것이라면?

박팽년은 머릿속에 떠오르는 생각을 과감히 발전시켰다. 그 결과 자신이 섬기는 왕을 그저 기만에 가득 찬 위정자로 치부해 버리는 한이 있더라도.

다양한 가능성을 고려해 보자. 왕의 목적은 냄새를 맡고 몰려드는 관찰자를 따돌리기 위한 책략일 수도 있었다. 왕이 자신이 하는 일을 모두에게 숨기기 위해 벌이는 것일지도 모른다. '속도를 겨루는 장', 어쩌면 시간이 핵심일지도 모른다. 왕은 처음으로 자신의 속내 중 일부분을 드러냈을지도 모른다.

티베트 불교와 고대 위구르족의 이야기, 원나라 조정이 반포한 파스파 문자, 일본어로 쓰인 죽음에 관한 시들……

낯선 문자들과 상징들이 내포한 정보들은 서로 아무 관련이 없었다.

박팽년의 생각은 서서히 결론에 이르렀다. 네 가지 문자 체계 중 어떤 것이 '쓰기'에 가장 신속하고 효율적인가. 세종은 바로 그 점을 알고 싶어 한 것이었다. 왕이 오늘 관심을 가진 영역은 문자, 그 자체였다.

박팽년은 자신이 도출해 낸 결론에 엄청난 충격을 받았다. 게다가 오늘 경연을 통해서 왕은 자신이 바라던 목표에 한 걸음 더 다가가게 되었다. 마치 적군에 맞서 교란 전술을 펼치던 장군이 마침내 실제 공격에 나서려는 것처럼 말이다.

왕은 자신이 이루고자 하는 목표가 지나치게 위험하다고 생각한 것일까? 아니면 너무나도 중요한 사안이라 가장 충실한 협력자들에게조차 숨기려고 했던 것일까?

왕은 홀로 이 전투에 나서려 한 것일까?

언어학자 박팽년은 자신의 군주가 홀로 전투에 나서게 하지 않겠다고, 그 전투에 감연히 동참하겠다고 결심했다.

평화와 매두는 묘향산 석가탑에 걸린 백네 개의 청동 풍경을 쳐다보고 있었다. 이곳은 세종이 내린 임무를 수행하기 위해 명나라에 오갈 때마다 항상 쉬어 가는 일종의 휴식처였다. 뿌연 안개에 가려진 파릇한 산은 여느 때처럼 사랑스러웠지만, 매두의 머릿속에는 짜증과 불만 말고는 아무것도 없는 것 같았다.

"참으로 놀라운 일이로다! 어째서 이번에도 우리를 환영하지 않는 것인가?"

매두가 여전히 아무 소리도 울리지 않는 풍경들을 향해 힐난을 퍼부었다.

"만약 풍경이 울리는 날에는 시끄럽다고 불평하겠지. 아니면 소리가 마음에 들지 않는다고 투덜거릴 테고."

평화가 핵심을 짚었다.

"뭐, 그건 그렇군."

동료의 지적에 부인할 수 없었던 매두는 바닥에 누워 쪽잠이나 청했다.

조선의 수도인 한성 내 어느 허름한 건물의 문설주 위에는 돌로 만든 십자가가 달려 있었다. 분명 기독교의 표식이었다. 세종은 평민으로 변복한 채 그곳을 찾아갔다. 당시에는 무슨 이름으로 불렀을지 모르나, 그곳은 분명 교회였다. 당시는 조선에 기독교가 전파되기 몇 세기 전이었다. 하지만 그 건물 안 작은 방에는 임시로 만든 제단과 미사에 쓰이는 성배, 촛불, 제사용 종 등이 놓여 있었다. 벽에는 독특한 모양의 십자가도 걸려 있었다.

이 작은 방은 *네스토리우스 교회로, 한성의 유일한 네스토리우스 교회일 뿐 아니라 아시아를 통틀어서도 유일한 네스토리우스 교회라고 할 수 있었다. 네스토리우스 교파는 로마 교황청으로부터 이단으로 규정되었다. 신학에서 널리 통용되는 교리에 반하여, 그리스도의 신적인 면과 인간적인 면을 완전히 분리해야 한다고 주장했기 때문이다.

비단길을 따라 서쪽에서 동쪽으로 육천오백 킬로미터의 거리를 가로질러 간 네스토리우스 선교사들은 7세기 초 무렵에야 중국의 수도에 도달하여 당나라 황제를 알현할 수 있었다. 그 후로 몇 개의 교회가 설립되었지만, 그렇다고 해서 기독교 교리가 특별히 장려되지는 않았다. 이후 몽골족의 원나라가 세워지면서 교세가 확장되었지만, 다음 황조인 명나라로부터 완전히 배척당하면서 다시 쇠락의 길을 걷게 되었다.

기독교가 유럽의 군사력을 내세우면서까지 교세를 확장하려 하지 않은 것은 종교를 찾으려는 인간의 자연스러운 본성 때문이었다. 당시 기득권층이 장려하는 특정 종교로부터 소외되었다고 여기는 민초들에게는 부처님이든 예수님이든 비슷한 종류의 안도감을 안겨 주었던 것이다.

네스토리우스 사제는 검은 곱슬머리를 한 중년 남자로 아시아

*네스토리우스 교회: 유럽사 중심의 세계사에서 잊혀진 아시아의 기독교. 당나라의 황실에서는 경교라고 하여 공식적인 종교로 승인하였으며 국비를 들여 사원을 세우고 승려를 배치 함.

인과 동부 지중해인의 특징을 공통으로 갖춘 혼혈인이었다. 지금 그는 서류 뭉치가 들어 있는 작은 목궤를 뒤적이고 있었다.

세종이 사제에게 말했다.

"탁본의 종류는 모두 세 가지였소."

세종은 책상 앞에 서서 이미 사제로부터 받은 묘비의 탁본과 다른 탁본들을 꼼꼼히 비교해 보았다. 모두 파스파 문자로 쓰여 있었는데, 물시계가 있는 방에서 이루어진 그 기이한 경연에서 우승한 문자이기도 했다.

"여기 네 번째 탁본이 있습니다."

사제가 목궤에서 꺼낸 또 다른 탁본을 세종에게 보여 주었다.

"당나라 때 사용되었던 현판이 아닐까 생각합니다."

사제는 탑본을 내려다보며 잠시 감상에 젖었다.

"문자 자체가 기울기가 각기 다른 직선들로 이루어져서 비석에 쉽게 새길 수 있었던 것 같습니다."

"바로 그런 특징 덕분에 종이에 쓰기도 쉬운 것 같소. 더 쉽고 더 빠르게 쓸 수 있으니까."

세종의 말에 사제가 웃으며 물었다.

"신께서는 쉬운 것과 빠른 것 중 어느 쪽에 더 무게를 두실까요?"

"신이라면 둘 중 한쪽에 무게를 두실 것 같지 않소. 하지만 나는 문자란 쉽고 빠르게 쓸 수 있어야 한다고 생각하오."

"최근에 들어온 문서들이 그런 문자로 돼 있는 것 같더군요."

세종이 고개를 들었다.

"정녕 그런 것이 있단 말이오? 어떤 경로로 들어온 것이오?"

사제는 크게 탄식했다.

"이야기가 좀 깁니다. 최근 우리 교단은 명나라에 완전히 말살당하고 말았습니다. 신자들은 모두 음지로 숨어들거나 서쪽으로 피신했습니다. 그 난리 속에서 건진 마지막 유산이 동쪽에서 유일하게 남은 사제인 제게 전해졌지요. 모두 신의 가호와 조선 왕의 은혜 덕분입니다."

세종을 향한 그의 눈이 촉촉해졌다.

"부디 조선의 왕에게 제 감사를 전해 주십시오. 만약 그분을 만나 뵐 수 있다면 말입니다."

사제는 자기 앞에 평민 복장을 하고 서 있는 남자가 누구인지 알고 있었을까? 어쩌면 알면서도 안전을 보장받기 위해 모른 척했을지도 모른다. 모른 척해야 사제도 왕도 안전할 수 있을 테니까.

"이것이 최근에 들어온 문서입니다."

세종은 사제로부터 건네받은 문서 뭉치를 유심히 살펴보았다. 그러던 중 어떤 기호 하나가 그의 관심을 끌었다. 수평과 수직의 두 획으로 이루어진 기호. 숫자 '7'과도 비슷해 보이는 매우 단순한 모양이었다.

"*불경성경 중 일부를 필사한 것입니다."

사제가 끼어들었다. 사제는 교단의 경전을 '불경성경'으로, 자신이 섬기는 신을 '부처예수'라고 불렀다. 기독교와 서양 문물에

***불경성경**: 작가가 네스토리우스교의 경전을 지칭하여 쓴 표현. 1908년 돈황 천불동에서 발견된 네스토리우스 경전은 성경의 예언자와 불경의 고승들의 이름이 함께 병기되어 있는 독특한 형태를 지니고 있음.

대해 완전히 무지한 이방의 백성들에게 다가가는 데는 그쪽이 더 효과적이라고 믿었기 때문이다.

"다른 방식으로 기록된 것도 있습니다."

사제의 말에 세종의 얼굴이 밝아졌다. 세종은 문서에 담긴 내용에는 전혀 관심이 없었다. 오직 기록하는 방식에만 관심이 있을 뿐이었다.

사제는 매우 엄숙한 태도로 새로운 문서를 공개했다. 왕의 시선은 다양한 문자들 사이에 보이는, 이전 것과는 약간 다르게 변형된 숫자 '7' 비슷한 문자에 고정되었다.

"가져가십시오."

사제의 말에 세종이 움찔했다.

"이처럼 귀한 보물을 함부로 받을 수는 없소."

사제가 무겁게 대꾸했다.

"맞습니다. 이것은 보물입니다. 그리고 우리 모두의 보물이기도 합니다. 부처예수는 업의 수레바퀴를 부쉈습니다. 세상으로부터 우리를 자유롭게 해 주었습니다."

세종은 아무 말 없이 사제를 바라보기만 했다. 사제의 목소리는 사뭇 진지했다.

"하지만 저는 세상에서 살고 싶습니다. 세상 사람들에게 필요한 일에 쓰인다면 제가 가진 모든 것을 그냥 드리겠습니다."

다른 사람들이 그러하듯, 네스토리우스 사제는 왕이 이런 문서들을 가지고 무슨 일을 하려는 것인지 전혀 알지 못했다. 하지만 그것은 중요하지 않았다. 다른 사람들이 그러하듯, 사제 또한 왕을 왕으로서 존경하고 있기 때문이었다. 그리고 다른 사람들이 그러하듯, 왕이 어깨에 진 무거운 짐을 조금이라도 덜어 낼 수 있기를 바랐다.

사제는 제단 위에 걸린 십자가를 가리키며 축원했다.

"부디 천국에 이르소서."

사제는 왕에게 소중한 경문을 건네주었다.

⚬⚬⚬⚬⚬⚬

본래 한밤중에는 궐문을 드나드는 이들이 아무도 없었다. 그런데 오늘 밤에는 궐문이 활짝 열려 있었다. 이런 경우 늘 그랬듯이 궐문을 지키는 사람은 순돌이었다.

잠시 후에 건어물을 배달하는 행상 하나가 바퀴 달린 수레를 끌고 나타났다. 순돌은 수레에 노란색 천 조각이 달린 것을 발견하고 애써 눈길을 돌렸다. 그는 지금까지 이백 번도 넘게 저 비밀스러운 방문객을 통과시켜 주었다. 촌스러운 차림을 한 저 행상의 정체가 변복한 왕이라는 사실을 알고 있기 때문이었다.

왕이 궐문을 통과했다. 순돌은 자신도 모르게 왕의 뒷모습을 돌아보았다. 그의 눈빛에는 애절함이 서려 있었다. 언제까지 이렇게 보초를 설 수 있을까? 나이가 더 들어 일을 할 수 없을 때까지? 아니면 죽기 전까지? 언제까지 이렇게 왕의 옥체를 몰래 훔쳐볼 수 있겠는가? 그는 정말로 나이가 많이 들었던 것이다.

그날 새벽, 보초병들이 사용하는 막사 안에서는 이제 막 보초병이 된 신참과 순돌만이 깨어 이야기를 나누고 있었다.

"지금까지 보초병으로 일하면서 전하의 목숨을 두 번이나 구했지."

순돌이 낮은 목소리로 말했다.

"정말입니까?"

소년티를 갓 벗은 신참이 물었다. 순돌은 자랑스러운 표정으로 고개를 끄덕였다.

"첫 번째는 내 생애 첫 보초를 서던 날이었어. 자네 나이쯤 됐을 걸세. 당시 전하께서는 다섯 살 꼬마였고. 아직 세자로 책봉되지도 않았을 때니까. 그런데도 멀끔히 차려입고 다니셨다네. 꼭 어른처럼 말일세. 그런 전하께서 마치 하늘에서 떨어지는 뭔가를 잡으려는 것처럼 정신없이 뛰어가시는 게야. 그게 뭔지는 나도 잘 모르지만. 그러다가 발을 헛디디셨지 뭔가. 전하께서 넘어지시기 전에 간신히 붙잡았다니까."

"전하의 옥체에 손을 대셨다고요?"

신참이 깜짝 놀라 되물었다.

"하마터면 땅바닥에 부딪혀 그 귀한 이마가 깨질 뻔했다고. 하지만 그때만 해도 왕이 되시기 전이니 옥체라고는 할 수 없겠지."

다른 보초병 하나가 좀처럼 잠을 이루지 못하고 이불 속에서 뒤척였다. 그는 수년간 똑같은 이야기를 입버릇처럼 떠들어 대는 노인네 때문에 짜증이 나 있었다. 그러거나 말거나, 순돌은 이야기를 멈추지 않았다.

"두 번째는 전하가 열두 살 무렵이셨을 때 일이야. 서쪽 담을 넘어서 궁을 탈출하려고 하셨지."

"요즘도 자주 궁궐 밖으로 나가신다던데요?"

"그야 헛소문일 뿐이고!"

황급히 왕을 감싼 순돌이 말을 이었다.

"어쨌거나 담을 넘으시려다가 뒤로 넘어지신 거야. 그래서 내가 얼른 붙잡아 드렸지. 다행히 전하께서는 내 몸 위로 떨어지셨어. 그러고는 '고맙습니다, 어르신!'이라고 말씀하셨다네!"

순돌은 그때 생각을 떠올리며 껄껄 웃었다.

"세상에! 조선의 세자 저하께서 나를 '어르신'이라고 부르다니, 그게 사실이라는 걸 믿을 수 있겠는가?"

사실 신참은 뭐든 말만 하면 쉽게 믿을 것 같은 표정이었다.

"고맙습니다, 어르신."

순돌은 그 말을 되뇌어 보았다. 그리고 이불 속에서 몸을 틀었다. 그것은 외롭기 짝이 없는 늙은 보초병의 인생에서 잠시나마 행복한 순간이었다. 그런 기억들은 지금까지 살아오는 데 커다란 위로가 되어 주기도 했다. 왕과 함께한 오랜 추억들…….

순돌은 죽음의 축소판이라고도 할 수 있는 깊은 잠 속으로 빠져들면서, 만약 진짜 죽음이 코앞에 닥치게 된다면 세상을 떠나기 전에 마지막으로 보는 얼굴이 다른 사람이 아닌 바로 세종의 얼굴이기를 간절히 바랐다.

꽃꽃꽃꽃꽃

조정의 신하들과 양반들 그리고 금군들을 사방에 거느린 채 화려한 가마에 올라탄 세종과 소헌왕후는 한성의 큰길을 따라 이동 중이었다. 모두들 말끔한 의례용 복장으로 갖춰 입은 모습이었다. 왕의 행차를 직접 눈으로 보려는 백성들이 앞다투어 큰길

가로 몰려들었다.

왕은 오늘 유교적 의례를 치르기 위해 직접 행차하는 길이었다. 유교에서 왕은 하늘과 땅의 다리 역할을 수행하는 존재이며 우주의 질서를 지키는 살아 있는 본보기였다. 오늘의 의례는 왕이 맡은 임무 중 하나였다.

언제나 그랬듯이 세종은 너그러운 태도를 보이면서도 왕으로서의 위엄을 지키려고 노력했다. 그 누구도, 심지어는 왕후마저도 왕의 위엄 넘치는 모습 뒤에 숨겨진 지친 기색을 눈치채지 못했다.

마침내 왕의 행렬이 한성을 벗어나 성 외곽의 농지에 이르렀다. 궁에 소속된 악단은 각자의 위치에서 오늘 있을 친경례(親耕禮)를 위한 곡을 연주했다. 오늘의 의식을 위해 조선의 전통 현악기와 타악기가 대거 동원된 것이었다. 잠시 후 세종은 농부의 모습으로 변했는데, 조정 대신들의 화려한 의복 사이에 끼어 있는 허름한 농부 차림의 모습이 무척이나 부조화하게 보였다.

친경례란 왕이 직접 농사를 짓는 모습을 백성들에게 보이는 의례였다. 밭으로 나간 세종은 커다란 황소 두 마리가 끄는 쟁기를 붙잡았다. 왕과 함께 의식을 진행할 진짜 농부 두 명이 소를 몰고 앞서 나갔다. 왕은 단지 시범만 보일 뿐이므로 몇 걸음 나아가던 세종이 붙잡고 있던 쟁기를 땅에 내려놓았다.

그러자 집현전 부제학 최만리가 화려하게 장식된 파란 상자를 왕 앞에 대령했다. 그 상자 안에는 각종 씨앗들이 가지런히 들어 있었다. 정해진 식순에 따라 왕은 이제부터 그 씨앗들을 땅에 뿌려야 했다. 하지만 세종은 그 자리에서 꼼짝도 하지 않았다. 그는 발치에 놓인 쟁기에 정신을 온통 빼앗기고 말았다. 그의 눈길은 쟁기의 줄기와 손잡이가 만나는 부분에 고정되어 있었다. 그 부분은 숫자 '7'의 형태를 어렴풋이 띠고 있었다. 왕을 사로잡은 것은 이번에도 '7'이었다.

문득 세종의 눈길이 음악 소리가 나는 곳으로 향했다. 여덟 개 돌판이 두 줄로 나란히 매달린 편경이 내는 소리였다. 돌판이 만들어 내는 특별한 울림은 다른 어떤 악기로도 대체할 수 없기에, 무거운 돌판들을 이곳까지 날라야 하는 불편을 감수하면서까지 편경을 가지고 나온 것이었다. 사실 조선의 유교적 의례에는 편경이 빠짐없이 등장했다. 의식이 치러질 때마다 등장하는 악기인 탓에 연주를 감상하는 것 말고는 딱히 주목하지 않았다. 하지만 오늘 세종은 편경에 매달린 돌판들의 형태가 숫자 '7'과 비슷하다는 사실에 주목하게 되었다.

악공이 편경의 돌판 하나를 두드렸다. 그 순간 세종의 시간은 뿌옇게 흐려졌다. 편경 소리가 공중으로 퍼져 나간다. 마치 '7'이라는 숫자가 자기 나름의 특별한 색과 소리를 발하는 것 같았다. '7'이라는 형태 자체가 색과 소리의 원천이라도 되는 것처럼, 나아가 세상의 근본으로부터 떨어져 나온 일부라도 되는 것처럼.

최만리는 무언가 잘못되었다는 것을 눈치챘다. 심지어는 소헌왕후보다도 한발 빨랐다. 두 사람 모두 근심이 가득한 표정이었다. 그리고 수십 년간 세종을 지켜봐 온 경험에 비추어, 두 사람모두 그 기색을 애써 숨기려고 했다. 그때 세종이 그들 쪽으로 돌아서며 평소처럼 인자한 미소를 지어 보였다.

그날의 친경례는 무사히 진행되었다. 세종은 상자에 있던 씨앗을 한 움큼 집어 방금 쟁기로 갈아 놓은 땅에다가 뿌렸다. 그러고는 친근함과 존경의 의미가 실린 눈빛을 최만리와 주고받으며 군주와 신하로서 각자의 예를 표했다. 만약 최만리가 왕이 정신 착란에 시달리고 있다고 의심했다면, 방금 왕이 보낸 친근한 눈길 하나로 모든 의심이 사그라졌을 터였다. 세종이 보여 준 태도는 모든 이들의 우려를 날려 버리는 초능력 같은 효과를 발휘했다.

세종은 아내인 소헌왕후를 가만히 응시했다. 질문과 대답이 모두 담긴 듯한 그녀의 표정은 방금 세종에게 찾아든 생각까지도 속속들이 읽고 있는 것 같았다. 마치 두 사람이 하나의 마음을 공유한 것처럼.

왕은 다시 한 줌의 씨앗을 공중에 뿌렸다. 환한 햇살이 땅으로 흩어지는 조그만 씨앗들을 비추며 황금빛 무지개를 만들어 냈다. 높은 하늘과 낮은 땅 그리고 그 사이의 인간을 연결하는 오늘의 의례를 완성하듯, 무희들이 춤을 추기 시작했다.

꿇꿇꿇꿇

크고 작은 산으로 둘러싸인 조선의 수도 한성에는 거대한 강이 흐르고 헤아릴 수 없이 많은 나무들이 뿌리를 내리고 있었다. 바람과 물길이 맞닿은 배산임수의 명당자리에 아름다운 궁궐이 자리 잡았고 그 주변을 수천 채의 민가가 둘러쌌다. 인간의 눈으로는 확인할 수 없지만, 한성은 주변의 환경과 적절한 조화를 이루고 있었다. 인근의 산에 올라 내려다보아도 달빛이 비치는 한성의 야경은 자연적인 것과 인간적인 것이 잘 어우러진 한 폭의 완벽한 풍경화를 연상케 할 터였다.

일상적이라면 일상적이고 특별하다면 특별한 어떤 저녁, 한성의 아름다운 풍경 속으로 한 줄기 거문고 소리가 퍼져 나갔다. 거문고 소리는 은은하면서도 강렬했다. 그 소리는 마치 최면에 걸린 듯, 혹은 방금 꿈에서 깨어난 듯 비현실적인 기분마저 들게 했다.

도시는 곤히 잠들었지만 인적이 드문 거리를 배회하던 몇몇 백성들은 밤하늘에 퍼지는 거문고 소리를 들을 수 있었다. 그 소리는 환한 달빛과 어두운 그림자를 벗 삼아 홀로 술잔을 꺾고 있을 누군가에게 왠지 모를 기대감과 위로의 말을 건네주는 것 같기도 했다. 궁궐 안 숙소에 모인 내관들도 모두 잠에서 깨어 거문고 소리에 귀를 기울였다. 막사에 누운 늙은 보초병도 그 거문고 소리가 포근한 이불이라도 되는 양 온몸이 노곤해졌다. 황씨 부인은 꿈속에서도 거문고 소리를 듣는 듯 잠자리에서 몸을 뒤척거렸다.

거문고 소리는 궁궐 한가운데 자리한 경회루에서 울리고 있었다. 그 아름다운 누각은 호수 위에 나무와 돌로 그려 놓은 그림처럼 선명했다. 세종은 텅 빈 경회루에 홀로 앉아서 거문고를 뜯으며 깊은 생각에 잠겨 있었다. 왕의 주변에는 티베트에서 가져온 해부학 그림들이 널려 있었는데, 왕의 은밀한 명을 받아 티베트를 여행한 평화와 매두가 가져온 것들이었다. 그 두 명의 역관은 지금도 왕명에 따라 명나라로 향하고 있었다.

해부학 그림들 옆에는 파스파 문자로 쓰인 묘비 탁본과 네스토리우스 사제가 내준 경전이 놓여 있었다. 그리고 그 옆에는 최근 왕의 관심을 사로잡았던 숫자 '7'을 닮은 편경과 쟁기의 그림도 보였다.

세종은 한 눈에 봐도 전혀 어울리지 않는 여러 물건 사이에서 어떠한 연관성을 찾아내려 노력 중이었다. 그의 손가락에서 시작하여 밤하늘로 퍼져 나가는 거문고 소리는 마음을 자유롭게 풀어줌으로써 집중력을 끌어올리도록 도와주고 있었다.

멀리서 소헌왕후가 호수를 가로지르는 돌다리 위로 사뿐사뿐 걸음을 내디뎠다. 달빛 아래 왕후의 모습은 호수 위를 둥둥 떠다니듯 반짝거렸다. 두 명의 궁녀를 배행시킨 그녀는 새하얀 백조 한 쌍을 양옆에 거느린 천사처럼 보였다.

왕은 지그시 눈을 감고 거문고를 연주하고 있었다. 왕후가 조심히 다가가 왕의 귓전으로 상체를 숙였다.

"전하와 저의 기도가 응답을 받았사옵니다. 궁궐 밖의 누군가가 목숨을 잃었다고 하옵니다."

세종은 눈을 뜨고 거문고 현을 뜯던 손가락을 천천히 들었다. 그러고는 발치에 흩어진 각종 자료들을 둘러보더니 아내를 향해 고개를 끄덕였다.

왕은 거문고를 한쪽으로 치웠다. 오랫동안 기다려 왔던 일이 비로소 발생하자 걷잡을 수 없는 열정이 솟구쳤다. 그는 더 이상 거문고를 연주할 수 없었다.

적어도 지금은 그랬다.

실내는 침침했고 탁자 위에는 차가운 시체가 놓여 있었다. 한
성의 치안 담당자인 포도대장이 검시를 총괄하는 중이었다. 물론
실제적인 검시 과정은 현장 경험이 풍부한 전문가, 즉 법의학 수
사관 격인 오작인(仵作人: 조선 시대에 시체를 수습하던 자)에게 맡
겼다. 그들은 이제 막 검시를 마무리하려던 참이었다.

"연고도 없는 남자가 살해당했다는 소식을 들었다."

어디선가 목소리가 들렸다.

"그것도 한밤중에 골목길에서."

바로 세종의 목소리였다.

"전하!"

시신을 살피던 두 남자가 깜짝 놀라 고개를 숙였다. 세종의 갑
작스러운 방문은 사소하게 보이는 이 살인 사건의 마지막 반전이
라고 할 수 있었다.

왕은 달포 전 무당의 집을 덮쳤던 바로 그 포도대장 옆으로
다가갔다. 왕은 지금 공적인 업무를 수행하기 위해 나선 것이기
에 지난번과 같은 평민의 옷차림이 아니라 왕실의 간편한 복장
을 입은 상태였다. 물론 검시는 매우 이례적인 업무라고 할 테지
만 말이다.

"시신의 상태는?"

왕이 물었다.

"심장을 정통으로 찔렸습니다. 딱 한 번. 갈비뼈 사이, 여기를
찔렸습니다."

시체의 자상 부위를 가리키는 오작인은 잔뜩 긴장한 기색이

었다. 단지 조선의 군주를 눈앞에 두어서만이 아니었다. 그 군주가 검시 분야에도 나름 전문적인 지식을 가졌음을 알기 때문이었다. 세종은 법의학 분야에 관한 책을 집필하기도 했다. 아니, 쿠빌라이 칸 시대 원나라에서 편찬된 법의학 서적을 주해(註解)하였으니 다시 썼다고 해야 정확한 표현일 것이다. 따라서 현재 조선 왕실에서 세종보다 법의학에 대해서 잘 아는 이는 없을 터였다.

"살인자는 잡았는가?"

세종이 다시 물었다.

"살인자의 흔적은 찾을 수 없었사옵니다. 현장에서도 시신에서도 특별한 점을 별견하지 못하였사옵니다."

이번에는 포도대장이 대답했다.

고개를 끄덕인 세종이 잠시 숙고하다가 말했다.

"망자의 명복을 빌어 주어라. 조선은 물론 과인을 위하여 희생한 것에 대해 감사를 표할 길이 없구나."

포도대장과 오작인은 왕의 예기치 못한 발언에 몸 둘 바를 몰라 했다. 자신들의 왕이 특이한 취향의 소유자라는 소문은 익히 들어 왔지만, 대체 무슨 의도로 저런 말을 하는지 짐작조차 할 수 없었다.

"이자의 시신을 수습할 의무는 내게 있다."

왕이 결론을 내리듯 말했다.

"전하!"

"자리를 비키거라."

왕은 망자와 단둘이 남고 싶다는 의사를 밝혔다.

"먼저 명복을 빌어 주고, 이후에 시신을 매장하도록 하겠다."

왕은 담담한 미소를 지었다. 마치 자신이 앞으로 할 행동이 평소 하던 업무와 다를 바 없다는 점을 보여 주려는 듯이. 그러고는 혼잣말처럼 중얼거렸다.

"오늘 밤은 아주 길겠구나."

왕명은 절대적이었다. 설령 괴팍하거나 비도덕적이거나 심지어 불법적인 명령이라 할지라도 왕명은 절대적이었다. 포도대장과 오작인은 공손히 고개를 숙이고 방에서 물러났다.

세종은 시신이 있는 쪽으로 고개를 돌렸다. 그는 불교식 합장을 올린 뒤 망자를 위한 법문을 작게 읊조렸다. 그러고는 의복 소매 안에 숨겨 온 가느다란 칼을 꺼내어 시신이 놓인 탁자 쪽으로 다가갔다.

세종이 이제부터 하려는 행동은 당시의 조선 사회에서는 엄격하게 금기시되는 것이었다. 〈효경(孝經)〉에서는 사람의 신체를 부모로부터 물려받은 소중한 것으로 간주하여 위해나 손상을 가하는 모든 행위를 크나큰 불효로 규정했다. 살아 있는 자에게 함부로 칼을 대는 것은 물론이거니와 죽은 자를 해부하는 것마저도 절대로 해서는 안 되는 행위였다.

물론 세종은 이러한 유교적 가르침을 잘 알고 있었다. 게다가 그에게는 왕으로서의 의무, 즉 유교적 가르침을 올바르게 행하는 본보기가 되어야 할 의무까지 있었다. 그래서 이번 행위의 여파가 얼마나 클 것인지를 잘 알고 있었다. 하지만 그것 때문에 망설이지는 않았다.

세종은 죽은 자의 입을 벌린 다음 그 안으로 가느다란 칼을 밀어 넣었다…….

문이 열리자 포도대장과 오작인이 서 있는 모습이 보였다. 세종은 들어오라는 신호로 고개를 끄덕였다.

탁자 위에 놓인 시신은 머리끝부터 발끝까지 천으로 꽁꽁 싸여 있었다. 왕이 이 방에서 한 행위도 시신과 함께 완전히 가려진 상태였다. 그런데 왕의 목덜미 옷깃에 배어 있는 붉은 핏자국은 무엇일까? 그저 침침한 불빛 탓에 생겨난 착시 현상일까? 포도대장과 오작인은 방 안으로 들어서면서도 그 핏자국을 애써 못 본 척했다.

그로부터 두 시간 후, 세 사람은 시신을 실은 말을 끌고 천천히 걷고 있었다. 세종은 손바닥 보듯 시내를 유유히 통과하여 성 외곽으로 그들을 이끌었다.

어느 순간 세종이 걸음을 멈추었다. 그는 산들산들 밤바람을 맞으며, 졸졸 시냇물 소리를 들으며, 잠시 서 있었다.

"바람이 좋고 물소리도 들리니 길한 땅이로다."

주변 경관을 감상하던 그가 말 등에 매달아 놓은 짐 꾸러미에서 삽을 꺼내어 땅을 파기 시작했다.

조선의 위대한 왕이 한밤중에 시신을 묻기 위해서 땅을 파다니!

그 광경은 보는 이의 입장에서 충격 그 자체였다. 포도대장과 오작인은 허둥지둥 삽을 꺼내어 왕의 일을 도왔다. 하지만 그들의 표정만큼은 왕이 미친 짓을 하는 것 같다는 불경한 속마음을 그대로 내비치고 있었다.

세종은 피와 흙먼지로 더러워진 손을 대야에 담갔다. 왕후는 잔뜩 더러워진 남편의 손을 다정하게 씻겨 주었다. 세종은 매우 지친 표정이었지만, 짜릿한 밤을 보내서인지 어딘지 모르게 흥분한 기색이었다.

"이름도 모르고, 피붙이가 있는지도 모르고, 가진 것이 많은지 적은지도, 학식이 높은지 낮은지도, 하는 일은 또 무엇인지도 모르는...... 그런 자가 숨을 쉬지 않고 있었소."

왕은 믿기지 않는다는 투로 말을 이었다.

"그자의 몸속에 있던 피의 절반이 내 손바닥 위로......."

왕후는 손수건으로 세종의 손에 남은 물기를 말끔히 닦아냈다.

"그자에게 진 빚을 내가 어찌 갚을 수 있겠소? 아직 살아 있고 목소리를 낼 수 있는 민초들에게 진 빚을 내가 어찌 갚을 수 있단 말이오? 그들이 자기 목소리를 세상에 알릴 방법은 말하는 것이 유일할 게요. 하지만 죽은 뒤에는? 그들의 목소리를 그들이 죽고 난 뒤에도, 우리 조선인이 모두 죽고 난 뒤에도 길이길이 알릴 수 있는 방법이 과연 무엇이겠소?"

세종의 목소리에는 자신감이 가득했다. 왕후는 남편의 변화를 알아차렸다.

"전하, 그 말씀이신즉슨......?"

소헌왕후는 질문을 던지면서도 두려워하고 있었다.

왕이 답했다.

"그렇소."

소헌왕후는 세종의 손을 꽉 움켜쥐었다. 그녀의 두 눈은 희망으로 반짝거리고 있었다.

"정말이옵니까?"

"거의 다 되었소."

"자세히 말씀해 주옵소서!"

"필요한 모든 요소들이 거의 완성되었소. 이제는 그것들을 하나로 연결하는 일만 남았소. 성공이 코앞에 있다는 것이 느껴지는구려."

하지만 세종의 목소리에는 여전히 의구심이 서려 있었다.

"모든 것은 정해져 있는 것이옵니다."

왕후가 차분하게 말했다. 세종은 무슨 뜻인지 몰라 아내를 가만히 쳐다보았다.

"하늘이 정해 둔 해답이 있을 것이옵니다. 전하께서 예전부터 꾸시는 그 꿈처럼 말입니다. 모든 것을 창조해 내려고 애쓰지 마옵소서. 그저 전하께서 잊고 계신 것을 떠올리시기만 하면 됩니다. 이미 전하께서는 해답을 알고 계시지 않습니까. 하늘이 그렇듯이 말입니다. 전하께서 알고 계신 그것을 찾으면 되옵니다."

목표를 반드시 성공시켜야 한다는 부담감으로 무거웠던 어깨가 한층 가벼워지는 기분이었다. 세종은 아내의 어깨에 고개를 기대고 천천히 몽상에 빠져들었다.

하늘에서 떨어지는 초록색 잎사귀들…….

언제나 신비로운 그것…….

아주 잠깐이지만, 지금 마음은 더할 나위 없이 편안했다.

세종은 눈을 떴다. 이제야 무엇을 해야 할지 깨달았다.

그로부터 얼마 후, 앞이 보이지 않을 정도로 거세게 쏟아지는 빗줄기를 뚫고 마차 한 대가 궁궐을 벗어났다. 화려하지도 않고 별다른 표식도 없지만, 힘세고 건강한 말들이 이끄는 마차였다. 세종은 간편한 복장을 갖춘 채 점차 속도를 내는 마차 안에 앉아 있었다. 그의 무릎에는 평화와 매두가 중국에서 몰래 가져온 문서들이 쌓여 있었고, 마차 안에는 다른 문서들도 잔뜩 실려 있었다. 만일 그가 여행을 떠난 것이라면, 누가 봐도 '일하는 여행'일 것이었다. 어쩌면 결승점이 코앞에 다가온 것일 수도 있었다.

෴෴෴

조정 대신들과 집현전 학자들이 조례를 위해 근정전에 모여 있었다. 하지만 오늘 옥좌에 모습을 드러낸 것은 왕이 아니라 세자였다. 세자는 젊은 나이에 걸맞지 않은 위엄 있는 목소리로 신하들에게 말했다.

"좋은 아침이오. 다들 조찬은 드셨겠지요. 그럼 오늘 다루어야 할 정사에 대해 의논해 보시지요."

하지만 최만리는 세자의 말에 순순히 따르지 않았다.

"세자 저하, 전하께서는 어디 계시옵니까?"

세자는 침착하게 대답했다.

"전하께서는 병환으로 쉬고 계시오."

다른 학자가 물었다.

"전하의 병세가 어떠하시옵니까?"

"전하께서는······."

그때 최만리가 세자의 말을 잘랐다.

"세자 저하, 조정에서는 전하께서 병환을 이유로 대리청정(代理聽政)을 하시는 걸 엄격히 금하고 있사옵니다. 그런데 세자 저하께서는 이리 근정전에 납셔 계시옵고, 전하께서 어디 계신지는 아무도 알지 못하옵니다."

그때부터 근정전에 모인 신하들이 앞다투어 자신의 말을 쏟아내기 시작했다. 어찌나 소란스러운지 세자는 말을 하기 위해 소리를 질러야 할 정도였다.

"대리청정이 아니라 오늘 하루만 전하를 대신하려는 거요. 부디 오늘 의논해야 할 정사에 집중해 주시오."

신하들은 세자의 말을 듣지도 않았다. 서로를 향해 목소리를 높여 자신의 의견을 주장하느라 정신이 없었다. 세자에게는 그들을 통제할 힘이 없었다.

결국 세자는 신하들이 스스로 '심사숙고'하도록 근정전을 떠날 수밖에 없었다.

세자의 모습이 사라졌을 때, 최만리와 황희는 의미심장한 눈길로 서로를 돌아보았다. 그들은 작은 균열 하나가 조정을 순식간에 파멸로 이끌 수 있다는 사실을 누구보다 잘 알고 있었다.

🦋🦋🦋🦋🦋

요동은 중국 대륙과 한반도가 맞닿은 곳 북쪽에 위치한 지역이었다. 그곳에 도착한 평화와 매두는 세종이 일러 준 집으로 찾아갔다. 그들을 작은 벽이 있는 정원으로 안내해 준 하인이 사라져 버리자 매두는 불안한 듯 주위를 두리번거렸다. 평화는 차분한 태도로 기다리고 있었다. 얼마 후에 한 남자가 나타났다. 북경에서 이곳으로 유배된 황잔이라는 학자였다. 그는 방금 잠에서 깬 것처럼 잠옷 차림을 하고 있었다.

매두는 시간을 잘못 알고 찾아왔나 싶어서 머리 위를 쳐다보았다. 태양이 서쪽으로 약간 기울어진 것을 보니 정오가 이미 지난 시간이었다. 황잔은 그제야 해가 중천에 떴음을 알아차린 듯 중국말로 즉흥시 한 편을 읊었다.

"유배자의 삶이란 해시계가 없는 삶이라."

그는 잔뜩 구겨진 자신의 잠옷을 내보이며 시를 이어 갔다.

"정해진 형식도 없다네."

그런 다음 잠시 기다리는 모양새가 조선에서 찾아온 두 명의 방문객들로부터 답시가 나오기를 기다리는 듯했다. 하지만 매두는 허기가 진 나머지 제대로 된 답시를 생각할 기운도 없었다.

"그래서 밥도 안 주는 건가?"

황잔이 눈살을 찌푸렸다. 그는 이번에는 손님들의 모국어인 조선말로 즉흥시 한 구절을 더 읊었다.

"주인을 찾는 여행자들이여, 그대들은 비난(taunting)을 하러 온 것인가 아니면 구걸(wanting)을 하러 온 것인가?"

매두는 짜증 난 표정으로 평화를 돌아보았다. 하지만 평화는 저 중국인 학자의 별난 말장난을 알아채고 있었다.

"나는 감(hunch)을 잡았네. 곧 점심(lunch)을 먹으리라는 것을."

평화의 말에 유배자가 빙긋 웃었다.

시간이 지난 뒤, 마당에 놓인 상에는 함께 나누어 먹고 남은 음식이 놓여 있었고, 중국인 학자 하나와 조선인 역관 둘은 일에 몰두해 있었다. 황잔은 세종이 요청해 온 여러 항목들을 큰 소리로 읽어 내려갔다.

"서역까지 표기된 지도 세 장, 남쪽 나라에서 온 기도문 하나, 북쪽 몽골의 음운 사전 한 권…… 당신들 왕이 동쪽 왜국의 것은 필요치 않다고 하더이까?"

"확실히 우리 전하는…… 그분의 열정은 실로 방대한 영역을 망라하지요."

평화가 공감하며 대답한 뒤 황잔에게 고개를 숙였다.

"부담을 드리게 되어 송구할 따름입니다."

황잔은 한동안 아무 말도 하지 않고 두 사람의 표정을 살폈다. 이윽고 그는 지금까지 장난스럽던 말투를 버리고 현 상황에 대해 냉철히 분석했다.

"이른바 만천과해(欺天過海: 하늘을 속이고 바다를 건넘. 고대 중국의 병법 중 하나)로군."

다음 날 평화와 매두는 황잔으로부터 얻어 낸 것을 수레에 싣고 귀국길에 올랐다. 세종이 시킨 임무를 성공리에 마쳤지만 매두는 여전히 화가 나 있었다.

"감히 우리 전하를 사기꾼처럼 말하다니."

평화가 혀를 찼다.

"자네는 어찌 매일 투덜대기만 하는가."

"저자가 말한 전하는 다른 사람의 전하가 아니라 나의 전하라네. 전하의 명예를 지키는 건 백성으로서 의무이기도 하고."

흥분한 매두에게 평화가 조용히 말했다.

"그 학자가 한 말은 전하에 대한 모욕이 아니었어. 그저 고사를 인용한 것뿐이지."

매두는 처음으로 귀를 기울이는 태도를 보였다. 평화가 고심하다가 말했다.

"진실로 이루시고자 하는 목표를 숨기려고 온갖 것들에 손을 뻗치는 것처럼 보이게 하시는지도 모르지."

매두가 물었다.

"자네 생각에는 전하께서 진실로 이루시고자 하는 목표가 무엇 같은가?"

평화는 고개를 저었다.

"잘 모르겠네. 자네 생각은 어떤가?"

매두는 잠시 생각하다가 말했다.

"내가 하는 유일한 생각은 두 번 다시는 전하의 장난감으로 취급받고 싶지 않다는 것일세."

꿍꿍꿍꿍꿍

최만리와 황희는 조선에서는 왕 다음가는 권력자들이었다. 그들은 궁궐 안을 거닐면서 오늘 아침 근정전에서 벌어진 참괴한 사건에 대해 이야기하는 중이었다.

"어의로부터 전언을 받았습니다. 전하의 옥체에 무리가 간 것은 사실인 듯하더군요. 하지만 옥체가 상한 것은 노화에 따른 피로감 탓일 뿐이라고 생각합니다. 오늘 일은 전하께서 군주로서 직무를 유기하신 것이라고밖에 볼 수 없습니다. 세자께 왕위를 잇는 문제는 차지하고라도 말입니다. 어쨌거나 전하께서 왕위에서 물러나겠다고 끝내 고집을 피우신다면, 저는 돌바닥에 머리를 찧어 이마에서 흐른 피가 전하의 발꿈치를 적실 때까지라도 반대할 작정입니다. 만일 전하께서 지금 어디 계신지만 알수 있다면…….”

화를 내는 최만리에게 황희가 넌지시 말했다.

“전하께서는 마차를 타고 초정으로 이동하고 계신다고 하더이다.”

이 말에 최만리는 더욱 화가 치밀어 올랐고, 한편으로는 걱정이 점점 더 커지는 것을 느꼈다.

“그것 말고 또 아시는 것이 있습니까? 제가 들어서 놀랄 만한 일 말입니다.”

“조선의 군주께서 하시는 일 중에 내가 모르는 것은 그리 많지 않소이다.”

실제로 영의정은 궁궐 곳곳에 눈과 귀를 가지고 있었다. 때문에 지금 당장이라도 최만리가 궁금해하는 부분에 대한 해답을 줄수 있을 터였다.

“뜸들이지 말고 어서 말씀해 보십시오.”

황희가 말했다.

“전하께서는 젊은 시절의 열정을 다시 불태우고 계시오. 갖가지 약재는 물론이고 강우량, 홍수에 대한 기록, 행성과 별자리의 이동 경로 같은 것들에 매달려 하루하루를 보내시지요. 게다가 밤에는…….”

“저는 전하의 그…… 사생활에 대해서는 전혀 알고 싶지 않습니다."

최만리가 고집스럽게 말했지만 황희는 멈추지 않았다.

"밤에는 중전마마와 더불어 불경을 읊기도 하신다고 하더이다. 어떤 날은 물시계에 말을 걸기도 하시고. 그 물시계를 만든 자의 이름을 부르시면서 말이오."

최만리는 적잖이 당황했다.

"장영실 말입니까?"

"그렇소. 세상을 떠난 장영실의 영혼이 그 물시계에 깃들어 있기라도 한 것처럼 말을 거신다고 하더구려. 시간이 너무 빨리 흐른다고 원망하시면서."

최만리는 잠시 생각에 잠겼다. 하지만 최악의 상황까지는 고려하고 싶지 않아 애써 마음을 다잡았다.

"시간이 빨리 흐른다는 원망이야 누구나 하는 것이잖습니까."

"물론 그렇소. 하지만 누구나 밤새도록 이곳저곳을 헤매면서 죽은 자와 대화를 나누려고 하지는 않을 거요. 게다가 국법으로 엄격히 금하는 불교를 떠받들려는 시도는⋯⋯."

최만리가 황희의 말을 잘랐다.

"전하의 정신이 이상해지신 것 같다고 어디 한 번만 더 말씀해 보시지요. 그러면 대감을 반역자로 여길 테니까."

황희는 최만리의 위협을 대수롭지 않게 들어 넘길 뿐 아니라 오히려 역공에 나섰다.

"전하가 공식적으로 왕위에서 물러나고자 하셨을 때 가장 강력히 반대하고 나선 사람이 바로 대감이었소. 하지만 이제 그 문제는 전하만이 결정하실 수 있는 것이 되었소. 대감의 생각보다 한발 앞서가고 계시다 이거요. 그러니 대감께 조언하건대, 전하를 이만 보내 드리도록 하시오."

"그렇지만 전하를 대신해 왕위에 오를 적임자가 없지 않습니까. 세자 저하께서는 아직 너무 어리시고······."

최만리는 최대한 조심스럽게 단어를 고른 다음 말했다.

"특별히 뛰어난 부분이 없지 않으십니까."

"그보다 더 적합한 분이 나타나실 수도 있겠지요."

최만리는 황희를 빤히 쳐다보았다. 황희의 목소리는 어딘지 모르게 음흉하게 들렸다.

"대감, 혹시 때이른 왕위 계승에 따른 혼란을 노리고······."

최만리는 이 경고를 끝까지 잇지 않으려 했지만, 영의정은 쉽게 물러설 기세가 아니었다.

"그렇다면 어찌하시겠소?"

"저까지 끌어들일 생각이라면 그만두십시오. 저와 저를 따르는 무리는 영상 대감의 뜻에 결코 동의하지 않을 테니까요."

황희는 잠시 최만리의 표정을 살피다가 말했다.

"생각할 시간을 드리겠소. 마음이 바뀌실지도 모르니 말이오."

"아마도 꽤 오래 기다리셔야 할 겁니다."

신랄하게 응대한 최만리는 먼 곳으로 눈길을 돌렸다.

"어쨌거나 전하께서 휴가를 떠나셨다는 말씀이시지요? 암요, 그러셔야지요. 온천에서 잠시 휴식을 취하시는 것도 나쁘지 않을 겁니다. 돌아오시면 다시 정신없이 바빠지실 테니까요. 저는 전하를 반드시 설득하여 남은 생을 옥좌에서 보내실 수 있도록 할 것입니다. 최대한 많은 업적을 이루시면서 말입니다. 그리고 가장 적당한 때에 법도에 어긋나지 않는 범위에서 왕위를 순조롭게 물려주실 수 있도록 도와드릴 겁니다."

황희가 말했다.

"나는 대감처럼 전하를 신뢰하지 않소이다."

"저는 저 자신을 신뢰하는 겁니다. 전하께서 저의 충언에 귀 기울이지 않으신 적이 어디 있었답니까?"

영의정도 그 점에 대해서는 별다른 이의를 제기하지 않았다. 그러면서도 세종을 향한 최만리의 과신이 언젠가 모든 이들을 곤경에 빠트리는 불씨가 되지 않을까 하는 의구심이 들었다.

〰〰〰

세 척의 조각배가 거친 바다 위에서 꼬리에 꼬리를 물고 떠다니고 있었다. 그 배들은 무라카미 가문의 근거지인 세 개의 섬으로부터 출발하여 바다 위 중간 지점에서 만났다. 무라카미 가문은 세 개의 지파로 나뉘어 있었고, 각 지파는 세 개의 섬을 하나씩 차지하고 있었다. 각 지파의 수장인 붉은 바다의 주군과 초록 바다의 주군과 푸른 바다의 주군은 조각배를 몰 사공 한 명씩만 배행시킨 채 조각배 위에 앉아 있었다. 그들은 혈족인 동시에 언제 피를 봐도 이상할 것이 없는 경쟁자였다. 그래서 만남의 장소로 이곳을 택할 수밖에 없었다. 변덕스러운 물살이 거칠게 몰아치는 바다 한가운데에서는 상대의 매복을 걱정하지 않아도 될 것이기에.

붉은 바다의 주군은 그중 한 척의 배 위에 앉아 있었다. 그의 뒤에는 긴 노를 움켜쥔 사메가 호위하듯 서 있었다.

처음 말문을 연 것은 푸른 바다의 주군이었다.

"조선의 왕이 왕위를 아들에게 넘겨주려 한다는구려."

초록 바다의 주군이 덧붙였다.

"나이가 너무 많아서 더는 조선을 통치하기 어렵다는 게 이유라고 들었소."

붉은 바다 주군이 탐탁지 않은 투로 말했다.

"호랑이도 나이가 들면 동굴을 찾아가서 눕고 싶어 하는 법이오."

그들은 세 척의 배가 물살을 따라 빙글빙글 맴도는 와중에도 사방으로 의심의 눈길을 보내는 것을 잊지 않았다.

초록 바다의 주군이 말했다.

"우리 역시 젊을 때가 있었소. 그 호랑이가 조선의 해안에서 우리 병사들이 탄 배를 쫓아올 때만 해도 그랬지."

푸른 바다의 주군이 말했다.

"우리는 어찌하여 바다의 주군이 된 지금에 와서도 설욕할 생각을 하지 못하고 주저하기만 하는 것이오?"

붉은 바다의 주군이 말했다.

"설욕보다는 서로의 등에 칼을 꽂으려고 하니 주저할 수밖에."

다른 두 바다의 주군들이 고개를 끄덕였다. 그들은 잠시 침묵하며 소용돌이치는 물살에 몸을 맡겼다. 사실 이 정도면 대화는 충분히 나눈 셈이었다.

붉은 바다 주군이 칼을 빼 들었다. 그런 다음 날카로운 칼날로 자신의 손바닥을 그었다. 붉은 핏방울이 소용돌이치는 물살 위로 뚝뚝 떨어졌다.

다른 두 바다의 주군들은 그의 행동을 지켜보았다. 그들은 말 대신 행동으로 동의를 표했다. 두 자루 칼이 두 사람의 손바닥을 그었고, 시뻘건 핏물이 물살 위로 떨어져 하나로 섞여 들었다.

세 바다의 주군들이 맺은 피의 맹세.

조선의 왕 세종을 상대로 설욕에 나선다는 침묵의 조약은 그렇게 체결되었다.

⊱⊰⊱⊰⊱⊰

북경에 있는 자금성은 지구 상에 존재하는 궁전 중 가장 큰 규모를 가지고 있었다. 자금성과 비교하면 다른 나라의 궁전들은 그야말로 새 발의 피에 불과했다.

중국은 공자가 주창한 유교를 통해 견제와 균형의 체제를 모색했다. 공자에 따르면, 현명한 신하가 되기 위해서는 황제가 행하는 일에 항상 충고하고 질문을 던져야 했다. 궁극적으로는 훌륭한 조정을 구축하는 것에 목적을 두고 있었다.

중국을 통치하는 황제는 고대 이집트를 통치하던 파라오처럼 스스로를 신이라고 주장하지 않았다. '천자' 즉 '하늘의 아들'이라는 호칭은 황제에게 허용된 가장 높은 신성(神性)이었다. 그리고 유교는 황제에게 부여된 신성이 철회되는 것을 허용하고 있었다. 마치 바닥에 깔린 담요를 걷어 내듯, 하늘의 아들이라는 천자를 용상에서 끌어내고 그 자리를 다른 누군가에게 넘길 수 있도록 한 것이다. 누구라도 상관없었다. 왕족이라도 가능하고, 지배 계급의 일원이라도 가능하며, 심지어는 평민이 용상을 차지하고 새로운 황조를 연 예도 있었다…….

그렇다면 환관이라도 큰 문제는 없지 않겠는가?

적어도 명나라의 어린 황제 정통제를 손바닥 위에 올려놓고 쥐락펴락하던 왕진의 마음에는 이런 생각이 자리 잡고 있었다.

왕진이 그 생각을 다시 떠올릴 즈음, 병부시랑 우겸은 용상 앞에 고개를 숙인 채 서 있었다. 황궁의 모든 것들이 그러하듯, 주변의 으리으리한 배경은 신하가 위압감을 느끼게 만드는 일종의 장치와도 같았다. 우겸은 전대 황제로부터 총애를 받던 사람이었다. 하지만 지금 용상에 앉아 있는 어린 황제는 예쁘장하게 생긴 점 말고는 전대 황제가 갖춘 장점을 물려받지 못한 것 같았다. 그럼에도 우겸은 어린 황제에 대한 충성심을 버리지 않았다. 그리고 용상의 오른쪽에 서 있는 환관에 대한 위험성을 충분히 인식하고 있었다. 우겸은 자신이 이제부터 꺼낼 말이 얼마나 험악한 상황을 야기할 것인지도 짐작하고 있었다. 그래도 할 말은 해야 했다.

우겸이 말했다.

"서쪽과 동쪽의 부족이 통합한 뒤 몽골족의 세력은 더욱 강성해졌습니다."

이 말에 대꾸한 것은 황제가 아니라 환관이었다.

"고작 오랑캐 문제로 왜 위대하신 명나라 황제께서 이맛살을 찌푸려야 한단 말이오?"

병부시랑 우겸은 계속 황제에게 아뢰었다.

"저희는 불가피한 상황에 맞설 준비가 되어 있지 않사옵니다. 북쪽 국경에 배치된 병력을 훈련시켜야 하옵니다."

왕진이 또 끼어들었다.

"쓸데없는 낭비일 뿐."

"또한 조선으로부터 군마만이 아니라 병력까지도 지원받아야 할 것으로 사료되옵니다."

"경은 우리 선조들께 쫓겨나 말 젖으로 빚은 술이나 퍼마시고 사는 주정뱅이들을 너무 과대평가하는 것 같소. 그래 봐야 다리 사이에 말총이나 끼고 사는 오랑캐들 아니오?"

병부시랑 우겸은 용상 옆에서 코웃음을 치는 환관에게 그제야 눈길을 돌렸다. 물론 우겸은 몽골족을 다리 사이에 말총이나 끼고 사는 오랑캐들이라고 얕보지 않았다. 왕진은 그런 우겸의 얼굴을 지그시 노려보았다. 침묵 속에서도 상대의 머릿속 생각을 듣는 것은 환관이 가진 특기 중 하나였다.

그때 용상에 앉아 있던 황제가 갑자기 일어나더니 알현실 안을 비추는 햇살을 따라 움직이기 시작했다. 만약 그 순간 경외심을 느낀 사람이 있다면, 눈부신 햇살 덕에 어린 황제가 얼마나 예쁘장한지를 다시 한 번 확인한 왕진이었으리라.

반면에 병부시랑은 황제가 참으로 천진난만하다고 생각했다. 그 모습이 마치 햇살의 소곤거림을 들으려는 것처럼 보였기 때문이다. 너무 어린 나이에 황제가 된 소년에게는 제국의 운명을 결정지을지도 모르는 중대사마저도 재미있는 놀이처럼 보이는 모양이었다.

"난 좋아하는 신하들이 싸울 때가 제일 기분이 안 좋아."

황제가 천진난만한 투로 말했다. 우겸과 왕진은 어쩔 수 없이 동의의 뜻을 표하며 허리를 깊이 구부렸다.

"서로에게 세 번 고개를 숙이고 화해하도록 해. 그렇게 하지 않으면 그대들 때문에 황제의 하루를 망칠지도 모르니까."

황제의 말에 우겸과 왕진이 머뭇거렸다. 황제는 그들의 어깨에 손을 하나씩 얹더니 말했다.

"하나."

두 사람은 서로에게 고개를 숙일 수밖에 없었다.

"둘."

두 사람이 다시 고개를 숙였다.

"셋."

두 사람이 세 번째로 고개를 숙였다.

황제가 천진난만하게 웃었다.

"봐, 별로 어려운 일도 아니잖아?"

꿍꿍꿍꿍

알현실을 나온 환관과 병부시랑은 황제 앞에서는 감히 드러내지 못한 적개심을 비치며 팽팽하게 대치했다. 왕진이 말했다.

"내 고향이 북서쪽에 있다는 것을 잊었소? 군대가 내 고향을 짓밟는 것은 절대 용납할 수 없소."

"중국으로 들어오는 도로를 만들겠노라고 호언장담하더니……."

"병부시랑, 감히 지금 내게 도전하겠다는 거요? 당신은 절대로 나를 이길 수 없소."

환관이 주변의 거대한 황궁을 가리키며 말했다.

"이 궁궐 안에서 명령을 내리는 사람은 나요. 그리고 황제께서 천병을 휘몰아 몽골로 친정(親政)을 가실 때도 선봉에 설 사람은 내가 될 거요."

우겸은 깜짝 놀랐다. 황제가 직접 출전하는 친정 얘기는 병부 시랑인 그로서도 처음 듣는 소식이기 때문이었다. 저 왕진이라면 어린 황제를 구워삶아 능히 자신의 계획을 관철시킬 수 있으리라는 생각이 들었다.

"원한다면 후방 정도는 당신이 맡게 해 주겠소."

왕진이 마지막으로 쏘아붙인 뒤 자리를 떴다.

복도에 홀로 남겨진 우겸은 암울한 표정을 지었다. 앞으로 다가올 재앙은 대낮처럼 선명하기만 한데, 그에 맞설 대책은 전혀 떠오르지 않았다.

꽃무늬 장식

진정한 용사들이 몽골의 대초원에 모여 있었다. 두 세기 전에 칭기즈칸이 용사들을 불러 모은 이후로 한 번도 볼 수 없었던 거대한 무리였다. 수많은 말들이 힘차게 달리는 가운데 서쪽과 동쪽의 용사들은 저마다 활을 쏘고 칼을 벼리며 다가올 전투를 준비하느라 여념이 없었다.

무리의 가장 중심부에 있는 유르트 안에는 목숨을 건 도박 끝에 마침내 서쪽 부족과 동쪽 부족을 통합하는 데 성공한 에센 타이시가 있었다. 그는 얼마 전 동쪽 칸을 살해하는 데 사용했던 '노래하는 화살'을 더욱 치명적인 무기로 개조하는 중이었다.

"과거 우리 몽골족이 중국을 통치했을 당시, 우리는 중국인들에게 전해 오는 병법을 연구한 적이 있다. 중국인들에게는 그저 잊힌 유물이 되었겠지만, 우리에게는 아니다."

에센이 말했다.

소르친은 타이시의 옆자리를 지키며 묵묵히 귀 기울이고 있었다. 그는 자신에게 부여될 임무가 무엇인지 알지 못했다. 하지만 임무가 반드시 있을 것이라고 믿었다. 그게 아니라면 타이시가 아무도 없는 이 유르트로 자신을 부를 이유가 없기 때문이었다. 그것도 새로 개조한 치명적인 화살을 만지작거리면서 말이다.

"이제 새로운 놀이를 할 때가 됐다. 나는 중국의 병법을 중국을 공략하는 데 사용할 것이다."

에센 타이시는 유르트의 끝에 설치된 표적을 향해 활시위를 당겼다.

"중국의 전략가들이 말한 것처럼⋯⋯."

화살이 날아갔다. 그 화살은 표적에, 정확히는 실물 크기로 그려진 세종의 초상화 목 부분에 명중했다. 세종이 무당의 집에서 보았던 무속 신의 초상화처럼 원색으로 그려진 그 그림은 에센이 조선으로 파견한 첩자가 가져온 것이었다.

"⋯⋯가마솥 밑에서 장작을 빼내라."

화력을 제거함으로써 가마솥 속 물이 끓지 못하게 만든다는 이른바 '부저추신(釜低抽薪)'의 병법.

에센 타이시는 화살이 꽂힌 세종의 초상화 쪽으로 걸어가면서 말을 이어 갔다.

"명나라는 우리의 동태를 정찰하러 올 것이다. 황제는 조선에 지원을 요청할 테고. 하지만 몽골 용사의 화살이 세종의 목을 관통하여 조선의 수도가 혼란에 빠진다면 어떻게 될까? 조선은 명나라를 지원할 엄두도 못 낼 것이다. 그러면 명나라는 홀로 우리와 맞서야 할 것이고, 결국 중국은 우리 손에 넘어올 것이다. 예전에도 그랬던 것처럼."

에센 타이시는 중국의 고대 병법을 다시 한 번 인용했다.

"가마솥 밑에서 장작을 빼내라."

그러고는 조선 왕의 초상화에 꽂힌 화살을 홱 뽑았다.

৩৩৩৩৩৩

꽤 늦은 시각에야 한성으로 돌아온 평화와 매두는 세종을 알현할 수 있으리라는 기대를 품고 궁궐로 향했다. 그런데 궁궐에 도착하자마자 내금위 위사들에게 끌려가야 하는 난처한 상황에 부딪혔다.

"따라오시오."

위사의 말에 평화가 항의했다.

"우리는 전하의 어명을 받은 사람들이오."

위사는 아무 설명 없이 한쪽을 가리켰다. 두 역관의 얼굴에 긴장감이 감돌았다. 하지만 저항해 봐야 소용없다는 것은 알고 있었다. 그들은 중국의 유배자 황장으로부터 받은 물건들로 가득 찬 보따리를 들고 위사의 지시에 따랐다.

네 명의 내금위 위사는 평화와 매두를 말에 태워 달리기 시작했다. 기마술을 전문적으로 익힌 역관은 없는 탓에 평화와 매두가 말 등에 매달린 모습은 어설프기 짝이 없었다. 하지만 위사들은 아랑곳하지 않고 말채찍을 거듭 휘둘렀고, 두 사람은 뒤처지지 않기 위해 죽을힘을 쏟아야 했다.

그날 밤, 두 사람의 귀환을 환영하는 만찬은 궁궐이 있는 한성에서 멀리 떨어진 초정이라는 마을의 어떤 별채에서 열렸다. 초정에서 솟는 온천물이 병든 몸을 낫게 해 준다는 소문은 두 사람도 들어 본 적이 있었다. 하지만 한 번도 와 본 적은 없는 곳이라 두 사람은 어리둥절할 수밖에 없었다.

겨우 말 등에서 내린 평화와 매두는 처음 보는 내관을 따라 별채 안으로 들어갔다.

갖가지 형상의 바위들이 널린 별채 안은 짙은 수증기로 덮여 있었다. 문득 두 사람의 귓가로 편경이 내는 아름다운 울림이 흘러들었다. 가야금의 현을 뜯는 소리도 들려왔다. 그곳까지 안내해 준 내관은 두 사람을 남겨 두고 어디론가 사라졌다.

역관들은 짙은 수증기가 자아내는 몽환적인 분위기에 취해 있다가 음악 소리가 울리는 방향으로 걸음을 떼어 놓았다. 잠시 후 수증기 저편에서 귀에 익은 목소리가 들려왔다.

"들어오라."

왕의 목소리였다.

두 사람은 머뭇거리다가 다시 걸음을 내디뎠다. 그제야 악기를 연주하는 악공들과 머리끝부터 발끝까지 무장한 내금위 위사들과 몇몇 내관들이 수증기 너머에서 하나둘 모습을 드러내기 시작했다. 그리고 마침내 세종의 모습이 보였다.

돌과 나무로 만들어진 욕조 안, 세종은 뜨거운 온천물에 어깨까지 담그고 있었다. 하지만 알몸은 아니었다. 옷을 입은 사실 자체를 잊었거나, 아니면 옷이 젖든 말든 개의치 않는 것 같았다. 평화와 매두는 깜짝 놀랐다. 전하께서는 정말로 제정신이 아닌 걸까?

"그래, 이번에는 무엇을 구해 왔는가?"

왕이 물었다. 지난번 궁궐에서처럼 기대감에 들뜬 목소리였다.

역관들은 여독이 채 풀리지 않은 상태였다. 하지만 이런 상황에 부닥치니 갑자기 활력이 샘솟는 기분이 들었다.

평화가 먼저 입을 열었다.

"전하께서 명하신 것을 가져왔나이다."

"몽골의 음운 사전 말이냐?"

"그것 말고 다른 것들도 가져 왔나이다."

몽골의 음운 사전은 왕이 가장 기대하고 있을 물건이 분명했다. 사실 왕에게 정말로 필요한 것은 그것뿐이었다.

"바다를 건너기 위해 하늘을 속이시려는 것이군요."

매두는 황잔이 한 말을 인용했다. 평화는 그를 노려보았지만 세종은 유쾌한 웃음을 터뜨렸다.

"자네는 내가 시키는 일에 항상 불만이 많았지."

세종의 말에 매두가 반박했다.

"저는 전하의 충성스러운 신하이옵니다. 비록 이견을 낼 때도 있지만 제 마음은 늘 충심으로 가득하나이다. 다만, 전하께서 시키시는 일에 불만을 품는 것과 전하를 충심으로 섬기는 것은 다르다고 생각하옵니다."

평화는 기함을 하여 매두를 바라보았지만 왕은 웃음을 지우지 않았다.

"공자님께서 살아 계셨다면 자네 말이 옳다고 하셨을 것이야."

역관들이 왕의 시선이 약간 이상하다는 점을 발견한 것은 그 즈음이었다. 왕은 매두에게 말을 하면서도 초점을 똑바로 맞추지 못하고 앞쪽만 멍하니 바라보고 있었다. 두 사람은 세종의 시력에 이상이 생겼다는 사실을 그제야 알아차렸다.

"가져온 것을 읽어 주겠는가?"

세종이 청했다.

"전하……."

방금 받은 충격에서 벗어나지 못한 탓에 평화의 목소리는 파르르 떨리고 있었다.

"알아차렸나 보군."

세종은 자신의 눈을 가리키며 말을 이었다.

"어의의 말로는…… 그저 일시적으로 나빠진 것일 뿐이라더군."

세종은 다른 설명을 덧붙이지 않았다. 그는 수증기가 모락모락 피어오르는 온천물을 가리켰다.

"아, 오랜 여행으로 피곤할 텐데 함께 온천이나 하면서 얘기를 나누는 게 좋겠군."

이 말은 초대장인 동시에 어명이기도 했다.

잠시 후 두 사람은 벌거숭이가 된 채로 조선의 지도자와 어색하게 마주 앉아야만 했다. 그런 의미로 볼 때, 용안을 똑바로 바라보는 것을 금하는 법도가 반갑고도 고마웠다. 덕분에 고개를 돌리고 있어도 괜찮았으니까.

세종은 목을 욕조 가장자리에 기댄 채 눈가를 작은 수건으로 덮고 있었다. 이상이 생긴 눈을 치료하는 방편 중 하나인 모양이었다.

"몽골의 문자는 한자의 형태에서 크게 벗어나지 않는 것으로 보이옵니다."

평화가 말했다. 매두는 이번에 구한 사전을 온천물이 닿지 않는 높이로 치켜들고서 동료가 제대로 볼 수 있도록 돕고 있었다.

"그리고 파스파 문자로 표기되어 있사옵니다."

"당연히 그렇겠지."

왕이 말했다.

원나라 쿠빌라이 칸의 명으로 티베트의 라마승 파스파가 만들어 낸 그 문자는 세종이 지난 몇 달 동안 그토록 열정적으로 좇던 단서이기도 했다.

"한번 읽어 보게."

평화는 사전을 잠시 들여다본 뒤 파스파 문자의 음운을 큰 소리로 읽어 내려가기 시작했다.

원나라는 백 년도 전에 편찬된 이 음운 사전을 통해 중국어의 복잡하고 난해한 발음을 새로운 문자로써 표준화시키려고 시도했다. 그러나 세종은 중국어의 음운 체계에는 관심이 없었다. 그가 관심을 가진 것은 이번에도 내용이 아닌 방식이었다. 소리를 조합하는 파스파 문자의 체계와 효율성이 바로 그것이었다.

지금 세종의 두 눈은 바깥세상을 볼 수 없었다. 하지만 보이지 않는 눈으로 소리 안에 숨겨진 거대한 의도를 꿰뚫어 보고 있었다. 그는 다시 몽상에 빠져들었다.

〰〰〰〰

온통 회색뿐인 텅 빈 공간.

세종은 여느 때처럼 곤룡포를 입고 지필묵이 놓인 서탁 앞에 앉아 있다.

몽골의 이국적인 음운을 읊어 나가는 평화의 목소리가 공간 위로 가만가만 내려앉는다.

세종은 한자와 파스파 문자로 귀에 들리는 소리를 적어 내려간다. 그러면서 그 소리를 텅 빈 공간 위에 시각화하려 애를 쓴다.

세종은 자신이 쓴 글자들을 가만히 응시한다. 어느 순간, 무엇인가가 그의 영혼을 사로잡는다.

〰〰〰〰

세종이 불쑥 말했다.

"왜 모음은 항상 자음을 따라다니는 걸까?"

온천물에 몸을 담그고 있던 역관들은 왕의 말에 귀를 기울였다.

"예전에도 그 점에 주목한 바 있었다. 각종 음운 사전을 살펴볼 때마다 그러하였다."

평화는 매두가 치켜든 사전을 더욱 유심히 들여다보고는 고개를 끄덕였다.

"맞는 말씀이옵니다."

매두가 덧붙였다.

"대부분의 모음이 자음과 함께 사용되는 것으로 보입니다."

왕은 역관들의 말을 듣지 못한 표정이었다. 그는 머릿속에서 이어지는 사고의 흐름에 완전히 몰입해 있었다.

"지금까지는 그 점에 대해 의문을 제기할 생각을 못 하였다."

왕이 무엇에 홀린 듯한 목소리로 중얼거렸다.

꧁꧁꧁꧁꧁

세종은 자신이 받아 적은 문자들을 가만히 응시한다. 뛰어난 기억력과 놀라운 상상력을 바탕으로 마침내 새로운 문자가 시각화되기 시작한다.

꧁꧁꧁꧁꧁

"음절을 어떤 방식으로 분리할 수 있을까? 모음은 왜 혼자서는 존재할 수 없는가?"

수증기가 뽀얗게 피어오르는 온천물 속에 앉은 평화와 매두도 왕의 말을 들으며 심오한 깨달음을 얻었다. 왕이 무언가 깨달은 듯 큰 소리로 외쳤다.

"마치 땅과 하늘 사이에 인간이 있는 것처럼!"

그 순간 세종의 얼굴 위에 환한 빛이 번졌다.

평화와 매두는 무엄하게도 고개를 들어 세종의 용안을 똑바로 쳐다보았다. 깨달음의 기쁨은 예의와 법도마저 잊게 만들었던 것이다.

왕이 갑자기 부르르 몸을 떨며 말했다.

"음, 방금 과인이 뭐라고 말했지?"

세종은 무한하게 펼쳐진 공간을 걷고 있는 자신을 발견한다. 구름 한 점 없이 푸른 하늘 아래에서 왕은 유일하게 똑바로 서 있는 존재다.

둥근 태양과 평평한 땅과 똑바로 서 있는 한 사람.

저 멀리 또 하나의 고독한 존재가 보인다. 앞서 제례에서 처음 보았던 편경이라는 타악기다. 숫자 '7'을 닮은 돌판들이 매달린 타악기. 돌판의 깊은 울림이 들리지만, 워낙 멀리 떨어져 있어서 연주하는 이의 얼굴은 제대로 보이지 않는다.

세종은 소리가 들리는 쪽으로 걸어간다. 찰나인지 영겁인지 모르는 왜곡된 시간 감각 속에서, 세종은 편경을 연주하는 이가 소헌왕후임을 깨닫는다. 소헌왕후는 편경의 돌판을 부드럽게 두드리며 보일락 말락 미소를 짓는다.

세종은 다시 한 번 숫자 '7'을 닮은 형태에 집중한다. 그러고는 상상 속의 풍경을 가로질러서 또다시 걷는다. 왕후와 편경의 모습이 멀어지지만 돌판의 깊은 울림은 계속 울려 퍼지고 있다.

어느 순간, 황소 한 쌍이 쟁기를 끌고 나타난다. 친경례 때 보았던 그 모습이다. 세종은 쟁기를 바라본다. 이번에도 숫자 '7'의 형태다.

다음 순간, 세종은 혼자 걷고 있다. 그는 자신이 한 말을 다시금 떠올려 본다.

"땅과……."

발아래로 펼쳐진 땅이 끝없이 뻗어 나간다.

"하늘 사이에……."

머리 위의 태양이 거대한 원으로 커진다.

"인간이 있으니……."

세종의 발걸음이 멈춘다.

평평하게 펼쳐진 땅과 둥근 태양 사이에 오직 하나의 존재만이 수직으로 서 있다.

땅과 태양 그리고 인간.

수평선과 원 그리고 수직선.

바로 이 상징들이 왕이 그렇게도 찾아 헤매던 문제를 해결할 열쇠였다.

⚘⚘⚘⚘⚘

세종을 태우고 초정의 온천까지 왔던 마차가 한성을 향해 전속력으로 질주하고 있었다. 잘 마른 의복으로 갈아입은 세종은 마차 안에서 곤히 잠들어 있었다. 누군가 지친 왕을 온천에서 데리고 나와 환궁할 채비를 마친 듯했다.

세종은 마차 바퀴가 덜커덕하는 소리에 잠에서 깨 주위를 둘러보았다. 그러고는 고개를 숙여 자신의 손을 내려다보았다. 그제야 다시 시력이 돌아왔음을 확인할 수 있었다. 왕의 맑은 눈동자는 결의에 가득 차 있었다.

왕이 탄 마차가 궁궐 문을 통과했다. 늙은 보초병 순돌은 마차가 지나가는 모습을 지켜보았고, 마차가 사라진 뒤에도 한참 동안 시선을 거두지 못했다. 오랫동안 왕의 비밀스러운 행각을 지켜보았던 그였기에 이번에는 무언가 엄청난 일이 벌어지리라는 것을 직감하고 있었다.

소헌왕후 역시 무언가를 감지한 모양이었다. 지금쯤이면 잠옷으로 갈아입고 침소에 누워 잠이 들었어야 하건만, 여전히 의복을 곱게 차려입은 채 자리를 지키고 있었다. 마치 왕이 돌아오리라는 것을 알고 있었다는 듯이.

"주상 전하 납시오!"

복도에 서 있던 내관이 큰 소리로 말했다. 왕후는 자신의 침소로 미끄러지듯 걸어 들어오는 왕의 모습을 가만히 살펴보다가 천천히 고개를 숙였다.

세종은 아내에게 다가가 그녀의 손을 감싸 쥐었다.

"그것을 보기까지 너무 오랜 세월이 걸렸소. 그렇게나 가까이에 있었는데도 말이오."

왕후가 미소를 지었다.

"자신의 마음을 들여다본다는 것이 그리 쉬운 일은 아니지요."

왕은 그녀에게 모든 것을 이야기하고 싶었다. 갑자기 말이 쏟아지듯 터져 나왔다.

"세 가지 형태가 바로 열쇠였소. 그러니까⋯⋯."

그러나 왕후는 세종의 입술에 가만히 손가락을 가져다 대어 더 이상 이야기하지 못하게 했다.

"부디 체력을 아끼소서. 내일을 위해서 말이옵니다."

세종이 움찔거렸다.

"내일을 위해서⋯⋯."

소헌왕후는 고개를 작게 끄덕였다.

"그렇구려. 바로 내일을 위해서."

세종은 소헌왕후의 손에 입을 맞추었다.

"이제 침전에 들어야겠소. 그대도 푹 쉬시오."

왕은 이 말을 남기고 왕후의 침소에서 떠났다. 왕의 등 뒤로 문이 스르르 닫힌 순간, 왕후는 터져 나오는 기침을 참기 위해 허리를 구부렸다. 두 명의 상궁들이 부리나케 달려와 그녀를 부축했다. 왕후의 눈동자는 촉촉했고 눈가에 눈물이 맺혀 있었다. 누가 봐도 굉장히 아픈 사람 같았다. 하지만 왕후는 자신의 몸이 아프다는 사실을 왕에게 숨기고 있었다.

"밤새 내 곁을 지키도록 하라."

왕후가 고집스럽게 말했다.

"마마, 어의를 호출하심이⋯⋯."

"안 된다."

왕후는 아픔을 참으면서도 오히려 밝은 표정을 지었다.

"다 괜찮아질 것이다. 내일이면 말이다."

결국 수행 상궁들은 왕후의 뜻에 따를 수밖에 없었다. 그녀들은 칠흑 같은 밤이 지나갈 때까지 왕후의 곁을 떠나지 않았다.

⟨⟨⟨⟨⟨⟨

근정전에서 멀지 않은 곳에는 돌을 쌓아 만든 오래된 우물이 하나 있었다. 궁궐 내의 공적인 영역과 사적인 영역을 구분하는 일종의 경계선 같은 의미를 지닌 곳이기도 했다. 왕이 갑자기 영감을 얻어 한밤중에 눈을 떴을 때에도 언제든 쉽게 그곳에 갈 수 있었다.

그 우물은 집현전과 사역원의 젊은 학자들에게는 잠시의 휴식을 위한 장소로 인기가 높았다. 갑자기 눈비가 쏟아져도 머리를 가리고 자신의 근무처로 달려가기에 별 어려움 없는 거리이기 때문이었다. 젊은 학자들은 이 우물에 대해 특별한 애정을 가지고 있었다. 앞으로 태어날 자손들에게 '이 할아비가 그 우물가에서 왕을 알현하곤 했단다'라고 자랑할 수도 있었고, 혹은 나이 든 스스로에게 '참으로 그날 그 밤이 그립구나'라고 추억할 수도 있었다.

그런데 오늘 밤 그 우물가의 분위기는 여느 날 여느 밤과 조금은 달랐다. 을씨년스러운 밤공기가 감도는 가운데 내금위 위사들의 인도로 우물가에 모인 젊은 학자들은 미래의 낭만적인 일들을 떠올릴 처지가 아니었다.

"우리가 체포라도 된 건가?"

"대체 여기로 왜 끌고 온 거지?"

하지만 위사들은 아무 말도 하지 않았고, 젊은 학자들의 마음속에는 의구심만 쌓여 갔다. 그때 세종이 모습을 드러냈다. 모두들 왕을 향해 고개를 숙였다. 왕은 우선 사과의 말을 건넸다.

"성현께서 이르시기를 군주와 신민은 서로를 존중해야 한다고 하셨다. 그대들은 나를 위해 손과 발이 닳도록 고생하였다. 그러나 과인은 그대들에게 과연 어떠하였는가."

세종의 눈가에는 피곤한 기색이 역력했다.

"그대들은 실로 먼 여정을 걸어왔다. 과인이 그대들을 멀리 보냈기 때문이지. 하지만 과인은 그대들에게 약속한 바를 아직 지키지 못했다. 진정으로 바라는 것이 무엇인지도 알려 주지 않았다.

그 점이 이전에도 그리고 지금도 미안하다."

충격적인 침묵이 사람들의 머리 위를 짓눌렀다. 누구도 왕으로부터 이런 말을 듣게 될 줄은 예상치 못했다.

"이제 몇 시간이 지나면 모든 것이 바뀔 것이다. 그러면 그대들이 그 어느 때보다 필요하게 될 것이다."

왕의 목소리가 잠시나마 가벼워졌다. 그동안 세종은 한여름 쏟아져 내리는 유성우 아래에서 시를 짓던 젊은 시절로 돌아간 것 같았다.

"다시 한 번 그대들을 편안한 꿈속에서 끌어내는 폭군이 되는 것을 용서하기 바란다."

왕은 그 말을 끝으로 자리를 떠났다.

세종이 떠나자 학자들은 어떤 때보다 더욱 어리둥절한 얼굴로 서로를 돌아보았다. 그러다가 하나둘씩 침소로 돌아갔고, 오직 박팽년만이 그 자리에 남았다. 그 젊은 언어학자는 과거 집현전과 세종 사이를 오가던 온갖 정보들을 떠올려 보았고, 지난 수개월 동안 왕이 이루고자 했던 것이 무엇인지에 대해 골몰해 보았다.

그렇게 시간이 흘렀다.

아침을 알리는 첫 햇살이 우물가를 비추었을 때, 수면 부족으로 머릿속이 띵해진 박팽년은 비로소 무언가를 깨달은 표정을 지었다.

"바로 그것인가? 그것 때문에 전하께서 그동안 그런 기이한 행동을 하셨던 걸까? 하지만 전하가 아니라면 세상의 어느 누가 그럴 수 있단 말인가?"

박팽년의 눈빛이 확신으로 번쩍였다.

"전하라면 당연히 그러실 수 있지!"

젊은 언어학자는 근정전으로 모여드는 인기척을 들었다. 그는 그들에게 합류하기 위해 우물가를 떠났다.

⚙⚙⚙⚙⚙

젊은 언어학자가 집현전의 동료 학자들 사이에서 자기 자리를 찾기 위해 서성거릴 무렵, 근정전은 이미 문무백관들로 가득 차 있었다. 다들 텅 빈 옥좌를 바라보면서 무슨 일이 일어날지 전혀 모르는 채 왕을 기다리고 있었다. 그러나 박팽년 한 사람만은 조금 전 깨달은 사실로 인해 금방이라도 기절해도 이상하지 않을 만큼 흥분한 상태였다. 이러다 진짜 죽을 수도 있겠구나 싶은 생각마저 들 정도였다. 하지만 그는 아무 말도 할 수 없었다. 그저 동료들과 함께 세종을 기다릴 뿐이었다.

세종은 침전에서 의복을 담당하는 시종들의 도움을 받으며 옷을 갈아입었다. 붉은 바탕에 황금빛 문양을 수놓은 곤룡포는 보는 사람들의 시선을 대번에 사로잡을 정도로 화려했다. 이는 오직 왕의 존재를 부각시키기 위함이었다. 왕의 위엄을 끌어올리고 왕의 발언에 귀 기울이게 함으로써 백성들의 머릿속과 마음속에 왕에 대한 충성심이 저절로 생겨나게 만들려는 의도. 사실 나라를 혼란에 빠트리고 왕의 목숨을 위협하는 역모가 일어나는 것보다는 이쪽이 훨씬 나을지도 몰랐다.

이른 새벽부터 왕후의 호출을 받은 황씨 부인은 미심쩍은 생각을 하며 중궁전으로 들어섰다. 소헌왕후는 두 명의 상궁을 좌우에 거느리고 앉아 그녀를 기다리고 있었다.

왕후가 황씨 부인에게 말했다.

"나는 오늘 전하께서 발표하시는 것을 직접 듣고 싶었네."

황씨 부인은 왕후가 무슨 의도로 저런 말을 하는지 짐작하기 힘들었다.

"마마, 근정전에 납시어 직접 들으시면……."

"나는 이곳에 남아 있겠네."

왕후가 황씨 부인의 말허리를 잘랐다.

"그 대신 자네가 그 내용을 듣고 내게 전달…….

왕후는 갑자기 터져 나온 기침을 참지 못하고 쿨럭거리기 시작했다. 옆에 있던 상궁이 하얀 손수건을 재빨리 건네주었다. 황씨 부인은 그 손수건에 묻어 나온 붉은 얼룩을 발견하고는 경악하고 말았다.

"마마! 전하께서도 알고 계시옵니까?"

왕후가 말했다.

"전하는 모르고 계신다. 오늘 발표가 끝나기 전까지는 전하께 절대 알리지…….

다시 한 번 기침이 터졌다. 황씨 부인은 몸 둘 바를 몰라 하다 재차 간했다.

"당장 전하께 마마의 환우를 알리셔야 합니다!"

하지만 소헌왕후의 마음을 바꾸지는 못했다.

"아니 된다."

황씨 부인은 당황한 표정으로 수행 상궁들을 쳐다보았다. 하지만 아무도 입을 열지 않았다.

"마마, 제발……."

"나를 그냥 내버려 두어라."

왕후는 이제껏 누구도 보지 못했던 고통스러운 표정으로 말을 이었다.

"그리하면 오늘 이후로 자네는 자네가 바라던 대로 전하를 보필하게 될 것이야."

황씨 부인은 심장이 서늘해지는 기분을 느꼈다. 왕후의 말 속에 담긴 진실이 그녀에게는 더욱 큰 아픔을 안겨 주고 있었다. 그녀는 이제까지와 달리 착 가라앉은 목소리로 왕후에게 물었다.

"제가 어떤 사람이라고 생각하시옵니까?"

"전하와 사랑에 빠진 사람이지."

"그렇다면 다른 사람들과 특별히 다를 것도 없지 않사옵니까. 조선의 백성 중에 전하를 사랑하지 않는 이가 어디 있다고요."

황씨 부인의 볼 위로 눈물이 흘러내렸다.

"간혹 전하의 뜻을 따르지 않는 이들까지도 그렇습니다. 저는 그들이 전하를 더욱 사랑한다고 생각합니다. 그럼에도 어쩔 수 없는 것이지요. 그들도 그런 자신이 싫을 것이옵니다."

황씨 부인이 벌떡 일어났다.

"마찬가지이옵니다. 저는 마마의 뜻을 따르지 않겠사옵니다. 마마를 그냥 내버려 두지 않겠사옵니다. 저는 그런 식으로 전하께 아픔을 드리지 않을 것이옵니다."

왕후가 말했다.

"지금 전하께서 하시려는 일을 방해한다면, 그건 곧 전하를 파멸케 하는 것이니."

황씨 부인은 더 듣지 않고 중궁전을 뛰쳐나갔다. 그녀는 왕을 찾기 위해서 궁궐 복도를 허겁지겁 달려갔다. 그러다가 곤룡포를 갖춰 입고 근정전으로 향하는 왕의 뒷모습을 발견했다.

세종은 어느 때보다 기품 있어 보였다. 그리고 자신만의 세계에 몰입해 있는 것처럼 보였다. 황씨 부인은 갑자기 솟구친 경외심에 발길을 멈추고 말았다. 입술이 달라붙은 듯 떨어지지가 않았다. 하지만 이대로 지켜보고만 있어서는 안 되었다. 그녀는 온몸의 힘을 끌어모아 크게 외쳤다.

"전하!"

그 순간 세종의 몰입이 깨졌다. 그는 고개를 돌렸고, 황씨 부인의 표정에서 그 내면의 고통을 읽어 냈다.

잠시 후 세종은 황씨 부인을 대동하고 중궁전을 향해 달려가고 있었다. 예의범절 따위는 어디론가 내팽개친 듯한 그 모습에서는 경외감을 저절로 불러일으키던 아까의 기품은 찾아볼 수 없었다.

중궁전에 들어선 왕은 곧바로 왕후의 곁으로 다가갔다. 왕후는 이미 기식이 엄엄한 상태였다. 세종이 중궁전으로 발길을 돌린 그 짧은 시간 사이에 상태가 급격히 악화되었던 것이다.

"중전, 내가 왔소. 이제 중전의 곁을 떠나지 않을 거요."

왕후가 실처럼 가느다란 목소리로 말했다.

"가셔야 합니다."

"아니 될 말이오."

"전하께서 이루신 것을…… 모두에게 알려야 합니다."

"이런 상황에서 어찌 중전을 두고 가란 말이오?"

"어찌 그런 말씀을 하시옵니까? 저는…… 전하를 기다리겠사옵니다.”

왕과 왕후는 서로의 눈을 마주 보았다. 그들은 서로의 마음을 너무도 잘 알았다. 왕이 마지못해 고개를 끄덕였다. 황씨 부인을 비롯해 그 자리에 있던 내관들과 상궁들이 울음을 터뜨렸다. 왕은 다시 한 번 왕후를 안기 위해서 몸을 숙였다. 왕후가 그의 귓가에 대고 속삭였다.

“보여 주십시오. 전하께서 이루신 모든 것을...... 이제 세상에 보여 주십시오.”

〰〰〰

겹겹이 늘어선 지붕 아래를 지나온 왕은 문무백관이 지켜보는 가운데 옥좌를 향해 걸음을 내디뎠다. 옥좌에 쏟아지는 눈부신 아침 햇살이 그를 기다리는 듯했다. 수백 명에 달하는 대신들과 학자들은 잔뜩 긴장한 표정으로 몸을 굳히고 있었다.

세종을 가장 잘 안다고 자부하는 이들조차도 무슨 발표가 나올지 전혀 예상치 못했다. 최만리와 황희, 대장군과 병조판서, 집현전 학자들, 한쪽 구석에서 지켜보는 황씨 부인, 그녀 뒤쪽에 서 있는 내관들과 상궁들까지.

이제부터 무슨 일이 벌어질지는 아무도 알지 못했다. 오직 한 사람, 젊은 언어학자 박팽년을 제외한다면 그러했다. 때문에 박팽년은 수많은 사람들 속에 있으면서 홀로이 뚝 떨어진 것 같은 기분에 사로잡혀 있었다.

세종은 근정전에 모인 문무백관 앞으로 한 걸음 나섰다. 그리고 한참 동안 꼼짝 않고 서 있었다.

이윽고 세종의 입이 열렸다. 이 자리에 존재하는 사람들뿐만이 아니라 이 자리 너머에 존재하는, 이 나라 너머에 존재하는, 나아가 이 시간 너머에 존재하는 사람들을 향한 것 같은 목소리가 울렸다.

"지금 우리 조선에서 사용하는 소리는 중국의 소리와 달라 한자로 표현할 수 없다. 그 결과 한자를 배우지 못한 일반 백성들은 억울한 일을 당해도 그 사연을 글로써 전달할 방법이 없다."

세종의 목소리 말고는 어떠한 소리도 들리지 않았다.

"바로 그러한 사실이 과인을 슬프게 만든다."

마침내 왕후를 제외한 모든 이들에게 숨겨 두었던 왕의 계획이 드러났다.

"그래서 과인은 스물여덟 개의 새로운 문자를 만들었다."

그 순간 근정전에 모인 모든 이들의 숨이 멈춘 것 같았다. 마치 시간이 무너져 내려 그들이 마시는 공기를 몽땅 앗아 가 버린 것처럼.

"이 표음문자는 배우기가 쉬워 조선의 백성들 누구라도 일상생활에서 손쉽게 사용할 수 있다."

왕은 두 팔을 들어 올렸다. 연설 중에 극적인 효과를 끌어올리기 위한 몸짓이 아니었다. 단지 정해진 순서에 따른 것이었다. 왕의 신호에 두 명의 내관이 다가왔다. 한 사람은 커다란 붓, 다른 한 사람은 먹물이 담긴 벼루를 받쳐 들고 있었다.

왕은 근정전에 모인 문무백관과 자신 사이에 깔린 판석 앞으로 걸음을 내디뎠다. 그러고는 먹물이 담긴 벼루를 바닥에 내려놓게

한 다음 붓끝을 충분히 적셨다.

"먼저 '기역'은 어금닛소리로, 혀의 뿌리 부분이 목구멍에 닿는 모양이고……."

세종은 근정전의 품계석 위에 먹물이 튈 정도로 힘차게 붓을 움직여 새로운 문자의 첫 번째 자음을 돌바닥 위에 그려 보였다.

"……한자 '근(根)'의 첫 번째 음과 비슷한 소리를 낸다."

그것은 세종이 지금까지 그토록 집착해 왔던 숫자 '7'을 닮은 형태였다.

근정전 한쪽 구석에서 그 모습을 지켜보던 황씨 부인이 상궁들에게 뭐라고 속삭였다. 상궁들은 중대한 임무라도 띤 사람처럼 빠른 걸음으로 자리를 떠났다.

왕은 두 번째 자음을 쓰기 위해 붓을 꺾었다. 그리고 '7'을 닮은 형태의 중간 부분에 수평의 획 하나를 더했다.

"'키읔'은 어금닛소리로……."

세종은 그 자음을 직접 소리 내 읽으며 발음의 경도를 강조했다.

"한자 '쾌(快)'의 첫 번째 음과 크게 차이가 없다."

세종은 앞서 살폈던 몽골의 음운 사전에서 파악한 것과 유사한 방법을 사용했다. 이미 세상에 알려진 내용을 참고하여 새로운 문자를 확립하고 규정하려 한 것이었다. 새로운 자음과 모음을 기존에 있던 한자의 음과 비교하면 이해도를 높일 수 있을 터였다.

젊은 언어학자의 예상은 정확히 들어맞았다.

"바로 이것이었어."

박팽년은 입속말로 뇌까렸다. 도저히 그 자리에 서 있을 수가 없었다. 그는 허리를 굽힌 채 무리에서 빠져나와 세종이 더욱 잘 보이는 위치로 재빨리 이동했다. 왕을 제외한 그 누구도 알지 못했던 새로운 문자를 조금이라도 가까이서 보고 싶은 마음에서였다.

"'이응'은 어금닛소리로 '강(江)'의 세 번째 음과 크게 다르지 않다."

왕은 붓으로 커다란 원을 그림으로써 세 번째 자음을 소개했다.

황씨 부인이 급히 보낸 상궁들이 중궁전에 도착한 것은 그즈음이었다. 상궁 하나가 왕후 앞에서 말했다.

"우리 조선에서 사용하는 소리는 중국의 소리와 달라 한자로 표현할 수 없다. 그 결과 우리 조선의 백성들은 생각하는 바를 글로 표현할 수가 없었다. 그리고…… 그리고……."

상궁의 기억이 끊기자 옆에 있던 동료가 재빨리 다시 전했다.

"지금 우리 조선에서 사용하는 소리는 중국의 소리와 달라 한자로 표현할 수 없다. 그 결과 한자를 배우지 못한 일반 백성들은 억울한 일을 당해도 그 사연을 글로써 전달할 방법이 없다."

처음의 상궁이 세종의 다음 말을 덧붙였다.

"바로 그러한 사실이 과인을 슬프게 만든다."

소헌왕후는 마음 깊이 감동했다. 그녀의 두 눈에 눈물이 차올랐다. 그런 왕후 앞에서 두 상궁은 조금 전에 보았던 상황을 최대한 자세히 전달하기 위해 애를 썼다.

"그래서 과인은 스물여덟 개의 새로운 문자를 만들었다."

상궁들의 눈가에도 눈물이 차올랐고 어느 순간 왕후와 함께 눈물을 흘리기 시작했다.

"이 표음문자는 배우기가 쉬워 조선의 백성들 누구라도 일상

생활에서 손쉽게 사용할 수 있다."

어느덧 세 여인 모두 울먹이고 있었다. 달콤하지만 구슬프고 다소 우스꽝스럽기까지 한 광경이었다. 눈물과 기쁨 그리고 미소가 차올랐다. 소헌왕후가 그토록 기다려 왔던 왕의 가장 위대한 업적이 드디어 세상에 알려지게 된 것이었다.

그때 근정전에 있는 세종은 자신이 창제한 문자들을 빠르고 정확하게 설명하고 있었다.

점점 더 많은 학자들과 신하들이 왕에게로 다가왔고, 거의 절을 하듯 몸을 숙인 채 그가 움직이는 붓끝에서 시선을 떼지 못했다. 붓을 움직이느라 검은 먹물이 귀한 곤룡포를 더럽혔지만 세종은 전혀 알아차리지 못했다.

"'니은'은 혓소리로, 위턱에 혀가 닿는 모양이다……."

구경꾼의 입장에서는 왕이 드러내는 모든 언행이 아찔하게 느껴질 정도였다. 모두가 왕이 그려 내는 대담하고 힘찬 붓글씨를 주시하면서 그 형상과 가능성과 중요성을 머릿속에 기억해 두기 위해 안간힘을 썼다.

"'미음'은 입을 다문 모양이다……."

"'시옷'은 치아가 맞닿은 모양……."

세종은 악공이 곡의 절정부를 연주하듯 폭풍 같은 기세로 모음을 소개하기 시작했다.

"'아'는 우리가 말하는 '땅'의 중간 음과 비슷하다……."

"'우'는 중간 소리이고……."

"'에'는……."

"……음운이……."

"······글자 '쟝'······."

"'야'는······."

"'유'는······."

"'예'는······."

세종이 마침내 붓을 멈추기 전까지, 아무도 입을 열지 않았다.

"과인은 이 문자들을 '백성을 가르치는 바른 소리', 즉 '훈민정음(訓民正音)'이라 부르기로 했다."

근정전은 쥐 죽은 듯이 고요했다. 이번에도 아무 반응이 없었다. 그러다가 언어학자 박팽년이 간신히 입을 열어 들릴락 말락 한 목소리로 물었다.

"음절이 끝날 때 나는 마지막 음은 어찌 쓰면 되나이까?"

"자음을 다시 쓰면 된다."

세종이 자상하게 덧붙였다.

"첫 번째 소리를 자음으로 시작한 것처럼, 끝을 맺을 때도 마찬가지다."

"과연 그러하군요!"

이제 젊은 언어학자의 경외심은 극에 달했다.

"단순함 그 자체이옵니다!"

설명을 마친 세종은 근정전 뒤로 빠르게 사라졌다.

왕이 퇴장한 뒤로도 움직이는 이는 없었다. 마치 얼어붙거나 충격으로 굳어 버린 것 같았다. 공중에 부는 바람 소리까지 들릴 정도였다. 아니, 그 소리만이 아니었다. 셀 수 없이 많은 심장들의 고동 소리도 들리는 듯했다. 그런데도 누구도 입을 열지 않았다.

그러다 어느 순간 학자 한 명이 웃기 시작했다. 그는 도저히 웃음을 주체할 수가 없었다. 하지만 웃음소리는 이내 흐느낌으로 바뀌었다. 마치 착란에 시달리는 사람처럼 보이기도 했지만, 실제로는 그 자리에 모인 모든 이들의 심경을 대변한다고 할 수 있었다. 다들 어찌해야 할지 알지 못했다. 특히 세종의 고문이자 가장 열렬한 추종자이기도 한 최만리의 얼굴은 참담함으로 일그러져 있었다. 마치 오랜 친구에게 결정적인 순간 배신을 당하기라도 한 것처럼.

스물여덟 개의 문자.
지구 상에서 가장 새로운 문자.
바로 이곳에 그 문자가 있었다.

그 문자들이 세상을 바꾸려는 세종의 의도를 소리 없이 증언하고 있었다.

2 장 — 반포

중궁전은 먹먹한 어둠에 잠겨 있었다. 그 어둠 속에서 세종은 아내를 품에 안았다. 정신을 잃고 축 늘어져 있던 소헌왕후가 남편의 품 안에서 간신히 눈을 떴다. 그녀는 곤룡포에 묻은 먹물 자국을 보고는 희미한 미소를 지었다.

"어찌하셨습니까?"

소헌왕후의 말투에 남편을 자랑스러워하는 마음이 고스란히 묻어 나왔다.

"큰일 없이 잘 마쳤소. 만일 당신이 없었다면…… 나는 아무것도 할 수 없었을 거요."

왕후의 호흡이 멈추었다. 잠시 후 호흡이 돌아왔지만 겨우 입을 뗄 수 있을 정도에 불과했다.

왕후가 말했다.

"저는 이만 갈 때가 된 것 같습니다."

왕이 고개를 저었다.

"아니 되오."

부부의 대화에 중궁전을 지키던 황씨 부인과 상궁들은 눈물을 멈추지 못했다.

"보고 싶사옵니다……."

왕후가 보일락 말락 미소를 지으며 말했다.

"전하께서 하신 일을 말입니다."

세종은 왕후의 말이 무슨 뜻인지 금세 알아들었다. 그는 왕후의 손을 잡았다. 자신의 집게손가락을 붓 삼아 왕후의 손바닥 위에 쓰기 시작했다. 근정전 돌바닥 위에 훈민정음의 자음과 모음들을 썼듯이 왕후의 손바닥 위에 조그맣게 글씨를 쓰면서 왕후의 귓전에 입술을 대고는 발음을 들려주었다.

"아…… 에…… 이…… 오……."

또다시 소헌왕후의 호흡이 멈추었다. 이번에는 호흡이 돌아오지 않았다. 왕은 왕후를 꾹 끌어안았다. 왕의 두 뺨을 타고 흘러내린 눈물이 두 사람의 얼굴을 함께 적셨다.

그날 밤, 내관 하나가 왕후가 숨을 거둘 때 입었던 옷을 들고 궁궐의 기와지붕 위에 올라갔다. 내관은 왕실의 예법에 따라 왕후의 옷을 허공에 대고 힘껏 흔들었다. 옷은 세찬 바람을 맞아 펄럭거렸다.

내관은 크게 소리쳤다. 궁궐 안의 모든 이들은 물론 세상을 떠난 왕후의 영혼에게도 들리도록.

"중전마마! 제발 궁으로 돌아오소서! 중전마마! 부디 궁으로 돌아오소서!"

내관은 흔들던 왕후의 옷을 지붕 아래로 던졌고, 아래에서 대기하던 다른 내관 세 명이 잽싸게 낚아챘다. 그들은 중궁전으로 부리나케 뛰어가 망자의 몸 위에 옷을 올려놓은 다음 지붕 위에서 외쳤던 소리를 다시 한 번 반복했다.

"중전마마! 제발 궁으로 돌아오소서! 중전마마! 부디 궁으로 돌아오소서! 마마, 부디 궁으로 돌아오소서……."

내관의 목소리가 점점 잦아들었다. 세종은 싸늘하게 식어 버린 아내를 바라보다가 그들을 따라 기도하듯 읊조리기 시작했다.

왕후의 시신을 보존하는 데만 해도 며칠이 꼬박 걸렸다. 첫날에는 시신의 부패를 지연시키기 위해 얼음 더미 위에 얹은 널빤지에 올려 두었다. 얼음이 녹으며 뿜어 나온 수증기로 인해 왕후의 시신이 구름 위에 둥실둥실 떠 있는 것처럼 보였다.

그날 밤, 왕후가 떠나는 모습을 지켜본 살아 있는 영혼은 오직 세종뿐이었다. 수증기와 등불 아래 앉아 있는 그는 이승을 초월한 듯한 표정을 하고 있었다. 하지만 왕은 이승에 꽁꽁 얽매인 채 무력감에 사로잡혀 있었다. 그는 천천히 손을 뻗어 죽은 왕후의 볼을 쓰다듬었다.

"부디 돌아오시오."

세종의 눈동자는 황량한 들판처럼 텅 비어 있었다.

다음 날, 왕이 지켜보는 가운데 상궁들이 왕후의 머리카락과 손톱을 다듬기 시작했다. 이어 의복을 담당하는 내관들이 눈이 어질어질할 만큼 여러 겹의 천으로 시신을 감쌌다. 그 와중에도 왕은 자리를 굳건히 지키고 있었다.

정식 빈소가 차려지기 전까지는 왕후의 거처인 중궁전에 임시 빈소가 마련되었다. 왕후가 들어갈 관은 화려하게 단장된 상여 안에 자리했다. 좋은 목재와 섬세하게 세공된 철제로 이루어진 관 옆에는 이동하기에 용이하도록 손잡이가 달려 있었다. 장례 절체가 끝난 뒤 무덤에 묻힐 왕후는 훗날 왕이 붕어한 뒤 합장할 예정이었다.

세종은 왕후를 홀로 남겨 두고 싶지 않았다. 왕후의 빈소에서 좀처럼 떠나려 들지 않았고, 마치 죽을 날만 기다리는 사람처럼 망연하게 앉아 있었다. 그가 생각하기에 잠도 자지 않고 휴식도 취하지 않으면서 왕후를 애도하다 보면 머지않아 아내를 만날 수 있을 것 같았다. 하지만 그가 세상을 떠날 때까지는 아직도 많은 시간이 남아 있었다.

그러던 중 빈소 밖에서 못질을 하는 소리가 들려왔다. 세종은 밖으로 나가 보았다. 그곳에서는 목수들 몇이서 일을 하고 있었다. 궁궐 한복판에 움집을, 그것도 새것도 아닌 낡은 재료들로 짓고 있는 것이었다. 하지만 세종은 이상히 여기지 않았다. 저 움집은 왕이 왕후를 애도하는 공식적인 공간이었다. 왕은 저 비좁고 누추한 공간 안에서 수개월간 애도의 기간을 보내며 국정을 수행해야만 했다. 그것이 유교의 예법이었다.

"전하."

어린 시절부터 왕과 함께 지내 온 내관 동우는 왕만큼이나 오랫동안 왕후를 모셨던 터라 눈가가 퉁퉁 부을 만큼 슬퍼하고 있었다.

"집현전 부제학이…… 전하를 알현키를 청하고 있사옵니다."

세종은 동우를 물끄러미 바라보았다. 최만리를 만나는 건 지금 상황에서 제일 피하고 싶은 일이었다. 하지만 거부할 도리가 없었다. 그 일 역시 국정의 일부였고, 최만리는 그의 오랜 벗이었다. 훈민정음 반포에 따른 여파와 맞서는 것 또한 세종이 해야 할 일 중 하나였다.

그날 저녁, 최만리는 내금위장의 안내를 받아 이제 막 완성된 움집 앞에 당도했다. 최만리는 잠시 멈춰 서서 빈소 안에서 흘러나오는 은은한 불빛을 바라보며 깊은 숨을 들이마셨다. 이윽고 그가 빈소로 발을 들였다.

침침한 호롱불 아래 의자에 앉은 세종의 모습이 보였다. 실내는 비좁았다. 그 비좁은 공간의 대부분을 빈소를 구성하는 기물들이 차지하고 있었다. 더구나 의자부터 왕이 입은 옷까지 모든 것이 하얀색이었다. 지나치게 초라하여 궁궐에 차려진 빈소라고는 믿기 힘들 정도였다.

　왕은 허공 어딘가에 시선을 고정한 채 깊은 생각에 잠겨 있었다. 최만리가 지금까지 보았던 것 중 가장 어두운 표정이었다. 최만리는 두 걸음을 더 내디뎌 왕에게 최대한 가까이 다가갔다. 이런 상황에서도 군신의 예를 갖추어 왕의 얼굴을 똑바로 쳐다보지 않았다.

　최만리는 착 가라앉은 목소리로 말문을 열었다.

　"만백성의 어머니이신 중전마마의 승하를 애도드리나이다."

　왕이 고통 어린 목소리로 대꾸했다.

　"과인의 왕후네."

　최만리는 허리를 더욱 숙였다.

　"황송하옵니다만, 중전마마께서는 조선의 국모이셨사옵니다."

　세종은 아무 말 없이 최만리를 응시했다. 최만리는 왕의 시선을 피하며 조용히 말했다.

　"저 역시 중전마마를 마음 깊이 흠모했나이다. 조선의 백성이라면 누군들 그렇지 않겠사옵니까?"

　이 말에 세종은 다소나마 정신을 가다듬을 수 있었다.

　"그러하군. 그대의 말이 옳아. 나를 용서하게. 그대의 마음도…… 매우 아플 터인데."

　최만리는 감히 고개를 들어 왕을 똑바로 바라보았다. 두 사람의 눈동자가 마주쳤다.

　"전하."

　"말해 보게."

"전하께서 창제하신 문자에 대해 감히 언급하는 소신의 충심을 통촉하여 주시옵소서. 바라옵건대, 그 문자를 조선의 공식적인 문자로 채택하지 말아 주시옵소서."

세종은 그 순간 왕으로서의 업무에 복귀했다. 이제 왕후의 죽음을 애도하는 것은 전혀 다른 문제가 되고 말았다.

세종이 말했다.

"과인이 만든 훈민정음은 백성을 위한 것이네."

"가당치 않사옵니다."

"만약 조정이 훈민정음의 사용을 장려하지 않겠다고 나선다면, 이는 조정의 커다란 과오로 남을 걸세."

최만리는 조금 더 가까이 몸을 기울였다.

"그 과오는 이후 전하의 업적에 오점을 남길 것이옵니다."

"누가 과인에게 잘못을 묻는단 말인가?"

"전하의 말씀을 들은 모두가 그렇사옵니다."

세종은 귀를 기울이는 모습이었다. 최만리는 더욱 대담하게 말을 이어 나갔다.

"맹자께서는 인의예지(仁義禮智)의 사단(四端)으로부터 사람의 본성을 설명하셨습니다. 지금까지 전하께서는 그 네 가지 모두를 넘칠 정도로 입증해 보이셨사옵니다. 전하께서 쌓아 올리신 업적으로 말입니다. 하지만 가장 중요한 것은 그 업적의 결말이 아니겠사옵니까?"

"결말?"

세종이 반격에 나섰다.

"지금 과인의 죽음을 입에 올리는 건가? 그 자체만으로도 반역

죄로 처벌받을 수 있거늘."

최만리가 바로잡았다.

"전하께서 이루신 업적은 일일이 열거할 수도 없을 만큼 많사옵니다. 소신은 단 한 번의 잘못으로 말미암아 그 모든 업적이 빛을 잃을 수도 있다는 점을 간언드리고 있는 것이옵니다."

세종이 말했다.

"노자께서는 '새로운 시작은 왕왕 고통스러운 결말로 위장된다'고 하셨네."

"하지만 〈주역〉에서는 '화수미제(火水未濟)'라고 하였사옵니다. 꼬리가 젖은 여우는 겁이 나서 강을 건너지 않는 법이지요. 잘못된 결과를 가져올 것을 뻔히 알면서 왜 굳이 시작을 하려 하십니까?"

세종이 다시 반격했다.

"공자께서는 '하늘이 내 편이면 누군들 내게 해를 끼칠 수 있겠느냐'고 하셨지."

최만리는 도저히 믿을 수 없다는 표정을 지었다.

"정말 그렇게 생각하시옵니까? 전하께서 하신 이 장난 같은 일을, 동그라미 하나와 두 개의 선으로 하신 이 일을 하늘이 지지한다고 믿으시는 겁니까?"

"시도할 가치가 충분히 있는 일이네."

잠시 고심하던 세종은 간절함을 담아 최만리에게 청했다.

"내가 그 시도를 하도록 그냥 두면 아니 되겠는가?"

최만리는 물러서지 않았다.

"부디 그 문자를 거두어 주소서. 이번 일이 후세에 알려지지 않도록 기록을 삭제하여 주소서. 그리하신다면 전하께서는 자애롭고 지혜로운 군주로 길이길이 기억될 것이옵니다."

세종의 표정이 조금 더 굳었다.

"그대가 훌륭한 조정의 모범적인 신하로 기억되고 싶은 것은 아닌가? 조선 역사상 가장 자애롭고 지혜로운 군주의 조언자로? 그 군주가 이룩한 업적조차도 알고 보니 유학자이며 집현전 부제학이자 왕의 조언자였던 그대가 잘 보필한 결과였다는?"

"소신은 그런 영광 따위에는 관심이 없사옵니다."

"전혀 없지는 않겠지."

최만리는 세종의 말에 꽤 큰 상처를 입은 듯했다. 그는 음울한 목소리로 말했다.

"전하께서는 지금까지 단 한 번도 저를…… 그 우물가로 부르신 적이 없으셨사옵니다. 하지만 다른 학자들은 자주 부르셨더군요."

최만리의 갑작스럽고 예기치 못한 말에 세종은 크게 당황한 기색이었다. 왕의 목소리가 부드러워졌다.

"그대라면 동의하지도 않았겠지. 부적절하다고, 그래서 받아들일 수 없다고 했을 걸세. 한밤중에 별빛 아래에서 왕을 만나는 것은 예의범절에 크게 어긋나는 일이라고 여겼을 테니까."

세종이 슬픔 어린 목소리로 말을 이었다.

"단지 과인은 마음 깊이 감춰 두었던 무엇인가를 그런 식으로라도 내비치고 싶었을 뿐이었네. 심장 속에서 뛰는 무엇, 과인을 잠 못 이루게 하는 무엇, 꿈속에서도 문득문득 나타나는 무엇. 그 무엇으로 인해 과인은 시력을 잃기도 했었네. 그리고 지금은 망령이 난 늙은이 취급을 받고 있지."

최만리가 고집스럽게 말했다.

"하지만 소신에게는 한 번도 우물가로 나오라고 하지 않으셨
사옵니다."

"그 점에 대해서는 미안하게 생각하네."

두 사람 사이에 슬픔의 시간이 흘렀다. 하지만 곧 최만리의 눈
동자에 불꽃이 일었다.

"전하를 제 마음에서 지우겠나이다."

이 말이 세종에게 얼마나 큰 충격과 위협으로 다가갔을지 두
사람 모두 잘 알고 있었다. 하지만 세종은 흔들리는 모습을 보이
지 않았다.

"그대의 뜻이 그러하다면 어쩔 수 없겠지. 아내를 잃고 곧바로
벗을 잃다니, 과인은 이미 죽은 몸이나 다름없군."

세종의 말이 최만리의 가슴에 비수처럼 파고들었다.

৩৩৩৩

그날 밤, 최만리는 추적추적 내리는 비를 맞으며 우물가에 홀
로 서 있었다. 눈물과 빗물이 뒤섞여 그의 얼굴 위로 흘러내렸다.

근정전 돌바닥에 세종이 쓴 스물여덟 자의 자음과 모음 위로도
같은 빗물이 내리고 있었다. 언어학자 박팽년은 최만리로부터 멀
찍이 떨어진 곳에서 그 문자를 응시하고 있었다. 왕이 왕후의 죽
음을 애도하는 동안, 젊은 언어학자는 왕이 돌바닥에 남긴 성과물
을 보며 엄청난 충격에 휩싸였다. 그는 새로운 문자로부터 눈을

떼려 하지 않았다. 그리함으로써 그 문자에 담긴 천재성의 일부라도 얻을 수 있다고 여기는지도 몰랐다.

빗줄기가 거세졌다. 스물여덟 개의 자음과 모음을 이루고 있던 먹물이 빗물에 번지기 시작했다. 박팽년은 마치 서양인들이 성자의 피를 만지려고 하는 것처럼, 그 자리에 웅크리고 앉아 빗물에 씻겨 흐려지는 문자를 손가락으로 따라 그리기 시작했다. 그러면서 각 문자에 담긴 소리를 크게 외쳤다. 왕이 그들에게 들려주었던 바로 그 소리를.

문자는 이제 박팽년의 것이 되었다. 왕이 그에게 준 선물이었다. 왕이 조선 백성 모두에게 준 선물이었다. 돌바닥 위에 쓰인 뒤부터, 문자는 창조자만의 전유물이 아닌 모두의 것이 되었다.

"백성을 가르치는 바른 소리. 훈민정음."

박팽년은 왕이 했던 말을 따라 하며 짜릿한 전율에 휩싸였다. 그는 어릴 적부터 유교를 배운 사람이었고, 약간의 도교적인 성향마저도 가지고 있었다. 하지만 이제부터는 세종이 창제한 스물여덟 개의 문자가 그의 종교가 될 것이었다. 비록 돌바닥 위에 쓰인 문자는 빗물에 씻겨 나가고 있었지만, 그의 마음속에 새겨진 문자는 무엇으로도 씻어 낼 수 없을 터였다.

박팽년은 먹물이 묻은 손가락을 자신의 이마에 가져다 대었다. 그러고는 훈민정음의 첫 번째 자음을 살갗 위에 그리며 다시 한 번 소리 내어 말했다.

"기역……."

마치 그 문자에 자신을 완전히 묶어 놓으려는 것처럼.

근정전에서 세종의 말을 듣고 미친 사람처럼 웃고 울었던 사람의 이름은 정인지였다.

정인지는 자타가 공인하는 당대 최고의 학자였다. 세자의 스승이었으며, 예조판서와 이조판서를 역임할 만큼 유능하기도 했다. 또한 그는 유교를 깊이 연구한 신봉자였다. 유교 사상에 대한 그의 이해는 타의 추종을 불허할 정도였으며, 관직을 위해 헌신한다는 점에도 의심의 여지가 없었다.

그런 사람이 어찌 중인환시인 공간에서 광기를 드러낸 것일까? 그것도 군주와 만조백관이 지켜보는 가운데서?

그러니 처음에는 수치심에 못 이겨 심산유곡으로 은거해야겠다는 생각이 들었을지도 모른다. 실제로 중국에서는 그런 예가 적지 않았다. 비록 실수를 저지르기는 했지만 이렇게 뉘우치는 자신을 역사는 용서해 주리라 믿으면서 말이다.

하지만 정인지의 경우는 달랐다. 몸과 마음을 삼가야 할 자리에서 감정이 폭발하기는 했지만, 비난을 받기는커녕 오히려 당시의 심경을 솔직히 드러냈다는 점에서 사람들의 칭송을 샀다. 세종이 벌인 일은 모두에게 그만큼이나 충격적이었던 것이다.

정인지는 오랫동안 별다른 목적 없이 살아왔다. 언제나 그랬다. 하지만 그 일 이후 정인지의 마음속에 있던 모든 것이 예전과 달라졌다. 근정전의 품계석 앞에서, 세종이 창제한 문자가 유령처럼 어른거리는 바로 그곳에서, 그는 '혁명'이라는 단어를 떠올리지 않을 수 없었다.

'혁명'이라는 개념은 〈주역〉에도 나온다. 이는 인류를 포함한 자연 만물의 초석이기도 했다. 옛것이 새것으로 대체되는 과정. 인간의 삶도, 그들이 엮어 내는 정치도 그 과정을 피할 수는 없었다. 하지만 진정한 혁명이라고 부를 만한 것은 그리 많지 않았다. 양적으로든 질적으로든 점진적으로 변화하는 모든 과정을 혁명이라고 칭하기는 어렵기 때문이다. 새것이라고는 해도 그다지 새롭지 않다고 할까. 이전 세대는 자연스럽게 다음 세대로 대체된다. 심지어 왕정에서 가장 급진적인 행위라고 할 수 있는 반정(反正)도 그러했다. 왕권은 절대적이라고 하지만, 많은 사람들은 그 절대성이 전복 가능한 것임을 모르지 않았다. 그러므로 반정 또한 변화의 한 갈래일 뿐, 혁명이라고 칭하기에는 부족함이 있는 것이다.

그렇다면 세종이 한 이번 일은 어떠한가?

그것은 완전히 새로운 것이었다. 하늘 아래 한 번도 존재하지 않았던 문자가 떡하니 세상에 나타났다. 이런 일이 일어나리라고는 인간은 물론 하늘조차 예상하지 못했을 것 같았다.

새로운 별!

바로 그것이다!

아니, 별이 아니라 별자리다!

스물여덟 개의 별들, 스물여덟 개의 자음과 모음으로 이루어진 별자리!

그 별자리가 어찌나 반짝이는지 달보다 더욱 눈부시고 심지어는 태양이 높이 뜬 한낮에도 빛을 발할 정도였다.

정인지는 다시 태어난 것 같은 기분을 느꼈다. 세종이 창제한 스물여덟 개의 문자는 그의 삶이 전환기에 접어들었음을 알리는 신호였다. 만약 그의 삶을 반으로 나눈다면 그 문자 이전과 이후로 뚜렷하게 구분될 것이 분명했다. 그는 빗물에 쓸려 희미해지는 혁명적인 문자를 묵묵히 응시했다. 그의 귓가에는 혁명을 행하던 왕의 외침이 은은히 들려오는 것 같았다.

⊕⊕⊕⊕⊕⊕

그 오래된 우물은 대전과 집현전을 짓기 이전부터 그 중간 지점에 자리 잡고 있었다. 우물이 언제부터 그 자리에 있었는지 아는 사람은 아무도 없었다.

지난 수년간 왕의 심야 소집령으로 수도 없이 우물가로 나와야 했던 젊은 학자들이 오늘 밤 다시 우물가에 모였다. 이번에는 왕명 때문이 아니라 자발적으로 모인 것이었다.

어느 신화에서는 우물이 천국으로 가는 통로 역할을 한다고 말한다. 굳이 그 신화를 알지 못하더라도, 학식이 높은 그들은 우물과 하늘의 원리 사이에 존재하는 은유적 연관성에 대해 어느 정도는 알고 있었다. 세종이 이 우물을 맑고 깨끗하게 유지하는 데 과거의 어느 군주보다 더 열심이었다는 점에 대해서도 마찬가지로 알고 있었다.

그런데 이날 밤은 우물에 독이 들어갔다는 이야기로 시작되었다. 비유하자면, 그러했다.

책벌레 이개가 과격하게 말했다.

"우리는 전하에게 재능을 착취당했소. 신하로서 의무를 다하는 것과 폭군의 잘못된 요구를 따르는 것은 전혀 다른 문제라고 생각하오. 지금이 요순시대도 아니지 않소?"

신숙주가 이개에게 물었다.

"언제 전하의 명이 잘못된 적이 있었소?"

이개는 신숙주를 빤히 바라보다가 고개를 가로저었다.

늘 배고픈 학자 효로가 중재에 나섰다.

"가능하다면 나는 중간 입장을 취하고 싶소. 분명 전하께서는 우리 학자들에게조차 당신의 속마음을 숨기셨소. 하지만 만일 그 속마음을 공공연히 밝히셨다면 부제학 대감을 비롯한 중신들이 극렬히 반발하고 나섰을 거요. 전하는 그저 전략적으로 대처하셨을 뿐, 그 밖에 다른 그릇된 의도는 없으셨을 것이라 생각하오."

역관 매두가 그 어느 때보다 불만스러운 인상을 과시하며 말했다.

"나는 또다시 중국으로 떠나야 하므로......."

"물론 전하께서 명하신다면."

동료인 평화가 얼른 덧붙이자 매두는 얼굴을 더욱 찌푸렸다.

신숙주가 두 역관을 돌아보며 말했다.

"바로 여기가 우리의 마지막 여행지외다. 전하께서는 그 어느 때보다 우리들이 이곳에 머물러 주기를 바라실 거요."

이 즉흥적인 모임을 한시바삐 끝내고 싶은 매두가 짜증 섞인 목소리로 투덜거렸다.

"그 훈민정음인지 뭔지는 이미 끝난 문제 아니오? 대체 우리가 더 필요할 일이 무엇이 있겠소?"

언어학자 박팽년이 무거운 목소리로 선언하듯이 말했다.

"그 일이 무엇이든 상관없소. 나는 전하께서 시키시는 일은 무엇이든 할 터이니."

모두가 박팽년을 돌아보았다.

"전하께서 창제하신 스물여덟 자를 모두 익히는 데 겨우 차 한 주전자 준비하는 시간밖에 걸리지 않았다는 사실이 믿어지시오?"

박팽년이 탄복한 표정으로 말을 이었다.

"각각의 자음들은 혀가 입천장에 닿거나 이의 뒤에 닿거나 목구멍이 닫히거나 혹은 열리는 모양을 그대로 본떠 만들어진 것이오. 그리고 모음 또한 자연의 근본적인 원리를 그대로 반영한 것이오. 집현전 서가에는 고금의 여러 나라에서 사용된 문자에 관한 책들이 가득하오. 하지만 그 어떤 문자도 전하께서 만드신 것과 같지 않소."

동료 학자들은 일순 당황한 표정을 지었다. 그 이유가 무엇인지는 금세 밝혀졌다.

"나 역시…… 전하께서 만드신 문자를 익혔소이다."

신숙주가 말했다. 그러자 몇몇 학자들이 어물거리며 자신들 또한 그 문자를 익혔노라고 고백하기 시작했다.

"궁금해서 익히기는 했소."

매두도 마지못한 듯 인정했다.

집현전의 젊은 학자들 대부분이 세종이 만든 훈민정음을 익힌 것이었다.

박팽년이 말했다.

"그렇다면 내가 방금 이야기한 점들을 그대들도 어느 정도는 알고 계시겠구려."

누구도 반박하지 않았다.

"스물여덟 개의 자음과 모음에 담긴 논리성과 우아함과 단순함은 그 어떤 문자와도 비교할 수 없소. 이것이 어찌 단순한 연구와 개발의 결과물일 수 있겠소?"

박팽년이 무언가에 단단히 홀린 눈빛으로 모두에게 질문을 던졌다.

"그렇다면 이 문자는 대체 무엇이겠소?"

누군가가 대답했다.

"하늘이 내리신 선물이지."

그 사람은 바로 정인지였다.

정인지가 모습을 드러내자 젊은 학자들은 분분히 예의를 갖추면서도 긴장하는 기색을 감추지 못했다. 이 나이 지긋한 학자는 모든 면에서 그들보다 뛰어난 인물이었다. 이런 한밤중에 우물가에 나타날 거라고는 좀처럼 예상하기 힘들었던 것이다.

하지만 정인지의 목소리는 담담하기만 했다.

"전하께서 만드신 문자에 대해 작은 의구심이라도 품은 자가 있다면 더 이상 하늘의 뜻을 거역하지 말고 이곳을 떠나게."

움직이는 사람은 아무도 없었다. 과격했던 책벌레 이개조차 이 순간만큼은 부끄러워하는 눈치였다.

정인지가 논란을 마무리 지었다.

"그렇다면 모두 동의하는 것으로 알겠네. 이제부터 우리의 삶은 전하께서 만드신 문자와 함께하게 될 걸세."

역시 반대하는 자는 아무도 없었다. 정인지가 내린 결론은 모든 것을 명료하게 정리해 버렸다. 이제 그들의 삶은 물론이고 죽음까지도 저 우물 속의 물처럼 맑고 투명해진 것이었다.

다음 날은 날씨가 개어 밝은 햇살이 근정전을 비추었다. 전날 세종이 돌바닥 위에 쓴 문자들은 비에 씻겨 번진 모양 그대로 말라붙었다. 궁궐의 시종들에게는 일상적이지 않은 일감이 생긴 셈이라, 이른 아침부터 물통으로 물을 길어다 붓고 걸레질을 하느라 애를 쓰고 있었다. 그 광경을 멀찍이서 지켜보는 사람들이 있었다. 최만리와 황희였다.

황희가 말했다.

"이 문제는 그냥 넘어가서는 안 되오. 우리의 왕께서 바보짓을 하신 것 같소."

최만리가 이를 악물며 말했다.

"바보는 바로 납니다."

황희는 의외라는 눈으로 최만리를 돌아보았다.

"하긴 우리 모두 바보짓을 한 거나 마찬가지요. 이런 일이 생기리라고는 전혀 예상치 못했으니."

"도로를 고치는 척하다가 관문을 슬쩍 빠져나간다더니만."

최만리가 중국의 고사를 인용하자 황희가 약간 부끄러워하며 말했다.

"젊을 적엔 그런 고사들을 많이 기억하고 있었는데, 요즘은 늙어서 그런지 기억이 가물가물하오."

"전하께서는 과거에 이룬 업적들을 손보시느라 매우 바쁘게 지내셨지요. 그러다가 심지어는 스스로 왕위에서 물러나시겠다는 선언까지 하셨고요. 그게 다 속임수였다는 뜻입니다. 그럼으로써 시간을 벌고 싶으셨던 거지요. 애당초 전하의 목적은 따로 있었습니다. 중국은 물론이고 어느 나라에도 존재하지 않았던 문자, 누구나 쉽게 배우고 쓸 수 있는 문자, 바로 그런 문자를 만들어 조선의 백성들에게 반포하는 것이 전하의 진짜 목적이었던 겁니다."

말라붙은 얼룩은 좀처럼 지워지지 않았다. 시종들이 다시 한 번 물을 길어다 돌바닥 위에 붓고 있었다.

"그 속임수가 효과가 있었구려."

황희가 탄식하듯 말했다.

"제가 전하를 과소평가했기 때문이지요. 영상께서는 전하의 행동에 이상한 점이 있다고 의심하셨지만, 저는 전하에 대한 애정이 깊었던 나머지 눈앞의 것도 제대로 보지 못했습니다. 다시는 이런 일이 없어야 할 겁니다."

최만리의 목소리에 위협적인 기색이 어렸다.

"이것은 왕국의 존망과 직결된 문제이기 때문입니다."

"왕국의 존망?"

눈을 끔벅거리는 황희에게 최만리가 단호하게 말했다.

"조선의 국왕은 물론 조선의 대신, 조선의 학자, 조선의 모든 백성에게까지 영향을 미치는 문제란 뜻입니다."

"고작 스물여덟 개의 문자가 그 정도로 큰 문제가 되겠소?"

"한자 일만 자를 익혀야만 한자로 적힌 책을 읽고 자기 생각을 한자로 표현할 수 있다고 하지요. 그러는 데 얼마나 오랜 시간이 필요한지는 영상께서도 잘 아시지 않습니까. 한데……."

최만리는 돌바닥 위의 얼룩을 무섭게 노려보며 말을 이었다.

"저 문자를 보십시오. 머리가 좋은 자라면 아침을 먹으면서도 스물여덟 개의 자음과 모음을 외울 수 있을 겁니다. 아둔한 종놈이라도 이레면 외울 수 있을 테고요."

영의정은 깜짝 놀란 표정을 지었다. 그 부분에 대해서는 미처 생각하지 못한 눈치였다.

"일반 백성들도 글을 읽고 쓸 수 있는 왕국은 대격변을 맞게 될 겁니다. 모든 예의범절이 파괴되고, 결국에는 파멸의 길을 걷게 되겠지요."

또 다른 물통의 물이 돌바닥 위로 쏟아져 내렸다. 최만리는 어이없다는 듯이 고개를 절레절레 저으며 어제 세종이 한 말을 되뇌었다.

"백성을 가르치는 바른 소리라니……."

돌바닥 위에 적힌 스물여덟 개 자음과 모음은 지워지고 싶지 않은 듯했다.

"이 일을 명나라에서 아는 날에는 우리 조선을 야만국으로 취급할 겁니다. 그러면 지금까지 조선을 괴롭히지 못해 안달을 내던 온갖 적국들에 홀로 맞서야 할 테고, 왕국의 존립이 위태로워질 겁니다. 생각해 보십시오. 명나라로부터 버림받은 조선이 어떻게 살아남을 수 있겠습니까?"

최만리는 그 스물여덟 개의 문자를 다시 한 번 노려보며 힘주어 말했다.

"왕의 창조물이 강보 안에 있을 때 목을 졸라 버려야 합니다. 다른 누가 나서기 전에 우리가 먼저 말입니다."

새파란 풀밭이 한없이 펼쳐진 대초원은 마치 잔잔한 바다처럼 보였다. 소르친은 그 풀들의 바다를 일직선으로 가르며 남쪽으로 달려가고 있었다. 목적지는 대륙의 동쪽 끝에 자리한 조선. 본래 변발을 했던 그의 앞머리에는 머리카락이 자라나 있었다. 이번에 그에게 내려진 명령은 비밀스러운 것이었고, 그래서 몽골인이라는 사실을 들켜서는 안 되기 때문이었다.

소르친은 혼자였다. 그는 말 타기를 배우기 전부터 들어온 몽골의 오래된 이야기를 떠올렸다.

"진정한 용사에게 친구란 자기 그림자와 말채찍만으로 충분하다."

몽골의 용사라면 누구나 그러하듯 소르친은 자신을 칭기즈칸에 비교하곤 했다. 칭기즈칸은 전 세계에 자신의 의지와 존재감을 펼쳤으며, 자신의 말발굽 아래 온 세상을 무릎 꿇렸다. 소르친은 생각했다. 만약 내가 무엇인가를 향해 내 의지와 존재감을 펼칠 수 있다면 칭기즈칸과 비슷한 결과를 얻을 수 있을 것이라고. 한 인간을 전복시키고, 한 왕국을 전복시키고, 나아가 온 세상을 전복시킬 수 있을 것이라고.

이런 생각을 떠올리자 소르친은 이제 막 태동하는 태풍이 된 듯한 기분에 사로잡혔다. 비록 지금은 미미하지만, 바다 위를 휩쓸며 점차 위력을 키워 나가, 마침내는 아무것도 모르는 해안 마을을 덮쳐 어마어마한 참상을 불러일으킬 그런 태풍이.

코이누를 조각배에 태운 사메는 힘차게 노를 저어 세토 내해의 거친 파도를 건너고 있었다. 목적지는 내해 한가운데 집결한 대규모 선단이었다.

사메와 코이누는 가깝고도 먼 사이였다. 아니, 어쩌면 멀고도 가까운 사이일지도 모른다. 사메는 코이누와 함께가 아니면 아무 데도 가지 않았다. 하지만 생각을 소통하지 못하는 그들 부자 사이에는 도저히 넘지 못할 거대한 틈새가 존재하는 것 같았다. 그들은 멀리 떨어진 두 개의 섬이나 마찬가지였다. 아비는 아들과의 소통을 이미 오래전에 포기해 버린 상태였다.

붉은 바다의 주군이 대장선을 점검하는 동안 사메가 갑판 위로 올라왔다. 그 배에 탄 수십 명의 해적들은 출전을 준비하느라 분주히 움직이고 있었다.

붉은 바다 주군이 사메에게 가까이 다가오라는 손짓을 했다. 사메는 주군의 명을 따랐고, 코이누는 아비의 뒤를 따랐다. 해적들은 그들 부자에게 신경 쓰지 않았다.

붉은 바다의 주군이 말했다.

"나는 다른 주군들과 함께 조선을 공격할 것이다. 이 대장선의 키는 네가 맡아라."

사메는 고개를 끄덕였다.

붉은 바다의 주군이 커다란 무쇠 열쇠가 달린 가죽 끈을 사메의 목에 걸어 주었다. 그 열쇠는 주군 본인의 목에 걸린 열쇠와 똑같은 것이었다. 이 대장선의 키를 작동시킬 수 있는 열쇠는 오직 두 개뿐이었다.

사메는 몸을 돌려 뱃고물 쪽으로 걸어갔고, 코이누는 다시 아비의 뒤를 따랐다. 두 사람은 굵은 쇠사슬과 거대한 자물쇠로 굳게 잠겨 있는 커다란 키 앞에 멈춰 섰다. 사메는 방금 주군으로부터 받은 열쇠로 자물쇠를 열었다. 소년은 그 모습을 가만히 지켜보았다.

⁂

집현전 부제학 최만리는 단 하나의 목적을 품은 채 여명이 비추는 궁궐을 향해 걸어갔다. 궁궐 내 진선문(進善門)의 문루에 설치된 거대한 북, 신문고가 그의 목적지였다.

신문고는 세종의 아버지가 설치한 것이었다. 계급과 지위의 고하를 막론하고 나라에서 시행하는 정책에 이의가 있을 시, 남자는 물론 여자도 신문고를 울려 부당한 정책에 대한 해명을 왕에게 직접 요구할 수 있었다.

최만리는 신문고 바로 옆에 걸린 북채를 움켜잡았다. 그런 다음 궁궐 전체를 잠에서 깨울 만큼 우렁찬 북소리를 울렸다.

그때 세종은 움집 안의 의자에 앉아 있었다. 깨어 있는 것도 아니고 잠든 것도 아닌 비몽사몽의 상태였다. 그러다가 커다란 북소리가 둥둥둥 울리자 비로소 눈을 번쩍 뜨고 정신을 차렸다. 세종은 이 꼭두새벽부터 신문고를 두드린 자가 누구인지, 그리고 어떠한 연유로 두드린 것인지 짐작할 수 있었다.

얼마 후, 최만리는 근정전 내 자신의 품계석 앞에 홀로 서 있었다. 그는 사람들이 모이기를 기다리지 않고 어두운 새벽하늘을 향해 큰소리로 외치기 시작했다.

"전하! 부디 뜻을 거두어 주소서! 전하! 부디 충신의 간언을 새기소서!"

최만리는 예법에 따라 무릎을 꿇고 엎드려 탄원했다. 근정전을 울리는 것은 비록 한 사람의 목소리였지만, 이는 조선을 지배하는 양반 계급과 유교 문화를 대변하는 목소리이기도 했다.

그사이 아침 일찍 입궐한 신하들과 학자들이 하나둘 근정전으로 모여들기 시작했다.

"전하! 이 조잡한 글자들을 없던 것으로 해 주소서! 전하!"

최만리는 세종이 훈민정음을 쓴 돌바닥에 이마를 찧으며 소리쳤다.

"전하! 부디 소신의 간언에 귀 기울여 주소서!"

돌바닥에 찧은 이마로부터 붉은 피가 흘러나왔다.

이윽고 하얀 상복을 입은 세종이 근정전에 모습을 나타냈다. 최만리는 절절한 외침을 토했다.

"전하!"

왕의 표정은 참담했다. 몸은 지칠 대로 지쳤고 마음은 공허하기 짝이 없었다. 이런 사태를 예상하지 못한 것은 아니었다. 하지만 지금은 감당하기 힘들었다.

어느새 사람들로 가득 찬 근정전 앞뜰에서, 최만리가 피로 물든 얼굴을 들어 올렸다.

"일어서게."

왕이 명령했지만 최만리는 돌바닥에 또다시 이마를 찧으며 읍소했다.

"전하!"

왕이 최만리의 옆으로 다가가 직접 부축해 일으켰다. 최만리의 이마에서 흘러내린 피가 턱 아래로 뚝뚝 떨어지고 있었다. 왕이 내관을 향해 손짓하자 내관이 급히 달려와 최만리의 얼굴에 흐르는 피를 천으로 닦아 주었다.

"전하, 소신의 간언에 귀 기울여 주소서."

최만리의 목소리에는 경고의 기미가 숨어 있었다. 세종은 지금의 이 상황을 반드시 이겨 내야 한다고 생각했다.

"말해 보게."

"아둔한 소신의 눈에도 전하께서 만드신 문자는 역사상 유례를 찾을 수 없을 만큼 놀라운 창조물임을 알겠나이다."

세종은 메마른 목소리로 말했다.

"계속하게."

최만리는 품에서 상소문을 꺼내 펼쳤다.

"우리 조선은 중국의 위대한 문명을 오랫동안 섬겨 왔사옵니다. 수많은 성군 황제들을 공경하고 공자님의 가르침에 따랐사옵니다. 또한 중국의 한자로 쓰인 일만 자의 글자를 익히고 배웠사옵니다. 한자로 조선의 역사와 온갖 기록을 남겼으며, 조정의 일을 할 때나 시를 지을 때 혹은 존경하는 부모와 멀리 떨어진 친구에게 편지를 쓸 때도 한자를 사용했사옵니다. 지금 전하께 간언을 드리는 상소문 역시도 한자를 사용하고 있사옵니다."

최만리는 자신의 피가 묻은 돌바닥 위에 아직도 완전히 지워지지 않고 흐릿한 얼룩으로 남아 있는 스물여덟 개의 문자를 가리켰다.

"천한 백성들이 오가는 시장통과 골목에서 들리는 소리를 바탕으로 만든 저 저속한 문자는 야만국에서나 찾아볼 수 있는 것이옵니다. 만약 이 일이…… 전하의 창조물이 혹여 명나라에 전해진다면 어찌하시겠사옵니까? 황제께서 저희를 뭐라고 생각하시겠사옵니까? 악취 나는 오물의 냄새를 맡기 위해 제국의 고결한 향기를 포기하시겠나이까?"

세종의 얼굴이 돌처럼 굳어졌다. 그러나 최만리는 말을 멈추려 하지 않았다.

"전하께서는 백성들이 하고자 하는 말을 표현할 방도가 없다는 점을 안타까이 여기셨사옵니다. 하지만 백성들이 자신의 불만을 종이 위에 일일이 표현한다고 해서 도대체 무엇이 달라진다는 말씀이옵니까?"

최만리는 몸을 돌려 신문고가 있는 방향을 가리켰다.

"조금 전 소신이 행한 것처럼 백성들도 말하고자 하는 바가 있다면 신문고를 두드리면 될 일이옵니다."

최만리가 다시 왕에게로 몸을 돌렸다.

"글을 읽고 쓰는 것이 뭐가 그리 중요하단 말씀이옵니까?"

근정전 앞에 모인 군중들 사이로 최만리의 말에 동의하는 웅성거림이 퍼져 나갔다. 그것만으로도 최만리가 다수의 의견을 대표한다는 것을 알 수 있었다. 최만리는 자신이 조정을 대표하여 말한다는 생각에 한층 더 대담해졌다.

"전하를 섬기는 충신들이 전하의 창조물을 가까이서 혹은 멀리서, 똑바로 혹은 거꾸로 샅샅이 연구했사옵니다. 하지만 그 어디서도 특별한 가치를 확인하지 못했사옵니다."

상소문을 치운 최만리가 다시 무릎을 꿇고 머리를 조아렸다.

"전하! 부디 통촉하여 주시옵소서!"

조정의 신하들은 물론 집현전 학자 중 일부까지 무릎을 꿇고 머리를 조아리며 입을 모아 외쳤다.

"부디 통촉하여 주시옵소서!"

왕은 그들을 향해 몸을 돌렸다.

"일어들 나시오."

이 말을 들은 사람들은 왕이 이제야 자신들의 탄원에 굴복했다고 생각하고 하나둘 일어서기 시작했다. 하지만 최만리 한 사람만은 예외였다. 그는 왕이 쉽게 뜻을 거두지 않으리라 여기고 계속 바닥에 엎드려 있었다.

왕이 최만리를 돌아보며 말했다.

"방금 그대는 넘지 말아야 할 선을 넘었다."

이것은 왕으로서 반드시 짚고 넘어가야 할 점이었다.

세종이 좌우를 지키던 위사들에게 손짓을 했다. 위사들이 근정전 앞뜰로 저벅저벅 들어가 최만리의 어깨를 잡고 바닥에서 일으켰다. 다들 아연실색했지만 가장 놀란 사람은 최만리였다. 그는 세종이 이렇게 나오리라고는 생각지 못했다. 이제껏 자신의 충언을 늘 받아들이던 왕이 아니던가.

최만리가 위사들에게 끌려 나가자 그의 의견을 지지하는 자들이 온몸을 바닥에 던지며 간청하기 시작했다.

"전하! 부디 최만리를 풀어 주소서!"

"전하! 통촉하여 주옵소서!"

세종은 그들 모두를 체포하라 명했다.

"그대들도 관직에서 물러나야 할 것이오."

세종은 이 말을 남기고 왕후의 넋을 기리는 초라한 움집으로 발길을 옮겼다.

༺ඞඞඞඞඞඞ༻

북경의 자금성.

성의 규모는 너무도 광대하여 웬만한 소국의 수도보다 더 컸다. 명나라의 어린 황제 정통제는 그 자금성 내에 자리한 황제 전용 수련장에서 젊은 장수 한 명과 더불어 목검 대련을 하는 중이었다. 무장이라면 누구나 천자와 대련하고 싶어 하지 않았다. 본인의 능력을 제대로 발휘할 수 없을 뿐만 아니라 자칫 사고라도 난다면 그 책임을 고스란히 떠안아야 하기 때문이었다.

어린 황제는 대련에 적합하지 않은 화려한 옷차림을 하고 있었다. 그런데도 어린 시절부터 검술을 수련한 덕분인지 노련한 무용수처럼 매끄러운 움직임을 보여 주었다. 그 광경을 지켜보는 환관 왕진은 여느 때처럼 어린 황제의 매력에 푹 빠져들 수밖에 없었다.

두 자루 목검이 오가는가 싶더니, 젊은 장수의 목검이 황제의 옷자락을 파고들었다. 다음 순간, 목검 끝에 걸린 옷자락이 부드득 소리를 내며 뜯겨 나갔다. 대련은 즉시 중지되었고, 이를 지켜보던 환관은 얼굴을 찌푸렸다. 마치 키우던 강아지가 애지중지하는 도자기를 깨트린 것을 보았을 때처럼.

어린 황제도 제 옷자락을 내려다보며 얼굴을 찌푸렸다.

"마음에 드는 옷이었는데……."

이 말에 젊은 장수가 무릎을 꿇고 수련장 바닥에 머리를 조아렸다. 하지만 어린 황제는 특유의 낙천성을 발휘하며 얼굴에 드리웠던 그늘을 걷어 냈다.

"그렇다고 이만큼 좋은 옷을 구하지 못하는 건 아니지. 짐은 하늘의 아들, 천자가 아닌가."

머리를 조아리고 있던 젊은 장수는 그제야 조심스럽게 고개를 들었다. 놀랍게도 황제는 장수의 머리통 바로 앞에 얼굴을 들이밀고 있었다. 황제가 장난기 가득한 미소를 지으며 말했다.

"괜찮아, 짐은 다 용서했으니까."

그럼에도 젊은 장수는 황제가 훈련장을 떠날 때까지 감히 몸을 일으키지 못했다.

황제의 모습이 사라진 뒤에야 긴 한숨을 내쉬고 일어선 젊은 장수가 부하들에게 목검을 챙기라고 지시했다.

그때 왕진이 나섰다.

"하늘의 아들이 그대를 용서했구나."

젊은 장수는 깜짝 놀랐다. 환관도 황제를 따라 떠난 줄로만 알았던 것이다. 환관이 이어 말했다.

"하지만 나는 아니다."

환관의 명에 따라 자금성 내의 또 다른 은밀한 장소로 압송된 젊은 장수는 나무로 만든 형틀에 꽁꽁 묶이게 되었다. 왕진은 그에게 태형 오십 대를 가할 것을 명했다.

짤막한 매가 젊은 장수의 허벅지 뒤쪽에 인정사정없이 떨어지고, 젊은 장수는 고통을 참지 못해 비명을 질렀다. 그가 당하는 형벌은 소위 '약한 태형'이었고, 매에 얻어맞은 허벅지 뒤쪽이 터져 며칠 동안은 제대로 걸을 수조차 없을 터였다. 하지만 죽지는 않을 것이다. 이 장수처럼 젊은 나이라면 더더욱.

만약 배를 젓는 노만큼이나 크고 넙데데한 곤장으로 체벌하는 '무거운 태형'을 선고받았다면, 목숨은 건진다 해도 평생 다리병신으로 살아가야 했을 것이다. 다행히 환관은 황제가 젊은 장수를 얼마나 아끼는지에 대해 확실히 알지 못했고, 덕분에 이 정도 선에서 마무리될 수 있었다.

꧁꧂꧁꧂꧁꧂

하얀 죄수복을 입고 머리를 풀어헤친 최만리는 함께 투옥된 동료들의 비통한 외침을 들으며 옥에서 끌려 나왔다. 형이 집행되는 과정을 직접 지켜봐야 하는 조정의 대신들은 어쩔 수 없이 궁궐 앞뜰로 모여야 했다.

"대체 내 죄가 무엇이란 말인가?"

최만리는 자신의 어깨를 붙잡고 있는 병사에게 물었다.

"내가 무엇을 잘못했는가?"

그의 목소리는 비교적 차분했지만 그의 눈동자는 전혀 다른 이야기를 하고 있었다.

한성에서 말을 타고 꼬박 육십 일을 달려야 도착할 수 있는 북경 자금성에서 젊은 장수가 태형을 당하는 바로 그 시각, 최만리도 형틀에 묶인 채 그자와 같은 운명을 앞두고 있었다.

형틀의 끈을 조이던 병사가 말했다.

"허위 사실을 발설한 죄요."

최만리는 두려움을 완전히 지우지 못한 목소리로 물었다.

"무엇이 허위 사실이란 말인가?"

"전하께서는 악취 나는 오물을 만들지 않으셨으니까."

최만리는 쓴웃음을 지으며 말했다.

"그래도 이건 법도에 어긋……."

그때 형리의 외침이 높이 울려 퍼졌다.

"태형 칠십 대에 처하오!"

최만리의 얼굴이 창백해졌다. 이 나이에 태형 칠십 대라니, 그건 사형선고나 다름없었다. 손에 곤장을 든 병사가 그의 앞에 나타났다.

"내 전하께 드릴 말씀이 있노라."

최만리가 애원조로 말했다. 하지만 형을 집행하는 이들은 들은 체도 하지 않았다.

곤장이 하늘 높이 올라갔다. 구경하던 신하들이 수치스러움을 이기지 못해 고개를 돌렸다.

형리가 외쳤다.

"하나요!"

탁.

"둘이오!"

탁.

최만리는 자신에게 곤장을 내리치는 자의 얼굴을 보기 위해 고개를 돌렸다. 곤장이 살갗에 와 닿는 느낌만 있을 뿐 고통은 느껴지지 않았기 때문이다.

"이게 뭐 하는 짓인가?"

최만리가 물었다. 그러자 근처에 서 있던 금부도사가 다가와 그의 귓전에 속삭였다.

"전하의 명이외다."

형리의 외침이 다시 들렸다.

"셋이오!"

탁.

세종은 분명 태형 칠십 대를 선고했지만, 그러면서도 최만리의 목숨을 해칠 생각은 없었던 것이다.

최만리는 형틀에 묶인 채 갖가지 감정이 교차하는 것을 느꼈다. 지금 곤장을 맞아 죽지 않아도 된다는 안도감, 만인이 보는 앞에서 수치를 당한 것에 대한 분노 등등. 하지만 이렇게라도 제동을 걸지 않았다면 그는 끝까지 맞섰을 것이다. 자신의 주군이자 벗인 왕의 마음을 돌리기 위하여.

꽃꽃꽃꽃꽃

순돌은 창백한 달빛을 받으며 궁궐을 가로질러 보초병들의 막사로 돌아가고 있었다. 늙은 몸뚱이는 머리끝부터 발끝까지 피로감에 절어 있었다. 하지만 그 와중에도 궁궐에서만 맛볼 수 있는 고요한 아름다움에 다시 한 번 경탄하지 않을 수 없었다. 그는 감사함을 느꼈고, 이처럼 아름다운 곳에서 삶을 마감할 수 있다는 사실에 깊이 위안받을 수 있었다.

그 무렵 막사 안에서는 어떤 보초병이 순돌이 없는 틈을 타 그의 말투를 흉내 내며 놀리고 있었다.

"지금까지 보초병으로 일하면서 전하의 생명을 백 번이나 구했다네. 얼굴을 맞댄 건 물론이고 직접 만져도 봤다니까. 그러다 한번은 전하께서 정원 덤불 뒤에서 볼일을 보고 계시기에 코를 전하의 엉덩이에 박기도 했다고."

몇몇 보초병들이 킬킬대며 웃었지만 대부분은 그의 말을 들은 척도 하지 않았다. 특히 순돌에게 세종과의 일화를 몇 번 들었던 신참은 못마땅해하는 눈으로 그를 쳐다보았다.

순돌이 막사 안으로 들어섰다. 그가 막사 앞에 도착한 것은 조금 전이었다. 그는 막사 안에서 흘러나오는 소리를 모두 들었지만 그런 내색을 비치지는 않았다.

지금까지 순돌을 조롱하던 자는 얼른 고개를 돌리고 소지품을 정리하는 둥 잠자리를 마련하는 둥 딴청을 피웠다. 오히려 당황하며 미안해한 사람은 신참이었다. 신참은 고개를 푹 숙이고 이 어색한 상황이 지나가기만을 기다렸다.

순돌은 아무 말도 하지 않고 자신의 자리로 걸어가서 장비를 풀고 옷을 벗은 다음 자리에 누웠다. 하지만 눈을 감지는 않았다. 그는 전하를 향한 애정을 혼자만의 것으로 간직하지 못한 스스로를 질책하고 있었다. 듣고 싶어 하지 않는 자들에게 말하지 말고 마음속에 꽁꽁 숨겨 놨어야 했거늘. 값을 매기지 못할 정도로 귀하디귀한 추억이 한낱 잠자리의 조롱거리로 전락하기란 얼마나 쉬운 일인가.

순돌은 자신이 아무 감정도 느끼지 못하는 목석이 되기를 바랐다. 이미 노쇠해 버린 그에게는 지금의 이 상황이 너무나도 수

치스러웠기 때문이다.

ฉลฉลฉลฉล

밝은 아침 햇살이 궁궐을 비췄다. 하지만 왕후를 기리는 움집 주변에는 안개가 짙게 끼어 우울하고 애잔한 느낌을 지우지 못했다.

그 안개를 뚫고 하얀 상복을 입은 왕자 둘이 나타났다. 움집 문 앞에 멈춰 선 왕자들은 몸을 숙여 절을 하고는 안으로 들어갔다. 그때 세종은 의자에 앉아 두 눈을 지그시 감고 있었다. 자신의 아내이자 왕자들의 어머니인 소헌왕후의 죽음을 애도하다가 그대로 잠이 든 모양이었다. 그 모습을 바라보는 왕자들의 눈가가 촉촉해졌다.

"전하."

세자가 왕을 불렀다.

"아바마마."

세제도 왕을 불렀다.

세자는 동생의 말이 예법에 어긋난 것임을 알리기 위해 한차례 쏘아보았다. 하지만 보는 사람이 없는 공간임을 고려하면 충분히 용서받을 수 있는 작은 잘못에 불과했다.

세종은 왕자들의 부름에도 꼼짝하지 않았다. 그래서 왕자들은 그대로 기다렸다. 비좁은 공간 안에서 아버지의 발치에 못 박힌 듯 서 있는 그들은 어머니의 병세에 대해 전혀 짐작하지 못한 불효를 이렇게라도 참회하려는 것처럼 보였다. 훌쩍 솟구친 태양이 움집 지붕에 난 틈새로 비쳐 들어 세종의 얼굴에 밝은 얼룩을 그릴 때까지, 세자와 세제는 미동조차 하지 않고 기다리기만 했다.

어느 순간, 세종이 눈을 떴다.

"나의 아들들아."

왕의 메마른 목소리를 들은 순간 왕자들은 자신도 모르게 바닥에 무릎을 꿇었다. 그들은 분수처럼 흘러넘치는 눈물을 도저히 주체할 수 없었다.

세종이 의자에서 일어서서 왕자들에게 다가갔다. 소매를 잡아 일으켜 세운 다음 두 팔로 따뜻하게 끌어안아 주었다. 세 부자는 한 덩어리가 되어 왕후에 대한 기억을 떠올렸다. 주변을 맴돌지도 모르는 그녀의 영혼에게 다시 한 번 작별 인사를 고했고, 비록 지금은 이승과 저승으로 갈렸으나 먼 훗날에는 모두가 함께할 것이라 믿었다.

사실 불교의 윤회 사상에 비추어 볼 때 이들의 믿음에는 분명 모순이 존재했다. 현세에서 죽은 사람이 내세에서 다른 존재로 살아간다는 것이 윤회 사상의 핵심인데, 그러면서도 고인의 영혼이 자신이 부르면 곧바로 나타날 수 있는 거리에 있다고 믿고 싶어 하는 것이다. 고인이 더 좋은 곳으로 가기를 바라는 마음과 이대로 놔주고 싶지 않다는 마음의 충돌이 빚어낸 모순. 하지만 중국과 조선 모두 그 모순을 기꺼이 수용했다. 세종의 시대뿐만 아니라 현재까지도.

세종은 두 명의 왕자로부터 한 걸음 물러서서 당면한 과제를 직시했다. 세 부자는 흘러내리는 눈물을 닦으려 하지 않았다. 그 눈물은 왕후를 위한 것이었고, 그래서 굳이 닦아 낼 필요가 없다고 여기는 것 같았다.

세종이 왕자들에게 말했다.

"너희들의 모친께서 생전에 믿으신 불교를 위해 부처님의 일생을 담은 책을 한자가 아닌 우리 조선의 문자로 만들어 주면 좋겠구나."

말투는 부드럽지만 내용만큼은 노골적인 요구였다. 왕자들은 깜짝 놀라는 표정을 지었지만 왕의 표정은 전혀 흔들리지 않았다. 그는 왕후의 넋을 기림과 동시에 자신이 창제한 급진적인 문자가 생존할 가능성을 조금이라도 높이고 싶었다. 두 가지 목적 중 어느 쪽이 우선인지는 세종 본인도 알지 못했다.

"알겠사옵니다."

왕자들이 부왕의 명을 받아들였다. 세종은 세제를 바라보았다.

"중전의 도움이 없었다면 훈민정음이 어찌 이 세상에 존재할 수 있었겠느냐. 이 아비는 네 손재주가 뛰어남을 알고 있다. 그래서 그 책이 네 손으로 만들어지기를 바란다. 중전에 대한 부분은 추후 내가 직접 덧붙일 것이다."

이번에도 두 가지 목적이 하나로 합쳐졌다.

"알겠사옵니다."

왕자들은 움집을 나와 각자의 처소로 돌아갔다.

사람들의 눈에 띄지 않는 으슥한 곳에서 왕자들의 뒷모습을 몰래 지켜보는 이가 있었다. 바로 황씨 부인이었다.

지금 황씨 부인은 내관의 옷을 입고 있었다. 제아무리 후궁이라도 국상 중에 빈소에 무단으로 출입하는 것은 큰 벌을 받을 중죄였다. 황씨 부인이 행한 것은 그처럼 대담한 일이었고, 그녀의 등쌀에 못 이겨 방조자가 된 내관은 콩닥거리는 가슴을 끌어안고 주변 상황을 쉴 새 없이 살펴야만 했다.

왕자들의 뒷모습이 시야에서 사라지자 황씨 부인은 숨겼던 몸을 드러내 움집 쪽으로 다가갔다. 미력하나마 왕의 슬픔을 위로하려던 그녀의 갸륵한 뜻은, 하지만 이번에도 꺾일 수밖에 없었다. 또 다른 사람이 움집을 향해 다가오는 것을 발견했기 때문이다. 나이가 지긋한 그 사람은 당대 제일의 학자로 알려진 정인지였다.

정인지는 이곳에 한두 번 다녀간 것이 아닌 듯 익숙하게 움집 안으로 들어갔다. 그 모습을 지켜보던 황씨 부인은 막막한 표정으로 내관을 돌아보았고, 내관은 힘없는 미소를 지으며 고개를 절레절레 저었다.

결국 황씨 부인은 뜻한 바를 이루지 못하고 내궁으로 돌아갈 수밖에 없었다. 내관으로서는 다행한 것이, 모시는 후궁이 죄를 저지를 경우 후궁에 앞서 내관 본인부터 큰 곤욕을 치르게 된다는 사실을 잘 알기 때문이었다. 그는 황씨 부인을 뒤따르며 두 번 다시는 이런 일이 벌어지지 않도록 하겠다고 굳게 결심했다.

그날 저녁, 세제가 기거하는 전각에는 따스한 느낌을 주는 등불이 환하게 켜졌다. 그 불빛 아래에서 세제는 부왕이 창제한 스물여덟 개의 자음과 모음을 하나하나 써 내려가고 있었다. 모든 문자는 기하학적인 동시에 예술적이었다. 특히 개개의 음소가 결합하여 하나의 글자로 만들어지는 과정은 초현실적으로 보이기까지 했다.

세제의 서예 솜씨는 훌륭했다. 세종의 칭찬은 전혀 과한 것이 아니었다.

이윽고 〈석보상절(釋譜詳節)〉의 첫 장이 완성되었다.

그것은 거장이 남긴 미술 작품처럼 아름다워 보였다.

◈◈◈◈◈

그날 밤 새로운 문자를 이 세상에 선보인 사람은 세제 한 명만이 아니었다. 그 아버지인 세종 또한 아내를 기리는 움집 안에서 호롱불의 침침한 불빛을 벗 삼아 붓을 놀리고 있었기 때문이다.

세종이 글을 써 나가는 속도는 일정하지 않았다. 때로는 천천히, 때로는 빠르게, 어떨 때는 붓을 멈추고 생각에 잠기기도 하는 모습은 과거 유학을 공부하며 무언가를 필사하던 것과는 사뭇 달랐다. 어찌 보면 당연한 일이었다. 지금 그는 필사하는 것이 아니라 새로운 글을 만들어 나가는 중이었으니까.

세종은 정인지와 힘을 합쳐 만든 종이 뭉치를 돌아보았다. 그것은 훈민정음에 부수되는 자료들이었다. 매 줄마다 발음을 위한 설명이 한자로 적혀 있었고, 배우는 자의 이해를 돕기 위한 주석도 첨가되어 있었다. 그는 오늘 안에 이 작업을 마치고 결과물을 왕자들에게 보내 줄 작정이었다.

그때 문 쪽에서 바스락거리는 소리가 울렸다. 세종은 그리로 눈길을 돌렸고, 문 밑으로 삐죽 들어온 쪽지 하나를 발견하게 되었다. 예상치 못한 일에 놀란 그는 붓을 놓고 자리에서 일어섰다.

왕에게 난데없이 전해진 그 쪽지에 나쁜 의도는 없는 듯했다. 곱디곱게 접은 모양새만 봐도 짐작할 수 있었다. 세종은 쪽지를 천천히 펼쳐 보았다. 다음 순간, 그는 엄청난 감동에 사로잡혔다.

그것은 왕이 받은 첫 번째 편지였다. 왕 자신이 창제한 훈민정음으로 쓰인 첫 번째 편지!

세종은 큰 소리로 쪽지에 적힌 내용을 읽었다.

"황씨 부인은 읽고 쓸 수 있사옵니다. 전하, 감사하옵니다."

황씨 부인이 이 움집에 오려 한 이유는 바로 이 쪽지를 왕에게 전달하기 위함이었다. 밝은 때는 뜻한 바를 이루지 못하고 돌아가야만 했으나, 날이 저문 뒤 절대로 안 된다고 펄펄 뛰는 내관을 억지로 앞세워 다시금 이곳을 찾아온 것이었다.

낮처럼 내관으로 변장한 황씨 부인은 움집 밖에서 초조하게 서성이고 있었다. 이윽고 문 아래로 쪽지 한 장이 슥 밀려 나오는 것이 보였다. 그녀는 황급히 쪽지를 집어 펼쳐 보았다. 그러고는 더듬더듬 읽었다.

"고마운 것은, 오히려, 과인이다."

글자를 읽을 수 있었다.

마음을 읽을 수 있었다.

황씨 부인은 자신의 조그만 심장이 벅찬 희열로 뛰노는 것을 느꼈다. 조선에서 이제껏 통용되어 온 한자는 여자들에게는 너무나도 높은 벽이었다. 그녀들은 한자를 배우고 익히는 시간을 허락받지 못했고, 궁궐 안에 사는 후궁들도 그 점에 대해서는 예외가 아니었다. 남자, 그중에서도 양반에게만 허락된 한자가 지배하는 세상에서, 왕이 창제한 훈민정음은 단지 새롭고 특이하기만 한 발명품이 아니었다. 황씨 부인은 자신의 앞을, 여자들의 앞을 가로막고 있던 거대한 벽이 허물어지는 환상을 보았다. 마치 마법에 걸린 기분이었다.

황씨 부인은 그 자리에 주저앉았다. 준비해 온 먹물 통과 붓을 꺼내어 세종이 보낸 쪽지 구석에 답장을 썼다. 쪽지가 다시 문 밑으로 들어가자 세종은 곧바로 집어 펴 보았다. 세종의 입가에 실로 오랜만에 웃음이 걸렸다. 가슴 깊숙한 곳까지 스민 어둠이 가시고 무거운 짐을 짊어진 듯 묵직하기만 하던 어깨도 조금은 가벼워지는 기분이었다.

세종은 황씨 부인이 적어 보낸 글자를 읽어 보려고 애썼다. 그것은 스물여덟 개의 자음과 모음을 이미 완전히 익힌 그에게도 쉬운 일은 아니었다. 사람의 말소리가 아니라 자연의 소리, 새의 울음소리, 바람 소리, 두루미의 날갯짓 소리 등을 글자로 옮긴 것이기 때문이었다. 그러나 불가능하지는 않았다. 이것이 훈민정음이 가진 무한한 잠재력이었다. 소리와 글자의 자연스러운 일치는 이 문자 체계에서 가장 자랑할 만한 점이었다. 스물여덟 개의 자음과 모음으로 표현 불가능한 소리는 이 세상에 존재하지 않았다.

세종의 입에서 자연의 소리가 흘러나왔다. 황씨 부인은 움집 문에 귀를 바짝 붙이고 왕이 내는 소리에 귀를 기울였다. 왕이 개 짖는 소리를 낼 때에는 자신도 모르게 웃음이 터지고 말았다. 안쪽에서도 그 웃음소리가 들릴 정도였다.

"안으로 들라."

부드럽고 장난기가 어려 있긴 해도 그것은 엄연히 왕명이었다. 황씨 부인은 조심히 문을 열고 움집 안으로 들어갔다. 등 뒤에서 문이 닫히고, 조그만 공간에 왕과 단둘이 있다는 사실이 그녀의 가슴을 두근거리게 만들었다. 무엇보다 갈망하던 순간이 아니던가.

세종이 말했다.

"수탉의 울음소리가 빠졌더구나."

황씨 부인은 즉시 수탉의 울음소리를 흉내 냈다. 세종이 인자한 미소를 지었다.

황씨 부인의 눈길이 서탁 한쪽에 쌓인 종이 뭉치로 향했다. 그녀는 종이 한 장을 집어 들고는 읽기 시작했다.

"지난밤에 꾸었던 꿈속에서…… 손으로 해를 잡고…… 손으로 달을 잡고……."

황씨 부인은 읽기를 멈추고 세종을 돌아보았다.

"기묘하지만 아름다운 구절이옵니다."

세종이 말했다.

"과인은 이 노래를 '월인천강지곡(月印千江之曲)'이라 부르려고 한다. 중전을 기리는 애도의 시다."

그 조그만 공간으로 오래된 추억이 물처럼 차올랐다.

황씨 부인이 조그맣게 물었다.

"무슨 뜻이옵니까?"

"부처는 모든 지혜의 원천이나 우리가 깨닫는 지혜는 수천수만 가지의 형태가 아니더냐. 이는 달이 세상의 모든 강물을 비추는 것과 같은 이치겠지."

황씨 부인은 생각에 잠겼다. 그러고는 그녀만의 결론을 내렸다.

"그 말씀은 왕후께서 바로 달과 같은 분이라는 뜻이로군요. 강물에 비친 달을 보듯 전하께서도 여러 후궁들의 얼굴에서 중전마마의 얼굴을 보고 계시질 않사옵니까. 제 얼굴 속에서도 말이옵니다."

황씨 부인은 다른 종이에 적힌 글자들도 살펴보았다. 이 조그만 공간이 세종이 만든 문자로 가득 차 있는 것 같았다. 그제야 무언가를 깨달은 황씨 부인이 왕에게 약간 힐난하는 기미를 담아 물었다.

"지금 전하께서는 승하하신 중전마마를 기리시는 겁니까, 아니면 새로운 문자를 널리 전파할 방편을 마련하시는 겁니까?"

세종이 담담히 대답했다.

"때로는 하나의 일에 두 가지 의미가 담기기도 하는 법."

그 순간 밤하늘을 뒤덮은 먹구름이 걷히고, 두 사람이 있는 움집 안으로 새하얀 달빛이 폭포처럼 쏟아져 들어왔다. 그 달빛 아래, 세종이 지은 노래는 성스러운 기도문처럼 반짝거리고 있었다.

 ❀❀❀❀❀

세종이 만든 훈민정음은 귀를 쫑긋하게 만드는 얄궂은 소문만큼이나 빠른 속도로 궁궐을 휩쓸었다. 달포도 안 되어 신하와 내관은 물론 시종과 궁녀, 심지어 주방에서 일하는 무수리까지도 훈민정음을 배웠으며, 새로운 문자로 적은 쪽지들이 문 밑을 넘나들었고 저고리의 소매에 끼워져 손에서 손으로 옮겨 다니기 시작했다.

이 모두가 제조상궁의 코밑에서 이루어진 일이었다. 다만 제조상궁은 수상한 냄새를 워낙 잘 맡는 여자라 그런 상황이 오래 지속되지는 못했다.

최만리는 자신의 집무실 서탁 맞은편에 서 있는 깐깐한 인상의 중년 여자를 올려다보았다. 그는 그 여자가 궁궐의 안살림을 담당하는 제조상궁임을 알고 있었다. 제조상궁은 방금 압수해 온 쪽지 뭉치를 서탁 위에 떡하니 올려놓았다.

최만리는 혐오감에 가득 찬 얼굴로 쪽지 뭉치를 내려다보았다. 마치 뒷간에서 걷어 온 오물을 대하는 듯한 눈빛이었다. 아니, 극악무도한 상징들로 빽빽이 채워진 저 쪽지보다는 뒷간의 오물이 차라리 낫다고 믿고 싶었다. 쪽지를 쓴 계집들은 스스로의 생각을 도저히 억제할 수 없었던 모양이다. 세종의 발명품은 미천한 자의 추잡한 생각마저 종이 위에 표현할 수 있는 수단을 제공한 데서 멈추지 않고, 그것을 영구히 보존할 수 있는 가능성마저 부여했다. 새로운 문자가 반포된 지 얼마 지나지도 않았지만 최만리의 우려는 이미 현실이 되어 버린 것 같았다.

최만리는 제조상궁에게 결연한 어조로 말했다.

"이런 천박한 놀음을 절대로 용납해서는 아니 되네."

무수리 하나가 목침 위에 서 있었다. 그 앞에 앉은 제조상궁이 손에 든 회초리로 그녀의 종아리를 후려치고 있었다. 제조상궁의 다른 손에는 무수리가 저지른 죄의 증거, 즉 훈민정음이 빼곡히 적힌 쪽지가 들려 있었다.

짝! 짝!

날카로운 타성이 울릴 때마다 하얀 종아리 위에 빨간 뱀 같은 피멍이 생겨났다. 무수리는 눈물을 글썽이면서도 울음을 터트리지 않으려고 이를 악물었다. 제조상궁은 최만리의 엄중한 경고를 흘려듣지 않았다. 그 무수리 옆으로는 대여섯 명의 무수리들이 겁에 질린 얼굴로 회초리의 매서운 처벌을 기다리고 있었다. 마침내 최만리의 반격이 시작된 것이었다.

며칠 후, 최만리는 자택의 서재에 앉아 노란 등불 아래 한자로 적힌 역사서를 탐독하고 있었다. '주방에서 만나'라든가 '그 소문 들었어?' 따위의 천것들이 끼적인 낙서들만 보다가 대국의 심오한 정신이 담긴 한자를 마주하니 안도감마저 받을 수 있었다. 무한한 지식과 문화의 보고인 한자가 저 하늘의 태양이라면 세종이 만든 스물여덟 개의 조잡한 문자는 촛불이나 마찬가지였다. 태양이 빛나는 한낮에 대체 촛불이 왜 필요하단 말인가. 제대로 타오를 기회조차 얻지 못할 것이 분명했다.

"대감마님! 대감마님!"

최만리는 문밖에서 들리는 소리에 고개를 들었고, 그 순간 불안감에 사로잡혔다. 이처럼 야심한 시각에 당도한 급보라면 길한 것일 리 없다는 생각이 들었다.

"들라."

문이 열리고 젊은 선비 하나가 최만리를 향해 깍듯이 예를 올렸다. 하지만 그의 목소리는 행동과 달리 매우 급박하게 들렸다.

"함께 가 보셔야겠습니다."

본래 목판 인쇄술은 7세기 중국의 당나라 시대부터 사용되었고, 그보다 한층 진보된 금속 활자는 14세기 후반 조선의 전 왕조인 고려 때 발명된 바 있었다. 세종이 머무는 궁궐에서 얼마 떨어지지 않은 주자소(鑄字所)에서는 서양의 구텐베르크 활자보다 수십 년 앞선 시기부터 정교하게 만들어진 금속 활자를 통해 각종 문서를 찍어 내고 있었다.

　그날 저녁, 주자소에서는 흥겨운 콧노래 소리와 함께 문서들이 연속해서 찍혀 나오고 있었다. 주자소 장인들은 한자와 훈민정음이 뒤섞인 금속 활자들로 많은 양의 사본을 찍어 내느라 여념이 없었다. 그 사본은 앞서 세종이 정인지의 도움으로 작성한 일종의 부수 자료로서, 새로운 문자에 대한 설명과 용례가 상세히 담겨 있었다.

　"수고가 많군……."

　최만리는 가벼운 인사를 건네며 주자소 안으로 발을 들여놓다가 순간적으로 얼어붙었다. 왕명으로 제작된 인쇄물들을 보고 큰 충격을 받은 것이었다. 그는 틀 위에 조판된 금속 활자를 가리키며 장인에게 물었다.

　"이게 대체 뭔가?"

　"훈민정음해례라고 하더군요."

　그 이상은 아는 게 없다는 눈치였다. 물론 주자소 장인들이 궁궐에서 내려온 업무에 대해 미주알고주알 따져 묻는 것은 있을 수 없는 일이었다. 그렇다고는 해도 이전에는 존재하지 않았던 문자로 만들어진 활자를 다루는 장인들의 모습에서는 아무런 거리낌도 찾아볼 수 없었다. 이를 지켜보는 최만리는 등줄기가 서늘해지는 것을 느꼈다. 활자 틀 위에 오밀조밀하게 배열된 새로운 문자들이 세상을 공략하기 위한 세종의 무기처럼 보인 탓이었다. 공략은 이미 시작되었다. 세종이 만든 문자를 스스럼없이 받아들이는 저 장인들이 바로 그 증거였다.

최만리의 눈에 비친 해례본은 꼭 염라대왕 같았다. 물론 뼛속까지 유교 사상에 물든 그가 염라대왕처럼 신이한 존재를 진지하게 받아들일 리는 없었다. 유학자에게는 사후 세계를 관장하는 신이 있든 없든 전혀 중요하지 않았다. 성현의 가르침을 좇아 살아생전 바르게 행동하면 그것으로 충분하니까. 그럼에도, 지금 이 순간에도 새로운 문자를 쉼 없이 찍어 내고 있는 저 해례본은 최만리에게 있어서 최악의 악몽이며 공포 그 자체일 수밖에 없었다.

෴෴෴෴

주자소에서 그리 멀지 않은 자택에서 잠자리에 들었던 영의정 황희는 궁궐 안 근정전에서 커다란 붓을 검처럼 휘두르던 세종의 모습에 놀라 잠에서 깨어났다. 먹물을 튀기며 새로운 문자를 써 나가던 왕의 모습은 꿈이라고는 믿어지지 않을 만큼 생생했다. 더 이상 잠을 잇지 못하고 이불 속에서 뒤척거리던 늙은 정승은 침소 밖에서 들려온 하인의 부름 소리에 부랴부랴 의복을 걸쳤다.

황희의 집 안뜰에는 최만리가 서 있었다.

"야심한 시각에 송구합니다, 영상 대감."

최만리는 유학자답게 사과부터 했다.

"괜찮소."

황희의 대답에 최만리는 곧바로 본론을 꺼냈다.

"주상을 설득할 단계는 이미 넘어선 것 같습니다. 더 이상 두고 보다가는 큰 사달이 벌어질 게 분명하니까요."

황희는 가타부타 말이 없었지만 최만리는 아랑곳하지 않고 결론을 내리듯 말했다.

"이제는 설득이 아니라 행동이 필요한 때인지도 모르겠습니다."

주자소는 불길에 휩싸여 있었다. 주변이 온통 불바다였다. 궁궐에서는 비상을 알리는 북소리를 울리고 많은 병사와 궁인을 화재 현장에 급파했다.

정말이지 엄청난 재앙으로 이어질 수도 있는 사건이었다. 조선의 수도인 한성은 민가는 물론이고 궁궐까지도 목조 건물이 대부분이었다. 요즘처럼 건조한 날씨에 불길이 바람을 타고 옮겨 붙기라도 하는 날에는 도시 전체가 잿더미가 될 수 있었고, 실제로 그런 전례가 없는 것도 아니었다.

최만리는 주자소 지붕에 올라간 병사들이 물통으로 길어 나른 물을 정신없이 쏟아붓는 모습을 가만히 지켜보았다. 궁인들은 새로 길어 온 물통을 주자소 지붕으로 연신 올려 보내고 있었다. 일반 백성들까지도 발 벗고 나서서 인근 우물가와 화재 현장을 잇는 기다란 인간 띠를 만들어 손에서 손으로 물통을 운반하고 있었다.

최만리는 한성 전체가 잿더미로 변할지라도 주자소를 불태우는 것은 옳은 일이었다고 스스로에게 되뇌었다. 수도가 불탐으로써 국가가 존립할 수 있다면 그 또한 어쩔 수 없는 일이 아니겠는가. 세종이 만든 문자를 소멸시킬 수만 있다면, 그는 모든 것이 활활 타 버릴 때까지 그냥 내버려 둘 작정이었다. 무지한 자와 가난한 자, 부녀자와 노비, 심지어는 학자 중 일부마저도 훈민정음을 칭송하고 다니기 시작했다. 그렇다면 이렇게 해서라도 훈민정음이 탄생하기 이전의 낙원을 되찾아야 하지 않겠는가.

최만리가 깜짝 놀란 것은 그 무렵이었다. 불을 끄는 군중들 틈에서 분주히 물통을 나르는 어떤 남자의 얼굴이 왕을 닮은 것 같다는 생각이 들었기 때문이다. 평복을 한 저 남자가 정말로 왕일까? 하지만 일렁거리는 화광과 뿌연 연기가 시야를 가린 탓에 확신할 수는 없었다.

어느 순간 두 사람의 눈이 마주쳤다. 왕이라고 의심되는 남자의 입가에 엷은 미소가 떠올랐다. 최만리의 눈에 비친 그 미소는 신화 속의 동물인 해태의 것을 닮아 있었다. 불의 기운으로부터 궁궐과 도시를 지킨다는 바로 그 해태. 최만리는 자신도 모르게 눈을 질끈 감았다가 떴다. 하지만 그사이 수많은 사람들이 최만리의 앞을 지나갔고, 다시 바라볼 때에는 그 남자의 모습은 온데간데없이 사라진 뒤였다.

최만리는 거의 공황에 빠졌다. 자신이 본 남자가 정말로 세종이었을까? 왕이 정말로 화재 현장에 있었던 걸까? 아니면 화광과 연기와 최만리 본인의 죄책감이 만들어 낸 허상에 불과했던 걸까?

그때 한 남자가 최만리의 뒷전으로 다가왔다.

"원판을 찾았습니다."

최만리는 고개를 돌려 남자의 손바닥 위에 놓인 'ㄱ' 모양의 금속 활자를 내려다보았다. 불구덩이에서 방금 꺼내 온 듯 그 금속 활자는 시커멓게 그을려 있었다.

"뒤처리는 잊지 않았겠지?"

"그렇습니다."

뒤처리란 세종의 오랜 친구인 대장장이를 처리하는 일이었다. 최만리는 해례본의 금속 활자를 주조한 자가 그 대장장이라는 사실을 이미 알고 있었던 것이다.

지금 그 대장장이가 빚은 주형(鑄型)은 산산조각 난 채 작업장 바닥에 흩어져 있었고, 금속 활자들은 이글거리는 용광로 속에서 녹아들고 있었으며, 그의 자부심이 실린 물레방아에도 불길이 옮겨 붙은 상태였다.

대장간 전체가 화마에 휩싸여 있었다. 불교에서 말하는 팔열지옥의 한 부분을 그대로 옮겨 놓은 것 같았다. 대장장이는 팔열지옥을 포함한 사후 세계 자체를 믿지 않는 사람이었다. 하지만 생명의 마지막 불꽃이 스러지는 순간만큼은 그런 곳들에 대한 기대와 두려움이 교차되는 것을 금할 수 없었다. 그는 두개골이 으스러진 채 바닥에 널브러져 있었고, 복면을 한 괴한들이 자신의 대장간을 불바다로 만드는 광경을 속절없이 지켜볼 수밖에 없었다.

이윽고 대장장이의 몸에도 불길이 옮겨 붙었다. 하지만 그는 불을 원망하지 않았다. 아니, 오히려 감사하는 마음마저 품었다. 불이야말로 오랜 세월 자신과 가족을 먹여 살린 고마운 친구였으니까. 덕분에 수족처럼 다루던 불에 살갗이 타들어 가면서도 이를 역설적 비극이 아닌 당연한 일로 받아들일 수 있었다.

대장장이의 눈이 마침내 감겼다. 이제 그는 자신이 평소 신봉하던 도교의 가르침대로 자연으로 돌아갈 터였다. 용광로 속 쇳물로부터 탄생한 금속 활자들이 다시금 용광로 속 쇳물로 돌아가듯이.

불은 마지막 순간에도 가장 가까운 곳에서 대장장이를 굽어보고 있었다.

꽃꽃꽃꽃꽃꽃

왕자들은 일반 백성들이 입는 평복 차림으로 궁궐 담장 위에서 뛰어내렸다. 그들은 장돌뱅이들처럼 큰 봇짐을 메고 있었다. 바닥에 내려선 세자가 방금 뛰어내린 높은 담벼락을 돌아보며 투덜거렸다.

"아무래도 우리가 전하의 가장 안 좋은 버릇을 물려받은 모양이다."

세제가 빙그레 미소를 지었다.

"전하의 절반만 따라갈 수 있다면 좋겠습니다."

평범한 부모가 천재 자식을 낳는 것과 천재 부모가 평범한 자식을 낳는 것 중 어느 쪽이 문제의 소지가 클까에 대한 논쟁은 예전부터 있어 왔다. 세종의 경우는 천재 부모가 평범한 자식을 낳았다고 할 터였다. 어쩌면 세종은 자식들이 장성해 가는 과정에서 남들과는 다른 천재성을 발현할 수 있으리라고 기대했을지도 모른다. 하지만 아쉽게도 그의 기대는 이루어지지 않았다. 지금 평복 차림으로 궁궐 담장을 넘은 세자와 세제만 해도 그랬다. 그들은 일반 백성들처럼 아버지의 업적을 우러러보는 데 그쳤다. 때로는 광기처럼 보이기도 하는 아버지의 천재성을 부담스러워했으며, 그래서 자신들이 그러한 재능을 물려받지 못한 사실을 오히려 감사히 여겼다.

다만 궁궐을 탈출하는 재능만큼은 아버지의 것을 물려받았는지도 모르겠다. 세자와 세제는 조심스레 주변을 살핀 뒤 한성의 깊은 밤 속으로 소리 없이 스며들었다.

세자와 세제가 어둠을 뚫고 찾아간 곳은 한성에서 가장 이름난 목판 장인의 작업장이었다. 이미 궁궐로부터 언질을 받은 장인은 작업장 밖에 나와 두 사람을 기다리고 있었다.

세종의 아들들은 장인의 안내를 받아 작업장 안으로 들어갔다. 각자의 봇짐에 담아 온 종이 뭉치들을 꺼내어 장인에게 건네주었다. 그 종이 뭉치들은 세종이 정인지와 함께 집필한 훈민정음해례의 원본을 세제가 오랜 시간에 걸쳐 필사한 것이었다. 세종은 그렇게 필사하는 데 드는 시간을 줄일 목적으로 이 야심한 시각 옥처럼 존귀한 왕자들에게 남루한 옷을 입혀 궁궐 밖으로 내보낸 것이었다.

장인은 훈민정음해례의 첫 장을 조심스럽게 잘라 제자에게 건넸다. 제자는 그 뒷면에 풀을 발라 목각용 나무 위에 붙였다. 그다음은 스승이 솜씨를 발휘할 차례였다. 직접 조각칼을 잡은 장인은 글자 주변 백지 공간을 섬세하게 파내기 시작했다.

세종의 성과물을 대량으로 인쇄하기 위한 힘겨운 과정은 이렇게 시작되었다. 이는 왕의 계획을 실행함에 있어 분수령이 될 만한 일이었다. 목판 작업은 금속 활자 작업보다 고전적인 방식이지만 넓은 공간과 많은 인력이 필요치 않아 세간의 눈을 피하기에는 안성맞춤이었다. 그리고 바로 그 점이 왕의 계획에 큰 축을 담당했다. 지난밤 전소된 주자소는, 이를테면 기만술이었다. 새로운 문자를 반대하는 무리가 대량 인쇄가 가능한 주자소를 주목하리라는 것은 충분히 예측 가능했던 것이다. 하지만 지혜로운 세종조차도 오랜 친구인 대장장이가 이번 일로 인해 희생당하리라는 것은 예측하지 못했을 터이니, 실로 가슴 아픈 일이라 아니할 수 없었다.

더욱 가슴 아픈 일은, 불길 속에서 눈을 감은 그 대장장이가 이번 일로 인해 목숨을 잃어야 하는 마지막 희생자가 아니라는 점이었다.

ⓖⓖⓖⓖⓖ

궁궐 내 보초병들을 지휘하는 수문장은 지금 자신의 집무실 의자에 앉아 있었다. 잠시 후 문이 열리고 한 사람이 집무실 안으로 들어왔다. 왕과의 추억을 무엇보다 소중히 여기는 늙은 보초병, 바로 순돌이었다.

순돌은 지난밤 화재와 싸우느라 검댕과 재로 범벅이 된 상태였다. 그를 포함한 모든 이들이 죽을힘을 다해 애쓴 덕에 한성이 불바다가 되는 것만큼은 가까스로 막을 수 있었다. 하지만 밤새도록 물통을 들고 뛰어다닌 탓에 늙은 몸뚱이는 이미 녹초가 되어 버린 뒤였다.

"힘든 밤이었지? 수고했어."

수문장이 다정한 목소리로 치하했지만, 순돌은 대답할 기운도 없는지 고개만 꾸벅 숙일 뿐이었다.

"어디 보자…… 머리카락이 좀 그슬린 것 말고는 딱히 상한 데가 없어 보이는군. 다행이야."

수문장은 순돌에게 수건 한 장을 건넨 다음 이른 나이부터 휑해진 자신의 윗머리를 문지르며 덧붙였다.

"그래도 자네 머리숱이 나보다는 많구먼."

우스갯소리로 건넨 말에도 무뚝뚝한 노인은 묵묵히 서 있기만 했다. 수문장은 무안함을 헛기침으로 덮으며 벽에 써 붙인 달력을 돌아보았다.

"자네나 나나 궁궐 일을 하기에는 너무 늙은 것 같다는 생각이 들지 않나?"

순돌의 몸이 눈에 띄게 경직되었다.

"무슨 말씀이십니까?"

수문장은 어깨를 으쓱거렸다.

"별건 아니고, 장인께서 농장을 하시는데 좀 도와 달라고 하시더군. 이제 이 자리에서 물러날 때가 됐지 않나 싶어서."

그러면서 수문장은 책상 건너편 마룻바닥을 가리켰다. 그곳에는 조촐한 술상이 차려져 있었다. 순돌은 상관이 가리키는 자리에 앉았는데 마지못한 기색이 역력했다. 윗사람에게 잘 보이는 짓 따위에는 원래부터 젬병이었던 것이다.

순돌은 어색함을 피할 요량으로 수문장에게 물었다.

"벌써 은퇴하실 생각입니까?"

수문장은 술잔에 술을 따랐다.

"내가 겉보기보다는 나이가 많지 않나. 물론 마음이야 아직 청춘이지만 말이야."

수문장이 술잔을 건넸다. 순돌은 윗사람에 대한 예의에 맞춰 고개를 한쪽으로 돌리고 술을 마셨다. 그가 술잔을 비우자 수문장의 질문이 치고 들어왔다.

"자네는 어쩔 생각인가?"

순돌이 대답했다.

"제 의무를 다해야지요."

"허, 이제는 자식들에게 의지할 때도 되지 않았나?"

"저는 자식도 없고 가족도 없습니다."

"그렇다면 조상이라도 제대로 모셔야지."

수문장이 다시 술잔을 채워 주었지만 순돌은 입에 대지도 않고 자리에서 벌떡 일어섰다.

"죄송하지만 교대 시간이 되었습니다."

"자네도 은퇴할 때가 되었잖아. 안 그래?"

수문장은 순돌을 이 자리에 부른 핵심을 꺼내 놓았다. 순돌이 굳은 얼굴로 말했다.

"전하께서는 아직 제 도움을 필요로 하십니다."

수문장은 어처구니없다는 듯 헛웃음을 흘렸다.

"물론 조선의 모든 백성에게는 전하를 보필해야 할 의무가 있긴 하지. 하지만 그러기에는 자네가 너무 늙었다는 생각이 들지 않나? 웬만하면 이제 보초병 자리에서 물러나 주었으면 좋겠는데."

"명령입니까?"

수문장은 잠시 생각하다가 고개를 저었다.

"그건 아니지만……."

순돌은 곧바로 몸을 돌려 문으로 걸어갔다. 그의 등 뒤에 수문장의 위협 같은 한마디가 실렸다.

"내 말대로 될 것 같은 예감이 드는구먼."

순돌이 집무실을 나간 뒤, 수문장은 연거푸 두 잔의 술을 들이켰다. 그러면서 자신의 후임자에게는 늙은 아랫것들한테 나이 대접 따위는 절대로 해 주지 말라는 당부를 잊지 말아야겠다고 다짐했다.

얼마 후 명나라에서 또다시 사신단을 파견했다. 그들은 한성의 중심부를 당당히 가로질러 궁궐을 향해 나아갔다. 언제나 그랬듯 이 사신은 높은 가마에 올라타고 있었다. 조선의 병사들은 그들이 가는 길목을 철통같이 지켰고, 인근에 사는 주민들은 그들의 행렬을 구경하기 위해 구름처럼 모여들었다.

이번에도 왕이 친히 사신단을 영접했다.

명나라 사신은 평소 같으면 세종이 앉아 있어야 할 옥좌에 두루마리를 올려놓았다. 세종은 그 두루마리 앞에 주군의 명을 기다리는 신하처럼 서 있었다. 그것은 일국의 왕으로서 가장 하고 싶지 않은 일이지만, 그는 언제나 그랬듯 침착함을 유지한 채 그 일을 해내고 있었다.

명나라 부사신이 두루마리를 높이 들어 주르륵 펼친 다음 중국말로 외쳤다.

"위대한 명나라 황제의 말씀을 들을 준비를 하라!"

세종은 예법에 따라 곤룡포의 옷자락을 뒤로 젖히고 바닥에 엎드렸다. 그런 다음 명나라의 어린 황제가 전하는 말을, 아니 황제의 어깨 너머에서 일일이 불러 주었을 것이 분명한 환관의 말을 기다렸다.

"명나라 황제인 짐은 짐의 백성이나 다름없는 조선의 백성을 큰 탈 없이 잘 다스려 온 조선의 왕을 늘 관심 있게 지켜보고 있노라."

명나라 황제가 전하는 말은 언제나 모욕의 경계선 위에서 아슬아슬하게 곡예를 펼치는 것 같았다. 듣는 이에 따라서는 대단히 무례하게 받아들일 수도 있는 것이었다. 신하들 틈에서 허리를 구부리고 있던 최만리는 왕이 있는 쪽을 슬쩍 훔쳐보았다. 그러나 세종은 여일하기만 했다. 그 얼굴에 어려 있을 것이 분명한 무감함이 온몸을 통해 그대로 드러나고 있었다.

"그런데 근래 들어 예기치 못한 근심이 하나 생겼다."

부사신의 대독이 이어졌다.

"조선 왕의 왕후가 세상을 떠났다는 소식이 짐의 나라에까지 전해졌기 때문이다. 조선의 왕으로서는 아내를 잃은 것이요, 짐으로서는 딸을 잃은 것이나 다름없다. 이에 명나라 신민 모두와 더불어 왕후의 죽음을 깊이 애도하고 위로하노라."

황제로부터 이런 말이 올 줄은 아무도 예상치 못했다. 세종 또

한 그런 것 같았다. 그는 옆구리를 불시에 찔린 사람처럼 엎드린 몸을 움찔거렸다. 모든 이들이 지켜보는 가운데 왕이 반응을 보인 것이었다.

왕이 보인 반응은 곧바로 신하들에게 번져 나갔다. 심지어는 눈시울을 붉히는 자마저 있었다. 저 두루마리를 황제가 썼든 환관이 썼든 심지어는 날아다니는 두루미가 썼든, 그들에게는 중요하지 않은 모양이었다. 소국의 아픔을 대국에서 알아준다는 사실 하나만으로도 그들은 얼마든지 감격하고 감사할 수 있었으니까.

꿍꿍꿍꿍꿍꿍

요정들이 사는 신비한 섬처럼 호수 위에 둥실둥실 떠 있는 경회루에서는 오늘도 명나라 사신단을 환영하는 잔치가 열렸다. 악공들의 고아한 연주와 무희들의 아름다운 춤사위가 이어지고, 수라간에서 정성을 다해 만든 갖가지 궁중 요리들이 향기로운 술과 함께 제공되었다. 특히 눈에 띄는 것은 계영배(戒盈杯)라고 불리는 술잔이었다. 가득 채우는 것을 경계한다는 뜻의 이름을 가진 그 술잔은 술이 어느 정도 차면 윗부분에 뚫린 구멍을 통해 흘러 나가게끔 제작되어 마시는 사람으로 하여금 만취하는 것을 방지하도록 도와주었다.

하지만 잔치는 오랜 시간 동안 이어졌고, 참석자 대부분의 얼굴은 계영배가 무색할 만큼 불콰하게 달아올랐다.

조선과 명나라, 양국의 인사들도 처음에는 예의를 지키려고 애를 썼지만, 분위기가 이쯤 무르익으면 조였던 마음이 슬슬 느슨해질 만도 했다. 이제는 명나라 사신도 조선말을 쓰고 있었다. 하지만 상대를 존중하기 위함만은 아닌 것이 분명했다.

"조선을 오가는 일이 점점 더 힘이 드는 것 같습니다. 신하의 나라를 둔다는 건 양날의 검 같아서, 조공을 받는 제국의 입장에서야 물론 좋은 일이지만 그때마다 수천 리를 오가야 하는 내 입장에서는 고단함이 쌓이는 것도 사실이니까요."

이 또한 모욕의 경계선 위를 어른거리는 발언이라 아니할 수 없어서, 최만리는 다시 한 번 세종의 눈치를 살폈다. 하지만 세종은 사신의 도발에 넘어가지 않았다.

"황제께서는 실로 먼 곳에 계시오······."

세종은 담담히 말문을 열었다. 그러고는 앞자리에 놓인 술잔에 반사되는 석양의 붉은빛을 슬쩍 가리켰다.

"태양도 마찬가지요. 지상에서 아득히 먼 하늘 끝에 있소. 하지만 보시오. 태양이 보낸 빛이 이 작은 술잔에까지 내려와 반짝이고 있지 않소. 이렇게 손을 뻗으면 마치 태양을 직접 만지는 것 같은 기분마저 드는구려."

세종이 술잔을 들어 올리며 사신에게 말했다.

"아득한 하늘 끝에 있는 태양의 빛이 대지 구석구석을 비추듯, 먼 곳에 계신 황제의 마음은 이 조선 땅을 낱낱이 비추고 있소. 하늘에 태양이 하나뿐이듯 천하에 황제는 한 분뿐이고, 그러므로 황제의 은혜는 곧 태양의 은혜와 다를 바 없소. 과인은 이 자리에 앉아서도 태양의 은혜를 느낄 수 있듯, 이 자리에 앉아서도 황제의 은혜를 느낄 수 있소. 그러니 거리의 멀고 가까움이 어찌 문제가 되겠소?"

사신은 완전히 감동한 표정이 되었다. 그는 자신의 잔을 높이 들어 올리며 건배를 권했다.

"부디 조선의 왕께서 천 년의 수명을 누리시기를!"

세종은 이번에도 심오한 말로 화답했다.

"작디작은 겨자씨 속에 수미산(須彌山)이 담길 수 있듯이, 우리가 술잔을 마주 드는 이 찰나의 순간에 천 년이 담길 수도 있지 않겠소. 과인은 이 한 잔으로 충분하오."

"하오! 하오!"

사신이 중국말로 '좋습니다!'를 연거푸 외쳤다. 그제야 다들 환하게 웃으며 술잔을 기울였다. 하지만 최만리만큼은 까닭 모를 초조함에 사로잡혀 들고 있던 술잔을 상 위에 내려놓고 말았다.

잔치는 밤늦은 시간이 되어서야 파했다. 최만리와 황희는 경회루가 있는 인공 호수 주변을 따라 걷고 있었다. 호수 건너로 보이는 누각에서는 내관들과 궁녀들이 뒷정리를 하느라 분주히 움직이고 있었다.

최만리가 어쩔 수 없는 경외감을 담아 말했다.

"명나라 사신을 영접하는 전하에게선 어디 하나 흠잡을 데가 없었습니다."

황희가 마지못한 듯 동의했다.

"공자님이 계셨어도 대감의 말이 틀리다고 하지 않으셨을 거요."

최만리는 고개를 무겁게 끄덕였다.

"이토록 유교 사상에 충실하신 전하께서 왜 저를 배신하셨는지 모르겠습니다."

황희가 잠시 생각하다가 목소리를 낮추어 말했다.

"전하께서 하신 일이 대감을 크게 상심케 했나 보오. 하지만 상심하고만 있는 것보다는 '대안'을 찾는 것이 더 중요하지 않겠소?"

최만리는 그 말을 못 들은 척하려고 했다. 하지만 마음속에 있는 또 다른 자신이 귀를 쫑긋 세우고 있다는 것은 부정할 수 없었다.

황희가 말했다.

"굳이 누군가를 미워하거나 대적할 필요는 없다고 생각하오. 그저 작은 빈틈을 찌르기만 하면 될 뿐."

그러면서 황희는 경회루 쪽으로 눈길을 돌렸다. 그곳에는 명나라 사신단을 환영하기 위해 내건 화려한 깃발들을 하나하나 거두고 있는 내관들의 모습이 보였다. 저 깃발들은 다음번 사신단이 방문할 때까지 궁궐 창고 안에 고이 간직될 것이었다.

황희의 눈길을 좇던 최만리가 어느 순간 무언가를 깨달은 듯 얼굴을 굳혔다.

"혹시 명나라 사신에게 그 일을 고하자는 말씀이십니까?"

노회한 영의정은 그 생각은 미처 못 해 보았다는 듯 놀란 표정을 지었다.

"아, 대감의 말씀을 듣고 보니 그것도 하나의 방법이 될 수 있겠구려. 흠, 직접 대면하고 고하기보다는 다른 경로를 강구하는 쪽이 더 좋을 듯도 하고. 가령…… 사신의 거처 문 밑으로 쪽지를 넣는다거나, 밀수를 꾀하는 명나라 역관과 기루 같은 데서 우연을 가장하여 합석한다거나."

최만리의 표정이 어두워졌다.

"그리하였다가는 이 나라 전체가 고통을 겪게 될지도 모릅니다."

"모든 사달은 한 사람 때문에 벌어졌소이다."

황희는 거듭 강조했다.

"바로 그 한 사람 때문에 말이오."

෧෨෧෨෧෨

'바로 그 한 사람 때문에 말이오.'

황희의 마지막 말은 최만리가 자택에 당도할 때까지도 끈질기게 따라붙었다.

대문을 들어선 최만리는 정원을 지나 서재로 향했다. 하지만 그의 발길은 서재에 들어서기 직전에 멈추고 말았다. 손에 쥔 조족등(照足燈: 밤거리를 다닐 때 들고 다니는 등)의 영역 너머 어둠 속에 누군가가 서 있다는 사실을 알아차린 것이었다.

"대체 누구기에 이런 야심한 시각에 남의 집에 몰래 숨어들어 온 것이냐?"

이렇게 위엄 있게 말하면서도, 최만리는 침착함을 유지하기 위해 무진 노력해야 했다. 자신이 한 말대로 이 시각에 몰래 침입한 자라면 정적을 제거할 목적으로 파견된 자객일 공산이 크기 때문이었다.

하지만 어둠 속에서 들려온 대답은 최만리를 흔들어 놓기에 충분했다.

"모시는 군주에 대해 대감과 비슷한 마음을 가진 사람."

그 말이 조선말도 중국말도 아닌 몽골어였기 때문이다. 그러면서 불빛 안으로 들어서는 인물의 정체는 더욱 놀라웠다. 경악한 최만리가 중국말로 물었다.

"명나라에서 오신 부사신 영감이 아니시오?"

나타난 인물이 여전히 몽골어로 대답했다.

"그렇소."

최만리는 굳은 얼굴로 다시 물었다.

"한데 왜 몽골어를 사용하시는 거요?"

명나라 부사신은 대답 대신 반문을 했다.

"그 이유를 전혀 모르겠소?"

침묵이 이어졌다. 이윽고 최만리가 몽골어로 대답했다.

"그렇지는 않소. 명나라가 원나라를 멸망시킨 지 고작해야 두 세대밖에 지나지 않았으니, 당시 초원으로 쫓겨 간 몽골족 중 한 분이 부사신 영감의 선조일 수도 있겠구려."

부사신이 고개를 끄덕였다.

"증조모님께서 몽골인이셨소."

"그렇다면 부사신 영감께서도 팔분의 일쯤은 몽골인이라는 뜻인데, 황제를 배신하기에는 팔분의 일이라는 수가 너무 적지 않소?"

"경우에 따라서는 적지 않소. 오히려 충분할 수도 있지."

최만리는 부사신이 한 말들을 곱씹어 보았다. 그의 입은 한참 만에야 다시 열렸다.

"무슨 이유로 내가 조선의 왕을 배신할 거라고 생각했소?"

부사신은 소매 속에서 종이 한 장을 꺼내어 최만리에게 내밀었다. 그 종이를 본 최만리의 얼굴은 하얗게 질리고 말았다. 바로 훈민정음해례의 목판본 중 한 장이었다. 주자소를 불태우고, 대장장이를 살해하고, 그 밖에도 온갖 수단을 다하여 막아 보려 노력했음에도 불구하고 세종이 창제한 문자의 인쇄물은 마침내 세상 밖으로 나온 것이었다.

몸을 굳힌 채 눈꼬리만 파르르 떨던 최만리가 잔뜩 억눌린 목소리로 황제를 배신하려는 자에게 물었다.

"당신이 원하는 게 뭐요?"

⊛⊛⊛⊛⊛⊛

또 한 번 세종의 밀명을 받아 북행에 나선 두 명의 역관은 매 여행 때마다 휴식처로 삼았던 묘향산 석가탑 아래에서 고단한 걸음을 멈췄다. 이번에는 낮이 아닌 밤이었고, 그들은 밤하늘의 하얀 달빛을 지붕 삼아 노숙을 하기로 결정했다.

이곳에 올 때마다 그랬듯이, 매두는 석가탑에 달린 백네 개의 조그만 청동 풍경들을 올려다보았다. 그리고 이곳에 올 때마다 그랬듯이, 아무런 소리도 울리지 않는 그것들에 대해 짜증을 냈다.

"빌어먹을 놈의 바람 같으니라고. 낮이나 밤이나 야박하게 구는 건 똑같군. 자장가 소리라도 기대한 내가 바보지."

그러면서 돌멩이 하나를 집어 던졌지만 풍경을 맞히지는 못했다.

"여기선 말조심하는 게 좋아."

평화가 졸린 목소리로 말했다.

"부처님께서 자네의 구업(口業)을 벌주시려고 바람으로 환생시킬 수도 있으니까."

매두가 눈살을 찌푸렸다.

"공자님께서는 환생이라는 말 자체를 들어 본 적이 없다고 하셨지. 유학을 배운 자가 부처는 왜 찾고 난린가?"

평화는 언제나처럼 친절하게 말했다.

"죽을 때가 되면 아무리 엄격한 유학자라도 사후 세계 같은 불교적 관념들을 떠올리게 마련이라네."

매두가 곧바로 반박했다.

"우린 아직 젊잖아. 그따위 관념들은 오십 년쯤 지난 뒤에나 생각하라고."

평화는 대꾸하지 않았다.

매두는 김이 샌 듯 곁에 풀어 둔 봇짐을 부스럭거리더니 세종으로부터 받은 훈민정음해례의 사본을 꺼냈다.

"우리나라 말이 중국과 달라 서로 통하지 않는다. 그래서 어리석은 백성들이 말하고자 하는 바가 있어도 결국 그 뜻을 펼치지 못 하는 자가 많다……. 여기서 어리석다는 건 바보 같다는 뜻이겠지? 그러니까 우리 조선의 바보 같은 백성들이……."

평화가 불쑥 말했다.

"전하께서는 말씀하시고자 하는 바를 정확히 표현하셨네. 더도 말고 덜도 말고 딱 그대로 말일세. 그러니 거기에다 자네가 굳이 더할 필요는 없네."

매두는 훈민정음해례를 계속 읽어 내려갔다.

"내가 이것을 가엾게 여겨……."

이 대목에 읽기를 멈춘 매두가 주변으로 눈길을 돌렸다. 하지만 묘향산의 아름다운 밤 풍광을 감상하려는 의도는 아니었다.

"정말로 가여운 게 무슨 뜻인지는 지금 우리 처지만 봐도 금세 알 텐데."

평화는 빙긋 웃으며 크게 기지개를 켠 다음 눈을 감았다.

매두도 조금 더 훈민정음해례를 들여다보다가 덮었다.

"전하께 무조건 헌신하는 것도 좋지만, 한 번이라도 그 너머의 것을 보려고 노력해 보게."

평화가 감았던 눈을 떴다. 매두는 그의 눈앞에다 훈민정음해례를 흔들어 보이며 말을 이었다.

"자네의 진짜 생각이 어떤지 궁금하군. 전하의 이 창조물에 대해 말일세."

평화는 한참 동안 매두의 얼굴을 바라보기만 할 뿐 아무 말도 하지 않았다. 밤하늘에는 별들이 반짝이고 있었다. 그 아래로 짐승의 뿔처럼 휘어진 초승달이 보였고, 쏙독새는 기이한 소리로 울었으며, 낮은 풀숲 속에서는 작은 짐승들이 내는 부스럭거리는 소리가 울리고 있었다.

이윽고 평화는 주변의 밤 풍광만큼이나 차분한 목소리로 친구이자 동료이자 동행에게 대답을 주었다.

"전하께서 만드신 문자는 신이 조선에 내리신 선물이라네."

환관 왕진이 업무를 보는 태감전(太監殿) 안에는 황제의 용상을 꼭 닮은 의자가 놓여 있었다. 왕진은 그 의자를 차마 용상이라고 부르지는 못하여 봉상(鳳床)이라고 불렀는데, 용에 버금가는 신령한 새의 이름을 붙임으로써 아쉬움을 달랜 것이라고 볼 수 있었다. 사실 용이건 봉이건 별 상관 없기는 했다. 어린 용은 봉의 보살핌과 통제 아래 있었고, 그러므로 왕진이 앉은 자리가 곧 최고 권력자의 자리였다.

예부터 환관 세력에게 가장 강력한 무기는 정보력이었다. 왕진이 전횡하던 시절에는 더욱 그러하여, 황제에게 전달되는 모든 정보가 그의 손을 거쳐 가공되고 왜곡되었다. 물론 그의 입맛대로.

지금 왕진은 조선에서 귀국한 사신과 부사신을 태감전으로 불러 그쪽의 정세와 동태에 관한 보고를 받고 있었다. 그러던 중 흥미로운 이야기를 들었고, 그에 대해 잠시 궁리하다 보니 병부시랑 우겸을 만날 필요가 있다고 생각하게 되었다.

병부시랑은 즉시 태감전으로 호출되었다.

봉상에 거만한 자세로 앉은 왕진이 우겸에게 말했다.

"에센이 조선의 왕을 암살하려 한다는 첩보가 내 귀에는 세 번이나 들어왔는데, 병부시랑은 혹시 그 일에 대해 들어 본 적이 있소?"

기대했던 대로 우겸의 표정이 안 좋아지는 것을 지켜보면서, 왕진이 말을 이었다.

"〈주역〉에서는 '같은 소문이 세 번 들리면 믿어야 한다'고 했소. 그대도 북동 지역에 흩어져 사는 몽골 부족들이 하나둘 모이고 있다는 소문은 들었으리라 믿소. 에센이 동쪽 변방의 작은 나라인 조선을 도모하려는 이유는 하나요. 조선을 발판 삼아 우리 명나라를 침략하려는 것. 그래서 나는 조선으로 향하는 북동쪽 국경의 수비 병력을 보강해야 한다고 생각하오."

병부시랑 우겸이 답했다.

"에센이 정말로 조선의 왕을 노린다면, 이는 조선을 혼란에 빠트려 우리 명나라와의 동맹 관계를 약화시키려는 의도가 분명합니다."

"그래서?"

"태감께서 말씀하신 대로 에센의 목표는 우리 명나라지 조선이 아니지 않습니까. 이런 상황에서 국경을 수비하는 병력을 함부로 움직이는 것은 바람직하지 않다고 생각합니다."

왕진이 차갑게 말했다.

"오해를 한 모양인데, 나는 그대의 생각을 물은 것이 아니라 가용한 병력을 북동쪽으로 보내라고 명령한 것이오. 그것도 오늘 당장."

"황제께서 계신 이 북경이 위태로워져도 괜찮다는 뜻입니까?"

우겸이 굴복하지 않고 맞섰지만 봉상에 앉은 왕진은 눈썹 하나 까딱하지 않았다.

"군대는 이 북경에도 있소. 나처럼 현명한 신하의 조언을 받는 황제께서 직접 지휘하시는 군대로도 충분치 않다고 여긴다면, 나로서는 병부시랑의 충성심에 의문이 간다고 말할 수밖에 없구려."

우겸은 입을 다물었다. 황제와 황제에 대한 충성심은 환관이 누군가를 겁박할 때마다 전가의 보도처럼 꺼내는 무기였다. 강직하기로 이름난 병부시랑에게도 그 무기를 당해 낼 능력은 없었다. 적어도 아직까지는.

정적의 기를 꺾어 한껏 의기양양해진 왕진이 구석진 곳에서 대기 중이던 사신과 부사신을 돌아보았다. 그들로부터 보고받은 이야기가 또 있었던 것이다.

왕진이 우겸에게 말했다.

"북동쪽으로 가는 김에 불온한 의도로 국경을 넘은 조선인 역관 두 놈도 잡아 주면 좋겠소."

말을 마친 왕진이 손짓을 하자 태감전에서 일하는 어린 환관이 두루마리 하나를 들고 우겸에게 다가갔다. 우겸이 두루마리를 받아 펴 보니 두 사람의 얼굴이 그려져 있었다.

"내가 입수한 첩보에 따르면, 놈들은 조선의 왕이 만든 어떤 문서를 가지고 있다고 하오. 그 문서를 압수하여 내게 가져오면 되오."

우겸이 물었다.

"대체 어떤 문서이기에 태감께서 직접 관여하시는 겁니까?"

"장차 큰 혼란을 야기할 수도 있는 문서라는 것 정도만 알면 되오."

왕진의 대답에 우겸이 얼굴을 찌푸리고 잠시 생각하다가 다시 물었다.

"하지만 조선은 우리 명나라의 동맹국이 아닙니까?"

"동맹국이기도 하고, 아니기도 하오."

이 말에 담긴 비정함이 병부시랑 우겸에게는 작지 않은 충격으로 다가온 것 같았다.

그리고 그 모습을 지켜보던 부사신은, 명나라와 조선을 동시에 흔들기 위해 최만리와 비밀리에 만났던 팔분의 일짜리 몽골인은, 기침을 참는 체 소맷자락으로 슬쩍 가린 입가에 의미심장한 미소를 떠올렸다.

〽〽〽〽〽〽〽

거제도는 한반도의 남동쪽 가장자리에 있는 여러 섬들 가운데에서 가장 교류가 활발한 섬으로 조선이 건국되기 훨씬 이전부터 해상 무역의 요충지로 자리 잡았다. 군사적인 측면으로 볼 때에도 한반도와 대양을 연결해 주는 일종의 관문이었으며, 그로 인해 공격을 위한 전초 기지와 방어를 위한 요새 역할을 함께 수행해 왔다.

거제도가 공격을 위한 전초 기지로 활용된 마지막 시기는 세종이 왕위에 오른 직후였다. 하지만 그 공격의 총사령관은 세종이 아니라 그의 아버지 태종이었다. 아들에게 왕위를 물려주기 위해 스스로 옥좌에서 내려온 태종이지만 군사적인 분야만큼은 여전히 손에서 놓으려 하지 않았는데, 당시 국가적인 골칫거리였던 왜구, 즉 일본의 해적들을 처리하지 않으면 아들이 이끌어 갈 조선의 앞날이 밝지 않을 것이라고 판단했기 때문이다.

태종이 숙원으로 여기던 사업은 역설적이게도 그가 왕위에서 물러난 뒤에 더욱 강력하게 추진되었다. 그 결과 일본의 영토 중 한반도와 가장 가까운 거리에 있는 섬이자 해적들의 전초 기지 격인 대마도로 조선의 대규모 원정대가 파견되었으니, 이것이 바로 '대마도 정벌'이다. 이후 대마도를 중심으로 크고 작은 토벌전이 벌어졌고, 항복과 번복을 반복하던 대마도 도주는 더 이상 조선의 해안을 약탈하지 않겠다는 약조를 한 뒤에야 합법적인 교역을 허락받았다. 그리하여 백수십 년 뒤인 1592년 임진왜란이 발발하기 전까지 조선은 지긋지긋한 왜구 문제에서 어느 정도는 벗어날 수 있게 된다…….

이야기를 다시 세종이 새로운 문자를 창제한 시대로 돌려 보기로 하자.

대마도 정벌의 결과는 일본의 해적들에게도 나름 괜찮은 대가를 주었지만, 세토 내해를 지배하는 세 바다의 주군들은 전혀 그렇게 생각하지 않았다. 그들은 토벌전에서 큰 피해를 보았음에도 불구하고 전후 협상에서 완전히 배제되었고, 이후 노략질을 하지 않는 대가로 그들에게 돌아간 것은 아무것도 없었다. 그들이 조선의 왕인 세종에 대해 바다처럼 깊은 원한을 품은 것은 당연한 일이었다.

집현전 학자 신숙주가 목판으로 인쇄된 훈민정음해례를 품고 거제도에 도착한 것은 바로 그 무렵이었다. 그에게는 세종이 창제한 새로운 문자를 일본의 지배층에게 알리는 임무가 주어져 있었다. 그는 영리한 자들만 모인 집현전 학자들 가운데서도 특히 영리한 사람이었다. 하지만 거제도 항구에 부딪치는 검푸른 파도 위에 또 다른 침략의 기운이 넘실거린다는 사실은 전혀 감지하지 못했다.

신숙주는 일본으로 가는 방편으로 한 척의 무역선을 택했다. 왜상들이 주로 이용하는 그 무역선의 선장은 조선으로부터 교역

허가를 받은 일본인이었다. 신원 확인을 요구하는 선장에게 당시의 신분증이라고 할 수 있는 호패를 보여 준 신숙주가 유창한 일본어로 물었다.

"이 배가 어디로 가는지 알려 줄 수 있소?"

"후쿠오카, 야마구치, 히로시마를 들러 오카야마로 갑니다."

대답한 선장이 신숙주에게 되물었다.

"어디까지 가십니까?"

"교토로 가오."

"오카야마에서 배를 갈아타면 오사카까지 가실 수 있습니다. 그곳부터는 육로를 이용하셔야 될 겁니다."

"그렇게 하리다. 고맙소."

선장은 인사를 나누고 배에 오르는 신숙주의 뒷모습을 유심히 바라보았다.

그날 밤, 신숙주는 검은 바다를 나아가는 무역선의 갑판에 서서 하늘을 올려다보고 있었다. 본래 별은 육지에서보다 바다 위에서 더 빛나는 법인데, 날이 흐려서인지 그리 뚜렷해 보이지는 않았다. 그는 한성에서부터 가져온 기구를 꺼내 들었다. 세종의 지시로 만들어진 그 소간의(小簡儀)는 천문 관측에 사용되는 간의(簡儀)를 휴대하기 좋게 축소 개량한 것인데, 그는 이 작고 정교한 기구를 통해 자신이 탄 배의 현 위치를 가늠하고 싶었던 것이다.

신숙주는 별자리에 맞춰 소간의의 눈금을 조작하기 시작했다. 그는 학자답게 무슨 일에든 쉽게 몰입하는 편이었고, 때문에 갑판 위로 살금살금 다가오는 인기척을 전혀 눈치채지 못했다. 모래를 채워 넣은 가죽 주머니가 뒤통수를 후려칠 때까지도.

퍽.

맥없이 고꾸라지는 신숙주를 붙잡아 갑판 위에 조심스럽게 눕히는 사람은 아침나절 신숙주를 친절하게 맞이해 주었던 이 무역선의 선장이었다.

다시 정신을 차렸을 때, 신숙주는 두 명의 불운한 여행자와 함께 갑판 바닥에 틀어박혀 있었다. 손발은 그가 기절해 있던 사이 뱃사람들이 쓰는 밧줄로 꽁꽁 묶여 있었다. 결박한 끈의 매듭이 어찌나 깔끔한지 미적 감각까지 느낄 수 있을 정도였다.

한낮의 태양을 머리 위에 인 두 사람이 피랍자들을 내려다보고 있었다. 따가운 역광을 무릅쓰고 그들의 생김새를 확인하기 위해 신숙주는 눈을 열심히 깜빡여야 했다. 그 결과, 누군지 전혀 모르고 앞으로도 알 길이 없는 사메와, 마찬가지로 누군지 전혀 모르지만 앞으로는 잘 알게 될 코이누를 보게 되었다.

코이누는 특유의 흐리멍덩한 표정으로 갑판 바닥에 쓰러져 있는 피랍자들을 내려다보고 있었는데, 무슨 이유인지는 몰라도 신숙주를 특히 주시하는 것 같았다.

"몸값을 받으려고 이러는 것이오?"

신숙주가 일본어로 물었다. 그러나 사메와 코이누 모두 대답하지 않았다. 신숙주는 소년의 흐리멍덩한 표정으로부터 무언가 정신적인 문제가 있음을 눈치챘지만 내색하지는 않았다.

그때 갑판의 난간 너머로 붉은색으로 칠한 커다란 문이 보였다. 신숙주는 담장이나 건물 없이 커다란 문만 단독으로 세워 놓은 일본식 구조물을 도리이(鳥居), 혹은 오토리이(大鳥居)라고 부른다는 사실을 알고 있었다. 직역하면 새가 사는 집이라는 뜻이지만, 일본인들은 그 구조물에 새가 아닌 신이 깃든다고 믿었다. 게다가 저 붉은 오토리이는 바다 위에 떠 있으니 더욱 그러할 것 같았다.

붉은 오토리이 너머로 섬이 보였다. 신숙주는 그 섬의 이름이 이쓰쿠시마(嚴島)라는 사실도 알고 있었다. 그는 과거에도 세종의 명을 받아 이 부근에 두 차례나 온 적이 있었고, 그때에도 저 붉은 구조물의 신비한 아름다움에 감탄했었다. 그때는 불교 경전과 청자를 가지고 이 부근을 다스리는 다이묘(大名: 영주)와 그 휘하의 학자들을 만났었는데, 돌이켜 보니 새로운 문자를 창제하기 위해 일본의 자료들을 수집할 목적이었던 것 같았다.

이제 해적의 손아귀에 떨어져 풍전등화의 신세가 된 신숙주는 눈에 비치는 이쓰쿠시마 오토리이의 붉은 기둥을 마음에 새기려고 애를 썼다. 어쩌면 살아생전 마지막으로 보는 광경일지도 모를 테니까.

하지만 신숙주는 얼마 뒤 오토리이의 기둥보다 더욱 진한 붉은 색과 마주하게 되었다. 무라카미 해적들의 우두머리인 붉은 바다의 주군이 걸친 갑옷은 확실히 지나치게 붉은 감이 있었다. 커다란 핏방울처럼 보이는 그자 앞에서, 신숙주는 한성에 사는 학자인 자신이 왜 일본으로 가려고 하는지를 설명해야만 했다.

"나는 조선의 국왕 전하의 명으로 교토에 있는 아시카가 쇼군에게 이 문서를 전달하기 위해 일본에 왔소."

신숙주는 목판으로 인쇄한 훈민정음해례를 해적들 앞에 들어 보이며 말을 이었다.

"이 문서는 우리 국왕 전하께서 최근에 창제한 새로운 문자 체계에 대한 해설집이오."

그러면서도 이 신성한 창조물을 해적들에게 설명하고 있는 지금의 상황이 참으로 기이하다는 생각을 감출 수 없었다. 사실 신숙주를 이 상황에 처하게 만든 것은 운명이 그에게 던진 작지만 피할 수 없는 올가미라고 할 수 있었다.

붉은 바다의 주군이 신숙주에게 붉은 장갑을 낀 손을 내밀었다. 신숙주는 머뭇거렸다. 하지만 선택의 여지가 없었다. 그는 들고 있던 소중한 문서를 해적의 우두머리에게 건넸고, 그자는 문서를 펼쳐 살펴보기 시작했다. 마치 그 위에 인쇄된 문자의 가치를 판별하려는 것처럼.

"그 문자는 백성을 가르치는 바른 소리, 즉 훈민정음이라 불리며, 조선의 백성을 위해 고안된 것이오."

신숙주가 말했다.

"하지만 조선의 언어만이 아니라 모든 나라의 언어를 완벽하게 표현할 수 있소."

갑자기 정체를 알 수 없는 열정이 젊은 학자를 후끈 달아오르게 만들었다. 그는 왕이 창제한 새로운 문자의 전도사라도 된 것처럼 목소리를 높였다.

"언어뿐이 아니오! 어떤 소리라도 표현할 수 있소! 하늘을 나는 두루미의 울음소리! 아침을 알리는 수탉의 울음소리! 담장 아래서 요란하게 짖는 개의……!"

"알았으니 조용히 해라."

붉은 바다의 주군이 젊은 학자의 열정에 찬물을 끼얹었다. 그는 문서를 다시 접어 신숙주에게 정중하게 돌려주었다. 하지만 그러면서 함께 건넨 말은 전혀 정중하지가 않았다.

"너는 우리와 함께 전투에 참가한다. 거제도를 정복한 후 네가 섬기는 왕으로부터 몸값을 받으면 너를 풀어 주겠다."

신숙주는 화들짝 놀랐다.

전투라니!

그것은 임무에 실패한 것과 다른 차원의 문제였다. 해적들의 계획은 신숙주로서는 예상치 못한 것이었고, 조선의 누구도 마찬가지일 터였다. 더욱 큰 문제는, 지금으로서는 이 사실을 왕에게 경고할 방법이 전혀 떠오르지 않는다는 점이었다.

◈◈◈◈◈◈

평화와 매두는 당나귀 한 마리가 끄는 작은 수레를 몰고 잡풀 무성한 언덕길을 걷고 있었다. 명나라의 북동쪽 국경과 가까운 이곳은 훗날 만주라고 불리게 되는 지역으로 여진족이 흩어져 살고 있었다.

여진족은 몽골족처럼 기마와 활쏘기에 능하지만 유목만이 아니라 농경도 겸하고 있었다. 12세기 초부터 금나라를 세워 백여 년간 중국을 점령한 바 있는 그들은 훗날 명나라가 멸망한 뒤 다시 대륙의 주인 자리를 차지하게 된다. 수백 년의 시차를 두고 두 차례나 대륙을 정복했으니 어느 민족 못지않은 저력을 갖춘 민족임에 분명했다. 그래서인지 평화와 매두가 살아가는 이 시대에도 주변국에 크고 작은 영향력을 행사했고, 주변국에서는 조약과 회유와 정략결혼 등 갖가지 정책을 펼쳐 이 사나운 민족을 길들이기 위해 애써야 했다. 그리고 여진족은 그 결과에 대해 대체로 만족하는 편이었다. 적어도 이 시대에는.

언덕을 넘은 조선의 역관들은 한적한 길가에 서 있는 여관 앞에서 걸음을 멈췄다. 여장을 풀기에 조금 이른 시간이기는 하지만 예전에도 들른 적이 있는 그 여관에서 하루 묵어 갈 작정이었다.

평화와 매두는 당나귀와 수레를 마구간에 넣고 여관 안으로 들어갔다. 실내는 식탁 세 개로 꽉 찰 만큼 비좁았는데 그중 두 곳은 이미 선객들이 차지하고 있었다. 평화와 매두는 선객들의 표정이 이상하게 경직되었다고 생각하며 빈자리에 앉았다.

낯이 익은 여관 주인이 두 사람에게 다가왔다. 그는 허리를 굽히더니 옆 식탁에서 듣지 못할 만큼 작은 목소리로 속삭였다.

"오늘은 곤란합니다."

역관들은 이 지역 사투리에도 능했다. 매두가 짜증 섞인 목소리로 물었다.

"매번 여기서 묵었는데 오늘은 왜 안 된다는 거요?"

"조금 전에 명나라 병사들이 다녀갔습니다."

"그런데?"

"손님들의 얼굴이 그려진 그림을 보여 주며 조선에서 온 역관을 찾는다고 하더군요."

매두의 눈이 번득였다. 놀란 것 같기도 했고 슬퍼하는 것 같기도 했으며, 어찌 보면 기뻐하는 것 같기도 했다. 하지만 평화는 주인의 말에 순수하게 놀란 나머지 동료의 눈빛이 어떻게 변했는지 살펴보지 못했다.

그로부터 반나절쯤 지난 후, 평화는 그 여관으로부터 무척 멀리 떨어져 있었지만 더 멀리 떨어지지 못하는 것이 안타까울 따름이었다. 여진족이 거주하는 지역으로 들어갈수록 길다운 길이 없어져서 수레를 몰고 가는 일이 점점 힘들어졌다. 그런 만큼 명나라 병사들도 이렇게 으슥한 곳까지는 수색하지 않을 것 같았다. 여진족과 무력 충돌을 염려해야 하는 병사들로서는 더욱 그러할 터였다.

날이 저물 무렵, 두 명의 역관은 갈림길 앞에 당도했다. 매두는 촌각도 망설이지 않고 산으로 난 우측 길로 접어들었다. 평화가 걸음을 멈추고 매두를 불러 세웠다.

"이보게, 왜 상의도 없이 자네 마음대로 길을 정하는 건가?"

매두가 대수롭지 않다는 듯이 어깨를 으쓱거렸다.

"산길로 가야 잡히지 않을 게 아닌가."

매두가 택한 길을 유심히 살피던 평화가 말했다.

"이건 짐승들이나 다니는 길 같아."

"그래서?"

"조선에서 온 역관에게는 까딱하면 막다른 길이 될 수도 있다는 뜻이지."

매두가 코웃음을 치며 당나귀의 고삐를 잡아당겼다.

"그거야 자네 생각이고."

평화는 조금 당황했다. 매두가 무뚝뚝한 불평분자라는 것은 익히 아는 바이나, 동료의 말을 저렇게까지 무시해 버리는 고집쟁이는 아니기 때문이었다.

"매두!"

평화가 불렀지만 매두는 뒤도 돌아보지 않았다. 화가 난 평화는 갈림길에 멈춰 선 채 움직이지 않았다. 매두가 그제야 걸음을 멈추고 평화에게 돌아왔다.

"자네로 인해 우리의 임무가 지연되고 있다는 걸 아나? 우리는 이 산을 넘어야 해."

매두의 질책에 평화는 눈을 찌푸렸다.

"이만하면 추적자들을 따돌리기에 충분하다는 것이 내 생각일세. 병사들은 아마 본대로 돌아가겠지."

매두는 고개를 저었다.

"아닐걸. 이 정도로 포기하고 돌아가면 등껍질이 벗겨지도록 얻어맞거나 재수 없으면 목이 잘릴 수도 있을 테니까."

평화가 놀란 표정으로 물었다.

"자기밖에 모르던 사람이 왜 갑자기 중국 병사들까지 걱정해 주는 건가?"

"그놈들을 걱정하는 게 아니야. 그렇기 때문에 그놈들이 추적을 포기하지 않을 거라는 뜻이지."

"그래도 우리는 안전할 수 있을……."

평화는 평소와 같이 낙관적으로 말하다가 평소와 달리 정색을 한 매두를 보고는 입을 다물었다. 매두가 말했다.

"지금 중요한 건 '우리의 안전'이 아니네."

평화는 당황한 눈길로 동료를 쳐다보았다. 대체 무슨 일이 벌어지고 있는 것일까? 혹시 자신이 알지 못하는 중요한 무엇인가를 매두가 알고 있는 것은 아닐까?

평화와 매두가 한성을 떠나기 바로 전날 새벽, 세종은 그 오래된 우물가로 매두를 은밀히 불러냈다. '소환'은 아니었다. 그런 표현은 세종처럼 좋은 왕에게 어울리는 단어가 아니었다. 그는 자신에게 충성을 다하는 협력자들에 관한 한 요청도 아닌 초청의 형태로 자신을 만나러 와 달라고 말하는 인물이었다.

"몽골의 부족들이 명나라의 동쪽 국경을 급습하기 위해 힘을 합쳤다는 소문이 있네. 그 소문이 사실이면 조선도 안전할 수 없겠지."

세종이 말했다.

"전하……."

매두는 얼굴 가득 우려의 기색을 떠올렸다. 사실 그가 왕이 부여한 임무에 대해 매번 투덜거리며 불평분자 노릇을 자처한 것은 본심과 무관했다. 그는 세종에게 누구보다 헌신적인 충신이었다. 불평분자의 겉모습은 일종의 기만술이었으며, 그는 다른 사람은 몰라도 세종만큼은 자신의 본심을 꿰뚫어 볼 것이라고 믿었다. 본래 기만술에는 반전이 뒤따른다. 그렇다면 매두의 기만술이 기다리는 반전의 시점은 대체 언제일까?

바로 지금일지도 모른다고, 그날 새벽 매두는 생각했다.

매두는 조심스럽게 물었다.

"그 소문을 믿으시는 겁니까?"

세종은 잠시 생각하다가 고개를 흔들었다.

"온전히 믿는 것은 아닐세. 예부터 성동격서(聲東擊西)라는 말이 있지 않은가."

"성동격서……."

매두는 세종이 한 말을 입속으로 되뇌어 보았다.

"서쪽을 치려거든 동쪽을 시끄럽게 만들어라……. 몽골이 노리는 바가 그것일지도 모르지."

세종이 한숨을 쉬고는 말을 이었다.

"몽골이 노리는 방향이 동쪽인지 서쪽인지는 지금으로서는 중요하지 않다네. 어쨌거나 전쟁의 위협이 존재하는 한 중국 어디로도 새로운 문자를 보낼 수 없으니까. 게다가 이곳 한성의 분위기도 심상치 않아."

"한성이라면……?"

"과인은 주자소가 불탄 것이 우연이나 과실의 산물이라고 여길 만큼 순진하지 않다네."

세종은 쓸쓸한 표정을 지었다.

"새로운 문자에 반대하는 자들이 그 문자를 조선 너머로 전파하려는 과인의 뜻을 수수방관하지만은 않을 테지. 그래서 자네들의 다음 여행은 미뤄야 할 것 같네. 아무래도 너무 위험해. 이 말을 하려고 자네를 이리로 부른 걸세."

매두는 고개를 숙였다.

잠시 후 다시 고개를 들었을 때, 매두의 눈동자에 어린 광채는 박팽년이나 신숙주 혹은 정인지의 것과 다르지 않았다. 매두는 그들만큼이나, 아니 그들 이상으로 세종과 세종의 창조물을 신봉하고 있었다.

"전하께서는 원하시는 대로 하셔도 됩니다. 아니, 반드시 그리하셔야 합니다. 전하께서 창제하신 훈민정음은 명나라는 물론 그 너머 세상 구석구석까지 널리 전파되어야 합니다."

세종이 탄식하며 물었다.

"하지만 어떻게 그리할 수 있단 말인가?"

"서쪽을 치려거든 동쪽을 시끄럽게 만들라고 하셨지요?"

매두는 밝게 미소 지었다.

"따지고 보면 저희보다 더 시끄러운 놈들이 어디 있겠습니까?"

꽃모양장식

평화는 자신이 서 있는 이 갈림길이 무척이나 상징적이라는 생각이 들었다. 매두와 자신 사이에 시작된 분열의 상징.

그들은 함께 자라고 함께 공부하며 함께 세상을 겪어 온 가장 가까운 친구이자 동료이자 동행이었다. 언어적 교감은 물론 침묵의 유대를 함께했고, 그러므로 친형제보다도 더 가까운 관계라고 할 수 있었다. 그런데 지금은 모든 것이 바뀐 듯한 기분이 들었다. 평화는 자신의 앞에 서 있는 남자가 자신이 아는 그 매두가 맞는지 확신할 수 없었다.

평화가 물었다.

"대체 무슨 소리를 하는 건가? 우리의 임무는 훈민정음해례의 사본을 요동에 전달하는 것이 아닌가."

매두가 말했다.

"우리의 진짜 임무는 명나라 병사들의 이목을 우리 쪽으로 돌리는 것일세."

평화는 뒤통수를 세게 얻어맞은 사람 같은 표정을 지었다.

"그게 우리의 진짜 임무라고?"

매두가 고개를 끄덕였다.

"그래."

"그렇다가 놈들에게 붙잡히기라도 하면?"

평화의 목소리는 절박하게 들렸지만 매두는 대수롭지 않다는 듯 어깨를 으쓱거렸다.

"우리는 역관이지 훈련받은 첩자가 아니지 않은가. 만약 놈들에게 붙잡힌다면, 나는 까치처럼 내가 아는 모든 것을 불어 버릴 작정이라네. 전하께서도 그 정도는 이해해 주시겠지."

평화는 지금까지 매두가 한 말을 되새겨 보았다. 그러자 슬픔이 물처럼 밀려들었다.

"이제 알겠네."

매두는 처음부터 끝까지 왕의 남자였다. 그런데도 일부러 아닌 척한 것이었다.

"자네에게 솔직하지 않았던 점은 사과하겠네."

평화는 이렇게 말하는 매두를 슬픈 눈으로 바라보았다. 조금 전까지만 해도 친형제보다 더 가까운 친구였는데 지금은 처음 만난 사람처럼 낯설게만 느껴졌다. 평화를 슬프게 만든 것은 또 있었다.

"전하께서는 나를 자네보다 신뢰하지 않으셨나 보군."

매두는 평화의 말을 부정하지 않았다.

"그랬군. 그랬던 거야."

평화는 고개를 맥없이 주억거렸다. 그의 마음은 이미 크게 상처받은 상태였다.

매두는 두 갈래로 나뉜 길을 돌아보았다.

"전하는 알고 계셨던 걸세. 내가 전하를 위해 목숨을 바칠 순간이 오리라는 것을."

평화가 결연히 부르짖었다.

"나도 전하를 위해 목숨을 바칠 수 있네!"

"나는 전하를 위해 자네의 목숨까지도 바칠 수 있지."

"나는…… 나는……."

평화는 차마 말을 이을 수 없었다.

매두가 빙긋 웃었다.

"자네는 전하를 위해 자네의 목숨을 바치고도 남을 만한 사람이야. 하지만 나까지 희생시키지는 못할 걸세. 그래서 내가 자네를 좋아하는 거고."

평화는 매두가 한 말에 대해 곰곰이 생각해 보았다. 모두 사실이었다. 그는 크게 탄식했다.

"전하께서는 우리 자신보다 우리를 더 잘 알고 계셨군."

"그렇지."

두 사람은 서로의 얼굴을 한참 동안 바라보았다. 이윽고 평화가 산으로 향한 길이 아닌 좌측의 길을 가리켰다. 그들의 안전한 탈출을 보장해 주는 길이었다.

평화가 완강한 목소리로 말했다.

"저쪽 길로 가세."

매두도 완강한 목소리로 답했다.

"싫어."

"나는 강제로라도 자네를 저쪽 길로 가게 하겠네."

"해 볼 테면 해 보게."

평화와 매두는 그때부터 싸우기 시작했다. 그들은 무술을 훈련한 적이 없는 평범한 중이었다. 게다가 친구이기도 했다. 하지만 그들의 싸움은 치열했다. 살벌하고, 필사적이기까지 했다. 급기야 한 덩어리로 뒤엉켰고, 풀숲을 데굴데굴 뒹굴었다.

명나라의 군관과 병사들이 갈림길에 도착했을 때, 두 명의 역관은 본래의 생김새를 알아보기 힘들 만큼 엉망진창으로 변해 있었다. 온몸이 피투성이로 변한 그들은 서로에게 의지하지 않으면 일어서지도 못할 정도로 기진맥진한 상태였다.

말에서 내린 군관이 안장에 걸린 가방에서 두루마리를 꺼내어 펼쳤다. 웬만큼 억지를 쓰기 전에는 그 두루마리 위에 그려진 얼굴과 엉망진창이 된 두 사람의 얼굴이 같다고 주장하기 힘들 것 같았다. 하지만 군관과 병사들은 오랜 탐문과 추적으로 지칠 대로 지친 상태였다. 더 깊은 산중으로 들어갔다가는 사냥을 나온 여진족들과 마주칠 공산도 있었다. 만약 그 여진족들이 괜찮은 사냥감을 잡지 못했다면, 군관과 병사들을 상대로 새로운 사냥을 벌이겠다고 나설지도 모르는 일이었다.

"저놈들을 체포해라."

군관의 명령에 병사들이 평화와 매두를 즉시 포박했다.

평화와 매두는 악몽에서 방금 깨어난 것 같은 얼굴로 자신들을 포박하는 명나라 병사들을 멍하니 바라보기만 했다. 저항하는 것은 고사하고 한마디 소리 지를 힘조차 남아 있지 않았다.

매두가 평화를 돌아보며 퉁퉁 부은 입술을 달싹거렸다.

"나를 용서해 주겠나?"

평화가 마찬가지로 퉁퉁 부운 입술을 달싹이며 대답했다.

"물론이지."

두 사람은 그렇게 체포되었다. 그리고 그들로 인한 소란이 명나라의 이목을 잡아끈 사이, 조선의 왕이 보낸 또 다른 누군가는 요동에서 유배 생활을 하는 명나라 학자에게 무사히 당도할 수 있었다.

이것이 두 사람에게 내려진 진짜 임무였다.

꿍꿍꿍꿍꿍꿍

유배자 황잔은 선반 위에 놓인 수석을 감상하며 아침 시간을 보내고 있었다.

당시만 해도 학자라면 누구나 수석을 한두 개쯤 가지고 있었다. 황잔이 가진 것은 두 뼘 정도 길이의 비대칭적인 석회석으로 태호(太湖)라는 호수에서 구한 돌이었다. 석회석의 특성상 그 수석에는 여러 개의 구멍이 뚫려 있었다.

황잔은 그 돌이 실재하는 유명한 봉우리를 닮지는 않았다고 생각했다. 다만 신선들이 산다는 봉래산에 가면 이것과 닮은 기암절벽을 볼 수 있지 않을까 하는 다소 헛된 기대심은 품고 있었다. 봉래산의 모습은 중국의 고전인 〈산해경(山海經)〉에 나오는데, 천오백 년 된 그 책의 사본은 자금성 높은 벽 너머의 서고에 보관되어 있었다. 만약 황잔이 운 좋게 서고에 들어가 그 책을 열람할 기회를 잡는다 해도, 그의 뒤통수를 노려보는 것은 사서가 아니라 가증스럽기 짝이 없는 환관일 공산이 컸다.

"다 부질없는 생각이다."

황잔은 한숨을 쉬듯 말했다. 자금성 서고 따위 이제는 머릿속에서 지울 때도 되었다. 지금처럼 돌이나 들여다보면서 세월을 보내는 것이 유배자에게는 더 어울렸다.

밖에서 하인의 목소리가 들린 것은 그 무렵이었다.

"나리."

문을 열고 나가 보니 하인이 천에 싸인 자그마한 꾸러미를 받쳐 들고 있었다.

"그게 뭐냐?"

"소인도 모르옵니다. 처음 보는 사람이 찾아와서 나리께 전해 달라고 이 물건을 주더니 그냥 가 버렸습니다."

황잔은 하인에게서 받은 꾸러미를 풀어 보았다. 그 안에는 목판으로 인쇄된 얇은 책 한 권이 들어 있었다.

"훈민정음해례?"

표지에 적힌 한자를 읽은 황잔은 고개를 갸웃거리며 책을 펼쳤다. 그의 눈은 금세 휘둥그레졌다. 그 책에는 방대한 독서량을 자랑하는 그조차도 처음 보는 문자와 그것을 설명하는 한자가 빽빽하게 적혀 있었던 것이다. 문자를 구성하는 단순한 직선과 동그라미는 중국의 한자와 전혀 달랐고, 파스파 문자 혹은 서양의 문자와 닮은 듯하면서도 또 달랐다.

황잔은 경악을 이기지 못하고 자신도 모르게 소리 내어 말했다.

"대체 이게 뭐지?"

"소인은 잘 모른다고 말씀을 드렸……."

하인이 제게 묻는 줄 알고 얼른 대답했지만, 황잔은 들은 체도 않고 계속 중얼거렸다.

"이게 설음(舌音)이라고? 이건 치음(齒音)이고? 발성을 할 때 구강 안의 모양을 본떠 만든 문자라니, 세상에 어떻게 이런 것을……."

황잔은 책장을 덮고 눈을 감았다. 떨리는 몸을 주체하기가 힘들었다. 유배자로 살아간다는 것은 깊은 구멍에 홀로 빠진 것처럼 고독한 일이었다. 꼬리를 무는 사념과 잡념만이 그에게 허락된 유일한 도락이자 소일거리였다. 그런데 오늘에야 비로소 그 지독한 고독으로부터 벗어난 것 같은 기분이 들었다. 이 책에 나오는 문자를 만든 조선의 왕, 바로 세종 덕분이었다.

문자를 창제한다는 것은 실로 엄청난 일이 아닐 수 없었다. 게다가 이처럼 과학적이면서도 실용적인 문자라니! 축하할 엄두조차 나지 않았다. 지금 황잔에게 있어서 세종의 존재는 봉래산에 산다는 신선과 다를 바 없었다. 그렇지 않다면 이렇게 엄청난 일을 어찌 해낼 수 있단 말인가.

그러나 세종은 신선 같은 불멸의 존재가 아니었다. 왕이라는 신분도 큰 의미는 없었다. 세종은 황잔과 같은 인간이었다. 그저 한 사람의 인간일 뿐이었다. 황잔은 어떤 인간이 이룩한 업적 앞에 같은 인간의 한 사람으로서 경의를 표하고 싶어졌다.

황잔은 다시 훈민정음해례를 펼쳤다. 거의 허기에 가까운 욕망이 치밀었다. 그는 책장 위에 적혀 있는 새로운 지식들을 한 톨도 남기지 않고 모조리 먹어 치울 작정이었다.

황잔은 유배 생활 이후 처음으로 행복할 수 있었다.

요동의 유배자가 행복감에 사로잡힌 그날 밤, 세종은 먼저 세상을 떠난 천재적인 발명가가 불현듯 그리워 물시계가 설치되어 있는 방으로 찾아갔다.

"영실, 식사는 했는가?"

세종은 물시계의 두꺼운 가로대 위에 쌀밥 한 그릇을 올렸다.

"곡주도 한 잔 할 텐가?"

밥그릇 옆에 놓은 술잔에 쌀로 만든 곡주를 따랐다. 그런 다음 두 시간 주기로 정상에 도달하는 물의 움직임을 묵묵히 지켜보았다. 물이 흘러내리고, 잣대가 솟아오르고, 금속 공이 떨어지고, 커다란 상자 안에서 지렛대가 움직이고…….

세종은 그 과정에서 울리는 갖가지 소리들로부터 마음의 위안을 얻을 수 있었다.

"아, 그렇지."

세종이 갑자기 웃었다.

"그렇구면."

물시계가 내는 소리들이 죽은 벗의 말소리라도 된다는 양, 세종은 기계와 대화를 주고받았다.

마침내 인형들이 나타나 시간을 알렸다. 그러더니 다음번 계시를 위한 과정으로 넘어갔다. 방 안이 다시 고요해졌다.

"친애하는 벗이여."

세종이 속삭였다.

"머지않아 자네를 만날 수 있을 것 같으이."

오늘처럼 몸과 마음이 약하게 느껴진 것은 처음이었다. 마치 세상 한가운데 홀로 서 있는 기분이랄까. 시간은 그를 기다려 주지 않는 것 같았다.

한반도와 일본 열도를 가로지르는 해협.

왜구의 함대는 거친 바람의 도움을 받아 항진하고 있었다. 일본에는 '카미가제', 즉 '신풍(神風)'이라는 용어가 있는데, '신이 일본을 지켜 주기 위해 일으킨 바람'이라는 뜻이었다. 왜구들은 자신들의 함대를 한반도로 힘차게 밀어 주는 이 바람을 카미가제라고 굳게 믿으며 한껏 고무되어 있었다.

붉은 바다의 주군이 해변에 가져다 놓았던 왕좌를 닮은 커다란 의자는 지금 대장선 갑판 중앙에 옮겨져 있었다. 그가 탄 대장선은 함대의 가장 좌측 전방에 위치하고 있었다. 그곳은 전투가 벌어졌을 때 가장 먼저 공격에 나설 수 있는 위치이기도 했다. 그의 주변에는 여러 명의 해적들이 아딧줄을 조종하느라 분주히 움직이고 있었다.

이번 출정에서 대장선의 항해사를 맡은 사메는 주군의 뒤쪽에서 커다란 키를 잡고 있었다. 그는 거친 바람을 세심히 읽으며 대형 함선을 능숙하게 조종하고 있었다. 코이누가 이 배 안 어딘가에 있다는 것을 알지만, 그는 아들에 대해 크게 신경 쓰지 않았다. 듣지도 못하고 말하는 법도 모르지만 수영 실력 하나만큼은 물고기 뺨치는 아들이었다. 안전에 대해서는 특별히 염려할 필요 없다고 생각했다.

그 무렵 코이누는 갑판 아래 선창에 웅크리고 앉아서 손발이 결박된 조선인 학자를 빤히 쳐다보고 있었다. 그러다가 지루함을 느꼈는지 군데군데 고인 바닷물을 손가락에 찍어 선창 바닥 위에 찍찍 긋기 시작했다.

소년의 시선이 자신에게서 거둬진 뒤에도 신숙주는 계속 소년을 바라보았다. 그는 지금 소년이 보이는 행동을 통해 그 마음속에 숨겨진 '쓰기'에 대한 본능적인 갈망을 알아차릴 수 있었다.

신숙주는 일본어로 소년을 불렀다.

"얘야."

소년은 대답하지 않았다.

아주아주 어렸을 때, 코이누는 오늘 하루가 어제와는 다르다는 것을 느꼈다.

하루하루가 새로웠다. 매일 뜨고 지기를 반복하는 태양마저도 경이롭게 느껴졌고, 어떤 날은 무언가 잘못된 것이 아닌가 두렵기까지 했다. 아이는 각각의 시간들이 뿜어내는 서로 다른 향기를 맡을 수 있었고, 그것들이 드러내는 다채로운 형태를 구별할 수 있었다. 그토록 변화무쌍한 시간은 아이에게 있어서 측정 가능한 것일 뿐만 아니라 감지 가능한 것이기도 했다.

어느 날인가 코이누는 생각했다.

오늘은 정말 황금처럼 찬란하구나!

코이누는 어른들에게 그 사실을 알려 주고 싶어서 집으로 뛰어

들어갔다. 얼굴만이 아니라 온몸으로 '오늘은 정말 황금처럼 찬란해요! 그렇지 않나요?'라고 외쳤다. 하지만 아이의 혓바닥은 아이의 마음과 달리 움직여 주지 않았고, 어른들은 아이를 쳐다보지도 않았다. 왜냐하면 아이가 듣지도 말하지도 못한다는 것을 이미 알기 때문이었다. 아이는 그들에게 없는 사람이나 마찬가지였다. 그 자리에 있지만, 그 자리에 없는 사람.

코이누는 자신이 느꼈던 경이로움이 와르르 무너져 내리는 것을 느꼈다.

그날 이후 황금처럼 찬란한 날은 두 번 다시 찾아오지 않았다. 그리고 이제는 그런 날이 있었다는 사실 자체도 까맣게 잊어버리고 말았다. 하지만 크나큰 별의 탄생부터 작디작은 원자의 붕괴까지 남김없이 기억하는 신께서는 아이가 잊어버린 것을 기억하고 있었다.

உஒஒஒஒ

"얘야."

신숙주는 다시 한 번 소년을 불러 보았다. 하지만 소년은 제가 그려 놓은 물자국만 내려다볼 뿐 아무 반응도 보이지 않았다.

그런 소년을 잠시 바라보던 신숙주가 발목이 묶인 발로 선창 바닥을 쿵쿵 굴렀다. 갑작스러운 진동을 느낀 소년이 숙이고 있던 고개를 들었다. 주변을 두리번거리더니 고개를 다시 바닥을 향해 숙였다. 신숙주는 또다시 발을 쿵쿵 굴렀다. 소년이 고개를 번쩍 들고 그를 쳐다보았다. 그러더니 주먹으로 선창 바닥을 쿵쿵 내리찍었다.

신숙주는 감탄하듯 중얼거렸다.

"세상과 소통하는 방법은 여러 가지로다."

🙰🙰🙰🙰🙰

신숙주는 첫 번째 수업을 시작했다. 손목이 결박된 상태에서 소년의 오른손을 붙잡아 소년의 왼손 손바닥 위에 글자를 쓰도록 한 것이었다. 이를테면 소년의 오른손 손가락이 붓이고 소년의 왼손 손바닥이 종이인 셈이었다. 신숙주가 소년의 양손을 붓과 종이 삼아 쓴 글자는 세종이 창제한 문자, 훈민정음이었다. 그 훈민정음으로 일본말을 소리 나는 대로 옮기려는 것이 그의 의도였다. 이 순간 신숙주는 스승이었고 소년은 제자였다.

"테(손)."

스승은 제자가 듣지도 말하지도 못한다는 사실을 이미 알고 있었다. 하지만 입모양을 볼 수는 있을 터이기에 또박또박 발음하면서 소년의 손바닥 위에 '테'라는 글자를 그렸다. 그런 다음 이해를 돕기 위해 소년의 손을 잡고 살짝 흔들어 주었다.

다음 단어도 주변에서 구할 수 있는 것이어야 했다. 신숙주는 소년의 손을 당겨 선창 바닥에 고인 물을 만지게 했다.

"미즈(물)."

소년의 손가락이 소년의 손바닥 위에 '미즈'라는 글자를 그렸다.

그다음은 소년의 손을 위로 올려 제 머리카락을 붙잡게 했다.

"카미노케(머리카락)."

그 순간 소년이 신숙주에게 붙잡혀 있던 손을 갑자기 홱 빼냈다. 그러더니 이제까지의 흐리멍덩한 표정이 아닌 너무나도 많은 생각과 감정이 뒤엉킨 표정을 지으며 주춤주춤 물러났다. 소년에게 이 수업은 세상과 나누는 첫 번째 소통이었고, 소년은 그 충격을 감당하기에 너무 어렸던 것이다.

소년은 반대편 구석진 곳까지 물러나 몸을 동그랗게 웅크렸다.

신숙주의 첫 번째 수업은 이렇게 끝난 것처럼 보였다.

꿰꿰꿰꿰

세 바다의 주군이 이끄는 해적들은 해협 한가운데서 전진을 멈추고 조선 침략을 위한 최종 작전 회의를 열었다. 세 척의 대장선에서 내린 세 척의 조각배가 저번처럼 가까운 거리를 두고 모였다. 사메를 포함한 세 명의 사공들이 방향을 꺾어 가며 조각배들 간의 거리를 유지하는 가운데, 물결 소리와 바람 소리를 뚫고 주군들의 목소리가 우렁우렁하게 울리고 있었다.

초록 바다의 주군이 말했다.

"한밤중에 칩시다. 그래야 우리의 움직임을 눈치채지 못할 거요."

푸른 바다의 주군이 큰 소리로 동의했다.

"물론이오. 곤히 잠들어 있을 때 놈들을 죽이고 약탈을 마친 다음 동이 트기 전에 바다로 나오면 되오."

침묵하던 붉은 바다의 주군이 그제야 입을 열었다.

"해적다운 발상이군."

그의 목소리는 앞선 두 주군이 낸 것처럼 크지 않았지만 두 주군을 발끈하게 만들기에는 충분했다. 사실 굳이 큰 소리로 말할 필요도 없었다. 어떤 종류의 표현은 그 자체로 의미가 명확하여 큰 소리로 말하지 않아도 충분히 상대에게 모욕감을 줄 수 있기 때문이었다.

붉은 바다의 주군이 말을 이었다.

"우리는 바다의 주군, 즉 배를 이끄는 쇼군이오. 우리는 단순한 약탈이 아니라 전쟁의 선봉에 나선 것이오."

푸른 바다의 주군이 반박하고 나섰다.

"우리 일본의 병권은 아시카가 쇼군이 가지고 있지 않소. 그런데 일개 영주가 어찌 전쟁을 입에 담는단 말이오?"

붉은 바다의 주군은 꿈쩍도 하지 않았다.

"거제도를 점령하면 조선과 조선 왕의 나약함이 입증되오. 우리는 거기서 멈추지 않고 조선 전체를 피바다로 만들어야 하오. 아시카가 쇼군이 교토에서도 그 피 냄새를 맡을 수 있도록 말이오."

초록 바다의 주군이 굳은 표정으로 말했다.

"결국 우리를 이곳까지 오게 한 것도 약탈이 아니라 전쟁을 벌이려는 의도였군."

붉은 바다의 주군이 차갑게 대꾸했다.

"시작을 했으면 끝을 봐야지."

두 주군이 한동안 그를 노려보았다. 그러다가 푸른 바다의 주군이 먼저 말했다.

"옳은 말이오."

셋 중 둘이 의견을 같이하자 초록 바다의 주군도 마지못한 듯 고개를 끄덕였다. 단순한 노략질이었던 것이 이제는 조선에 대한 침공, 즉 전쟁으로 확대되었다. 그 위협이 바다를 접한 해안 마을을 넘어 멀리 한성에 있는 세종에게까지 미치게 된 것이었다.

조각배를 조종하는 사메는 세 바다의 주군들 사이에 오간 대화를 모두 들었고, 그 내용을 곱씹어 보고 있었다. 언제나 그랬듯이, 그는 주군이 원하는 일이라면 무엇이든 할 작정이었다. 조선인은 물론 일본인까지도 그들을 해적이라 손가락질하고, 그들 스스로도 해적임을 부정할 수는 없겠지만, 그렇다고 해서 명예를 목숨처럼 여기는 사무라이 정신까지 버린 것은 아니었다. 어쩌면 세상의 손가락질 때문에라도 그들은 더욱 사무라이다워야 할 필요가 있었다. 쇼군 주변의 사무라이보다, 나아가 일왕 주변의 사무라이보다.

사메는 자신의 주군이 잘못된 판단을 내리지 않았으며, 혹여 잘못된 판단을 내렸더라도 그대로 따라야 한다고 생각했다. 물론 이러한 맹종이 사메 본인을 죽음으로 몰고 갈 수도 있었다. 그는 죽음을 두려워하지 않았다. 주군을 좇아 바다의 무덤으로 들어가야 하는 것은 그의 운명이었고, 그는 그 운명을 한 번도 부정해 본 적이 없었다.

하지만 그런 가운데도 문득문득 사메의 발목을 잡아채는 유일한 존재는 바로 코이누였다. 듣지도 말하지도 못하는 어린것이 혼자서 어떻게 살아남을 수 있겠는가. 고통만이 가득한 세상 속에서 얼마나 오래 버틸 수 있겠는가.

그러므로 사메가 취할 방법은 오직 하나뿐이었다. 기나긴 항해

끝에 마침내 바다의 무덤이 눈앞에 나타났을 때, 자신이 직접 칼을 뽑아 아들의 목을 베어 버리는 것. 물론 그런 생각을 하는 것만으로도 마음이 편치 않았다. 하지만 그것 말고 달리 어떤 방법이 있겠는가. 장애를 가진 가여운 아이를 가혹한 세상에게 맡기느니 차라리 자신의 손으로 목숨을 끊어 주는 쪽이 훨씬 나은 선택이 될 거라 그는 굳게 믿었다.

❦❦❦❦❦

궁궐로 향하는 한성의 서쪽 대로에 긴 행렬이 이어졌다. 일터에 나갈 시간이 이미 지났지만 한 무리의 상인들이 갑자기 밀려드는 바람에 많은 사람들이 굼뜬 행렬 속에서 애를 먹고 있었다.

궁궐 서쪽 문에는 오늘도 순돌이 동료 두 명과 함께 근무 중이었다. 여느 날처럼 궁궐로 들어가려는 자들을 검문하던 그의 눈에, 얼굴 아랫부분을 수건으로 가린 남자 하나가 작고 초라해 보이는 말이 끄는 수레를 몰고 다가오는 것이 보였다.

궐문을 지키다 보면 하루에도 수십 번씩 볼 수 있는 광경일 테지만, 순돌만큼은 일반적으로 여기지 않았다. 아침 시간에 남자 한 명이 모는 수레라면 그에게는 절대로 일반적일 수가 없었다. 그래서 그는 일반적이지 않은 것을 확인하기 위해 일반적인 절차는 몽땅 무시해 버렸다. 남자가 모는 수레에 자신이 찾는 표식이 달려 있는지를 면밀히 살펴보았다.

그 표식이 수레 뒤쪽에 달려 있었다. 바로 노란색 천 조각.

순돌은 즉시 손을 흔들어 남자와 수레를 통과시켰다. 그러면서 수십 년간 그래 왔던 것처럼 남자의 얼굴을 똑바로 바라보지 않기 위해 눈을 내리깔았다. 그런 다음 수십 년간 그래 왔던 것처럼 남자의 뒷모습을 바라보았다. 오늘도 왕에게 도움을 줄 수 있었다는 자부심이 늙은 육신을 뿌듯하게 채워 오는 것을 느끼면서.

하지만 순돌은 알지 못했다. 오랜 세월 궐문을 지키면서 단 한 번의 실수도 범하지 않았던 자신이 바로 오늘 치명적인 실수를 범했다는 사실을.

🙖🙖🙖

신숙주는 여전히 대장선 갑판 아래 선창에 갇혀 있었다. 그의 손발은 여전히 묶인 채였고, 그를 감시하는 사람 또한 여전히 소년 혼자뿐이었다.

자신을 빤히 쳐다보는 소년을 보며 신숙주는 생각했다. 소년의 머릿속에는 지금 무슨 생각이 오가고 있을까? 듣지도 말하지도 못하는 소년에게 왕이 창제한 이 마법 같은 문자는 너무 과분한 것이었을까? 그래서 저렇게 움츠러들어 버린 것일까? 마치 우물 안 개구리가 우물 바깥의 세상을 두려워하는 것처럼?

그때 소년이 움직였다. 물에 젖은 선창 바닥을 건너 신숙주에게 다가온 소년은 그의 오른손을 붙잡아 그의 왼손 손바닥 위에 어떤 글자를 썼다.

'미즈(물).'

그런 다음 신숙주의 얼굴을 빤히 바라보았다.

신숙주는 크게 외쳤다.

"그렇지! 물! 이게 바로 물이라는 글자야!"

소년이 눈가를 살짝 찡그렸다. 상대의 반응이 못마땅한 눈치였다. 소년은 신숙주의 손바닥 위에 같은 글자를 한 번 더 썼다. 더 힘을 주어. 한 획 한 획 꾹꾹 눌러 가며.

그 순간 신숙주의 머릿속에 한 가지 생각이 떠올랐다.

"너 설마…… 물을 마시고 싶어 하는지 내게 묻는 거냐?"

소년은 또다시 신숙주의 얼굴을 빤히 바라보았다. 신숙주는 자신이 짐작이 맞았음을 확신할 수 있었다.

"맞다! 나는 물이 마시고 싶다!"

신숙주는 소년의 오른손을 잡았다.

"노무(마시다)."

그는 소년의 왼손 손바닥 위에 훈민정음으로 '노무'라는 글자를 쓰게 한 다음, 물을 마시는 시늉을 했다.

소년은 선창 구석에 있는 커다란 나무통 쪽으로 가더니 그릇 하나에 물을 가득 떠서 가져다주었다. 신숙주는 결박된 손으로 그릇을 받아 벌컥벌컥 들이켰다. 목이 마른 것은 사실이었고, 그래서 물은 무척이나 달고 시원했다. 하지만 정작 신숙주를 전율하게 만든 것은 소년이 그 짧은 시간 사이 훈민정음의 한 부분을 배우는 데 성공했다는 사실이었다. 세종의 의도가 듣지도 말하지도 못하는 외국인 꼬마에게도 통한다는 점이 이로써 증명되었다. 게다가 그 증명을 이끌어 낸 사람은 다름 아닌 신숙주 본인이었다. 세종의 과업에 일조했다는 사실이 젊은 학자를 감동하게 만들었다.

"아리가토(고맙다)."

신숙주는 자신의 손가락으로 소년의 손바닥 위에 글자를 썼다.

그런 다음 소년을 향해 고개를 숙임으로써 그 글자에 무슨 의미가 담겨 있는지를 알려 주었다. 그러자 걱정 하나가 문득 떠올랐다. 글자를 손바닥 위에만 쓰는 것으로 오해하면 안 되는데. 신숙주는 그릇 바닥에 남은 물을 찍어 선창 바닥 위에 '아리가토'라는 글자를 쓰고 소리 내어 읽은 다음 소년을 향해 고개를 꾸벅 숙였다. 나는 네게 고마워하고 있단다, 그리고 글자는 아무 데나 쓸 수 있는 것이란다…….

그 순간 소년의 눈이 반짝 빛났다. 마치 작은 머릿속에 또 하나의 촛불이 밝혀진 것 같았다.

소년은 벌떡 일어나 선창 바닥을 가로질러 달려갔다. 잠시 후 돌아온 소년의 손에는 화로 같은 데서 꺼내 온 숯 한 조각과 낡았지만 하얀 천 한 장이 들려 있었다.

소년은 선창 바닥 위에 천을 펼친 다음 그 앞에 쪼그려 앉았다. 오른손에 꼭 쥔 숯 조각으로 천 위에 무언가를 그려 나가기 시작했다. 그것은 아까 신숙주가 가르쳐 주었던 글자들이었다. 신숙주는 글자가 모여 단어 하나가 완성될 때마다 또박또박한 소리로 읽어 주었다.

"테(손)."

"미즈(물)."

"카미노케(머리카락)."

소년이 또 하나의 단어를 적었다. 그 단어를 내려다보는 신숙주의 눈이 커졌다.

'아리가토.'

소년이 신숙주를 향해 고개를 꾸벅 숙였다.

신숙주의 눈에 눈물이 고였다. 고개를 들어 올리는 소년에게 그는 조선말로 이렇게 답례해 주었다.

"아니다, 내가 더 고맙구나. 제자야."

ఴఴఴఴఴ

선창 안에는 사찰에서나 볼 수 있을 법한 커다란 석등이 하나 있었다. 과거에 해적질로 약탈한 물건을 갑판 밑에다 그냥 처박아 둔 모양이었다. 조선의 젊은 학자와 일본의 어린 해적은 그 석등의 도움 아래 밤샘 공부를 하느라 여념이 없었다. 첫 번째 수업이 가져다준 기대 이상의 결과에 고무된 나머지 스승과 제자 모두 도저히 멈출 수가 없었던 것이다.

제한된 공간이지만 교재는 무궁무진했다. 해적선의 선창은 교재 창고라고 불러도 무방할 정도였다. 식량과 술, 갑옷과 무기 같은 해적들의 상비품은 물론이거니와 아름다운 도자기와 값진 장신구, 짐승들이 수놓인 깃발과 다양한 색상의 직물, 글자와 그림이 그려진 족자 같은 약탈품까지도 두 사람의 수업을 위한 좋은 교재가 되어 주었다.

"새......."

"사슴......."

"너구리......."

신숙주는 깃발 위의 짐승을 지목한 다음 그에 해당하는 일본어 단어를 훈민정음으로 썼다. 소년이 그가 쓴 단어를 외워 자신의 앞에 놓인 천 위에 똑같이 따라 쓴다.

"멧돼지……."

"말……."

"여우……."

이번에는 복습이다. 이전에 이미 다룬 짐승들을 가리켜 보았다. 소년은 총명했다. 배운 것들을 까먹지 않고 막힘없이 써 내려가고 있었다. 소년의 천은 이미 세종이 창제한 문자로 빽빽이 들어찬 상태였다. 일본어를 모르는 사람에게는 이상한 기호들에 불과하겠지만, 그럼에도 신숙주는 이 수업이 효과적이라고 믿었다. 적어도 자신이 처음으로 맞아들인 제자에게는 말이다.

"엄마……."

"아빠……."

"비……."

"눈……."

다음은 조금 더 어려운 색깔을 가르칠 차례였다. 신숙주는 족자들 몇 개를 선창 바닥에 펼쳐 놓았다. 그런 다음 세 가지 그림을 차례차례 지목했다. 파도 그림. 하늘 그림. 말을 탄 장수의 그림.

소년은 당혹해하는 표정을 지었다. 스승의 의도가 무엇인지 감을 잡지 못한 눈치였다. 그리고 그런 소년을 바라보며 마찬가지로 당혹해하는 표정을 짓는 사람이 있었다. 바로 소년의 아비인 사메였다. 해적 선단이 항해를 멈춘 틈을 타 아들의 근황을 살피려고 선창으로 내려온 그는 눈앞에 펼쳐진 광경을 전혀 이해할 수 없었다. 코이누는 조선인 포로와 함께 무엇을 하고 있는 것일까?

스승과 제자는 사메의 등장을 눈치 채지 못했다.

신숙주가 말했다.

"파란색."

선창 바닥에 파란색에 해당하는 일본어를 소리 나는 대로 쓴 그는 파도를 가리키며 다시 말했다.

"파란색."

그런 다음 하늘과 장수가 탄 말에 씌워진 마구를 연달아 가리키며 같은 말을 반복했다.

"파란색."

세 가지 파란색 그림을 들여다보던 소년이 갑자기 주변에 놓여 있던 족자들을 마구 펼치기 시작했다. 그러더니 원하던 것을 발견했는지 그림 하나를 손가락으로 짚으며 신숙주를 올려다보았다. 신숙주는 소년의 손가락이 향한 그림을 바라보며 중얼거렸다.

"이건 벚꽃인데…… 아! 지금 색깔을 공부하는 중이었지. 꽃이 아니라 꽃의 색깔이 무엇인지 알고 싶은 게로구나."

그 벚꽃은 흰색보다는 분홍색에 가깝게 그려져 있었다.

"분홍색."

신숙주가 분홍색에 해당하는 일본어를 써서 소년에게 보여 주었다. 그 단어를 뚫어져라 쳐다보던 소년이 새로운 천 위에 숯을 놀리기 시작했다. 신숙주는 조금 당황했다. 소년이 정신없이 써 내려간 단어는 한 개가 아닌 세 개였고, 방금 배운 '분홍색'이라는 단어도 포함되어 있었지만 나머지 두 단어는 그것과 전혀 연관 없는 것들이기 때문이었다. 한 번도 이런 적이 없었는데, 갑자기 헷갈리기라도 한 것일까?

사메가 두 사람 앞에 모습을 드러낸 것은 바로 그때였다.

사메는 무서우리만치 경직된 얼굴로 코이누의 팔목을 홱 잡아

챘다. 아비의 난폭한 손길에 아들은 뒤로 데굴데굴 굴러가 버렸다. 하지만 사메의 목표는 아들이 아니었다. 그는 신숙주의 멱살을 잡아 번쩍 들어 올리더니 선창 가운데 서 있는 기둥에다 거칠게 밀어붙였다.

신숙주는 고통스러운 신음을 흘렸다. 목덜미가 뜨듯해지는 것이 아무래도 뒤통수가 깨진 모양이었다.

사메는 선창 바닥에 흩어진 잡다한 물건들과 천 위에 남겨진 이상한 기호들을 둘러본 뒤 신숙주에게 물었다.

"네놈은 텐구냐?"

"테, 텐구?"

신숙주는 윙윙 울리는 머리로 생각이란 것을 하려고 노력했다.

"당신 나라 요괴 말이오? 나는 요괴가 아니라 조선의 학자요. 조선의 왕을 모시는 신하요."

사메가 으르렁거리듯이 물었다.

"요괴가 아니라면 내 아들에게 무슨 짓을 한 거냐?"

신숙주가 말했다.

"읽고 쓰는 법을 가르쳤소."

빡.

사메가 신숙주의 얼굴을 후려쳤다. 코이누가 읽고 쓰다니, 말도 안 되는 소리였다. 이 조선인은 거짓말쟁이가 아니면 미친 자가 분명했다.

"우리 전하께서 창제하신 문자로……."

빡.

또다시 얼굴을 강타강한 신숙주는 피 흘리는 입으로도 말을 멈추려 하지 않았다.

"……그 문자로 당신의 아들에게 일본어를 가르쳤소."

사메의 주먹은 무자비했지만 신숙주의 자부심을 꺾기에는 부족했다. 신숙주는 주눅 들기는커녕 오히려 고래고래 악을 쓰기 시작했다.

"당신의 아들은 우리 전하께서 창제하신 문자를 금방 배웠소!"

빡.

"그 문자는 본디 조선의 백성을 위해 만들어졌지만 어떠한 언어도 표현할 수 있소!"

빡.

"두루미의 울음소리도! 수탉의 울음소리도! 개 짖는 소리까지도!"

빡. 빡.

신숙주의 몸이 기둥에 거듭 부딪치다가 바닥으로 엎어졌다. 사메는 피투성이가 된 채로 넝마처럼 널브러진 그를 걷어차기 시작했다. 신숙주는 새우처럼 몸을 웅크렸지만 고통을 피할 길이 없었다. 모든 감각이 메아리처럼 아스라해지고 있었다. 그러던 중 눈에 띈 것은 소년이 마지막에 정신없이 글자를 써 내려가던 천이었다. 그 글자들이, 그 단어들이 신숙주의 흐려지는 망막 속으로 파고들었다.

왜 그랬는지는 모르지만, 신숙주는 그 단어들을 소리 내어 읽었다.

"엄마…… 분홍색…… 눈……."

사메의 움직임이 뚝 멈췄다. 그는 거의 죽어 가는 조선인 학자를 내려다보았다. 그의 얼굴에는 자신이 날린 주먹질과 발길질을 고스란히 돌려받은 듯한 표정이 떠올라 있었다.

사메가 가까스로 입을 열었다.

"그, 그게 무슨 소리냐?"

신숙주는 핏물을 가득 머금은 입으로 간신히 말했다.

"당신 아들이 쓴 글자……."

그런 다음 다시 한 번 읽었다.

"엄마…… 분홍색…… 눈……."

사메는 뒤쪽에 나동그라져 있는 자신의 아들을 돌아보았다. 그 모습 위로 겹친 것은 아내의 장례식 날 풍경이었다. 아내는 벚꽃이 질 무렵에 죽었다. 하늘도 슬펐는지 철에 어울리지 않는 눈발을 날려 주어 모두를 놀라게 만들었다. 흰 눈에 섞여 떨어지는 벚꽃 잎은 선명한 분홍색이었다. 그래서 사메는 분홍색 눈 속에 서있는 듯한 착각에 사로잡혔었다.

아내와 벚꽃과 눈.

엄마와 분홍색과 눈.

당시 코이누는 겨우 두 살이었다. 하지만 그게 무슨 상관이란 말인가? 지금 코이누는 두 살이 아니지만 사람 취급을 받지 못하고 있다. 나이는 중요하지 않았다. 안 그런가?

사메가 말했다.

"기억하고 있었구나……."

감정을 절제하는 것은 사무라이의 오랜 덕목이었고, 사메는 뼛속까지 사무라이였다. 하지만 다음 말을 입 밖으로 내보내는 순간, 사메는 그 덕목이 산산이 부서지는 것을 느껴야만 했다.

"……내 아들아."

지금껏 그의 감정 위에 단 한 번도 제대로 새겨져 보지 못했던 그 말. 혈관 속을 흐르는 핏물이 목 놓아 외치는 그 말 앞에서 사무라이의 덕목은, 아니 사무라이 자체마저도 의미를 잃을 수밖에 없었다.

아들이 고개를 들어 아비를 바라보았다. 아비가 한 번도 본 적이 없는 아들의 눈은 '그래요, 아버지'라고 대답하고 있었다. 아들은 기억하고 있었던 것이다. 아비가 기억하지 못하는 것까지도.

사메는 조선인 학자 앞에 떨어져 있는 천을 주워 들었다. 그에게는 그 위에 적힌 기호들을 읽을 능력이 없었다. 하지만 그런 것은 중요하지 않았다. 그 기호들이 무엇인지 이제는 알기 때문이었다.

백성을 가르치는 바른 소리.

사메는 흐느끼기 시작했다.

಄಄಄಄

변복한 왕으로 위장한 남자가 수레를 몰고 간 방향에는 건어물을 보관하는 창고가 있었다. 궁궐 내에 있는 창고인 만큼 보초병이 배치되어 있는 것은 예측 가능한 일이었다. 하지만 창고 안에 건어물을 운반해 온 장사치 다섯 명이 더 있다는 것은 예측의 범주를 벗어난 일이었다. 그 사실을 알아차린 남자는 걸음을 멈추고 잠깐 갈등했지만, 그것은 말 그대로 잠깐에 불과했다.

남자가 멈췄던 걸음을 다시 옮긴 것과 거의 같은 시각, 젊은 유생 한 사람이 어딘지 모르게 불안한 기색을 드러내며 궁궐 안으로 들어섰다.

유생은 걸음을 옮기면서도 끊임없이 중얼거리고 있었다.

"이것은 하늘의 뜻이다. 이것은 하늘의 뜻이다……."

비단 지금만이 아니라 어젯밤부터 계속 이 말을 되뇐 까닭은 지금부터 자신이 하려는 일을 정당화하기 위해서였다. 그러나 유생의 눈빛은 여전히 흔들리고 있었고, 그 어떤 마법적인 주문도 그의 마음속에 도사린 불안감을 몰아내지는 못할 것 같았다.

그 시각, 세종은 집현전 학자들과 함께 그날의 경연(經筵)을 준비 중이었다.

경연은 조선의 독특한 제도로 왕이 학문이나 기술을 강론, 연마하고 신하들과 더불어 국정을 논의하는 자리였다. 세종은 세자 시절부터 경연에 빠짐없이 참가해 왔다. 그의 학식이 일반 학자들의 것을 추월한 지 오래인 지금, 경연은 '배움의 장'이 아닌 '가르침을 내리는 장'으로 진행되고 있었다. 어떤 학자들은 그 점에 불만을 품기도 했는데, 경연장 내 군데군데 빈 곳들이 바로 그들의 자리였다. 하지만 대부분은 경연에 꼬박꼬박 참석했다. 물론 세종을 지극히 따르는 젊은 학자들에게는 일과 중 가장 중요한 시간이기도 했다.

세종은 서탁 위에 놓인 경전을 펼쳤지만 이미 오래전에 암기한 내용이라 굳이 들여다볼 필요는 없었다.

"오늘의 주제는 〈논어〉 '술이(述而)'편에 나오는 '자(子) 조이 불망(釣而不網) 익불사숙(弋不射宿)'이라는 구절이다. 공자께서는 낚시는 하되 그물은 치지 않았고, 활은 쏘되 잠든 새는 쏘지 않았다……."

그러자 학자들이 앞다투어 의견을 내놓느라 경연장의 분위기가 산만해졌다. 세종은 흐뭇한 얼굴로 그 모습을 바라보다 물었다.

"과인은 몹시 궁금하도다. 공자께서는 과연 무엇을 찾고자 하심이었을꼬?"

꽃꽃꽃꽃꽃꽃

시체는 모두 다섯 구였다.

조금 전까지만 해도 팔팔하게 움직이던 다섯 명의 인간을 다섯 구의 시체로 만든 것은 짤막한 칼이었고, 지금 그 칼은 변복한 왕으로 위장한 남자의 품으로 돌아가고 있었다.

남자는 시체들이 널린 건어물 창고를 나왔다. 창고 입구에는 가장 먼저 희생된 보초병의 시체가 있었지만 남자는 눈길 한 번 주지 않고 그대로 지나쳤다.

자신이 끌고 온 수레로 다가간 남자는 수레 바닥 아래로 팔을 뻗어 더듬었다. 곧바로 빠져나온 남자의 손에는 몽골족 전사가 사용하는 전투용 활이 들려 있었다. 호(弧) 형태의 활이 수레

바퀴 안쪽 면에 딱 들어맞는다는 점은 남자에게 있어서 큰 행운이었다. 덕분에 누구에게도 들키지 않고 궁궐 안으로 들여올 수 있었으니까.

활보다 숨기기 쉬운 화살들은 수레에 실린 위장용 짐 밑에 있었다. 그것들을 꺼내어 허리띠에 한 발씩 끼워 넣은 남자가 이번에는 수레 앞쪽에 매인 작고 초라해 보이는 말에게로 다가갔다. 등에 씌운 낡은 담요를 걷어 내고 갈기와 살갗에 바른 진흙을 떼어 내자 작고 초라한 말로 위장한 몽골 군마가 본색을 드러냈다. 남자는 몽골의 초원에서부터 조선의 수도까지 바로 이 말을 타고 왔던 것이다.

군마는 전투가 코앞에 닥쳤음을 감지한 듯 투레질을 해 댔다. 군마에 장착할 마구(馬具)는 굳이 위장할 필요도 없었다. 몽골족 전사들이 사용하는 안장과 등자는 뛰어난 실용성에도 불구하고 조선인들의 눈에는 장난감처럼 보일 것이 분명하니까.

군마에 마구를 장착한 다음, 남자는 품속에 넣어 두었던 짤막한 칼을 다시 꺼내 그동안 길렀던 앞머리와 옆머리를 박박 밀어 버렸다. 이제 남자는 소르친이 되었다. 에센이 소르친에게 내린 임무는 조선의 왕을 암살하는 것이었다. 조선의 왕은 이 궁궐 안 어딘가에 있었다. 정확히 어디 있는지는 모르지만, 큰 문제는 되지 않았다. 약속의 북소리가 그를 조선의 왕에게로 안내해 줄 것이기에.

소르친은 말에 올랐다. 영광을 향한 마지막 질주를 앞둔 육체가 전율하고 있었다.

젊은 유생이 걸음을 멈췄다. 그는 흔들리는 눈빛으로 자신의 앞에 세워진 거대한 북을 올려다보았다. 세종의 아버지인 태종이 백성의 목소리를 듣기 위해 설치한 북, 바로 신문고였다. 그는 북채를 움켜쥐었다.

"이것은 하늘의 뜻이다!"

젊은 유생이 북채를 휘두르며 악을 썼다. 하지만 그 외침은 천둥 같은 북소리에 묻혀 제대로 들리지 않았다.

두웅!

두웅!

첫 번째 북소리를 들었을 때, 세종은 길게 한숨을 내쉬었다. 근래 들어 신문고를 울리는 자들이 부쩍 늘어났고, 이제 세종은 그들이 억울한 일을 당한 백성이 아니라는 사실을 알게 되었다. 그들은 조선의 지배층이었고, 약속이나 한 것처럼 훈민정음 반포의 부당함을 호소하고 성토했다. 심지어는 협박에 가까운 말을 서슴지 않는 불경한 자도 있었다.

경연장에 앉아 있던 학자 하나가 세종의 눈치를 보다가 고개를 조아렸다.

"전하, 부디 신문고의 북소리를 무시하소서!"

두 번째 북소리가 울렸다.

두웅!

또 다른 학자가 고개를 조아렸다.

"저희는 오랫동안 전하의 가르침을 충분히 누리지 못했사옵니다!"

세 번째 북소리가 울렸다.

두웅!

"저 북소리가 경들의 의견에 동의하지 않는구나."

세종은 자리에서 일어섰다.

꘢꘢꘢꘢꘢꘢

다섯 살인 어린 왕자가 하늘에서 떨어지는 무언가를 잡으려는 듯 위를 보며 달린다. 발을 헛디뎌 넘어진다. 왕자를 잡아 드려야 한다. 그런데 몸이 말을 듣지 않는다…….

왕자는 어느새 열두 살로 자랐다. 궁궐의 높은 담장을 넘어가려다가 뒤로 넘어진다. 왕자를 받쳐 드려야 한다. 하지만 이번에도 몸이 움직여 주지 않는다…….

작고 초라한 말이 끄는 수레가 다가온다. 수레를 모는 사람은 평범한 백성으로 변장한 왕이다. 왕과 수레가 눈앞을 지나간다. 언제나 그랬듯이 왕의 얼굴을 보지 않으려 한다. 언제나 그랬듯이 왕의 뒷모습만을 본다…… 본다…… 본다…….

"헉!"

순돌은 소스라치며 깨어났다. 그러고 나서야 자신이 꿈을 꾸었음을 알았다. 교대 후 앉아서 휴식을 취하다 저도 모르게 잠이 든 모양이었다. 꿈속에서 보았던 마지막 장면이 눈에 선했다. 그의 앞을 지나간 왕. 그 변복한 뒷모습.

순돌이 넋 빠진 목소리로 중얼거렸다.

"······안짱다리였어."

곁에 있던 동료가 그를 돌아보았다.

"갑자기 뭔 소리래요?"

"안짱다리!"

순돌이 벌떡 일어섰다.

"그자는 날마다 말을 타는 사람처럼 안짱다리였다고! 하지만 전하는 안짱다리가 아니야! 다른 사람은 몰라도 나는 전하의 뒷모습을 똑똑히 알고 있다고!"

순돌은 공포에 질린 얼굴로 막사를 뛰쳐나갔다. 어디선가 북소리가 울리고 있었다.

꿍!

기다리던 북소리가, 약속의 북소리가 마침내 울렸다. 소르친은 두 발꿈치로 몽골 군마의 배를 힘차게 찔렀다.

"히랴!"

아무리 권세 높은 대신이라도 궁궐 안에서 말에 올라타는 것은 금지되어 있었다. 그런데 난데없는 군마 한 마리가 무장한 괴한을 태우고 질주를 시작하니 일대는 순식간에 혼란에 빠져 버렸다. 궁인들은 늑대를 본 양 떼처럼 뿔뿔이 흩어졌고, 미처 피하지 못한 관리 두 명은 군마의 발굽에 깔리고 말았다.

소르친은 자신으로 말미암은 소란에 눈을 돌리지 않았다. 화살촉처럼 날카롭게 빛나는 그의 눈동자는 북소리가 울리는 방향에 고정되어 있었다.

⸙⸙⸙⸙⸙⸙

세종과 그를 따르는 집현전 학자들은 신문고가 보이는 광장에 당도했다. 그들은 문루 위에서 신문고를 두드리는 젊은 유생의 모습을 볼 수 있었다.

북은 왕을 부르는 도구였다. 그러므로 왕이 온 이상 북을 멈추고 자신이 원하는 바를 고하는 게 일반적이었다. 하지만 그 유생은 북채를 계속 휘둘렀다.

두웅! 두웅! 두웅!

세종은 유생의 의도를 도무지 짐작할 수 없었다.

그때 신문고의 무겁고 깊은 울림 속으로 가볍고 얕은 북소리가 끼어들었다.

둥! 둥! 둥! 둥! 둥!

새로운 북소리가 들려온 방향은 궁궐의 뒤쪽이었다.

세종의 얼굴에 당혹감이 떠올랐다. 저 북소리는 궁궐 내에 변고가 발생했음을 알리는 경고의 신호였기 때문이다.

잠시 망설이던 세종은 신문고가 있는 문루를 돌아보며 말했다.

"아무래도 저자에게 빨리 가 봐야 할 것 같다."

෫෫෫෫෫

둥! 둥! 둥! 둥! 둥!

경고의 북소리가 난타로 울리는 가운데 몽골 군마는 궁궐 안을 질풍처럼 달리고 있었다. 북소리를 듣고 이동하던 대여섯 명의 내금위 위사들이 소르친을 발견하고 앞길을 막으려 했다. 소르친은 그들과 싸우지 않았다. 그의 목표는 오직 세종뿐이었다. 그 밖의 것들을 상대하느라 시간을 허비할 생각은 추호도 없었다.

소르친이 말고삐를 확 잡아챘다. 군마는 곧바로 주인의 의도를 알아차리고 좌측에 있는 커다란 전각 쪽으로 머리를 틀었다. 사람과 말이 한 덩어리가 되어 전각의 계단을 뛰어 올라갔다. 계단에서 우왕좌왕하던 궁인 하나가 비명을 지르며 계단 옆으로 뛰어내리는 것이 보였다.

소르친은 속도를 줄이지 않았다. 그는 이 궁궐에 한 번도 온 적이 없지만 조선 병사들의 저지선을 피하는 길을 본능적으로 찾아 가고 있었다.

"히랴!"

사람과 말은 위로, 더 위로 올라갔다.

෫෫෫෫෫

젊은 유생은 더 이상 신문고를 두드릴 수 없었다. 문루 아래에 당도한 왕을 보았기 때문이다.

본래 그의 마음속에는 울분이 가득 차 있었다. 유교 사상에 맹종한 나머지 뼛속까지 사대주의로 물들어 버린 그에게 세종이 창제한 훈민정음은 올바른 질서를 파괴하려는 사악한 시도나 마찬가지였다. 동의할 수도 용납할 수도 없었지만, 일개 유생에 불과한 자신에게는 그 일을 막을 능력이 없었다. 울분으로 잠 못 이루는 불면의 밤들 속에서 그자는 점점 예민해졌고 과격해졌다. 왕의 사악한 시도를 막을 수만 있다면 무슨 일이라도 저지를 수 있을 것만 같았다. 그러던 중 은밀한 제안을 듣게 된 것이었다. 무슨 대단한 일을 하라는 것도 아니었다. 신문고를 울리는 것은 자신 같은 양반뿐 아니라 비천한 자에게도 허락된 일이었으니까. 게다가, 어젯밤부터 줄곧 되뇐 것처럼, 이것은 하늘의 뜻이었다. 왕과 왕의 문자를 세상에서 지우려는 하늘의 뜻.

그랬던 것인데, 문루 아래 다가온 왕을 본 순간 정신이 번쩍 들었다. 젊은 유생은 유교 경전에 등장하는 온갖 구절들로 쌓아 올린 당위(當爲)가 모래성처럼 무너져 내리는 것을 느꼈다. 그의 손에서 북채가 떨어졌다. 그는 주춤주춤 뒷걸음질을 치다가 어느 순간 몸을 홱 돌려 달아나기 시작했다.

세종은 문루의 계단을 허둥지둥 달려 내려가는 젊은 유생을 보며 눈살을 찌푸렸다. 저자가 지금까지 왜 신문고를 울렸는지, 또 지금은 왜 달아나고 있는지 짐작하기 힘들었던 것이다.

신문고의 북소리가 그치자 경고의 북소리가 더욱 또렷하게 들려왔다. 세종을 뒤따르던 집현전 학자들 중 박팽년이 심각한 표정으로 말했다.

"전하, 분위기가 심상치 않사옵니다. 어서 피하시는 것이 좋을 듯하옵니다."

경연장에서 급하게 나오느라 따라붙은 위사들의 수도 얼마 되지 않았다. 박팽년은 세종의 지시를 기다리지 않고 동료들에게 눈짓을 보냈다. 집현전 학자들이 다가와 마치 방패를 세우듯 왕의 주변을 에워싼 채 가까운 전각을 향해 이동하기 시작했다.

⚘⚘⚘⚘⚘

"이쪽! 이쪽이다!"

위사들이 우르르 달려가고 있었다. 외치는 소리들로 미루어, 무장한 침입자가 말을 타고 궁궐 안을 누비는 중이고, 위사들은 그자를 잡기 위해 동분서주 중인 것 같았다. 그러나 국법에 따라 위사들은 궁궐 안에서 말을 탈 수 없었다. 두 다리로 뛰는 자들이 말을 탄 자를 뒤쫓는 것은 그리 효율적으로 보이지 않았다…… 순돌은 달리면서 이런 생각들을 했다.

그 모든 생각들은 왕에게로 이어졌다.

순돌은 침입자가 누구인지 알고 있었다. 변복한 왕으로 위장하여 궁궐로 들어온 바로 그 남자였다. 그렇다면 침입자가 노리는 것도 왕이 아니겠는가?

또한 순돌은 왕이 지금 어디에 있는지도 짐작하고 있었다. 그가 섬기는 세종은 백성의 고충을 외면하는 매정한 군주가 아니었다. 무시로 변복을 하고 궁궐을 빠져나가는 것도 같은 맥락에서 나온 행동이라고 봐야 했다. 그처럼 자상한 세종이 백성이 울린 신문고 소리를 못 들은 체 넘길 리는 없었다.

순돌은 숨이 턱 밑에 차도록 달리고 또 달렸다. 한 가지 다행한 점은, 궐문을 지키면서 쌓은 오랜 경력 덕에 궁궐 안의 모든 샛길과 지름길을 손금 보듯 훤하게 알고 있다는 것이었다.

〰〰〰〰〰

전각의 기단 위쪽 돌로 만들어진 복도를 달리던 군마가 난간을 뛰어넘었다. 전각과 이웃해 있던 단층 건물의 지붕 위에 앞발굽을 세차게 박아 넣은 군마는 방향을 반전하며 재차 몸을 솟구쳤다. 얼룩덜룩한 살갗 아래 근육들이 일제히 춤을 추는가 싶더니, 사람과 말은 순식간에 전각의 지붕 위에 올라섰다. 침입자가 보여 준 곡예에 가까운 기마술에 내금위 위사들은 입만 쩍 벌릴 수밖에 없었다.

콰자자작!

전각 지붕 위에 정교하게 맞물려 있던 청흑색 기왓장들이 질주하는 발굽 밑에서 요란한 비명을 지르며 깨져 나갔다. 가파르게 경사진 지붕 위를 달리면서도 소르친과 그의 군마는 몽골의 초원 위를 달리듯 균형을 잃지 않았다. 다만 지붕은 초원이 될 수 없는 탓에 무한정 달릴 수는 없었다.

그럼에도 소르친은 군마를 멈추지 않았다.

"히랴! 히랴!"

지붕의 끄트머리 부분, 건물 바깥쪽으로 삐죽 튀어나온 추녀마루 위를 달리던 군마가 또 한 번 몸을 솟구쳤다. 그런 다음 수 미터 떨어진 다른 전각의 추녀마루를 찍으며, 그 위에 장식된 잡상(雜像)들을 산산이 부수며 내려섰다. 그러고는 또다시 기왓장을 밟아 깨트리며 지붕 위를 맹진하니, 저 밑에 있는 위사들로서는 소르친을 추격하기는커녕 어느 방향으로 갔는지 종적을 파악하기도 힘든 상황이 아닐 수 없었다.

〰️〰️〰️

머리 위에서 별안간 하늘이 무너지는 듯한 굉음이 울렸다.

콰자자작!

이제 막 돌계단을 다 올라 건물 안으로 피신하려던 세종과 집현전 학자들은 본능적으로 목을 움츠렸다. 다음 순간, 건물 앞으로 튀어나온 처마뿐 아니라 그 위쪽의 내림마루까지 한꺼번에 함몰시키면서 커다란 덩어리 하나가 돌계단 위로 떨어져 내렸다. 갑작스러운 사태에 놀라 소스라치는 사람들 앞에서 비틀거리는 몸을 세운 것은 작지만 다부진 근육을 가진 말과 그 안장 위에서 눈을 날카롭게 빛내고 있는 변발 남자였다.

소르친은 세종을 한눈에 알아보았다. 에센의 유르트에서 본 세종의 초상화를 기억하고 있었던 것이다. 초상화 속 세종의 목에는 에센의 화살이 꽂혔었다. 하지만 실제 세종의 목에는 그의 화살이 꽂힐 것이었다.

너무도 놀란 나머지 그 자리에서 굳어 버린 왕과 학자들이 지금의 상황이 얼마나 위험한지를 미처 깨닫기도 전, 암살자가 활을 들어 올렸다.

"자객이다!"

학자들과 달리, 그들의 주변에 있던 내금위 위사들은 즉각 움

306

직였다. 두 명은 칼을 뽑아 암살자를 향해 달려들고, 그들을 지휘하는 군관은 왕의 앞을 가로막았다. 하지만 암살자의 화살은 그들의 예상보다 훨씬 빨랐다.

슈슉.

두 대의 화살이 마치 한 번에 발사된 듯 거의 동시에 날아갔다. 위사들은 돌계단 마루 앞에서 화살 한 대씩을 가슴에 박은 채 쓰러졌다.

군관이 이전보다 더욱 큰소리로 외쳤다.

"여기 자객이 있다! 전하를 보호하라!"

소르친의 입장에서는 군관이 뽑아 든 칼보다 저 외침 소리가 더 위협적일 수밖에 없었다. 요란한 발소리가 사방으로부터 다가오고 있었다. 훼방꾼들이 몰려오고 있는 것이었다. 시간이 없었다. 소르친은 비틀거리는 군마의 배를 발꿈치로 찍었다.

"히랴!"

돌계단을 순식간에 뛰어오른 군마가 세종과 세종을 둘러싼 무리를 향해 달려갔다. 어느새 활시위에 걸린 세 번째 화살이 무리의 가장 앞쪽에 나와 있는 군관을 향해 발사되었다. 화살이 날아가는 속도는 번개 같았다. 군관은 입을 크게 벌린 상태 그대로 뒤로 넘어갔다.

세종은 여전히 집현전 학자들에게 둘러싸여 있었다. 칼은커녕 몽둥이 한 번 제대로 쥐어 본 적이 없는 학자들로서는 오직 이 방법만이 자신의 충성심을 증명하는 길이라고 믿는 듯했다. 그러나 군마의 돌진은 그들의 충성심이 얼마나 나약한지를 한순간에 입증해 보였다. 기를 쓰고 버티려 했건만 말 몸뚱이에 받혀 날

307

아가는 자, 발굽에 짓밟히는 자, 심지어는 제풀에 주저앉고 만 자도 있었다.

무리를 지나친 소르친이 기단의 난간 앞에서 말 머리를 돌렸을 때, 그는 엉망진창으로 무너진 인간 방패 너머로 드러난 세종의 얼굴을 똑똑히 볼 수 있었다. 늘 자상한 미소가 떠나지 않았던 그 얼굴은 돌처럼 굳어 있었고, 소르친의 활이 겨누어질 때에는 더욱 그러할 수밖에 없었다.

슉.

화살이 발사되었다.

소르친은 이번 화살이 세종의 운명을 결정지을 것이라고 확신했고, 세종의 생각도 같았다. 그런데 그 확신에 동의하지 않은 사람이 딱 한 명 있었다.

퍽.

둔탁한 소리가 울렸다. 세종은 자신의 눈앞에 갑자기 나타난 얼굴을 망연히 바라보았다. 주름이 가득 들어찬 그 얼굴은 고통으로 일그러져 있었다. 다음 순간, 세종은 그 얼굴의 주인이 누구인지 떠올릴 수 있었다. 변복을 하고 궁궐을 빠져나갈 때마다, 그리고 다시 돌아올 때마다 못 본 척 자신을 통과시켜 주던 그 보초병이었다.

소르친도 세종만큼이나 놀랐다. 그는 화살을 시위에 거는 동안 푸른 옷을 입은 늙은이 하나가 건물 모퉁이를 돌아 나온 것을 보았다. 하지만 한 눈에 봐도 기진맥진한 그 늙은이가 자신의 화살보다 빨리 조선의 왕에게 당도한다는 것은 불가능하다고 여겼다. 그런데 믿을 수 없는 일이 벌어졌다. 기진맥진한 늙은이가 별안간

초원을 달리는 말만큼이나 빠르게 움직여 자신이 발사한 화살과 조선의 왕 사이에 끼어든 것이었다. 늙은이를 그렇게 움직이게 만든 힘은 대체 무엇이었을까?

"전하! 어서 피하소서!"

쓰러져 있던 학자들이 일어나 세종 주변에 다시금 인간 방패를 쌓았다. 그중 일부는 세종에게 거의 안기다시피 한 상태로 죽어가는 보초병을 끌어냈다. 세종의 품에서 떨어진 보초병이 차가운 돌바닥 위로 철퍽 떨어져 내렸다.

"놔라!"

세종은 자신의 팔을 잡아끄는 학자들의 손길을 뿌리쳤다.

"저, 전하!"

학자들이 절절히 부르짖어도 세종은 듣지 않았다. 그는 바닥에 쓰러진 보초병을 부축하여 일으킨 다음 건물 쪽으로 질질 끌고 가기 시작했다. 죽어 가는 자와 한 덩이가 된 왕의 모습은 처절했다. 머리에 쓰고 있던 익선관(翼善冠)은 언제 떨어트렸는지 보이지 않았고, 곤룡포에 수놓인 황금빛 용은 피를 흘리듯 붉게 물들어 있었다. 그러나 세종은 그 늙은 남자를 버리려 하지 않았다. 도저히 버릴 수 없었다…….

그리고 그런 세종의 행동이 암살자에게 마지막 기회를 안겨 주었다. 학자들과 한 덩이가 되어 건물 안으로 피신했다면 찾아오지 않았을 기회였다.

푸르륵!

군마가 거친 투레질로 피로를 호소했다. 마지막 돌진 때 절룩거리던 것으로 미루어 발목을 다쳤을 공산도 있었다.

"착하지, 조금만 더 참아 주렴."

군마를 위로한 소르친이 침착하게 화살을 꺼내어 활시위에 걸었다. 이번에는 속사(速射)가 아닌 만궁(彎弓)으로 쏠 작정이었다. 또 다른 누군가가 가로막는다 해도 그자를 관통하여 그 뒤에 있는 조선 왕의 목숨까지 반드시 끊어 버릴 수 있도록.

"발사!"

쉬쉬쉬쉭!

수십 대의 화살이 소르친에게 날아들었다. 공기를 난자하는 날카로운 바람 소리가 소르친의 집중력을 순간적으로 흐트러뜨렸다.

빡!

소르친의 활을 떠난 화살이 세종의 머리 위 한 뼘도 안 되는 공간을 지나 건물 벽에 박혔다. 파르르 떨리는 꽁지 부분만 남긴 채 벽 속으로 모습을 감춘 화살은 그것에 담긴 힘이 얼마나 굉장한지를 보여 주고 있었다.

하지만 그 굉장한 화살의 주인공은 지금 이 순간 자신의 애마와 함께 수십 대의 화살을 몸에 박은 채 휘청거리고 있었다.

"발사!"

쉬쉬쉬쉭!

다시 한 번 집중 사격이 가해졌다.

암살자와 그의 애마는 돌바닥 위로 무너졌고, 더 이상 움직이지 않았다.

순돌은 눈을 떴다. 흐릿한 시야에 담긴 것은 그가 지난 세월 심신을 바쳐 섬겨 온 왕의 얼굴이었다. 늙은 남자의 눈가가 축축하게 젖어들었다.

세종이 평생 자신을 위해 헌신해 온 늙은 남자에게 말했다.

"우리가 처음 만났을 때 나는 겨우 다섯 살이었네. 뭔가 쫓아가다가 넘어졌는데, 바로 그 자리에 그대가 있어서 다치지 않을 수 있었지. 혹시 기억하는가?"

어떻게 기억하지 않을 수 있겠는가!

"두 번째로 만난 것은 내가 열두 살 때였네."

세종이 잔뜩 잠긴 목소리로 말을 이었다.

"궁궐 서쪽 담장을 넘어가려고 했을 거야. 그러다 균형을 잃고 떨어졌는데, 그때도 그대가 있었네······."

순돌이 힘겹게 입술을 벙긋거렸다. 세종은 그 입술 모양을 읽고 말했다.

"그래, 내가 그대에게 '고맙습니다, 어르신'이라고 했었지. 기억하고 있었군."

어떻게 기억하지 않을 수 있겠는가!

순돌의 눈에서 눈물이 흘러내렸다.

"그리고 오늘, 나는 또다시 넘어질 뻔했네. 또다시 떨어질 뻔했네. 그런데 그대가 또다시 나타나 주었구먼."

왕은 자신의 품에 안긴 늙은 보초병에게 속삭였다.

"내게 도움을 주려고."

세종을 올려다보는 눈동자가 어느 순간 돌멩이처럼 딱딱하게 굳었다. 세종은 떨리는 손을 들어 올려 고인의 눈을 감겨 주었다.

"고맙습니다, 어르신. 수천 번을 고맙다 말해도 내가 느끼는 이 고마움을 어찌 표현할 수 있을까요. 정말 고맙습니다……."

세종의 눈에서도 눈물이 흘러내렸다.

෴෴෴෴෴

평화와 매두는 놀라움을 금치 못했다. 자신들이 끌려온 환관의 집무실이 너무도 화려했기 때문이다. 황제의 집무실을 직접 보지는 못했지만 이곳보다 화려할 것 같지는 않았다. 조선에서는 상상조차 할 수 없는 불경스러운 일이 대국의 심장인 자금성 한복판에서 버젓이 자행되고 있다는 게 믿어지지 않았다.

이 공간에서 찾아낼 수 있는 오점은 조선에서 온 자신들일 것이 분명했다. 그들은 실제로 더러웠다. 상투가 잘려 산발이 된 머리카락도 더러웠고, 저희들끼리 싸우느라 엉망이 된 얼굴도 더러웠고, 붙잡혀 온 뒤에 받은 고초로 피폐해진 몸뚱이도 더러웠다. 거기에 죄인들이 차는 크고 무거운 칼까지 목에다 걸고 있었으니.

그래서인지, 용 대신 봉황이 조각된 의자에 앉은 환관 왕진은 오물을 대하는 듯한 표정으로 단상 아래 무릎 꿇려진 역관들을 내려다보고 있었다. 왕진의 앞에 놓인 서탁에는 그들로부터 압수한 책자 한 권이 놓여 있었다. 바로 훈민정음해례였다.

왕진은 책자를 들어 무성의하게 넘겨 보았다.

"조선의 왕에게 광증이 있어 자신의 나라를 야만국으로 전락시켰다는 얘기를 들었다. 이게 그 증거라고 하던데……."

책자를 들여다보던 왕진이 눈살을 찌푸렸다.

"하지만 이건 그저 조악한 낙서가 아니더냐. 이따위 것을 가지고 노는 일은 천한 계집들과 함께 싸구려 독주를 질펀하게 마시는 일과 다를 바 없다. 취한 다음에는 시궁창에 대고 토하기나 하겠지. 다음 날 아침이 밝으면 제발 이 두통 좀 없애 달라면서 부처든 산신령이든 너희들이 믿는 신에게 기도할 것이고. 조선의 왕은 제정신이 아닌 게 확실하다."

평화가 왕진을 올려다보며 낮지만 분명한 목소리로 말했다.

"훈민정음은 하늘이 내리신 선물이오."

왕진은 코웃음을 쳤다.

"하늘은 천자에게만 선물을 내리신다. 일개 속국의 왕이 감히 그따위 주장을 한단 말인가!"

이번에는 매두가 말했다.

"주장이 아니오. 그건 사실이오."

조선인 역관들에게서 명나라 환관에 대한 경외감을 찾는 것은 불가능해 보였다. 실제로 그들은 모든 것에 달관한 뒤였다. 생사마저 달관한 그들에게 환관 따위가 어찌 안중에 있겠는가.

왕진이 대노하여 외쳤다.

"미친 소리! 이것은 제국의 권위에 대한 도전이자 황제에 대한 모욕이다!"

왕진은 훈민정음해례를 서탁 위에 팽개쳤다. 환관의 눈알이 사악하게 번들거렸다.

"조선의 왕은 이 일의 대가를 반드시 치르게 될 것이다."

어린 황제는 흥분으로 눈을 반짝였다. 그의 앞에는 수십 명의 환관들이 번쩍거리는 전갑 수십 벌을 들고 줄지어 서 있었다. 그는 어떤 전갑이 자신에게 가장 잘 어울릴지, 자신의 멋진 모습을 가장 돋보여 줄지, 즐거운 고민에 빠졌다. 세상의 어두운 면에 대해 아는 바가 전혀 없는 그에게 전쟁이란 규모가 큰 놀이에 불과했다. 그 놀이에 직접 참가하게 되었으니 신이 나지 않을 수 없었다. 그래서 뒷전에서 들리는 왕진의 말에는 크게 신경 쓰지 않았다.

하지만 왕진의 말이 한 대목에 이르렀을 때, 어린 황제는 콧등을 찡긋거리며 돌아보지 않을 수 없었다.

"그러므로 짐을 위해 조선의 정예 병사 십만 명을……."

"잠깐, 잠깐."

왕진은 고개를 들었다. 지금 그는 황제가 업무를 보는 책상 앞에 앉아 황제가 쓰는 붓으로 조선의 왕에게 보낼 편지를 쓰는 중이었다.

황제가 왕진에게 물었다.

"십만은 너무 많은 거 아냐?"

왕진은 공손하지만 분명하게 대답했다.

"제국과 폐하를 지키는 일이옵니다. 십만도 부족하옵니다."

"하지만 조선은 조그만 나란데……."

탐탁지 않아 하는 표정을 짓는 황제에게 왕진이 말했다.

"그 보상으로 폐하께서 작은 은정을 베풀어 주시면 되옵니다."

"은정? 무엇으로?"

왕진은 편지 옆에 펼쳐 놓은 훈민정음해례를 내려다본 뒤 멈췄던 붓을 움직여 나갔다.

"짐은 조선의 왕이 새롭게 만든 문자를 접하게 되었다……."

입으로는 자신이 쓴 글을 낭독하면서, 왕진은 붓을 멈추지 않았다.

"짐은 조선의 왕이 계획한 일에 개의치 않을 것이다. 명나라와 조선은 앞으로도 아비와 자식처럼, 군주와 신하처럼 가까운 관계를 유지할 수 있을 것이다……."

어린 황제는 납득한 표정으로 고개를 끄덕였다. 사실 그에게는 조선의 왕이나 그자가 만든 이상한 문자는 중요한 문제가 아니었다. 어린 황제의 관심은 다시금 전갑을 고르는 일로 넘어갔고, 왕진은 조선의 왕에게 보낼 편지를 마무리했다. 책상 가장자리에 놓인 묵직한 옥새를 들어 편지 하단에 찍는 환관의 손길은 놀랄 만큼 익숙해 보였다.

꿍꿍꿍꿍꿍

명나라에서 비밀리에 파견한 전령이 자금성의 외궁인 태화전을 지나 그 남쪽에 위치한 태화문에 이르렀다. 문밖에 미리 대기시켜 둔 쾌마에 오른 전령은 검문소를 지나 자금성 남쪽 끝에 있는 오문(午門)을 향해 달려갔다. 이어 농경의 신에게 제사를 지내는 신농단을 지나, 하늘에게 제사를 지내는 천단을 지나, 북경성의 성문을 통과한 전령에게는 이제 조선을 향해 전속력으로 질주하는 일만이 남아 있었다.

전령에게는 명나라 황제가 조선의 왕에게 보내는 서신을 한시라도 빨리 전달해야 하는 임무가 있었다. 전령에게 가장 큰 적은 적군이 아니라 시간이었다. 그는 자신 앞에 만만치 않은 전투가 기다리고 있음을 누구보다 잘 알고 있었다.

〰〰〰〰〰

세종은 주위를 모두 물리고 명나라에서 온 전령과 단둘이 마주했다. 전례에 없는 일이었다.

세종은 봉인된 용 모양의 밀랍을 떼어 내고 편지를 읽어 내려갔다. 돌처럼 굳은 그의 표정만 보아도 그 안에 담긴 내용이 얼마나 심각한 것인지를 짐작할 수 있었다.

읽기를 마친 세종은 평정심을 유지하기 위해 노력했다.

"수고했소. 원로에 피곤할 터인데 편히 쉬다 돌아가도록 하시오."

그 평정심은 전령이 나간 직후에 무너졌다. 세종은 처절한 절망감에 사로잡혔다.

그날 밤 세종은 침전에 홀로 누워 있었다. 그의 마음을 암울하게 물들여 가는 절망감은 시간이 갈수록 짙어지고 있었다.

"내가 만든 문자로 인해 조선의 백성 십만 명이 전쟁터로 나가야 한단 말인가."

세종은 잠을 이룰 수 없었다.

일본인들에게 카미가제라고 불리는 태풍은 일본의 역사가 시작되기 전부터 열도의 뱃사람들에게 막대한 피해를 끼쳐 왔다. 하지만 이번에 몰아친 카미가제는 바람과 파도가 합심하여 해적들을 돕기로 작정한 것 같았다. 거센 바람이 돛 뒤를 때리고 성난 파도가 배 밑을 들어 나르니 한반도를 향해 항진하는 함대의 속도는 그야말로 시위를 떠난 화살 같았다.

십여 척의 전선 중 선두 자리는 붉은 바다의 주군이 탄 대장선이 차지하고 있었다. 그는 그의 갑옷에 칠해진 진홍색만큼이나 호전적인 인물이어서 누구에게도 선봉을 양보할 의사가 없었다.

지금 붉은 바다의 주군은 부하 해적의 도움을 받아 무장을 완성하고 있었다. 머리 위에는 물귀신 모양의 사악하고 끔찍한 투구가 씌워졌고, 좌우 허리에는 길고 짧은 두 자루 칼이 채워졌다.

무장이 완성되는 동안 붉은 바다의 주군은 석상처럼 미동도 않은 채 왕좌를 닮은 자신의 의자를 주시하고 있었다. 주군의 눈에는 그 의자가 조선 땅처럼 비쳤다. 언제라도 앉을 수 있는 의자. 언제라도 차지할 수 있는 땅. 그는 마음 깊숙한 곳으로부터 조선을 짓밟고 싶은 욕망이 들끓는 것을 느꼈다.

주군이 무장을 완성하자 부하 해적들도 분주히 자신들의 무장을 갖추기 시작했다. 각양각색의 갑옷을 걸쳐 입은 그들은 조선의 병사들과 백성들을 겁먹게 할 요량으로 얼굴과 갑옷에 붉은 안료를 칠했다.

그러는 동안에도 사메는 대장선의 키를 조종하고 있었다. 그의 눈은 뱃머리 너머 출렁이는 바다에 고정되어 있었고, 그의 입은 한일자로 굳게 다물려 있었다. 코이누에게 일어난 기적 같은 변화를 목격한 뒤에도 그는 달라진 것이 전혀 없는 듯했다. 과묵했고, 진중했으며, 여전히 충성스러워 보일 뿐이었다.

⌀⌀⌀⌀⌀⌀

거제도의 남쪽 해안가.

초병 한 명이 돌담길을 따라 순찰을 돌다가 갑자기 불어온 강풍에 벙거지가 날아가지 않도록 얼른 붙잡았다. 초병은 눈살을 찌푸리며 바다 쪽을 돌아보았다. 매년 이맘때마다 불어오는 태풍으로 인해 파도가 무섭도록 높아져 있었고, 그 때문에 배라는 배는 단 한 척도 찾아볼 수 없었다.

"젠장, 이런 날씨에 무슨 순찰이람."

굳이 이런 날씨가 아니라도, 대마도 정벌 과업이 성공리에 끝난 이후 조선의 해안은 대체로 평화로운 편이었다. 젊은 초병에게 왜구란 노인네들의 이야기 속에나 등장하는 존재였고, 그런 노인네들마저 하나둘 세상을 떠나 이제는 까마득한 과거지사처럼 되어 버렸다.

"초소에 돌아가면 벙거지 끈이나 고쳐야겠네."

느슨해진 벙거지 끈을 손가락에 말아 쥔 초병은 잠시 멈췄던 순찰을 재개했다.

해적 선단의 항해는 바야흐로 막바지에 이르러 있었다. 바람을 한껏 실은 돛폭들은 군병의 함성 같은 굉음을 울렸고, 이에 고무된 해적들은 잠시 후 벌어질 피비린내 나는 살육을 상상하며 기세를 더욱 끌어올렸다.

멀리 불빛이 점점이 보였다. 상륙지로 선정된 거제도였다.

붉은 바다의 주군은 의자에서 벌떡 일어서서 뱃머리 쪽으로 성큼성큼 걸어갔다. 물귀신 형상의 투구 아래 견고하게 자리 잡은 그의 두 눈은 시퍼런 살기로 번들거리고 있었다. 전쟁은 목전에 다가와 있었다. 조선 수군의 전초 기지를 철저히 파괴하여 지난날 받은 수모를 통쾌하게 설욕할 것을 생각하니 자리에 가만히 앉아 있을 수가 없었다.

"음!"

붉은 바다의 주군이 허리춤에 찬 칼의 손잡이를 힘껏 움켜쥐었다. 뽑아 낸 칼을 하늘 높이 치켜들었다. 그의 입에서 마침내 진격의 명령이 튀어나오려는 바로 그 순간!

뿌드드득!

겹쳐진 다수의 목재들이 한꺼번에 뒤틀리는 섬뜩한 소음과 함께 대장선이 뒤집힐 것처럼 기울어졌다. 뱃머리를 급작스럽게 우측으로 튼 데 따른 현상이었다. 급작스러운 전향은 재앙에 가까운 결과를 몰고 왔다. 갑판 위에 있던 모든 것들이, 사람들과 짐들과 심지어는 나무못으로 단단히 고정해 놓은 주군의 의자까지도 가팔라진 경사면을 따라 미끄러졌다. 곳곳에서 해적들이 지르는 비명이 터져 나왔다. 비명을 마무리하지도 못한 채 난간 너머 검은 파도 속으로 떨어지는 자도 있었다.

붉은 바다의 주군은 칼을 쥐지 않은 왼손으로 뱃머리 난간을 그러잡고 버텼다. 그러면서도 머리로는 이 변고의 원인을 파악하려고 애썼다. 원인은 배의 방향이 갑자기 바뀐 것이었다. 그 일을 할 수 있는 자는 오직 한 명, 항해사뿐이었다.

붉은 바다의 주군은 대장선의 키가 있는 곳을 돌아보았다. 그의 이빨 사이에서 섬뜩한 소리가 흘러나왔다.

"저놈이!"

키를 쇠사슬로 칭칭 감고 있는 사메를 본 것이었다.

붉은 바다의 주군은 그제야 대장선이 우측으로 급전한 이유를 알게 되었다. 가장 충성스럽던 항해사가 주군을 배신한 것이었다.

키를 쇠사슬로 감아 고정한 사메는 그것도 모자라 커다란 자물쇠로 쇠사슬을 잠근 다음 열쇠를 바다에 던져 버렸다. 그 열쇠는 붉은 바다의 주군에게서 받은 것이었고, 사메는 주군의 목에 그것과 똑같은 열쇠가 걸려 있다는 사실을 기억하고 있었다. 이제 키를 다시 움직일 수 있는 사람은 주군뿐이었다.

뱃머리를 튼 대장선은 위태롭게 기울어진 상태로 바다 위를 맹렬히 달렸다. 얼마 후면 바로 우측에서 항해하던 다른 해적선과 충돌할 터였다.

"사메!"

붉은 바다의 주군이 부르짖었다. 붙잡고 있던 난간을 놓은 그는 기울어진 갑판 위를 경중경중 달려 사메에게로 돌진했다.

사메는 악귀처럼 분노한 주군이 자신에게로 달려오는 것을 무심한 눈으로 바라보았다. 머릿속으로는 몇 시간 전 선창에서 조선인 학자와 나눈 대화를 떠올리면서.

조선인 학자가 깨어났다. 바닥에 쓰러져 눈을 끔뻑이는 그자에게, 사메는 작지만 무겁게 말했다.

"백성을 가르치는 바른 소리."

조선인 학자가 고개를 들어 사메를 올려다보았다.

"너는 조선의 왕이 만든 문자가 그런 이름이라고 말했다."

조선인 학자가 몸을 꿈틀거렸다. 손발이 묶인 탓에 두어 번 주저앉을 뻔했지만 그래도 결국에는 일어섰다.

"그렇소."

조선인 학자의 말에 사메는 곁에 서 있는 코이누를 돌아보았다. 그는 아들의 눈빛이 이렇게 반짝이는 것을 본 적이 없었다.

"그 문자는 조선의 백성뿐 아니라 내 아들도 가르쳤다."

조선인 학자는 대답 대신 코이누를 바라보았다. 그의 부어터진 입술 위에 미소가 그려졌고, 그 미소에 담긴 자부심이 사메의 결심을 확고하게 만들어 주었다.

"조선의 왕은 내 아들에게 목소리를 주었다. 들려줄 수는 없어도 알릴 수는 있는 목소리. 아비인 나도, 내가 모시는 주군도 주지 못했던 선물이다. 이제 내 아들은 지금까지와는 다른 삶을 살수 있을 것이다."

코이누를 바라보던 조선인 학자가 고개를 천천히 끄덕였다.

"그렇소. 그 삶이 어떤 것인지는 모르겠지만."

사메는 마음속에 마지막 남아 있던 고뇌를 끊었다.

"네게 자유를 주겠다."

조선인 학자가 놀란 눈으로 사메를 쳐다보았다.

"그 대신 너는 이제부터 내 아들의 후견인이 되어야 한다. 네 피와 살을 물려받은 친자식처럼 돌보고 가르쳐야 한다. 그럴 수 있겠나?"

조선인 학자는 당황한 기색을 감추지 않고 반문했다.

"전쟁이 코앞인데 그게 어떻게 가능하단 말이오?"

"전쟁은 없다."

불쑥 대답한 사메는 잠시 생각하다가 말을 이었다.

"나는 이 문자가 널리 전파되기를 바란다. 조선의 백성뿐 아니라 자신의 뜻을 알리지 못해 답답해하는, 바로 내 아들 같은, 세상의 가여운 백성들 모두에게. 그러려면 지금 조선에 전쟁이 벌어져서는 안 된다."

조선인 학자는 감격한 얼굴로 사메를 바라보다가 고개를 끄덕였다.

"내 목숨이 끊어지는 날까지 당신의 아들을 돌보고 가르칠 것을 맹세하오."

사메는 뒤춤에서 비수를 꺼내어 조선인 학자의 손발을 결박한 밧줄을 잘랐다. 그런 다음 자신의 곁에 서 있는 코이누를 밀어 조선인 학자에게로 보냈다.

"이 사람을 따라가라."

사메는 코이누가 자신의 말을 알아듣지 못한다는 것을 알고 있었다. 하지만 반짝이는 눈을 보노라니 이번에는 왠지 알아들은 것 같은 기분이 들었다.

코이누가 사메의 손을 붙잡았다. 사메는 코이누의 손가락이 자신의 손바닥 위에 그리는 기호를 내려다보았다.

조선인 학자가 말했다.

"굳이 통역해 주지 않아도 될 것 같소."

사메는 조선인 학자의 말에 동의했다. 그는 아들이 자신에게 마지막으로 하려는 말이 무엇인지 알 수 있었다.

"……아빠."

그 말을 작게 뇌까리는 사메의 목소리는 축축하게 젖어 있었다.

⊗⊗⊗⊗⊗⊗

갑판 위를 달려오는 붉은 바다의 주군 너머로 대장선의 뱃머리가 보였다. 그리고 그 너머로는 대장선의 바로 우측을 향하던 해적선의 좌현이 빠르게 확대되고 있었다. 두 배의 충돌은 이제 무엇으로도 막을 수 없을 것 같았다. 해적선에 탄 자들이 내지르는 경악과 공포에 찬 절규를 들으면서, 사메는 키에 친친 감긴 쇠사슬을 움켜잡고 곧이어 닥칠 충격에 대비했다.

"반역자! 베어 버리겠다!"

붉은 바다의 주군이 사메에게 몸을 날린 것과 대장선의 뱃머리가 해적선의 좌현에 틀어박힌 것은 거의 동시에 벌어진 일이었다.

쾅!

한 덩이로 엉킨 두 배가 지르는 비명은 그 위에 탄 인간들이 지르는 비명들을 모두 합친 것보다 크고 처절했다. 엄청난 충격이 대장선의 갑판을 휩쓸었다. 사메는 쇠사슬을 부여잡고 악착같이 버텼고, 붉은 바다의 주군은 그런 사메에게 다다르지 못하고 뒤틀린 갑판목 위로 나뒹굴고 말았다.

끄드드드!

대장선의 뱃머리에 옆구리를 정통으로 받힌 해적선이 충돌 부위를 중심으로 쐐기 형태로 쪼개졌다. 해적들이 돌멩이처럼 날려 바다로 떨어졌고, 바다는 그들을 게걸스럽게 집어삼켰다.

주군을 위해 특별히 크고 튼튼하게 건조된 대장선은 해적선 한 척을 두 동강 낸 뒤에도 돌진을 멈추지 않았다. 그 모습이 마치 다음번 제물을 찾는 거대한 물귀신 같았다. 물귀신에게 잡아먹히고 싶은 자는 아무도 없을 터였다.

둥! 둥! 둥! 둥! 둥!

선단을 이루는 해적선들이 앞다투어 경계의 북소리를 울리기 시작했다.

❦❦❦❦

거제도 해안 절벽에 난 길을 따라 순찰을 돌던 초병이 갑자기 걸음을 멈추었다. 우르릉거리는 파도 소리 속에서 북소리 비슷한 것을 들은 듯한 기분이 들었기 때문이다. 그는 고개를 쭉 빼내어 바다 쪽을 유심히 살펴보았다.

초병이 높은 파도 사이로 어른거리는 수상한 윤곽들의 정체를 파악하는 데는 그리 긴 시간이 필요하지 않았다.

〰〰〰〰〰

붉은 바다의 주군이 외쳤다.

"돛을 내려라!"

키를 확보하지 못한 상태에서 돛이라도 내려 대장선의 광란을
잠재우려는 것이 주군의 의도였다.

바람을 최대한으로 받은 돛을 내리는 것은 간단한 일이 아니
었다. 해적 두 명이 입에 칼을 물고 돛대를 기어오르기 시작했
다. 주군은 그들이 임무를 완수하는 모습을 지켜보려 하지 않았
다. 사메가 눈앞에 있었다. 저 반역자를 베고 키를 확보하지 않으
면 그가 오랫동안 준비했던 계획은 시작도 못 해 보고 물거품이
될 터였다.

붉은 바다의 주군이 쥐고 있던 칼을 내리쳤다. 사메가 허리춤
의 칼을 뽑아 날쌔게 받아 냈다. 주군은 일본 남부에서 손꼽히는
검객이었다. 하지만 사메가 칼을 쓰는 솜씨는 그가 배를 다루는
솜씨에 버금갈 만큼 훌륭했다. 순식간에 열 합이 지나갔고, 주군
은 이처럼 뛰어난 부하가 대체 왜 자신을 배신한 것인지 의문을
품지 않았을 수 없었다.

"이유가 뭐냐?"

주군이 무거운 목소리로 물었다. 사메의 무표정한 얼굴에 한
가닥 죄책감이 스쳐 갔다.

"죄송합니다."

밑도 끝도 없는 그 대답이 주군을 더욱 화나게 만들었다.

"죄를 지었으면 스스로 씻어라. 할복을 허락한다."

사무라이에게 할복은 명예를 지키는 방편이기도 했다. 자신이

배신한 주군에게 할복을 허락받았다는 것은 크나큰 은혜라고 할 수도 있었다. 그러나 사메는 그 은혜를 사양했다.

"안 됩니다."

"안 돼?"

"확인할 것이 남아 있기 때문입니다."

"무엇을 확인하겠다는 것이냐?"

사메는 대답 대신 뱃전 너머 밤바다를 흘깃 돌아보았다.

"네놈이 정녕……."

붉은 바다의 주군이 어금니를 갈아붙이며 아래로 늘어뜨린 칼을 들어 올렸다.

그때 저 멀리 거제도 해안에서 불꽃 한 발이 솟아올랐다. 밤하늘을 수직으로 가르며 솟구친 불꽃이 아득히 높은 곳에서 펑, 소리와 함께 작렬했다. 찬란한 빛이 밤바다의 어둠을 순간적으로 몰아냈다.

붉은 바다의 주군은 당혹감을 감추지 못했다. 그가 가장 우려하던 일이 벌어졌다. 조선의 수군이 마침내 해적들의 기습을 알아차린 것이었다.

사메는 밤하늘에 밝혀진 환한 불빛을 전혀 다른 의미로 받아들였다. 그는 뱃전의 난간 쪽으로 달려가 바다를 둘러보았다. 불빛의 조명 아래, 성난 파도 위를 위태롭게 떠다니는 조각배 한 척이 보였다. 조각배 위에 탄 크고 작은 두 사람을 보았을 때, 그중에서도 제 키보다 훨씬 기다란 노를 잡고 있는 소년을 보았을 때, 사메는 움켜쥐고 있던 칼을 놔 버렸다. 확인하고 싶었던 것을 확인한 이상 그에게는 더 바라는 것이 아무것도 없었다.

착.

주군의 칼이 사메의 등을 길게 갈랐다. 사메는 갑판 위로 무릎을 꿇었다. 하지만 그의 시선은 멀어져 가는 조각배를 놓치지 않고 있었다. 주군의 칼이 사메의 몸통을 재차 파고들었다. 목숨이 끊어지기 직전, 사메의 눈에 비친 것은 눈처럼 흩날리는 분홍색 벚꽃 잎을 올려다보며 활짝 웃고 있는 세 가족의 단란한 모습이었다.

반역자를 처단한 주군은 칼을 칼집에 넣고 몸을 돌렸다. 밤하늘을 밝힌 불꽃이 스러짐에 따라 주변의 바다 위에는 다시 어둠이 짙어지고 있었다. 붉은 바다의 주군은 곧바로 결정을 내려야 한다고 생각했다. 원래 계획대로 해안으로 진격할 것인지 아니면 뱃머리를 돌려 퇴각할 것인지. 다만, 어떤 결정을 내리든 간에 대장선을 원래대로 돌려놓지 않으면 안 되었다.

주군은 목에 걸린 열쇠를 빼냈다. 그 열쇠로 키를 고정한 쇠사슬을 풀려는 순간, 해안선을 따라 기이한 섬광이 연속적으로 번쩍거리는 것을 보았다. 다음 순간, 밤하늘로 솟구치는 수십 수백의 빛줄기는 믿을 수 없을 만큼 아름다워 보였다.

"불화살?"

저 빛줄기의 정체가 단순한 불화살이 아니라 세종이 직접 고안한 신기전이라는 사실을 붉은 바다의 주군은 알지 못했다.

수차례의 실험과 개량을 통해 진보를 거듭한 신기전의 성능은 해적 영주의 상상을 초월했다. 일반적인 불화살이라면 반은커녕 반의반도 날아오지 못할 거리를 가볍게 뛰어넘어 해적 선단을 강타하기 시작했다. 하늘로부터 무자비하게 내리꽂힌 화창들은 곧바로 요란한 소리를 내며 폭발했다. 해적 선단이 자리한 바다는 순식간에 불바다로 바뀌어 버렸다.

해안선을 따라 또 한 번 섬광이 번쩍거렸다. 붉은 바다의 주군은 아스라한 야공까지 솟구쳤다가 포물선을 그리며 자신의 머리 위로 떨어져 내리는 빛줄기들을 망연한 얼굴로 올려다보았다.

∞∞∞∞∞∞

멀리서 불길에 휩싸인 대장선이 침몰하고 있었다. 흔들리는 조각배 위에서 그 광경을 바라보던 신숙주는 자신도 모르게 진저리를 쳤다. 세종이 고안한 신무기의 위력은 가공했다. 그 위력을 눈으로만이 아니라 몸으로도 직접 겪을 뻔했다는 생각이 젊은 학자의 몸을 떨리게 만들었다. 그리고 그는 세종의 또 다른 발명품을 품 안에 간직하고 있었다.

신숙주는 소헌왕후를 애도하는 움집에서 마지막으로 알현한 세종이 자신에게 한 말을 기억하고 있었다.

"소나무가 숲을 이루기 위해서는 먼저 자신의 씨앗을 바람에 날려 보내야 하느니……."

신숙주는 자신의 품 안에 있는 훈민정음해례가 세종이 말한 씨앗임을 알고 있었다. 그렇다면 신숙주 본인은 바람, 씨앗을 멀리 바다 건너 일본까지 실어 나르는 바람이어야 했다.

신숙주는 바람의 방향을 확인했다. 바람은 여전히 남동풍이었고, 일본으로 가려면 그 바람과 맞서야 했다. 게다가 그에게 도움을 줄 존재라고는 터무니없이 작은 배와 터무니없이 어린 사공뿐이었다. 하지만 그는 이미 바람이 되기로 마음먹었고, 그 바람은 다른 모든 바람들을 헤치고 나갈 준비를 마친 뒤였다. 그의 제자이자 피후견인인 소년도 그런 것 같았다.

태풍은 어느덧 지나갔는지 바람이 점차 잦아들고 있었다. 신숙주는 밤새 불안하게 구부리고 있던 허리를 천천히 펴 올렸다. 멀리 동녘 하늘 위로 연자주색 아침노을이 번지고 있었다. 신숙주는 일본의 다른 이름이 부상국(扶桑國)이라는 것을 떠올렸다. '해가 떠오르는 방향에 있는 나라'라는 뜻이었다.

덕분에 씨앗이 길을 잃을 염려는 없을 것 같았다.

왕진은 자신에게 불경한 자들을 결코 용서하는 법이 없었다. 그 때문에 조선인 역관들은 별다른 재판 과정도 없이 처형장에 서게 되었다. 그러는 데 필요한 행정적 절차는 하급 관리 한 명에게 맡겨졌고, 그자는 환관의 지시를 충실히 이행했다.

왕진은 처형장에 나오지 않았다. 황제의 친정을 준비하느라 겨를도 없거니와, 그렇게 할 만한 가치를 못 느꼈기 때문이다. 그래서 처형장에는 행정적 절차를 담당한 하급 관리와 처형을 담당할 두 명의 집행관만이 나와 죄인 아닌 죄인들을 맞이했다.

평화와 매두는 백짓장처럼 질려 있었다. 생사에 이미 달관한 그들이지만 시퍼런 칼을 든 집행관과 마주하니 본능적인 공포감이 마음 가득 차오르는 것을 막을 수 없었다. 역관들의 목에서 크고 무거운 칼이 벗겨졌다. 그들은 떨고 있는 서로의 얼굴을 돌아보았다. 친구의 얼굴에서 저 떨림을 가시게 해 주고 싶다는 생각이 그들의 머리에 동시에 떠올랐다.

매두가 말했다.

"우리나라 말이 중국과 달라 서로 통하지 않는다."

평화가 말했다.

"그래서 어리석은 백성들이 말하고자 하는 바가 있어도 결국 그 뜻을 펼치지 못 하는 자가 많다."

매두가 말했다.

"바로 그러한 사실이 과인을 슬프게 만든다."

평화가 말했다.

"그래서 과인은 스물여덟 개의 새로운 문자를 만들었다."

관리가 카랑카랑한 목소리로 외쳤다.

"형을 집행하라!"

두 명의 집행관이 두 명의 역관 뒤로 다가섰다.

매두가 말했다.

"전하, 부디 천수를 누리소서."

평화가 말했다.

"전하, 부디 만수를 누리소서."

만수는 명나라 황제를 위해서만 쓸 수 있는 말이었다. 조선의 왕은 천수에서 만족해야 했다. 하지만 두 사람을 입을 모아 외쳤다.

"전하! 만수를 누리소서! 만세! 만세! 만만세!"

시퍼런 칼날이 두 사람에게로 떨어져 내렸다.

묘향산 석가탑 주변에는 오늘도 바람이 불지 않았다. 매두가 있었다면 또 한 번 불평했겠지만, 탑신을 따라 걸려 있는 청동 풍경들은 오늘도 울리지 않을 것 같았다.

그런데 어디선가 불어온 한 줄기 바람이 석가탑을 부드럽게 어루만지고 지나갔다. 쇠고리에 걸린 청동 풍경들이 흔들리고, 영롱한 소리가 기도처럼 퍼져 나갔다.

땡땡땡땡…….

땡땡땡땡…….

중국의 한적한 시골길 위로 소달구지 한 대가 지나가고 있었다. 달구지 위에는 청동으로 만든 열 개의 종이 실려 있었고, 수레바퀴가 울퉁불퉁한 노면 위에서 덜그럭거릴 때마다 영롱한 종소리가 울렸다.

소달구지를 모는 사람은 조선에 숨어 살던 네스토리우스 사제였다. 달구지 위에는 그의 초라한 제단을 장식해 주었던 몇 안 되는 제구(祭具)들과, 이번 여정에 오르기 직전 받은 청동 종들과, 이 근방에서는 누구도 알지 못하는 서양의 유일신에 대한 깊은 신앙심이 실려 있었다.

동행 하나 없는 기나긴 여정은 고독하기 짝이 없었다. 그러나 달구지에 실린 것들이 함께하는 한 자신은 결코 고독하지 않을 거라고, 사제는 굳게 믿고 있었다.

복도는 어둠침침했다. 그 위를 걷는 세종의 얼굴은 죽은 사람의 것처럼 퀭해 보였다. 그의 손에는 작은 등불 한 개와 편지 한 장이 들려 있었다. 조선의 백성 십만 명을 위험에 빠트릴지도 모르는 그 편지는 조선의 왕에게 끝이 보이지 않는 동굴 같은 고뇌를 안겨 주었다. 어두운 복도를 밝혀 줄 등불은 있으되 마음속 캄캄한 동굴을 밝혀 줄 등불은 어디에도 없는 것 같았다. 불면으로 지새운 밤이 벌써 며칠인지. 세종은 지칠 대로 지쳐 있었다.

방문이 세종의 등 뒤에서 닫혔다. 세종은 눈앞에 보이는 난간 위에 등불을 올려놓았다. 난간 너머에 서 있는 거대한 물시계가 어둠에서 나와 등불의 빛 속으로 들어왔다.

"영실."

세종은 쉬고 갈라진 목소리로 친구의 이름을 불렀다.

"이 물시계를 만들면서 자네는 말했었지. 시간을 알아야 시간을 지배할 수 있다고. 좋은 말이야. 하지만······지금의 내게는 해당되지 않는 것 같군."

물시계의 나무 기둥을 쓰다듬으면서 세종이 말을 이었다.

"자네 덕분에 시간을 알게 되었지만, 나는 여전히 시간을 지배하지 못하고 있다네. 사실은 그 무엇도 지배하지 못하고 있지. 오히려 나를 지배하여 원하는 일을 못 하게 하고 원하지 않는 일을 강제로 시키려고 하는 자들뿐인 것 같네."

세종의 얼굴이 고통으로 일그러졌다.

"내가 훈민정음을 만든 것은 오직 백성을 위하는 마음에서였네. 모든 이들이 반대하더라도 하늘만은 내 그런 마음을 알아주리라고 믿었어. 그런데 하늘이, 하늘의 아들이라는 자가 내게 이런 편지를 보내더군."

세종은 손에 쥔 편지를 들어 올렸다. 마치 물시계에 서린 친구의 영혼에게 보이려는 듯이.

"여기 뭐라고 적혔는지 아는가? 조선의 백성 십만 명을 자신을 위한 전쟁터로 보내면 훈민정음의 창제와 반포를 묵인해 주겠다는군. 이 요구를 거부하면 무슨 수를 써서라도 훈민정음을 좌절시키려 들겠지. 그러기 위해 나를 폐위시킨다면 그것은 차라리 온순한 방편일지도 몰라. 이번에는 몽골의 암살자가 아니라 명나라의 암살자가 내 앞에 나타날 수도 있으니까. 아니, 그 암살자는 어쩌면 조선인일지도 모르겠군. 훈민정음을 못마땅하게 여기는 자는 조선에도 널렸으니까. 암살자는 두렵지 않아. 왕 자리에도 미련은 없네. 하지만 훈민정음만은......."

여기까지 말한 세종은 입을 꾹 다물었다. 한동안 그 방 안에서는 물이 떨어지는 소리만 졸졸졸 들렸다.

이윽고 세종의 입술이 다시 열렸다.

"나는 정말로 모르겠네. 내가 만든 스물여덟 개의 문자가 우리 백성 십만 명의 목숨만 한 가치가 있는지를."

세종은 손에 쥔 편지를 등불에 가져다 댔다. 명나라 황제의 옥새가 찍힌 편지는 잠깐 사이에 불길에 삼켜졌다. 작은 불꽃 조각으로 바뀐 편지의 잔해를 허공에 턴 그가 물시계를 향해 말했다.

"그럴 리가 없지. 고작 스물여덟 개의 문자에 불과한데."

친구는 아무 대답이 없었다. 들리는 것이라고는 물이 떨어지는 소리뿐.

졸졸졸.

"그래, 시간은 계속 흐르는군. 이게 자네의 대답이겠지. 흐르는 시간을 멈출 수 없듯이 이 세상에는 사람의 힘으로 거스르지 못하는 것이 존재한다는 대답."

고개를 힘없이 주억거리던 세종이 자조적으로 덧붙였다.

"알겠네. 내 뜻을, 훈민정음을 접겠네."

그때 물시계가 시간을 알리기 위한 동작을 시작했다.

원통 항아리에 차오른 물로 인해 위로 들린 작은 금속 공이 아래로 툭 떨어진다. 작은 금속 공이 나무로 된 관 위를 구른다. 작은 금속 공이 커다란 상자 안으로 들어가 큰 금속 공을 때린다. 큰 금속 공이 지레의 한쪽 끝에 떨어진다…….

세종은 다음에 벌어질 일이 무엇인지 잘 알고 있었다. 천재적인 장인에 의해 제작된 세 개의 인형들이 악기를 두드림으로써 시간을 알릴 것이다. 시간은 결코 멈추지 않는다는 사실을, 세상의 흐름은 결코 거역할 수 없다는 사실을, 세종에게 아프게 자각시킬 것이다.

그런데 놀라운 일이 벌어졌다.

땅.

시보 장치 안에서 이제껏 한 번도 들어 본 적이 없는 금속성이 울리더니, 무언가가 부서지는 소리들이 그 뒤를 따랐다. 정교하게 제작된 미끄럼대와 지레와 톱니바퀴와 그것들을 고정하는 틀이 일제히 붕괴하고 있었다. 세종은 상자 위에 설치되어 있던 세 개의 인형들이 마룻바닥으로 떨어지는 광경을 망연한 얼굴로 지켜보았다.

물시계가 멈췄다. 시간이 왕의 눈앞에서 멈춘 것이다.

시간도 이렇게 멈출 수 있사옵니다. 뜻을 접지 마시고 세상의 흐름에 거역하시옵소서.

그것이 친구가 왕에게 주는 진짜 대답이었다.

우겸은 만리장성 동쪽 끝에 자리한 산해관(山海關)에서 장성 바깥쪽을 바라보았다. 그곳에서는 몽골 전사 수십 명이 삼삼오오 무리를 지어 말을 달리고 있었다. 그 모습이 마치 제국의 병부시랑을 조롱하는 듯했지만 우겸의 표정은 무덤덤하기만 했다.

관문을 관장하는 장수가 멀리 펼쳐진 구릉 지대를 가리키며 말했다.

"저 뒤쪽에 몽골 군대가 숨어 있는 것이 분명합니다. 우리가 미끼를 물기만을 기다리면서 말입니다. 우리는 관문을 더욱 단단히 지켜야 합니다."

그 말에 호응하기라도 하듯, 말을 달리던 몽골 전사들이 관문을 향해 유목민족 특유의 야만적이고 호전적인 함성을 질렀다.

그 모습을 내려다보던 우겸이 장수를 돌아보았다.

"정말로 그럴까?"

"예?"

"백문이 불여일견이라고, 귀관의 판단이 맞는지 직접 확인해 보고 싶군."

잠시 후 관문이 열리고 우겸과 장수가 이끄는 한 무리의 병사가 모습을 드러냈다. 장성 아래에서 얼쩡거리던 몽골 전사들이 말 머리를 돌려 달아나기 시작했지만, 우겸은 그들을 추격하지 않았다.

"저리로 가 보세."

구릉 지대 뒤쪽은 과연 대군을 주둔시킬 만큼 너른 평지가 펼쳐져 있었다. 그러나 장수가 장담한 오랑캐 군대는 그곳에 없었고, 군대가 다녀간 흔적조차 보이지 않았다.

우겸은 그 광경을 보고도 장수를 질책하지 않았다. 다만 예부터 전해 내려오는 병법의 한 구절을 떠올렸을 뿐이다.

"서쪽을 치려거든 동쪽을 시끄럽게 만들어라……."

지금 서쪽 전선에는 황제가 출정해 있었다.

〰〰〰

산해관에서 서쪽으로 수천 리 떨어진 산서성의 대동은 지역 전체가 요새나 마찬가지였고, 그 주변에는 수비를 하기에 이로운 관문이 다수 포진해 있었다. 그러나 환관은 그 이로움을 취하려 들지 않았다.

"천자께서 친히 이끄시는 천병이 한낱 오랑캐 군대에 겁먹어 웅크린다는 것은 천부당만부당한 일이옵니다."

이번 친정에는 오십만 명이나 되는 대군이 동원되었다. 왕진은 그 사실에 한껏 고무되어 있었다.

환관의 집요한 권유와 설득에 넘어간 어린 황제는 결국 병법상의 이로움을 버리고 평야로 진군하는 것을 택했다.

평야 맞은편에서 에센 타이시가 이끄는 몽골 군대가 모습을 드러냈다. 적병의 수가 채 오만도 되지 않는다는 사실을 눈으로 직접 확인한 왕진은 싸우기도 전부터 승리한 듯한 기분이 들었다.

에센 타이시는 명나라 군대로부터 어느 정도 떨어진 곳에서 병력을 멈춰 세웠다. 군무에 대해서는 문외한이나 다름없는 환관을 한껏 고무시켜 주었던 어마어마한 수의 대군이, 수많은 국지전을 통해 단련될 대로 단련된 몽골 사령관의 눈에는 오합지졸로밖에 보이지 않았다. 훈련도는 떨어지고 보급은 엉망이며 사기 또한 바닥에 떨어진 것이 훤히 보일 지경이었다. 에센은 자신이 지금 느끼는 감정이 그저 자만심만은 아님을 다시 한 번 확인할 수 있었다.

양군은 상당한 거리를 두고 대치한 채 곧이어 시작될 전투를 기다렸다. 양군이 대치한 중간 지점, 지금은 텅 비어 있지만 얼마 후면 수많은 시체들로 뒤덮일 평야 위로 자욱한 긴장감이 감돌기 시작했다.

그때 누구도 예상치 못한 일이 벌어졌다.

땡땡땡땡…….

은은한 종소리와 함께, 양군이 대치한 중간 지점을 소달구지 한 대가 가로지르기 시작했다. 조선을 떠나 중국 대륙을 횡단하던 네스토리우스 사제의 수레가 공교롭게도 바로 이 순간 전장 한가운데 모습을 나타낸 것이었다.

무인지경(無人之境)이라는 말처럼, 사제는 자신이 가는 길 양쪽에서 사나운 기세로 대치하고 있는 병사들에게는 눈길 한 번 주지 않았다. 오직 이 길을 가는 것만이 자신에게 부여된 소명의 전부라는 듯, 느리지도 빠르지도 않은 속도로 달구지를 몰아 나갈 따름이었다.

그 광경이 안겨 주는 비현실감에 한동안 붙들려 있던 왕진이 어느 순간 정신을 퍼뜩 차리고 노성을 터뜨렸다.

"당장 저놈을 쏴 죽이지 않고 무엇 하느냐?"

에센 타이시도 비슷한 반응을 보였다.

"저자 하나로 사기가 흔들리면 안 된다."

양군에서 발사한 화살들이 하늘로 솟구쳤다가 소나기처럼 지면으로 내리꽂혔다. 하지만 그들의 중간 지점을 지나가는 소달구지까지 미치지는 못했다. 그러는 동안에도 소달구지는 유유히 굴러갔다. 끊임없이 울려 나오는 종소리가 마치 웃음소리처럼 들렸다.

왕진이 휘하 장수 한 명에게 말했다.

"당장 말을 몰고 나가 저자의 목을 베라."

그런데, 기이하게도, 황제가 만류했다.

"그냥 보내 줘. 소는 상서로운 동물이라는데, 우리에게 행운을 주려고 온 건지도 모르잖아."

몽골 전사 한 명이 에센에게 말했다.

"당장 말을 몰고 나가 저자의 목을 베겠습니다."

그런데, 기이하게도, 에센이 만류했다.

"그 옛날 꿈에서 소를 본 무당이 칭기즈칸의 탄생을 예언했다는 얘기가 있지. 그냥 보내 줘라."

소달구지는 계속 굴러갔다. 네스토리우스 사제는 자신이 죽음의 문턱에 얼마나 가까이 다가갔었는지 알지 못했고, 알려고 하지도 않았다. 지금 사제는 자신에게 이 기이한 여정을 제안한 남자와 이별하던 광경을 떠올리고 있었다.

한밤중에 교회로 찾아온 그 남자는 다른 때와 달리 묵직한 보따리를 짊어지고 있었다. 그 안에서 나온 것은 한 꾸러미의 은덩이와 청동으로 만든 열 개의 종이었다.

"나는 당신이 곧 서쪽으로 돌아가리라는 것을 알고 있소. 이 은덩이는 그때 노자로 쓰시오. 그리고 이 종들 위에는 당신이 내게 큰 도움을 주었다는 증거가 새겨져 있소. 우리의 인연을 기념하는 뜻으로 부디 가져가 주시오."

네스토리우스 사제는 남자가 주는 선물을 기꺼이 받았다.

사제는 교회를 떠나는 남자에게 말했다.

"불경성경에는 이런 말이 있습니다. 깊은 골짜기는 메워질 것이며, 높은 산은 낮아질 것이며, 험난한 길은 평탄해질 것이며, 굽은 길은 곧아질 것이다……. 당신의 앞길이 그리되기를 기원하겠습니다."

그리고 지금 이 순간, 조선에서 수천 리 떨어진 이 평야 위에서 사제의 그 말은 실현되었다.

사제는 조선의 왕에게 감사의 인사를 보냈다.

꾸러미에 꾸러미에

소달구지의 모습이 시야에서 사라졌다. 황제는 그것을 상서로운 조짐처럼 말했지만, 왕진은 까닭 모를 불안감이 마음속에 차오르는 것을 느꼈다.

왕진이 저만치 있던 환관 한 명을 손짓으로 불렀다.

"조선에서 지원병을 보냈다는 소식은 아직 도착하지 않았느냐?"

그 환관이 왕진의 눈치를 살피며 조심스럽게 대답했다.

"그렇사옵니다."

왕진의 눈빛이 표독스러워졌다. 조선의 왕은 황제의 편지를 받고도 감감무소식이었다. 그래도 설마 하는 마음으로 기다려 주었건만, 몽골의 군대와 대규모 전투를 앞둔 지금까지도 십만의 지원병은커녕 답신조차 보내오지 않았던 것이다.

"다음에 무엇을 해야 할지 정해졌구나."

왕진은 이 대군을 그대로 휘몰아 조선을 불바다로 만들고 어리석고 무엄한 조선의 왕을 벌하기로 결심했다. 물론 그 전에 눈앞에 있는 오랑캐 군대부터 격파해야 했다. 그는 조금 전에 지나간 괴이한 소달구지로 인해 동요된 마음을 애써 다잡았다. 숫자는 거짓말을 하지 않는 법. 그는 중과부적(衆寡不敵)이라는 말을 철석같이 믿었다.

"진군의 북을 울려라!"

마침내 환관의 명령이 떨어졌다.

북소리가 울리고 함성이 뒤따랐다. 명나라 군대와 몽골 군대가 서로를 향해 진격하기 시작했다.

◈◈◈◈◈

의금부는 중죄인의 심문을 맡는 관청이었다. 얼마 전 신문고를 울려 암살자에게 왕이 있는 위치를 알려 주었던 젊은 유생은 지금 그 의금부에서 심문을 받고 있었다. 심문에는 '주리'라고 부르는 형벌이 동원되었다. 형벌용 의자에 묶인 죄인의 다리 사이에 주릿대라고 불리는 두 개의 장대를 엇질러 끼운 다음 양쪽에서 지레처럼 비틀어 내리는 것이 바로 주리였다. 살갗이 찢어지고 근육이 끊어지는 극심한 고통 앞에 죄인은 자신의 죄를 낱낱이 자백하지 않고는 못 배기는 것이었다.

주리가 틀린 젊은 유생이 비명을 질렀다. 주릿대를 잡고 있던 노련한 집행관들은 그자의 다리뼈가 부러지기 직전에 힘을 거두었다.

신문을 관장하는 금부도사가 죄인에게 물었다.

"그 시각에 신문고를 치라고 지시한 자가 누구냐?"

젊은 유생이 겁에 질린 얼굴로 금부도사를 쳐다보았다. 그러나 입술을 떨기만 할 뿐 자백하지는 않았다.

"틀어라."

금부도사가 집행관들에게 지시했다.

죄인은 주릿대가 움직이기도 전에 비명부터 지르기 시작했다.

최만리는 관복을 갖춰 입고 자신의 서재에 앉아 있었다. 그가 앞둔 서탁 위에는 주석으로 만든 작은 병 하나가 놓여 있었다. 최만리는 그 병이 가장 강력한 적이라도 되는 것처럼 무섭게 노려보다가 결심한 듯 자세를 똑바로 고쳐 앉았다.

그때 하인이 문밖에서 외쳤다.

"대감마님, 의금부에서 사람들이 왔습니다."

최만리는 어깨를 움찔거렸다. 그는 병을 소매 속에 감춘 다음 문밖을 향해 외쳤다.

"이리로 모셔라."

잠시 후 웅성거리는 소리가 들리더니 정복을 차려입은 금부도 사가 서재로 들어왔다. 금부도사는 의례적인 인사도 없이 곧바로 용건을 밝혔다.

"전하께서 대감을 뵙고자 하십니다."

최만리는 당황했다. 분명히 잡혀가리라고 생각했던 것이다. 하 지만 그는 곧 평정을 찾고 금부도사에게 물었다.

"이처럼 야심한 시각에 어디서 전하를 뵙는단 말인가?"

࿇࿇࿇࿇࿇

최만리가 그 오래된 우물가에 도착했을 때, 세종은 이미 나와 그를 기다리고 있었다. 주변에는 내금위 위사는 물론 그 흔한 내 관 한 명 보이지 않았다. 이 또한 왕의 배려일 터. 최만리는 평소 철저히 지키던 유교적인 법도마저 잊은 채 세종의 얼굴을 물끄러 미 바라보았다. 이처럼 자상하고 세심한 사람을 군주로 모신다는 것은 신하 된 자로서 복이 아닐 수 없었다. 훈민정음만 아니었다 면 오래도록 그 복을 누릴 수 있었을 것이라는 생각이 그를 안타 깝게 만들었다.

세종이 부드러운 목소리로 최만리에게 물었다.

"저녁은 잘 드셨는가?"

최만리는 허리를 굽히며 대답했다.

"그렇습니다, 전하. 소소한 부분까지 신경을 써 주시니 망극할 따름이옵니다."

두 사람 사이에 침묵이 내려앉았다. 최만리에게는 그 침묵을 오래 가져갈 여유가 없었다.

"몽골 서쪽 부족의 태자가 전하의 암살을 기도했습니다."

최만리의 말에 세종이 고개를 끄덕였다.

"그랬더군."

"그 일의 배후에는 조선의 신하도 끼어 있었습니다."

"그렇지 않았다면 암살자가 과인이 있는 곳까지 오기는 어려웠을 테지."

최만리가 말했다.

"그 신하가 바로 소신이옵니다."

세종은 아무 말도 하지 않았다. 하지만 최만리는 왕이 이미 모든 것을 파악한 뒤임을 알고 있었다.

"전하께 용서를 구하지는 않겠습니다. 왜냐하면 소신은 전하를 상대로 전쟁을 치른 것이니까요."

세종은 한참 만에야 입을 열었다.

"그 전쟁에서 그대가 승리했다면 조선은 큰 혼란에 빠졌을 테고 몽골의 태자는 자신의 뜻을 이룰 수 있었겠지. 그 일이 명나라를 위험에 빠뜨릴 수도 있다는 것을 모르지는 않았을 텐데?"

최만리의 눈빛이 별안간 강렬해졌다.

"나라는 사라지고 또 세워지기 마련입니다. 제국도 마찬가지입니다. 과거에도 중국을 지배한 적이 있는 몽골족이니만큼 명나라를 무너뜨리고 새로운 제국을 세우지 말라는 법은 없겠지요. 그들은 그런 자신을 중국이라 부를 테고, 역사는 그렇게 이어질 겁니다. 하지만 전하께서 창제하신 문자는 역사 자체를 송두리째 무너트릴 겁니다. 고귀한 것과 하천한 것이 뒤섞이고, 인간의 윤리와 나라의 법도는 파괴되고 말 겁니다. 그래서 군신의 의마저 저버리고 전하를 상대로 전쟁을 벌인 겁니다."

세종이 말했다.

"그대가 틀렸다. 훈민정음이 백성들 가운데 뿌리내리면 조선은 비로소 진정한 조선으로 거듭나게 될 것이다."

최만리는 왕의 선언을 비웃었다.

"중국의 심원한 문화를 스스로 저버린 조선, 공자도 맹자도 사라진 조선을 말씀하시는 것입니까?"

세종은 대답 대신 최만리의 얼굴을 바라보았다.

"암살이 실패로 끝났으니 전투는 전하께서 이기셨습니다. 하지만 저번 모의 전투 때처럼 전쟁에서는 소신이 이길 것입니다. 조정의 대신들과 집현전 학자들 대부분이 전하의 문자를 반대하고 있습니다. 그들은 결코 그 문자를 사용하지 않을 것이고, 그 문자로 된 인쇄물이 나오는 것을 한 마음으로 막을 겁니다. 그렇다면 전하의 문자는 어떻게 되겠습니까?"

최만리는 자신이 한 질문에 대해 스스로 신랄하게 대답했다.

"난잡한 시녀들이 연애편지를 쓸 때나 쓰일 겁니다. 우매한 중들이 불경을 옮겨 적을 때나 쓰일 겁니다. 그러다가 어느 날인가 모든 이의 기억에서 잊히게 되겠지요. 그때가 되면 그 스물여덟 개의 문자는 전하와 함께 땅에 묻히고 말 겁니다."

세종이 희미하게 미소 지었다.

"그리된다면 과인에게는 좋은 벗이 생기는 셈이겠지."

꼿꼿하게 서 있던 최만리가 몸을 휘청거렸다. 두 눈에 어린 강렬한 광채도 조금씩 스러지기 시작했다. 마치 꺼지기 직전의 불꽃처럼.

"어찌하여 아직도 고집을 부리시는 겁니까? 어찌하여 그 문자를 버리려 하지 않으시는 겁니까?"

"이제 과인에게 남은 것은 그 문자밖에 없으니까."

세종의 자조적인 대답에 최만리가 처연하게 웃었다.

"정말로 그런 것 같군요. 이제 소신도 전하의 곁을 떠날 테니까요."

이 말을 마쳤을 때 최만리의 입에서는 검붉은 핏물이 주르르 흘러내렸다.

"자네……?"

세종이 눈을 크게 떴다. 하지만 그가 말을 잇기도 전에 최만리의 몸이 바닥에 풀썩 무너져 내렸다.

"이게 어찌 된 일인가?"

세종이 달려와 최만리를 부둥켜안았다. 그러나 이미 몸속 가득 퍼진 독 기운은 왕이라고 해도 어찌할 수 없었다.

"다행입니다……."

최만리가 피 흘리는 입으로 말을 이었다.

"……전하께서 무사하셔서 말입니다."

이 말이 진심인지는 최만리 본인도 확신하기 힘들었다. 그가 왕의 암살을 모색한 것은 엄연한 사실이기에. 하지만 다음 말만은 진심이었다. 그는 우물을 향해 떨리는 팔을 뻗어 냈다.

"그리고 마침내 이 우물가로 저를 불러내 주신 것도요."

세종이 고개를 들고 주변을 향해 외쳤다.

"게 아무도 없느냐!"

최만리의 눈빛이 아득해졌다. 의식이 점점이 흐려지고 있었다.

"어쩌면 저는 전투만이 아니라 전쟁에서도 졌을지 모르겠습니다."

세종이 그를 내려다보았다.

"상대가 전하니까요. 하늘은 전하의 편에 있으니까요."

세종이 일그러진 얼굴로 말했다.

"하늘은 누구의 편도 아니야. 자네와 나, 우리 모두의 편이네."

최만리는 얼굴 위로 물방울이 떨어지는 것을 느꼈다. 그는 왕이 자신을 위해 눈물을 흘린다는 것을 알 수 있었다. 그는 미소를 지으려고 노력했다.

"전하께서는 언제나 다정하셨지요. 제게 왕은…… 언제나…… 전하뿐이었습니다."

이 말을 끝으로 최만리의 몸이 세종의 품 안에서 축 늘어졌다.

"안 돼! 내가 잘못했네! 그러니까 죽으면 안 돼! 이건 명령이야!"

절규하던 세종은 마침내 오열하기 시작했다.

"제발…… 제발 나를 떠나지 말게……."

꿇꿇꿇꿇꿇

조정의 대신들과 학자들이 왕의 소집을 받고 어전에 모였다.

세종은 옥좌에서 일어나 들고 있던 두루마리를 경건한 목소리로 읽어 내려갔다.

"······최만리는 헌신적인 신하인 동시에 지혜로운 조언자로서 이 나라 조선이 기틀을 잡는 데 크나큰 공헌을 했다. 이에 그의 강직함과 청렴함은 역사에 기록되어 길이 칭송될 것이며, 그의 가문은 왕명에 의해 보호되고 후원받을 것이다······."

읽기를 마친 세종은 어전에 마련된 최만리의 제단에 잔을 올렸다. 그의 무릎이 제단 앞에 풀썩 꺾였다. 신하들은 이제껏 이런 의례를 본 적이 없었다. 이처럼 무너진 왕의 모습 또한 본 적이 없었다.

세종이 흐느꼈다.

"그는 과인의······ 좋은 벗이었도다······."

〰〰〰〰

병부시랑 우겸의 지원군이 전장에 도착했을 때에는 이미 모든 것이 끝난 뒤였다. 대동의 드넓은 평야는 명나라 병사들의 시체들로 가득 차 있었고, 몽골 기병들은 그 위를 누비며 아직 목숨이 붙어 있는 자들을 찾아 가차 없이 찔러 죽이고 있었다. 평야의 전투에서 명나라 대군은 궤멸에 가까운 피해를 입었고, 전쟁의 승패 또한 그것으로 결정 났다.

우겸은 급히 요새의 문을 닫고 방어전을 준비했다. 하지만 황제가 포로로 잡혔다는 소식에 절망하고 말았다.

에센은 굳이 요새를 공격하려 들지 않았다. 대승을 거두었다고는 하나 몽골군 역시도 전력 손실을 피할 수는 없었다. 이쯤에서 전쟁을 멈추고 포로로 잡힌 명나라 황제를 통해 유리한 전후 협상을 한다면, 조만간 명나라를 멸망시키고 대륙을 차지할 기회가 다시 찾아오리라는 것이 에센의 판단이었다.

그 무렵 왕진이 요새에 들어와 성곽 위로 올라왔다. 피투성이가 된 장수들 틈에 낀 환관의 의복은 신기할 만큼 멀쩡해 보였다. 그는 침착함을 유지하기 위해 최선을 다하면서 우겸에게 말했다.

"황제께서는 무사하시오. 에센 태자가 곧 폐하의 몸값을 요구할 것이오."

우겸이 말했다.

"그 요구에 대한 답은 바로 이것이오."

그런 다음 왕진의 목과 허리띠를 틀어잡고 성곽 끄트머리로 걸어가더니 아래로 던져 버렸다.

&@&@&@

실크로드 위에 위치한 둔황은 타클라마칸 사막으로 들어가는 마지막 관문이라고 할 수 있었다. 그 둔황을 네스토리우스 사제가 소달구지를 몰고 지나가고 있었다.

둔황에는 크고 작은 부처를 모시는 수많은 암자와 동굴이 있었다. 사제는 '여호와 외에 다른 신을 섬기지 말라'는 계율을 엄격히 지키는 사람이지만, 그런 곳 앞을 지날 때마다 잠시나마 길을 멈추고 목례를 올리지 않을 수 없었다. 그는 자신이 유일신을 섬기듯 다른 이들에게도 그들만의 신이 있음을 부정하지 않았다. 신앙이 편협하고 배타적으로 변질되면 어떤 비극이 벌어지는지를 네스토리우스 교단의 유일한 생존자는 잘 알고 있었던 것이다.

그리고 그 생존자는 지금 자신의 교단을 박해한 로마로 향하고 있었다. 두렵지는 않았다. 그에게는 교단과, 청동 종과, 신앙심이 함께하기 때문이었다.

땡땡땡땡…….

네스토리우스 사제의 마음을 안다는 듯 열 개의 청동 종들은 유쾌한 소리를 내며 끊임없이 울렸다. 그 소리는 마치 종 표면에 양각된 조선의 왕이 창제한 문자들이 부르는 노랫소리 같았다.

〰〰〰〰〰

가을이 왔다.

왕과 조정의 대신들은 지난봄 친경례를 행했던 곳으로 나가 친예례(親刈禮)를 거행했다. 궁인들과 신하들은 예전처럼 각자 정해진 위치에 섰다. 이번에도 궁궐에 소속된 악단이 곡을 연주했고, 농부들은 의례가 끝난 뒤 실제 추수를 시작하기 위해 옆에서 대기 중이었다. 하지만 지난봄 친경례 때와 달리 이번에는 왕후가 참석하지 못했다. 최만리도 없었다.

세종은 높고 푸른 가을 하늘 아래 직접 낫을 휘둘러 벼를 수확했다. 노란색 곤룡포와 노란색 벼이삭이 조화를 이루니 그야말로 완벽한 황금빛이었다. 하지만 세종은 뼛속 깊이 외로움을 느끼고 있었다.

갑자기 조정 대신들 뒤쪽에서 웅성거리는 소리가 들렸다. 세종은 무슨 일인가 싶어 허리를 폈다. 언제 그리로 달려간 것인지, 조금 전까지만 해도 옆자리를 지키던 내관 동우가 대신들을 헤치고 총총히 다가오고 있었다.

"명나라 군대가 몽골 군대에게 참패를 당했다고 하옵니다. 황제는 인질로 붙잡혔고 환관 왕진은 처형당했다고 하옵니다."

내관의 말을 들은 사람들은 깜짝 놀랐다. 명나라가 전쟁에서 패했다는 소식에 대신들의 얼굴 위로 근심의 기색이 떠올랐다. 그러나 세종은 달랐다.

"이제야 한숨 돌릴 수 있겠구나."

세종은 단지 이렇게 말할 뿐이었다.

곤룡포를 입은 왕이 처소를 나서 궁궐 정문을 향했다. 그는 궐 밖으로 나가 백성들과 어울릴 참이었다. 오늘은 왠지 평복으로 갈아입는 것이 불필요하게 느껴졌다. 어쩌면 늙은 보초병의 마지막 모습이 떠오를까 두려웠는지도 모른다.

동우를 비롯한 내관들이 허둥지둥 쫓아와 왕의 말도 안 되는 외출을 만류하려고 진땀을 흘렸다.

"전하, 아니 되옵니다!"

"전하, 재고해 주소서!"

하지만 세종은 들은 체도 않고 궐문을 빠져나갔고, 궁인들로서는 혹여 무슨 일이라도 생길까 왕의 뒤를 바짝 따라갈 수밖에 없었다.

궁궐 밖에 있던 백성들이 난데없는 왕의 친림에 놀라고 흥분하여 구름처럼 모여들기 시작했다. 왕이 가장 먼저 찾아간 곳은 변복하고 궁궐을 빠져나왔을 때마다 맨 먼저 들르던 노파의 꼬치 가게였다.

노파는 왕이 자신의 가게 앞에서 걸음을 멈추자 겁에 질린 나머지 땅바닥에 납작하게 엎드렸다.

"항상 먹던 거로 주게나."

고개를 들어 왕의 얼굴을 확인한 노파는 소스라치고 말았다.

"에구머니나!"

왕의 뒤쪽에 있던 동우가 급히 눈을 흘기며 고개를 끄덕여 보였다. 노파는 굳은 몸뚱이를 가까스로 움직여 고기 꼬치 하나를 왕에게 내밀었다.

세종은 고깃점을 우물거리면서 마을 안쪽으로 들어갔다. 그 걸음은 거침없었고, 이에 왕을 배행하는 자들만 곤욕을 치러야 했다.

그러던 중 내관 하나가 담벼락에 벽보 한 장이 붙어 있는 것을 발견했다. 그 벽보 위에는 세종이 창제한 글자들이 적혀 있었다. 내관이 얼른 달려가 벽보를 떼어 냈지만 세종의 눈을 피하지는 못했다.

"뭐라 쓰여 있느냐?"

내관이 얼른 대답을 못 하고 머뭇거리자 세종은 몸소 손을 내밀어 그의 손에 들린 벽보를 빼앗았다.

"세금이 하늘을 나는 새처럼 높다……."

벽보를 읽은 세종이 빙긋 웃었다.

"세금이 새처럼 높다니 큰일이 아니냐. 아무래도 세금을 낮춰야 할 것 같구나."

세종은 계속해서 거리를 걸었다. 자신이 사랑하는 백성들 사이를 걸었다. 그는 즐거웠고, 행복했다.

세종이 침전에 들기까지는 많은 이들의 도움이 필요했다. 마치 오늘 궐 밖 나들이가 그의 건강을 벼랑 아래로 밀어 버린 것 같았다. 기절한 듯이 잠든 그가 눈을 뜬 것은 몇 시간이 지난 뒤였다. 그사이 그는 믿을 수 없을 만큼 노쇠해졌고, 눈을 깜빡이는 것조차 힘에 부칠 지경이었다. 초정의 온천에서 그랬던 것처럼 눈도 잘 보이지 않았다.

어릴 적부터 곁을 지키던 동우가 세종의 잠자리 옆에 무릎 꿇고 앉아 훌쩍거리고 있었다. 어의도 침소 안에 들어와 있었다. 그러나 세종의 기력을 회복시켜 주는 데는 도움이 되지 못했다.

세종이 자리에 누운 채 말했다.

"중전은 어디 있느냐?"

동우의 울먹임이 높아졌다.

"……중전마마께서는 아니 계시옵니다."

세종이 말했다.

"중전을 불러라."

침소 밖 복도에는 왕의 후궁들이 모여 있었다. 그들 모두는 죽은 왕후를 찾는 왕의 목소리를 듣고 눈물을 흘렸다. 그러나 황씨 부인만은 울지 않았다.

"지금 전하께는 중전마마가 필요해."

황씨 부인이 달려간 곳은 왕실의 의복을 관리하는 상의원이었다. 그곳에 있는 어느 방 안에는 세상을 떠난 소헌왕후가 돌아오기를 기원하듯 그녀가 생전에 입었던 궁복이 깨끗이 단장된 채 걸려 있었다.

황씨 부인이 상의원 상궁들에게 말했다.

"저 옷을 가져오너라."

다들 어찌할 바를 모르고 서로의 얼굴만 돌아보았다. 황씨 부인이 그들보다 훨씬 높은 지위이기는 하지만 그렇다고 해서 세상을 떠난 왕후의 옷을 멋대로 내줄 수는 없었던 것이다.

황씨 부인은 권위를 내세워 남을 억누르는 사람이 아니었다. 하지만 오늘은 달랐다.

"당장 가져오래도."

잠시 후 왕의 침소 앞에 소헌왕후의 궁복과 머리장식을 갖춘 황씨 부인이 나타났다. 놀란 후궁들과 내관들이 한편으로는 꾸짖고 한편으로는 만류했지만 황씨 부인의 단호한 걸음을 멈추게 하지는 못했다.

침소 문 앞에 다다른 황씨 부인은 귀를 기울였다.

"중전을 모시러 간 것이냐?"

"전하, 중전마마께서는…… 마마께서는……."

"중전이 늦는구나. 너무 늦어……."

세종의 목소리는 조금 전보다 훨씬 힘이 빠진 듯했다. 황씨 부인은 문 옆에 무릎 꿇고 있는 내관을 돌아보았다.

"아뢰게."

내관이 머뭇거렸다. 황씨 부인은 목소리에 놀라운 위엄을 담아 다시 한 번 말했다.

"아뢰게."

내관이 더 이상 버티지 못하고 큰 소리로 아뢰었다.

"중전마마 듭시오!"

침소 안에 누워 있던 세종의 얼굴에 미소가 피어났다. 마치 아내를 맞이하려는 듯 몸을 움찔거린다.

미닫이문이 열리고 소현왕후의 복식을 갖춘 황씨 부인이 소현왕후처럼 기품 있는 걸음걸이로 침소에 들어섰다. 세종은 자리에 누운 채 그녀를 바라보았다. 그가 가장 보고 싶어 하던 광경이었다.

"부인, 이제야 오셨구려."

황씨 부인의 의도는 적중했다. 그녀는 죽음을 앞둔 왕에게 생전에 가장 사랑했던 여인을 다시 한 번 볼 수 있게 해 주고 싶었다. 하지만 왕의 시력이 이미 제 기능을 잃었다는 사실 앞에는 슬픔을 금할 길이 없었다.

"이리로 오시오."

황씨 부인은 왕에게 다가갔다. 왕의 착각이 깨어질 위험을 감수하고 한 걸음, 다시 한 걸음을 내디뎠다.

"계절이 참 좋소. 부인과 달구경이라도 하면 좋을 것을."

세종의 말에서는 다정함과 아쉬움이 함께 묻어 나왔다. 황씨 부인은 주변을 둘러보았다. 그러다가 어의가 들여온 작은 상 위에 놓인 물 사발을 발견했다.

"전하의 뜻이 그러하시다면......."

황씨 부인은 자신의 재능을 왕 앞에서 마지막으로 발휘했다. 그녀의 입에서 흘러나온 목소리는 그녀의 것이 아니라 소헌왕후의 것처럼 들렸다.

"......소첩과 함께 달구경을 가시지요."

황씨 부인이 동우에게 눈짓을 보냈다. 그녀의 생각을 알아차린 동우가 물 사발을 들어 그녀에게 건네주었다. 그녀는 물 사발을 왕의 곁에 내려놓았다. 이불 위에 힘없이 늘어진 왕의 손을 잡아 물 사발의 가장자리를 천천히 쓰다듬게 했다.

세종은 손가락으로 전해 오는 감촉을 통해 은빛 달을 보았다. 그의 머릿속에 오래된 추억 한 조각이 떠올랐다. 국정에 지친 그가 소헌왕후와 더불어 망중한을 즐기던 아담한 정원. 연못의 수면에 비친 은빛 달이 반짝인다. 천하의 모든 강을 비추는 달.......

세종이 말했다.

"부인, 나는 잠을 좀 자야 할 것 같소."

"제가...... 제가 지켜 드리겠습니다."

황씨 부인은 배 속에서 치밀어 오르는 슬픔을 참지 못하고 마침내 울음을 터뜨렸다. 그 바람에 소헌왕후의 것이 아닌 자신의 목소리를 내고 말았다.

세종이 눈을 깜빡였다.

"아, 자네로군."

그는 인자한 미소를 지었다.

"자네를 보게 되어 기쁘네."

황씨 부인의 눈에서 굵은 눈물방울이 봇물처럼 흘러내렸다. 그 눈물방울들은 세종이 늘 꿈꾸었던 초록색 잎사귀가 되어 온 세상을 가득 채웠다.

세종은 눈을 감았다.

〰〰〰〰〰

팔만대장경이 보관되어 있는 해인사 장경판전에 세종과 주지승이 마주 앉았다. 세종은 주지승에게 줄 선물을 가져왔다. 훈민정음해례가 새겨진 목판들이었다.

주지승은 불경들이 꽂힌 긴 서가를 가리켰다.

"전하의 목판을 이곳에 보관하겠습니다."

세종이 말했다.

"고맙네."

주지승이 말했다.

"세상의 모든 존재는 고통을 겪게 마련이고, 죽음에 이르기 마련이며, 다시 태어나기 마련입니다."

불교의 경전에 나오는 구절이었다. 주지승은 세종에게 받은 목판을 어루만지며 말을 이었다.

"전하의 목판도 그러할 것입니다."

"하지만 오랫동안 잠을 자야 하겠지."

세종이 빙긋 웃으며 덧붙였다.

"내 문자들이 무슨 꿈을 꿀지 궁금하구나."

대화를 마친 세종과 주지승은 초록색 잎사귀가 하늘에서 떨어지는 것을 지켜보았다. 그것들은 세상을 가득 채웠고, 세종이 창제한 스물여덟 개의 문자가 되었다.

꧁꧂꧁꧂꧁꧂

세종은 미소를 지었다.

그는 혹시 미래를 본 것일까? 수 세기 동안의 기나긴 잠에서 깨어난 훈민정음의 미래를?

만일 그랬다면, 그것이 세종이 본 마지막 광경일 것이다.

꧁꧂꧁꧂꧁꧂

내관이 궁궐 지붕 위에서 왕의 침의를 흔들고 있었다.

"전하, 부디 돌아오시옵소서! 전하, 부디 궁으로 돌아오시옵소서!"

내관은 지붕 아래에서 기다리고 있던 내관들을 향해 왕의 침의를 던졌다. 공중에서 펄럭이던 세종의 침의가 떠오르는 바람에 실려 하늘로 솟구쳤다. 마치 천상으로 올라가는 것처럼.

꧁꧂꧁꧂꧁꧂

전하, 부디 돌아오소서.

붙임

    세종이 창제한 훈민정음은 유교 사상이 팽배했던 조선에서 정식 문자로 채택되지 못했으며 공적인 문서에 사용되는 것도 금해졌다. 하지만 소멸되지 않고 여성 문인과 승려와 일반 백성 사이에서 문자로서의 기능을 유지하며 수 세기 동안 보존되었다가 20세기에 이르러 '한글'이라는 이름으로 한국의 정식 문자가 되었다. 현재는 칠천만 명에 달하는 사람들이 한글을 사용하고 있다."

    "1914년, 세종이 죽은 왕후를 추모하기 위해 지은 〈월인천강지곡〉이 발견되었다."

    "세종이 최초에 인쇄한 훈민정음혜례의 목판 사본은 한국은 물론 중국과 일본에서도 발견되었다. 가장 최근에 발견된 것은 2008년이다."

To English-speaking readers unfamiliar with Korean history, I hope this book can be an introduction to the story of hangul, but that it can also convey at least something of my original excitment upon learning of that creation — and of the unique mind and personality behind such a profound human accomplishment.

To Korean readers, I can only ask forbearance and forgiveness for my presumption in attempting to retell one of the great stories of Korean culture. Please know that my motivation was always awe.

맺음말

한국의 역사에 친숙하지 못한 영어권 독자에게는, 이 책이 한글에 대한 이야기를 소개하고 심오한 인간의 위대한 업적 뒤에 숨겨진 특유의 마음가짐과 인간성을 알려 줄 수 있으면 좋겠습니다. 그리고 한글의 창제 과정에 대해 알게 되었을 때 제가 느낀 흥분까지도 전달 할 수 있기를 바랍니다.

한국 독자에게는, 한국 문화에서 가장 위대한 이야기 중 하나를 재해석하여 창작한 저의 과욕에 대해 넓은 아량과 용서를 구합니다. 제 동기만은 세종대왕과 한글에 대해 경외하는 마음에서 우러났음을 알아주시기 바랍니다.

추천의 말

영어를 모국어로 하는 외국인 작가가 세종대왕에 대한 소설을 영어와 한국어로 동시에 출간한다는 소식을 들었다.

미국에 와서 디아스포라의 삶을 사는 한국인의 입장에서 묘한 감정이 솟았다. 대한민국의 자랑인 세종대왕을 미국의 유명한 작가의 글로 만날 수 있다는 사실이 감사하기까지 했다.

미국의 한인뿐만 아니라 많은 미국인들이 읽을 수 있도록 미국 도서관에 킹세종이 비치되기를 희망하며, 반드시 그렇게 되도록 노력할 생각이다. 세종대왕이 우리의 선조인 것이 한인 자녀들에게도 다시 한번 자랑스러운 일이 될 것이다.

- Thomas Park | 미국, 뉴저지주 팰리사이드파크 상공회의소 회장

〰〰〰〰〰

한글을 처음 접하면서 한글의 우수성뿐만 아니라, 이 모든 것이 천재적인 왕에 의해 창제되었다는 것에 충격을 받았다는 글쓴이의 고백은 우리를 또 한번 놀라게 한다.

세계 최초로 외국인이 영어로 쓴 이 한글 이야기가 영어권의 세계 사람들에게 세종대왕의 위대함을 알리는 또 다른 기회가 되길 바란다.

– 정석원 | 세종이야기미술관 이사장

〰〰〰〰〰

세종대왕의 한글 창제와 관련된 조 메노스키의 소설을 읽는 것은 런던 웸블리스타디움에서 방탄소년단의 한글 노래 가사를 따라 부르는 수 만 명의 다양한 인종을 보는 것만큼이나 생경하고 놀라온 경험이었다.

우리에게는 너무나 익숙한 이야기이지만 국민을 위해 군주가 직접 문자를 창제한다는 사실이 실은 얼마나 경이로운 일인지, 그 문자가 또 얼마나 획기적이고 과학적이며 체계적인 발명인지 외국인의 소설을 통해 새삼스럽게 확인하게 된다.

스타트렉의 작가답게 조 메노스키는 한글 창제의 순간, 조선과 그 주변의 국가들 사이에서 '한글'이 어떻게 탄생하고 퍼져나가게 되었는지 흥미진진하게 다루고 있다. 영어판으로도 출간된다고 하니 전 세계의 많은 독자들에게 세종대왕과 한글이 더 많이 알려지기를 기대한다.

– 서미애 | 작가

스타트렉의 작가가 세종과 세종의 시대를 모델로 한 작품을 내어놓는 날이 올거라고는 생각도 하지 못했다.

주요 등장인물은 모두 실존인물이지만, 스타트렉과 마찬가지로 이 소설은 완전한 픽션이다. 정말 완벽한 픽션이다. 하지만 그래서 더욱 흥미롭다. 한류가 처음 등장했을 때 사람들은 처음에는 믿지 않았고, 두 번 째는 한류 문화는 외국문화의 오염이 전혀 없는 순수한 한류 상품이어야 한다고 말했다. 그 편견을 넘지 못했더라면 강남 스타일도 BTS도 탄생하지 못했을 것이다.

조 메노스키의 소설 킹 세종은 한류의 그 다음 단계를 이룬다. 한류가 외국인에게도 창작의 소재가 되고, 문화의 가교가 되는 단계이다. 새로운 시작이지만 우리의 감성을 넓혀야 할 필요가 있을 듯 하다. 저자는 세종에게 반했다고 한다. 그런데 그가 이해하는 세종은 우리가 이해하는 세종과 많이 다르다. 세종을 이야기하면서 조선의 국제관계, 명과 에센, 일본을 다루는 방식도 흥미롭다.

스타트렉은 수많은 인종과 갈등, 편견이 교차하는 우주의 경계를 넘나 들었다. 그 우주선이 시공을 넘어 세종을 발견하면 이런 드라마가 이런 세계관이 나오는구나. 그것만으로도 꽤나 충분하지 않을까?

– 임용한 | 역사학자